Denis Guedj est mathématicien et professeur d'histoire des sciences et d'épistémologie à l'université Paris-VIII. Par le biais de la fiction, il nous fait partager son amour des sciences. Il a écrit de nombreux romans et des essais, parmi lesquels : *L'Empire des nombres* (Gallimard, 1996), *La Méridienne* (Robert Laffont, 1997), *Le Théorème du perroquet* (Seuil, 1998), *Le Mètre du monde* (Seuil, 2000), *Les Cheveux de Bérénice* (Seuil, 2003) et *Les Mathématiques* (Seuil, 2008).

Denis Guedj

LA MÉRIDIENNE

ROMAN

Robert Laffont

TEXTE INTÉGRAL

ISBN 978-2-7578-0969-3
(ISBN 2-221-09104-3, 1re publication
ISBN 2-266-11941-9, 1re publication poche)

Préface

Une phrase

Tout a commencé par une phrase : « Afin de déterminer la longueur du mètre étalon, les astronomes Pierre Méchain et Jean-Baptiste Delambre, traversant la France de part en part, ont mesuré la méridienne, de 1792 à 1799. » Je me mis à trembler d'excitation. Été 1792, n'était-ce pas la fin de la royauté ? Automne 1799, pas le début du Consulat ? brumaire et cetera…

Entre ces deux dates…, la République !

Ainsi, pour offrir une nouvelle unité de mesure au monde, deux astronomes avaient mesuré le territoire français dans toute sa longueur durant tout le temps qu'avait duré la république. Cette mesure du territoire avait été une mesure de l'Histoire. Qui se souvient que, dans la loi décrétant légalement sa naissance, le mètre fut nommé « mesure républicaine » ?

Histoire et géographie unies pour, ensemble, donner une mesure au monde !

Cette phrase tirée d'un traité de métrologie, j'étais en train de la lire, adossé à la porte d'une rame entre Monceau et Barbès au moment où, émergeant des dessous de Paris, elle gagnait le plein air. En un instant, le métro était devenu aérien.

Sitôt chez moi, je me précipitais. Dictionnaires et

encyclopédies me laissèrent sur ma soif. Le lendemain je partais. En voyage dans les bibliothèques de Paris.

Ce que j'y découvris allait bien au-delà de ce que la lecture de la phrase m'avait laissé innocemment imaginer. Et espérer.

Immédiatement je sus que de cette histoire je ferai le scénario d'un film de fiction. Une fiction vraie !

J'avais déjà réalisé plusieurs films. Mais qui n'avaient rien à voir avec les sciences. Voilà que le hasard m'offrait de me réunifier. Cinéma et science, les deux activités dans lesquelles j'étais le plus investi, l'épopée du mètre me permettait de les fondre, avec en plus, superbe cadeau, la dimension politique de la Révolution. Tous mes œufs étaient dans le même panier, science, art et politique. Quelle omelette allait-il en sortir ?

J'entrais en scénario

D'abord en savoir le plus possible sur cette histoire. Histoire qui semblait avoir échappé à la sagacité des romanciers et des cinéastes, toujours en quête, paraît-il, de sujets originaux. Et également à celle des historiens qui lui ont consacré un intérêt faible eu égard à l'importance de l'événement et à ses conséquences.

En savoir le plus possible et le savoir de la façon la plus exacte possible. Rien ne remplace les faits, ils sont, expérience toujours renouvelée, bien au-delà de la fiction. Rien ne remplace donc les documents originaux, quand on a la chance de pouvoir y recourir. Bibliothèque nationale, Archives de Paris et de province. Observatoire, Bureau des longitudes, etc., je me plongeais dans des pages vieilles de deux siècles. Quel apaisement de s'extraire du présent, surtout quand celui-ci, par son omniprésence et son insignifiance, vous étouffe[1]. Toutes les époques ne sont pas également excitantes à vivre.

Du matin jusqu'au soir, j'étais immergé dans un autre monde, et lorsque sonnait la cloche qui m'enjoignait de rendre les documents, c'est avec peine que je me désimbriquais de ces livres et que, sortant de la grande salle de la Bibliothèque nationale, je regagnais, la nuit tombée, cette journée que je n'avais pas vu passer, pour vivre la fin d'un aujourd'hui que j'avais vécu pleinement dans l'hier.

Je découvrais les lettres que Méchain avait écrites durant ces sept années à Delambre, poignantes et mystérieuses, et les réponses, généreuses et patientes, de Delambre. Je me plongeais dans les cahiers rédigés dans une graphie d'une pureté admirable, j'égrenais les longues séries de mesures, je découvrais les indications sur l'état du ciel et de l'ensoleillement, sur la densité des nuages qui interrompaient une série de mesures pourtant bien engagées, sur la texture des halos qui enveloppaient les signaux. J'appréciais la précision des croquis représentant la forme et l'emplacement exact des signaux.

Je suivais sur la carte les déplacements des deux astronomes et l'avancement de l'opération. Au nord, Delambre et les pays plats, qui manquaient dramatiquement de reliefs ; au sud, Méchain qui, lui, en avait bien trop. Je sautais de Dammartin-en-Goële à Dun-sur-Auron, de Culan à Morlac, d'un coup d'œil je repérais le pic de Bugarach et la montagne Noire, le fort de Bellegarde et la tour de Sermur, du puy Violan au puy d'Aubassin. Bientôt – sur la carte – l'épopée n'eut (presque) plus de

1. Dans *Qu'est-ce que la philosophie ?*, Deleuze et Guattari parlent de « résister au présent ».

secret – elle en avait, bien sûr. Elle en a encore, heureusement.

Le relief étant l'une des dimensions dramatiques de l'histoire, pouvais-je me passer d'aller sur le terrain ?

De la carte au territoire, de l'intérieur à l'extérieur

Le travail dans lequel je m'étais lancé était tout à la fois un travail d'historien des sciences et de dramaturge. Pour écrire le scénario j'étais obligé de voir ce qui se passait, d'imaginer le plus concrètement possible les diverses scènes, la disposition des lieux, celle des astronomes durant leur travail. Je devais voir ce qu'ils virent, et pouvoir décrire ce qu'ils firent pour pouvoir le mettre en scène.

Mon travail de scénariste se révélait singulièrement proche de celui de Delambre et Méchain. Une complicité s'établissait. Chacun à notre façon et à des fins somme toute semblables, nous avions à trouver le bon « point de vue », le bon éclairage, nous devions attendre la lumière, œil rivé à l'instrument, caméra ou cercle répétiteur, qu'importe. Extérieur jour. C'est peu dire que durant ces sept années les deux astronomes avaient, comme on dit dans le jargon cinématographique, « tourné en extérieur ».

Au milieu de la nuit, sur les sommets des montagnes, pour rendre visibles les signaux à partir desquels ils effectuaient leurs mesures, ils allumaient des réverbères en messidor, en prairial. À mon tour j'allumais des réverbères. Extérieur nuit.

À force de monter des escaliers avec Delambre, de gravir des montagnes avec Méchain, j'étais essoufflé. Rendre cet essoufflement dans le scénario. Les acteurs qui interpréteraient les deux astronomes devraient être essoufflés. Je me suis demandé combien de marches Delambre avait grimpées durant l'opération, dans la tour de Rodez, dans le dôme du Panthéon, dans la cathédrale de Bourges et dans les dizaines de petits clochers de villages.

Je me suis rendu dans les stations où ils avaient effectué leurs mesures. Ils avaient choisi, toujours, d'extraordinaires « points de vue ». Normal, cela faisait partie de la qualité de la triangulation[1]. Et leurs assistants – Tranchot et Bellet – les avaient détectés après des semaines de repérage. Tiens, encore une fois, la similitude de leur travail avec le cinéma, avec celui des assistants réalisateurs pour préparer un tournage.

Le scénario était de qualité

J'envoyai mon scénario par la poste, l'accueil qui lui fut réservé dépassa mon espérance. Pluie de prix. Le dernier surtout me combla : « Prix du meilleur scénariste », décerné par un jury prestigieux de professionnels, Deneuve, Chabrol, Beneix, Azéma, Terzian, Breillat, Besnehard…

Ça allait faire un film magnifique !

D'abord un film d'aventures, arrestation, poursuite, accident, destitution, et la neige et les frimas, et les signaux qui brûlent et la foudre qui frappe les clochers, les deux savants pris tour à tour pour des espions, des émigrés royalistes, des mendiants, des charlatans, des sorciers…

Mais le film ne se faisait pas.

1. *Cf.* note en annexe, page 359.

Un film d'aventures en pleine révolution, dont les personnages sont deux savants lâchés dans l'époque. Occasion rêvée pour raconter des histoires dans l'Histoire. Des histoires d'hommes et d'idées, ayant trait aux sciences et à la société, où, tout autant que les faits, les concepts jouaient leur rôle. Le mètre étalon, personnage original, n'est-ce pas, pour un film de fiction… en habit.

Mais il est, dans cette histoire, un autre niveau, plus profond, plus grave et plus tragique. Les aventures qui émaillent ce voyage ne sauraient cacher qu'il s'agit ici de la quête d'une mesure, offerte à tous les hommes et à tous les temps, suivant les mots de Condorcet, en pleine époque de la démesure révolutionnaire. D'une mesure tirée de la nature, parée des vertus de la philosophie des Lumières et des valeurs de la Révolution, égalité, universalité, objectivité, invariabilité, éclairées par la raison[1]. Une sorte de Graal métrologique. Cette quête de l'impossible perfection fut principalement celle de Méchain. Il n'y survivra pas.

Mais le film ne se faisait pas.

Un western épistémologique pourtant, comme certains l'ont nommé. Un film grave. Un film grave en extérieurs…

Chaque fois que j'en parlais, du film qui ne se faisait toujours pas – et Dieu sait que j'en ai parlé ! –, c'était la même surprise et le même engouement. Comment l'expliquer ?

Tout le monde connaît le mètre, c'est sans doute l'une des choses les plus familières. Tiens, combien de fois avez-vous utilisé une unité du système métrique dans la journée d'hier ? Tout le monde connaît le mètre mais presque personne ne sait vraiment comment il a

1. C'est le sujet de l'ouvrage *Le Mètre du monde. Histoire politique, scientifique et philosophique de l'invention du système métrique décimal*, Denis Guedj, Le Seuil, à paraître février 2000.

été créé, par quels incroyables événements il a fallu en passer pour… en venir à bout et en déterminer la longueur précise.

Divulguer cette histoire est donc à proprement parler faire une RÉVÉLATION.

Hormis la révélation, qu'est-ce donc qui rendait cette histoire si attachante ? Qu'est-ce donc qui me passionnait tant et si durablement ?

Le saurais-je jamais ? Cependant, dès l'abord, certains traits, je m'en souviens, m'avaient immédiatement séduit.

En premier lieu…, la nature du lieu où l'histoire avait eu lieu. La scène où il s'était déroulé n'était pas un point (ou une surface) mais une ligne. C'était même d'être une ligne qui faisait histoire. Je m'explique. La prise de la Bastille, la bataille de Waterloo, le bris du vase de Soissons, les barricades de 68 sont des événements situés en un lieu ponctuel, alors que l'épopée du mètre est un événement « en ligne » – ce qui est fort rare[1] –, et qui relie les individus. Un événement qui s'est déroulé – le mot n'est pas choisi au hasard – le long d'une ligne de plus de mille kilomètres. On a donc affaire, par la nature même du sujet, à un déroulement dans l'espace et dans le temps, qui est la marque même d'une « histoire ».

De surcroît, il s'agit d'une ligne invisible, dont on ne décèle nulle trace sur le terrain. Ni voie de commu-

1. La dernière éclipse est de ce type. Caractère qui peut en partie expliquer l'engouement qu'elle a suscité.

nication comme la Nationale 7 chère à Charles Trénet, ni construction, comme la muraille de Chine. Pas même la ligne Maginot. Une ligne légendaire : le méridien de Paris, dit la Méridienne.

Chemin de Compostelle métrologique que cette méridienne

Oui, mais chemin de Compostelle sans chemin et sans Compostelle : sans tracé matériel sur le terrain et sans bouts. Il n'y a pas de bout à un méridien.

Cette ligne imaginaire qui dit la forme et la grandeur de la Terre allait, par cette histoire, devenir le creuset de l'unité de mesure universelle chargée de dire la mesure de toute chose sur la Terre.

Remarquons au passage (!) que, concernant la nature des événements et l'effet qu'ils produisent sur nous, le passage du point à la ligne n'est pas insignifiant. Parce que sur une ligne, si on est ici on n'est pas là-bas. Cette impuissance produit une fascination.

Puisque l'ubiquité nous est refusée, que l'on ne peut être partout à la fois, on est condamné – ô plaisir ! – à la parcourir, cette ligne imaginaire. Voilà lancé le nécessaire voyage. Qui sera une mesure…

Et puis, il y avait la Révolution

Cette histoire fut pour moi l'occasion d'une seconde révélation, je découvrais la Révolution telle que j'avais rêvé qu'elle fût. Tragique souvent, généreuse, une aventure de l'esprit : remodeler le monde, nommer les choses, etc. Un formidable désir de bonheur, l'ambition que le monde fût autre. Et ces personnages magnifiques, Condorcet, Gilbert Romme et ces dizaines d'hommes et de femmes dont je découvrais le nom. Et le maniement, dans les discours et dans les textes écrits « à chaud », d'une langue superbe.

Barère du Comité de salut public : « Il serait beau de voir la Convention nationale, immobile au sein des tempêtes, s'occuper de l'éternité de la république, par les grands monuments, les ports, les canaux, les voies publiques et les ouvrages nationaux qui doivent imprimer sur la terre d'Europe la trace indestructible des proclamations des droits de l'homme et du citoyen. »

Et ce texte des académiciens : « L'Académie a senti que travaillant pour une nation puissante, par les ordres d'hommes éclairés embrassant dans leurs vues tous les hommes et tous les siècles, elle devait s'occuper moins de chercher ce qui serait facile, que ce qui approcherait le plus de la perfection. »

Je découvrais également à quel point la Révolution avait « eu besoin de savants » et avec quel enthousiasme ceux-ci avaient massivement répondu à son appel.

Ici, la Révolution intervenait « par la bande », au billard de l'Histoire, dans ses effets constants sur le déroulement de l'expédition : guerres, pénurie, difficulté de se déplacer, assignats…

Les échafauds de cette histoire sont des constructions bâties par les astronomes pour pallier les faiblesses du relief. Loin de « raccourcir » ceux qui y montent, ils les élèvent pour leur permettre d'apercevoir au loin le *signal*, clocher, tour, pic, sur lequel ils vont effectuer leurs mesures.

Un voyage « par les hauteurs »

Pour effectuer leurs mesures, les astronomes devaient se hisser sur les points les plus élevés : clochers, tours, sommets, pics. Enjambant la méridienne, ils sautaient pour ainsi dire d'une éminence à une autre, alors que tout en bas, à hauteur d'homme, s'écoulait la Révolution qui avait enfanté le projet et qui le portait de Constituante en Législative, de Législative en Convention, de commission en commission, de décrets en arrêtés…

Le silence des montagnes et la paix des clochers alternaient avec le bouillonnement et les passions embrasant l'époque.

Et le film ? Il ne se faisait toujours pas. Désespérance.

Comment, après avoir fait de la voiture sur le terrain pour en reconnaître la longueur, j'ai fait de la bicyclette dans une chambre pour connaître l'état de mon cœur ?

Depuis quelque temps, je souffrais d'étourdissements, vide, froid, s'évanouir sans partir, dégringoler en restant debout. Je manquais d'air. Pour savoir ce qu'il en était de mes artères, on m'a fait faire du vélo. J'ai pédalé comme un dératé dans une chambre ouatée d'un cabinet. Test d'effort. Sur ma bicyclette immobile, ancrée dans la moquette épaisse, j'ai, sans dérailleur, gravi des cols et des cols. J'ai fait mon tour de France. Vous étonnerais-je si je vous avouais qu'à la fin j'étais horriblement essoufflé, dans un sale état. Le cardiologue me confia qu'il faudrait peut-être aller y voir de plus près. À l'époque je n'avais pas pris garde aux mots employés.

La date venait d'être fixée, la réunion capitale où se jouait l'avenir du film approchait : toute sorte de gens importants avaient été convoqués : producteurs, responsables des filières cinéma des diverses chaînes de télévision… et moi. Depuis des mois, j'avais tout fait pour qu'elle ait lieu, j'allais enfin pouvoir convaincre ce beau monde rassemblé. Des billes plein les poches, j'avais des arguments.

Balivernes ! Je savais au fond de moi ce qui allait se passer.

Pour y échapper, dans le secret de mon inconscient, j'avais mis au point une stratégie diabolique. Que ne va-t-on pas chercher pour s'épargner une souffrance inéluctable.

Un matin je décidai qu'il fallait en avoir le cœur net. Je téléphonai à l'hôpital pour me faire faire une batterie d'examens poussés qui nécessitait une hospitalisation de deux ou trois jours.

On me proposa plusieurs dates.

J'entrais à l'hôpital l'avant-veille de la réunion sur le film ! La réunion aurait lieu sans moi. Avais-je le tract ? Oh, oui. Allongé sur mon lit blême, je ne pensais plus, mais alors plus du tout au film et à la réunion et à ce qui pouvait bien en sortir. Le matin arriva. J'allais enfin savoir.

Par une incision pratiquée au creux de l'aine, un homme en blanc introduisit une sonde qui grimpa en moi, le long de mon artère. Voyage. Pour aller y voir de plus près. Vous ai-je dit que la sonde était munie d'une petite caméra. Intérieur nuit. Oh, ironie, au moment où la douleur, et la peur, me glaçait le sang, le chirurgien se souvenant du contenu de mon dossier, lança, pour me changer les idées sans doute : « Vous faites du cinéma. Regardez, vous allez apprécier. » Il tourna vers moi l'écran de son récepteur. J'y vis mon cœur. Commentant d'une belle voix off la scène qui s'y jouait. Moi, à qui l'on avait refusé de prendre la caméra, voilà qu'une caméra me fouillait le fond du fond. Je crus m'évanouir. Je fermais les yeux. J'étais de marbre, glacé comme une banquise. Je survécus.

Pendant que les hommes d'image statuaient sur le sort de mon film, d'autres interprétaient d'autres images, résultats des examens.

Le chirurgien poussa la porte et m'informa de l'état de mon cœur et de mes artères. R.A.S. J'en eus des palpitations. Quelques minutes plus tard un coup de téléphone m'apprenait que les réunis avaient décidé de donner le coup de grâce au projet du film. Mais ils étaient prêts, m'assuraient-ils, à acheter le script une somme importante.

J'avais admirablement couplé deux nouvelles : l'importance capitale de la première rendait mineure la seconde. Comptabilité qualitative. Je ne mourrai pas incessamment d'un infarctus ET je ne réaliserai pas le film tant désiré. Voilà comment, pour ne pas avoir le cœur gros, je m'étais mis en situation de découvrir que je n'avais pas un gros cœur. J'étais un miraculé de la pellicule.

Alors, à la trappe, la folle épopée du mètre ?!

Avec un cœur comme le mien, je pouvais entrer en résistance. Une poignée de gens allait-elle m'empêcher d'exprimer ce que j'avais décidé de raconter par cette histoire ! Comme un camion, qu'un tapis de gravillons n'imaginerait jamais pouvoir stopper, je poursuivrai ma route.

Si ce n'est pas un film, ce sera un roman

Et si ce n'est pas sur la pellicule, ce sera sur le papier des pages d'un livre. Et le scénario, tant fêté et primé, donna naissance à un livre. Ainsi naquit *La Méridienne*.

Plaisir immense de l'écriture. Ce fut mon premier livre. Il y en eut d'autres. Merci donc à ceux qui m'ont contraint de l'écrire. C'était, j'en suis convaincu à présent, leur intention profonde : me pousser à devenir un auteur à succès.

Opération Méridienne. Des acteurs de dix ans

Trois ou quatre apparatchiks de l'audiovisuel allaient-ils m'empêcher de réaliser cette histoire ? Sur les écrans, ils en avaient le pouvoir. Mais… Si cela ne se passait pas sur la pellicule, cela se passera sur le terrain même. Et me voilà créant une association, cherchant des subventions, les trouvant, organisant, avec toute une équipe, l'expédition. J'avais lancé l'OM. Opération Méridienne.

Le 15 mai 1989, à Dunkerque, la première mesure était effectuée. Juchées en haut du belvédère de l'Intendance, des dizaines de personnes mesuraient l'angle entre Cassel et Watten, avec le concours des ingénieurs de l'Institut national de la géographie. L'opération se poursuivit, déroulant jour après jour le chapelet des stations de la triangulation.

Partir en expédition à deux pas de sa maison ! Et découvrir ce sommet, ce clocher voisins, comme des lieux de connaissance où s'était jouée une véritable passion. C'était un des secrets du succès de la Méridienne, une véritable expédition en pleine France. Ni mers du Sud, ni forêts amazoniennes, ni Grand Nord, ni désert infini, le Cantal et le Pas-de-Calais, et le Cher et l'Aveyron… Il s'en est passé des choses près de chez moi ! Pour tous les participants et pour les lecteurs, l'histoire s'incarnait dans la géographie et le terrain soudain devenait la scène d'une pièce à suspense.

Là, à l'entrée d'un hameau, au-dessus d'une petite route, flottant dans les airs, une banderole immense : « Bienvenue à la Méridienne ». De longues tables emplies de victuailles et de bonbonnes de vin sur la place du village. La population rassemblée, le maire lisant d'une voix émue un discours où il disait le lien entre sa terre et la Terre, et où perlait la fierté d'avoir par son bout de France participé à la grande Histoire.

Le 14 juin, depuis la tour de Montjuich, à Barcelone, la dernière mesure était effectuée. Plus de quinze mille personnes avaient vécu la Méridienne. Un tapis de gravillons ne peut imaginer arrêter un camion.

Pourtant.

Chaque fois que, par ce livre, quelqu'un découvrait cette histoire, j'avais droit à cette phrase crève-cœur : « En le lisant, je me suis dit que ça ferait un film extraordinaire. » Touché ! Tu parles, c'était un scénario !

Depuis, j'ai pris la mesure des choses.

1.

24 juin 1792. Les Tuileries portaient encore les traces de la marée humaine qui venait de les submerger ; des papiers gras, de la crotte, des morceaux de chiffons, des parterres de fleurs piétinées… Un groupe de jardiniers jaugeait les dégâts, ignorant volontairement le jeune arbre que, trois jours plus tôt, un cortège des faubourgs avait planté là malgré l'opposition des gardes du roi. Un bel arbre, qui durera pour le moins jusqu'à la fin du siècle, si rien – la foudre, la hache, le feu ou les parasites – ne vient interrompre sa croissance. Piquée à même le tronc, s'épanouissait une cocarde tricolore.

Au bout de l'allée, devant un pavillon, deux berlines lourdement chargées, garées cul à cul, étaient sur le départ. Identiques à la couleur près, l'une verte, l'autre cuivrée, elles étaient équipées d'une énorme malle arrière à la forme étrange. Autour d'elles était rassemblé un petit groupe : Lavoisier, chimiste réputé, Condorcet philosophe et député à l'Assemblée législative et le Chevalier de la Borda, physicien. Il y avait également une femme et ses trois enfants.

Tout ce petit monde faisait ses adieux aux citoyens Pierre Méchain et Jean-Baptiste Delambre qui s'apprêtaient à quitter la capitale.

« Alors Méchain, à vous le Sud, à moi le Nord, lança le second.

– Ainsi en a décidé l'Assemblée, répondit le premier.

– Et moi, je reste à Paris », conclut tristement Lavoisier en tendant à chacun d'eux une petite cassette où reposaient lettres de crédit et numéraire en or et argent. Puis ce fut au tour de Borda de remettre aux voyageurs un portefeuille contenant des laissez-passer et des lettres de recommandation signées du roi.

Thérèse Méchain s'efforçait de cacher son inquiétude ; elle se tenait à l'écart, digne et silencieuse. Pourtant, lorsque Delambre s'approcha pour lui faire ses adieux, elle laissa échapper : « Si seulement vous partiez avec lui ! » Condorcet s'approcha pour la réconforter, lui affirmant que, restant en contact permanent avec les deux voyageurs, il lui communiquerait toutes les nouvelles qu'il recevrait d'eux.

Méchain grimpa dans la berline cuivrée, Delambre dans la verte ; leurs regards se croisèrent, leurs yeux brillèrent. Était-ce l'excitation du départ ou bien les reflets des feux de la Saint-Jean qui, les nuits précédentes, avaient illuminé les hauteurs de Montmartre ? Ils se firent signe de la main.

« À Rodez ! À Rodez ! » lancèrent-ils ensemble.

Les deux berlines s'ébranlèrent en même temps, s'éloignant dans des directions opposées.

Pour Lavoisier, ce jour était un anniversaire. Neuf années auparavant, jour pour jour, il s'était installé comme à son habitude dans son laboratoire de l'Arsenal. Ce matin-là, dans une cloche hermétiquement close, combinant de l'air inflammable et de l'air vital dans des proportions précisément calculées, il avait créé… de l'eau ! Quelques gouttes, mais d'une pureté idéale, avaient perlé le long de la paroi de verre. De l'eau des origines !

Des gaz donnant naissance à de l'eau ! L'un des quatre éléments sur lesquels les grands mythes des hommes fondaient le monde n'était donc qu'un corps composé. Finie la croyance en des éléments premiers, corps aristocratiques placés au-dessus des autres. C'était une révolution ! En s'éloignant du Palais des Tuileries, Lavoisier, se souvenant qu'il était un des pères de cette République des choses où tous les corps étaient égaux en droits, ne put s'empêcher de craindre que naisse aussi celle des hommes.

À ses côtés marchait Condorcet, qu'animait un désir inverse. Lui, le philosophe, le dernier survivant des Encyclopédistes, le président de la Législative, il souhaitait qu'advienne le temps de la République parce que, disait-il, l'absence d'un roi vaut mieux que sa présence. Quant à Borda bien qu'attaché à la monarchie, il s'était battu aux côtés des « insurgents » américains pour les aider à se libérer de la couronne anglaise…

Les trois hommes ne se trouvaient pas dans la cour des Tuileries pour débattre du gouvernement des hommes, mais en tant que responsables d'une mission votée par l'Assemblée et approuvée par le roi. Pourquoi alors Thérèse ressentait-elle une telle appréhension ?

Ce n'était pas la première fois que son mari partait en mission. Mais depuis trois années, il s'était passé tant de faits d'importance ! Ici même, aux Tuileries, l'hôte et le logis avaient changé de noms. Le pavillon de Marsan, au nord, était devenu Liberté ; celui du centre, Unité, tandis que Flore, au sud, s'appelait maintenant Égalité ; et sur les trois bâtiments, s'élevait jour et nuit une haute flamme tricolore. Quant au roi de France, il s'appelait désormais « roi des Français », et les Français, eux, s'appelaient « citoyens », alors que la maréchaussée se nommait « Gendarmerie nationale ». À deux pas d'ici, une semaine plus tôt, on avait fait un grand feu où l'on avait jeté les « hochets de la noblesse » : une quantité énorme de brevets, de diplômes de ducs, de marquis, de vicomtes, de vidames, avait brûlé au pied de la statue de Louis XVI longuement léchée par les flammes. On avait établi la patente ; et sur toute l'étendue du territoire, on n'avait plus la liberté de disposer d'un seul esclave ; tandis que la Sorbonne était fermée, la Corse s'ouvrait au continent ; le pont d'Avignon était devenu français ; on faisait la chasse aux dialectes et aux patois qui, affirmait-on, empêchaient les citoyens de se comprendre.

Ce qu'on reprochait à la multiplicité des patois, on le reprocha aussi à la diversité des poids et mesures : le bois à brûler se vendait à la corde ; le charbon de bois à la banne ; le charbon de terre à la bacherelle, l'ocre au tonneau et le bois de charpente à la marque ou à la solive. On vendait les fruits à cidre à la poinçonnée ; le sel au muid, au sétier, à la mine, au minot, au boisseau et à la mesurette ; la chaux se vendait au poinçon, et le minerai à la razière. On achetait l'avoine au picotin et le plâtre au sac ; on se procurait le vin à la pinte, à la chopine, à la camuse, à la roquille, au petit pot, et à la demoiselle. On vendait l'eau-de-vie à la potée ; le blé au muid et à l'écuellée. L'étoffe, les tapis et la tapisserie s'achetaient à l'aune carrée ; le bois et les prés se comptaient en perches carrées, la vigne en daurées. L'arpent valait douze hommées et l'hommée exprimait le travail d'un homme en un jour ; ainsi en allait-il de l'œuvrée. Les apothicaires pesaient en livres, en onces, en drachmes et en scrupules ; la livre valait douze onces, l'once huit drachmes, la drachme, trois scrupules et le scrupule vingt grains.

Les longueurs étaient mesurées en toise et en pied du Pérou, lequel équivalait à un pouce, une logne et huit points du pied du Roi, pied du roi qui se trouvait être celui du roi Philictère, celui de Macédoine et celui de Pologne ; celui aussi des villes de Padoue, de Pesaro et d'Urbino. C'était à fort peu près l'ancien pied de Franche-Comté, du Maine et du Perche, et le pied de Bordeaux pour l'arpentage. Quatre de ces pieds approchaient l'aune de Laval. Cinq d'entre eux faisaient l'hexapode des Romains qui était la canne de Toulouse et la verge de Norai. C'était aussi celle de Raucourt et également la corde de Marchenoir en Dunois. À Marseille, la canne pour les draps était plus longue que celle pour la soie d'environ un quatorzième. Quelle confusion ! 7 à 800 noms.

« Deux poids et deux mesures ! », c'était le symbole même de l'inégalité. Répondant aux vœux exprimés dans les cahiers de doléances de 1789, mais également à ceux des états généraux de 1576, demandant que « par toute la France, il n'y ait qu'une aune, qu'un pied, qu'un poids et qu'une mesure », la Révolution décida de tout uniformiser. Elle instaura un système de mesure unique et uniforme, assurant la facilité dans les échanges, et l'intégrité dans les opérations de commerce.

Après avoir quitté les Tuileries et passé sans encombre les barrières de Paris, la berline cuivrée filait plein sud à travers la campagne ; à l'arrière, vitres ouvertes et rideaux baissés, un léger courant d'air rafraîchissant l'atmosphère, Méchain, confortablement assis, observait l'homme qui lui faisait face et qui déjà s'était endormi.

Méchain n'était pas parti seul dans cette mission, pas plus que Delambre ; ils étaient l'un et l'autre accompagnés d'un assistant : le citoyen Bellet pour Delambre, et Tranchot pour Méchain.

Tranchot avait une réputation d'homme de terrain doté d'une grande résistance physique, opiniâtre et compétent. Sa longue fréquentation des pays montagneux serait d'une aide précieuse lorsqu'il faudrait affronter les pics catalans, les massifs pyrénéens, les hauteurs des Corbières et celles de la Montagne Noire. Examinant ses mains courtes abandonnées sur les cuisses, Méchain les devina agiles et puissantes. À le voir dormir ainsi, il pressentit que Tranchot n'était pas homme à se laisser envahir par de vains états d'âme ; c'est exactement ce qui lui convenait. La berline traversait un village. Il jeta un coup d'œil par la fenêtre, surprenant les regards intrigués des villageois. Était-ce la construction singulière de la voiture qui retenait l'attention ? Méchain se mit à l'aise et après avoir bloqué la petite table démontable, il sortit une carte de la Catalogne et se mit à l'étudier.

La voiture freina si brutalement que Tranchot, bousculé de son siège, fut projeté sur l'autre banquette écrasant au passage le bras de Méchain. « Citoyens, vos laissez-passer. » L'ordre était sans réplique, lancé par un officier de la Garde nationale qui se dressait devant eux. Méchain regarda la table brisée, frotta son bras endolori puis ramassa la carte qu'il défroissa machinalement. L'officier réitéra son ordre. Tranchot, ébloui, se releva ; par l'ouverture de la porte, il surprit le canon d'un fusil brillant sous le soleil : la voiture était encerclée. Méchain se taisait et Tranchot entreprit d'expliquer à l'officier la nature de leur mission. L'officier écouta poliment mais donna néanmoins l'ordre de fouiller la voiture. Méchain, hostile, semblait déterminé à ne pas collaborer avec les fouilleurs. Tranchot, lui, comprenant les raisons de ces barrages, ne manifestait aucune animosité : des dizaines d'aristocrates et de prélats ne quittaient-ils pas chaque jour le pays, emportant des richesses considérables au-delà des frontières ?

La fouille ne donna rien ; ni armes, ni or, ni bijoux, seulement deux billets de créances adressés à des banquiers espagnols. On allait laisser partir la berline quand, dans le portefeuille tombé sous la banquette, un garde découvrit une vingtaine de lettres cachetées. L'officier voulut les ouvrir, le garde s'y opposa, alléguant un décret de l'Assemblée Constituante interdisant que l'on brise les sceaux officiels hors de la présence d'un élu municipal. L'officier s'inclina et alla quérir au village d'Essonnes, heureusement proche, le procureur-syndic, qui était une sorte de maire.

S'emparant d'une lettre, le procureur rompit les sceaux et, à la demande des gardes, en fit une lecture publique : « Le Roi recommande à l'administration de la Creuse MM. Méchain et Delambre, astronomes de l'Académie des Sciences…

– « Où se trouve ce Delambre ? », demanda l'officier. Méchain restant toujours muet, Tranchot expliqua qu'il se dirigeait en ce moment vers Dunkerque, tandis qu'eux étaient en route vers Barcelone. Le procureur-syndic poursuivit la lecture : « Louis, par la grâce de Dieu et par la loi constitutionnelle de l'État Roi des Français : À tous, présents et à venir, salut… »

La lettre étant signée du Roi, la majorité des gardes était d'accord pour laisser repartir la berline ; mais une voix s'éleva, faisant remarquer qu'il subsistait vingt lettres dont on ignorait le contenu. Le procureur en décacheta une seconde ; elle était adressée au département de l'Aveyron ; une troisième, au département du Tarn ; une quatrième à celui des Pyrénées-Orientales. Leurs contenus étaient identiques !

Les lettres dont le cachet était brisé s'étalaient sur une des caisses sorties de la berline ; celles qui possédaient encore leur cachet étaient rangées, bien à plat, sur une deuxième caisse.

Un bouvier qui faisait paître ses bêtes dans un pré voisin s'était approché ; puis un groupe de paysans de retour des champs l'avait rejoint, abandonnant charrettes et carrioles sur le bord de la route. Plusieurs voitures particulières s'étaient arrêtées et leurs occupants étaient venus grossir la masse des spectateurs. Tout ce monde écoutait attentivement la lecture, reconnaissant au passage les termes contenus dans les lettres précédentes. Assis à l'écart, Méchain semblait se désintéresser de la scène.

On en avait déjà lu six ; certains voulaient les entendre toutes ; il en restait quinze. Soudain l'astronome se leva. Bousculant le cercle des curieux, il se planta devant le procureur-syndic, affirmant que toutes les lettres étaient semblables et proposant une procédure permettant d'en finir. En mathématicien averti, spécialiste des lois des probabilités, il demanda que l'on prenne une lettre au hasard : ou bien elle était identique aux précédentes et on le laissait repartir, ou bien elle en différait et on l'arrêtait sur-le-champ. La foule approuva cette proposition qui lui permettait de connaître l'issue de l'affaire sans avoir à s'éterniser en rase campagne.

Les gens se rapprochèrent, on fit taire les enfants, le silence s'installa. Tranchot se plaça à côté de Méchain, dos à la berline. La lettre décisive était dans la main du procureur qui la décacheta lentement. Après l'avoir parcourue, il sourit. « Le roi recommande, etc. » Des acclamations retentirent, Tranchot pressa amicalement le bras de Méchain, on se précipita pour les féliciter.

« La plus longue mesure géodésique de tous les temps, ainsi que l'a qualifiée Borda, commence mal », grommela Méchain en remontant dans la berline. Navigateur, physicien et inventeur d'appareil, Borda venait de mettre au point une merveille d'instrument : un cercle-répétiteur, dont deux des trois spécimens actuellement construits se trouvaient dans les caisses de Méchain.

Combien de temps durerait l'expédition ? Les plus optimistes parlaient d'une année. Méchain estimait qu'il en faudrait deux au moins. En fait personne n'en savait rien. Ni ceux qui, à l'Assemblée, l'avaient lancée, ni ceux qui, à l'Académie, en avaient posé le principe, pas plus que ceux de la Commission des poids et mesures qui en avaient assuré la préparation. Dans les tribunes de la Constituante, puis dans celles de la Législative, Méchain, assidu, avait écouté les discours de Talleyrand, de Condorcet, de Prieur de la Côte-d'Or. Il se rappela l'émotion qui l'avait étreint lorsque, devant l'Assemblée pleine à craquer, Condorcet avait dédié l'expédition « À TOUS LES PEUPLES, À TOUS LES TEMPS ». Ah, celui-là, il avait le don des formules, mais Dieu qu'il était mauvais orateur ! Méchain se souvenait de ses paroles presque mot pour mot : « Cette opération, avait-il tenu à préciser, destinée à l'accroissement des Lumières et à la fraternité des peuples, devra s'occuper moins de chercher ce qui serait facile, que ce qui s'approcherait le plus de la perfection. »

Mais de quelle opération s'agissait-il ? Rien de moins que de mesurer avec la plus parfaite exactitude la longueur du méridien entre Dunkerque et Barcelone ! C'est pour accomplir cette tâche immense que Méchain et Delambre, tous deux astronomes et académiciens, avaient été choisis. Chacun partirait d'une extrémité et rejoindrait Rodez.

Unité dans la langue, unité dans le gouvernement, unité contre les ennemis du dehors et du dedans : depuis trois ans, on était obsédé d'unité, on abhorrait l'arbitraire, on se sentait universel.

La mesure est quantité – c'est même sa raison d'être – mais désirant qu'elle soit également « qualité », on la voulut universelle, éternelle, invariable. Ce qui est isolé, ce qui ne tient à rien, ce qui est arbitraire, affirmait-on, n'est pas fait pour être durablement adopté. On donnait pour preuve la longue histoire des peuples.

Pour guider le choix de la nouvelle unité de mesure, on avait décidé de ne rien admettre qui ne soit intimement lié à des objets invariables, rien qui, pour la suite des temps, dépende des hommes ou des événements. Un tel système n'appartenant exclusivement à aucune nation, on pouvait se flatter de le voir adopter par toutes. Qui, hormis la Nature, possède ces qualités ? Et dans la Nature, qui, mieux que le globe terrestre lui-même, peut se porter garant d'invariabilité, d'universalité, d'éternité ?

Tout était prêt : l'époque, les hommes, les institutions et les moyens techniques. Alors ce fut l'instant solennel de la définition. On proclama que la nouvelle unité de longueur serait un morceau du globe : « la quarante-millionième partie d'un méridien terrestre » !

Méchain essaya de se détendre. Il allongea les jambes. Elle était confortable cette berline ! Sa conception en avait été minutieusement mise au point par Borda. Une merveille d'ingéniosité. On pouvait fixer au sol une table démontable qui, augmentée de rallonges, faisait un plan de travail. Bien rembourrées, les banquettes se transformaient en un lit à deux places. Les parois étaient truffées de niches creusées dans la boiserie où s'inséraient un thermomètre de voyage, une pendule à secondes et une autre munie d'une sonnerie, deux hygromètres à cheveux, deux baromètres, un compas, un petit appareil à niveau et deux lunettes de poche dans leur étui de chagrin. Au plafond, une cavité contenait une liasse de cartes. Borda avait imaginé bien d'autres systèmes astucieux mais le trésorier de l'Académie, Lavoisier, avait mis le holà aux dépenses.

La berline avait repris de la vitesse. Essonnes était loin derrière. Assis à côté du cocher, surplombant les croupes des chevaux luisantes de sueur, Tranchot admirait la parfaite mécanique qui l'entraînait vers l'Espagne.

Attelé en arbalète, le cheval de volée filait dans le soir tombant ; les deux bêtes de timon suivant le train aveuglément. Le cocher somnolait, les mains tenant mollement les rênes rèches.

Tranchot avait été décontenancé par le comportement de Méchain, d'abord agacé par son absence de réactions, puis courroucé par son abattement, finalement séduit par son énergie soudaine et par la façon habile avec laquelle il les avait sortis d'affaire. Méchain avait la réputation d'être un individu secret. Comme ces deux bêtes attelées au même timon, ils étaient condamnés à marcher du même pas. Durant des mois, des années peut-être, ils allaient tout partager, la même tâche, les mêmes repas, la même berline et le plus souvent la même chambre. Un véritable mariage ! L'idée le fit sourire. Un mariage consenti, admit-il.

Étouffée par le vent, était-ce la voix de Méchain ? Tranchot se retourna : penché à la fenêtre, l'astronome s'égosillait sans qu'on puisse comprendre ce qu'il disait. La voiture ralentit et Tranchot sauta à terre. Sans ouvrir la portière, Méchain ordonna de faire demi-tour. « Nous rentrons à Paris ! Être arrêté, contrôlé, fouillé à tout moment ! Comme si les obstacles naturels ne nous suffisaient pas ! J'ai décidé d'ajourner l'expédition.

– Mais c'est impossible ! balbutia Tranchot. Delambre est déjà parti. Lui continuera, lança-t-il sur un ton volontairement provocateur ; et puis le capitaine Gonzales nous attend à la frontière espagnole. Jamais plus on ne tentera une telle entreprise. Si vous l'ajournez, vous la condamnez.

– Elle est déjà condamnée. Vous avez assisté à ce qui s'est passé, à la manière dont nous avons été traités ?

– On nous a simplement contrôlés et retardés quelques heures, mais nous avons pu repartir.

– C'est heureux ! Je suis astronome, monsieur Tranchot, j'ai besoin de tranquillité et de sécurité pour travailler. »

Calmé, Méchain grommela encore quelques mots, adressés plus à lui-même qu'à son adjoint. « Nous n'arriverons au bout que si nous pouvons compter sur l'aide des maires, des gendarmes, de la population. Il nous faudra continuellement trouver des charpentiers, du bois, des porteurs, des bêtes… Non, c'est impossible ; il faut remettre l'expédition à plus tard.

– Vous ne comprenez donc pas, explosa Tranchot, martelant ses mots. Les temps ne sont pas près de devenir plus tranquilles ! Il ne s'agit ni d'une émeute ni d'une jacquerie, mais d'une révolution ! Rentrer à Paris, c'est s'interdire d'en ressortir avant des années. »

La nuit était presque tombée. Le prochain relais se trouvait à des lieues, mais la berline cuivrée n'avait pas bougé. Le cocher, assis dans l'herbe, la pipe à la bouche, attendait que Méchain se décide : le nord et le retour vers Paris ou bien le sud ? Il se leva. « C'est pas que je veuille être indiscret, dit-il à l'astronome, ni que je tienne à me mêler de ce qui ne me regarde pas, mais je crois bien qu'il a raison. Ce qui se passe, c'est pas demain la veille que ça va s'arrêter, vous pouvez me croire, et c'est bien heureux comme ça. »

L'astronome grimpa dans la berline, appela Tranchot qui arpentait la route pour se calmer. « Alors, qu'est-ce qu'on fait ? » demanda le cocher. Méchain pointa le doigt vers le sud. « Va pour la Catalogne », lança-t-il.

À l'instant où la berline s'ébranla, Méchain fit le serment de ne pas rentrer à Paris tant qu'il n'aurait pas achevé la mesure du méridien.

Montargis, Bourges, Montluçon, Brive, Rodez, Albi, Castres, Carcassonne, Perpignan enfin. Pas une seule fois la berline ne fut contrôlée. Puis ce furent les Pyrénées et la frontière qu'ils passèrent une semaine jour pour jour après l'incident d'Essonnes. C'est là que le capitaine Gonzales les rejoignit.

Astronome, marin de Sa Majesté Charles IV, roi d'Espagne, Gonzales avait été chargé d'accompagner les savants étrangers pendant toute la durée de leur séjour sur le territoire espagnol. Surveillance de deux étrangers – qui plus est français – mais, également, participation à une expédition scientifique à laquelle l'Espagne avait été conviée et dont elle espérait pouvoir retirer maints avantages.

2.

Contrairement à ce que Méchain et Tranchot avaient affirmé à l'officier d'Essonnes, la berline verte n'avait pas filé directement vers Dunkerque. À la première halte, à Dammartin-en-Goële, Delambre avait appris que la collégiale du village venait d'être rachetée par un particulier qui envisageait de la détruire avant l'hiver. Or, étant un de ses principaux signaux dans la région parisienne, le clocher de la collégiale était irremplaçable. Changeant immédiatement ses plans, il décida de commencer ses opérations par les alentours de Paris. Cela lui permettrait de récupérer certains des instruments qui n'étaient pas encore terminés : le quatrième cercle répétiteur que Lenoir, l'artisan chargé de sa fabrication, était en train de parfaire un réverbère et des miroirs paraboliques. Bellet les attendait avec impatience : il était chargé de l'entretien et de la réparation des instruments d'astronomie et d'horlogerie.

Dunkerque remis à plus tard, l'astronome et son adjoint se mirent à sillonner la région parisienne du nord au sud. À Montmartre, au lieu du clocher ouvert de toutes parts auquel ils s'attendaient, ils ne trouvèrent qu'une tour écrasée d'où il était impossible de faire la moindre observation. Celle de Montlhéry, par contre, était étonnamment bien conservée, mais elle était trop grosse et trop irrégulière pour faire un bon signal. Delambre en fit construire un, à la forme et aux dimensions désirées. Il fut détruit le jour même. Le lendemain, le procureur de la commune le fit rétablir aux frais de l'auteur du délit, ce qui n'empêcha pas que quelques jours plus tard il soit à nouveau renversé et mis en pièces, par une main anonyme cette fois.

Au nord de Paris, le clocher de Saint-Martin du Tertre, quoique rebâti cinquante ans plus tôt, menaçait ruine au point qu'on avait descendu les cloches, sauf une seule qui ne pouvait sonner sans ébranler la charpente et la maçonnerie. L'été avançait. C'est à Jonquières que Delambre et Bellet fêtèrent l'anniversaire de la prise de la Bastille. Au cours de la cérémonie, un villageois s'approcha de l'astronome et lui murmura qu'il connaissait un témoin encore vivant de la précédente expédition, celle de Cassini de Thury. Delambre, excité, le fit chercher sur-le-champ. Le vieil homme arriva et se mit à raconter. C'était cinquante ans plus tôt. Intarissable, il n'omettait aucune précision, aucun détail. Heureux temps où il pouvait porter seul de lourdes pièces de bois au sommet du moulin qui servait alors de signal ! Le moulin s'était effondré, il ne restait qu'un tas de pierres. Un demi-siècle ! Delambre, qui avait lu le récit fait à l'époque, écoutait, ravi. Mais ces paroles ne produisirent sur la foule rassemblée autour d'eux qu'une partie de l'effet désiré. On commença à murmurer. Passant outre, l'astronome et son adjoint se mirent au travail. La municipalité arriva en corps constitué : le maire, parlant sobrement, leur exprima les inquiétudes des habitants au sujet de leur activité et les pria de suspendre les opérations jusqu'à ce que l'administration départementale ait donné son accord.

Delambre partit immédiatement pour Beauvais, où il fut reçu le jour même par le président du département de l'Oise qui, fort heureusement, avait été membre de l'Assemblée nationale, et même son président lorsque celle-ci avait rendu l'un des décrets relatifs à la mesure de la méridienne. Rentrant avec une chaude recommandation des autorités du département, l'astronome fut bien accueilli et son séjour à Jonquières s'avéra des plus agréables et des plus studieux. Tout semblait s'arranger d'autant plus que le problème posé par la station de Paris venait de trouver une solution. Après avoir inspecté le dôme des Invalides, puis celui du Panthéon et à nouveau le sommet de la butte Montmartre, Delambre avait fini par trouver sur celle-ci un belvédère qui ferait l'affaire.

Borda et Delambre longeaient la Seine en direction du quai Conti. Le premier était en train de rapporter au second une devinette que Mlle de Lespinasse aimait à poser à son entourage. « À l'égard de son esprit, on pourrait lui donner un attribut qu'on n'accorde qu'à Dieu : il est infini et présent, sinon partout, du moins à tout. Juste et délié, fort et fin, clair et précis, il a la faculté et la grâce de celui de Voltaire, le piquant de celui de Fontenelle, le sel de celui de Pascal, la profondeur de celui de Newton. De qui s'agit-il ?

– Condorcet !

– C'est juste. Comment avez-vous trouvé ?

– C'est simple : comme Voltaire, c'est un philosophe qui n'a pas sa langue dans sa poche, et comme lui… il s'est doté d'un solide lot d'ennemis. Comme Fontenelle, il est académicien, et, de surcroît, secrétaire perpétuel de la digne institution. Comme d'Alembert, il a participé à l'Encyclopédie, dont il a récrit la totalité des mathématiques.

– Cela ressemble à une rubrique nécrologique, remarqua Borda.

– C'est vous qui avez posé le rébus ! Savez-vous combien il y a d'articles de mathématiques dans l'Encyclopédie ?

– Non !

– Moi non plus. Poursuivons ! Comme Pascal, il est mathématicien, mais… plus que lui, il cherche à appliquer la théorie des probabilités aux témoignages, aux votes, aux différentes décisions humaines.

– Dites-moi, le pari de Pascal, n'était-ce pas aussi une sorte de calcul de probabilités ?

– Dieu ne joue pas aux dés ! Pas plus que Newton qui, s'il m'en souvient, figure la dernière pièce de votre rébus. »

Ils étaient arrivés devant l'hôtel des Monnaies où habitait Condorcet.

« Sous prétexte de mesurer quelques degrés de méridien, ces académiciens se sont fait accorder par le ministre cent mille écus pour les frais de l'opération ; petits gâteaux qu'ils se partageront entre frères !

– Vous voyez, tout le monde n'est pas d'accord avec l'expédition ! s'écria Condorcet ravi. Je préfère cela ; sous l'unanimité se cache toujours la tyrannie. »

Quand, accompagné de Borda, Delambre avait pénétré dans le salon des Condorcet, une jolie femme faisait lecture d'un article de Marat paru dans *l'Ami du peuple*. Avec sa fougue habituelle, l'auteur y dénonçait également « la manie des systèmes qui conduit les physiciens à ramener à un seul agent tous les phénomènes de la nature ».

« Quoi d'étonnant, lança un homme à l'accent prussien, Marat n'a jamais été pour l'unité. Il est cohérent, il y est opposé même en physique.

– Marat est contre l'unité, Condorcet contre l'unanimité ! Et moi, contre l'uniformité », jeta en riant un jeune homme avec un merveilleux accent américain.

C'était Thomas Payne, héros de la guerre de l'Indépendance ; le Prussien était un riche baron qui avait tout abandonné, y compris son nom, pour se jeter dans la Révolution. « Il se fait appeler Anacharsis maintenant, précisa Borda à Delambre qui venait pour la première fois. Et la belle femme, c'est notre hôtesse, Sophie. » Condorcet se tenait près d'elle, portant dans ses bras une ravissante gamine, Éliza, qui lança un baiser collectif avant d'être emportée en riant par son père. Delambre les regarda partir, amusé de surprendre son collègue dans ce rôle de père et de mari.

Tout ce que l'Europe comptait d'intelligence et d'art se rencontrait dans le salon de Sophie Condorcet : l'économiste anglais Adam Smith, le conteur allemand Jacob Grimm, le poète français André Chénier, l'érudit monarque du Danemark, grand disciple de Rousseau ; le médecin Cabanis, son jeune collègue, Pinel, qui s'occupait des fous. Et tant d'autres.

Condorcet mit quelque temps à s'apercevoir de la présence de Delambre ; les choses se passant à la bonne franquette, les invités n'étaient pas présentés à leur arrivée. Le philosophe demanda le silence pour présenter l'astronome à ses hôtes. Celui-ci fut immédiatement l'objet de multiples questions : Pourquoi avoir choisi un méridien ? Pourquoi celui-là et pas un autre ? Pourquoi Dunkerque et pourquoi Barcelone ? Une toute petite dame demanda : Pourquoi la quarante millionième partie et pas la, je ne sais pas moi, la trois mille quatre cent douzième, par exemple ?

Delambre fit un signe des mains pour endiguer l'avalanche. Cherchant désespérément Borda, il le découvrit à l'écart, prenant visiblement grand plaisir à la scène. Quémandant son aide du regard, il vit son compagnon se diriger ostensiblement vers le buffet avec un sourire malicieux.

C'est donc sans l'appui de Borda que Delambre répondit aux questions. Il expliqua qu'on avait choisi ce méridien parce que c'est celui qui passait par Paris et qu'à ce titre, il avait déjà fait l'objet de plusieurs mesures. La dernière en date, remontant à un demi-siècle, avait été effectuée par Cassini de Thury. « Nous comptons beaucoup nous inspirer de ce travail et utiliser ses résultats, précisa Delambre. Quoique déjà, au village de Jonquières, un moulin qu'il avait pris pour signal, était inutilisable pour nos propres mesures. Quant à Dunkerque et Barcelone, ces villes ont été choisies parce que jouxtant le méridien et se trouvant toutes deux au niveau de la mer, la totalité des calculs en sera facilitée. » Sophie vint lui apporter un verre de vin cuit ; Delambre se leva espérant pouvoir le déguster tranquillement. Mais on lui rappela la question sur la quarante millionième partie. « L'Antiquité adorait les jeux, au point que du côté d'Assouan sur le Nil, l'unité de longueur s'appelait "le stade". Ératosthène mesura la distance entre Assouan et Alexandrie et, de là, il déduisit la longueur de la circonférence de la Terre : 250 000 stades, ce qui fait à peu près quarante millions de demi-toises du Pérou ! » lâcha Delambre juste avant de vider son verre d'un seul trait.

« Vous souhaitez que la nouvelle unité de mesure soit universelle et vous la déterminez sans le concours d'autres pays ; voilà qui paraît contradictoire ! » fit remarquer quelqu'un. Condorcet intervint : « La France a tout essayé pour que d'autres nations se joignent à elle. L'Assemblée constituante a rendu un décret dans lequel "le roi était supplié d'écrire à Sa Majesté britannique" pour que des savants de la Société royale de Londres accompagnent leurs homologues français. Louis XVI a écrit, les Anglais ont boudé. Depuis la prise de la Bastille, Londres, Berlin, Vienne, Moscou traitent Paris comme une pestiférée. Mais l'Europe est impuissante à empêcher la France de réaliser ses rêves. Et les gouvernements n'étant pas les peuples, nous avons décidé de nous passer d'eux. » De mémoire, Condorcet se mit à citer le décret de l'Assemblée : « Nous n'avons pas cru qu'il fût nécessaire d'attendre les concours des autres nations, ni pour se décider sur le choix de l'unité de mesure, ni pour commencer les opérations. En effet, ayant exclu de ce choix toute détermination arbitraire, et n'ayant admis que des éléments qui appartiennent également à toutes les nations, il ne se présente donc rien qui puisse donner le plus léger prétexte au reproche d'avoir voulu affirmer une sorte de prééminence.

« En un mot, si la mémoire de ces travaux venait à s'effacer, si les résultats seuls étaient conservés, ils n'offriraient rien qui pût servir à faire connaître quelle nation en a conçu l'idée, quelle nation en a effectué l'exécution. » Cloots, qui avait rayé les frontières jusque dans son esprit, était au comble du bonheur ; il serra dans ses bras Condorcet. Delambre sortit sur le balcon ; à ses pieds coulait la Seine. Borda surgit brusquement à ses côtés : « J'ai trouvé ! » Delambre le regarda surpris : « Le mètre, nous l'appellerons le MÈTRE. » Et il disparut tout aussi brusquement. Que Borda ait choisi une origine latine l'étonna ; ils avaient tous deux une passion pour la langue grecque, une seule chose les séparait cependant : Borda préférait *l'Iliade* et Delambre *l'Odyssée*. Les lumières des Tuileries dansaient dans l'eau calme de la Seine. Demain il quittait Paris pour Dammartin-en-Goële.

3.

Plus le clocher est étroit, plus il constitue un bon signal. Celui de la collégiale de Dammartin-en-Goële était de ce type. À gravir l'escalier en colimaçon qui n'en finissait plus, Delambre sentit son corps se vriller. Il reprit son souffle en se disant qu'il lui faudrait s'habituer à ces ascensions interminables, puis il repartit. Soudain ce fut l'éblouissement, presque douloureux. Un océan de feu l'encerclait, soleil et blé mêlés. Plissant les yeux, il jeta un regard circulaire autour du campanile : du blé, du blé partout ! À certains endroits des nuages s'élevaient du sol. C'était l'époque des moissons : les chaumes, soulevés par le vent, formaient un halo épaississant l'atmosphère. Richesse et monotonie, telle était la plaine de la Goële.

Bleutée par la distance, une couronne de collines, de buttes, de tours cerclait l'horizon. On aurait dit un immense amphithéâtre dont le clocher de la collégiale formait le centre. Dos rond de Coupvray, de Caretin, de Chaumont ; voussures d'Écouen, de Montmélian ; haussement de Saint-Christophe, butte de Sannois et celle du Calvaire. Et là-bas, à l'extrême limite en direction du sud, indécelable à un œil inexpérimenté, une éminence floue : Montmartre. Plus proche, mais invisible, Ermenonville avec, au milieu de l'île des Peupliers, le tombeau de Rousseau où, depuis le début de la Révolution, les gens se pressaient.

« Et cette tour, là-bas, vous la connaissez ? » Delambre se retourna brusquement ; le charpentier qui avait débarqué sans bruit était debout derrière lui, pointant le doigt.

C'était la tour du mont Épiloy, que l'astronome connaissait bien. Le charpentier parut surpris. « Je suis d'Amiens », lui lança Delambre. Qui, dans toute la Somme, ne connaissait la fameuse tour où Jeanne d'Arc avait été emprisonnée ?

Un clocher, c'est avant tout des cloches ; celles-là lui parurent gigantesques. Il faut dire que Delambre n'avait jamais eu l'occasion de se trouver proche à les toucher. Posant la main sur le bronze, il crut ressentir des vibrations qu'il s'amusa à interpréter comme des restes de sons, prisonniers du métal. Il pesa sur la cloche : elle resta immobile, ignorant son effort. Il allait insister quand il croisa le regard moqueur du charpentier debout en équilibre sur la poutre maîtresse barrant le campanile. L'énorme pièce de chêne était si robuste et si bien encastrée dans la pierre que rien ne semblait pouvoir la mettre en péril. Elle seule retenait le couple de cloches. Mais déjà le charpentier avait sauté sur une étroite corniche où l'astronome le rejoignit en empruntant une échelle de corde chancelante. Sans vraiment souffrir de vertige, Delambre ne se sentait pas à l'aise : la moiteur qui avait envahi sa nuque ne le trompait pas. Testant chevrons et arbalétriers, le charpentier désigna une panne.

« Un couple de siècles et elle est encore rude comme un bois de mâture. C'est ici qu'on construira l'échafaud. »

Delambre remarqua qu'il disait échafaud et non échafaudage. « Il n'y a que le feu pour en venir à bout, et encore… Un feu d'enfer ! » Partant d'un énorme rire qui résonna dans le clocher, le charpentier poursuivit sa marche sur les poutrelles grinçantes.

Delambre choisit de descendre à l'Auberge de la Grosse Tête, passant outre aux remarques ironiques de Bellet liant le nom de l'auberge à son titre d'académicien. Le manger et le coucher y étaient de bonne qualité et les fenêtres donnaient sur la place. En l'introduisant dans sa chambre, la servante, avec une petite voix criarde, lui désigna l'endroit où, il n'y a pas si longtemps, on exposait les suppliciés sur des fourches patibulaires, le visage tourné vers le moulin de justice.

C'est sur cette place également qu'arrivaient les nouvelles, c'est là que, chaque soir, elles étaient longuement discutées. Il y avait toujours quelqu'un qui, ayant passé la journée à Meaux ou à Senlis, informait ceux qui étaient restés au village, à moins que ce ne soit un voyageur faisant la route entre Soissons et Paris. Ceux qui arrivaient de Belgique ou des frontières étaient harcelés de questions : ils parlaient des combats. On était en guerre contre le roi de Bohême et de Hongrie.

L'événement le plus discuté, celui qui avait déchaîné le plus de passions, d'émotions et de querelles, avait été l'envahissement des Tuileries par les gens des faubourgs. L'appartement du roi forcé ! On avait plaint Louis et le petit dauphin. Dans cette compassion, les femmes avaient été exclues : pas un mot pour la mère, pas un mot pour la fille. Quelqu'un avait précisé que, d'après ce qu'on lui en avait dit, tout s'était passé sans méchanceté, et aucune dévastation n'avait été commise. Un vieil homme avait répondu : « Mais quand même ! » Certains, d'un air grave, avaient abondé dans son sens, mais d'autres avaient rappelé qu'il n'y a pas si longtemps, tout le monde était d'accord pour mettre à mal le château de Condé qui était à l'entrée du village. On lui avait répliqué que c'était uniquement pour brûler les droits seigneuriaux qu'on l'avait forcé, et que de toute façon « le roi, ce n'était pas la noblesse ».

Une chose avait travaillé les imaginations : le bonnet rouge ! Que Louis s'en fût couvert était plutôt une bonne chose et imaginer « l'époux de l'Autrichienne » coiffé ainsi avait déchaîné les rires. Un petit homme gloussait : « Un bonnet sur une perruque ! Un bonnet sur une perruque ! » Quelqu'un s'était cependant indigné, affirmant que le roi avait répugné à s'en couvrir. Un paysan, silencieux jusqu'alors, s'était avancé : « Répugné ? J'en porte bien un, moi, de bonnet et j'en ai de la fierté ! » Puis l'on entendit la petite voix criarde de la servante de l'Auberge de la Grosse Tête, affirmant tenir de première main, par son cousin qui y était, qu'une belle femme s'était avancée vers le roi et lui avait lancé : « Écoutez-nous ! Vous êtes fait pour nous écouter ! » Ce fut la stupéfaction parmi les auditeurs et dans le silence quelqu'un avait murmuré : « C'est vrai qu'il est là pour nous écouter. »

Coincé entre le bout de la flèche et la niche aux cloches, l'échafaudage occupait toute la surface du clocher. C'est dire s'il était minuscule…

« Ici, personne ne viendra vous gêner ; les gens sont bien trop feignasses pour grimper toutes ces marches. C'est le privilège de la hauteur : être seul… au beau milieu du village ! »

Absorbé par la mise en place du cercle répétiteur, Delambre écoutait d'une oreille distraite le bavardage du charpentier. Il se sentait bien. Dans un instant le vrai travail allait commencer. Après l'épuisant repérage des lieux, après les incessants va-et-vient entre les stations, après la construction des échafaudages, après la longue installation du matériel, après la fastidieuse vérification des appareils, ils étaient fin prêts pour la première mesure géodésique de l'opération : le calcul du premier angle.

Le cercle répétiteur se dressait face à l'ouverture. Les deux lunettes brillaient dans la lumière. Delambre se plaça derrière l'instrument, déverrouilla les différents systèmes de sécurité, redonnant instantanément à l'instrument l'usage de ses articulations. Éprouvant au creux de sa main le granulé du métal, il referma les doigts sur la lunette libérée et la dirigea vers le nord. Sous son doigt, la roulette tourna doucement. Peu à peu, émergeant d'un néant laiteux, la tourelle de Clermont apparut.

Bellet avait suivi chaque mouvement ; Delambre lui laissa la place. Relevant machinalement la mèche qui lui barrait le front, Bellet se pencha et, après avoir regardé dans l'oculaire, bredouilla quelque chose comme : « Parfait, parfait… parfaitement net. »

Bientôt la lumière fut trop faible ; Delambre immobilisa la lunette. Combien de mesures semblables à celles-ci avant d'atteindre Rodez ? Bellet appliqua les caches sur les œilletons et recouvrit l'instrument d'un linge immaculé. Le charpentier, qui depuis un moment fixait l'ouverture embrasée du clocher, pointa le doigt vers l'horizon.

« On est les derniers à voir le soleil se coucher », affirma-t-il fièrement. Il se redressa brusquement l'oreille tendue : « Écoutez ! »

Un étrange silence envahit le clocher. Bellet cessa de ranger. Delambre et le charpentier s'immobilisèrent. Peu à peu Delambre décela une multitude de bruits enchevêtrés. Semblant affluer par vagues, comme s'ils venaient battre le clocher, les sons parvenaient émoussés, filtrés par la distance, distincts cependant : le roulement d'une charrette, le hennissement d'un cheval, des cris d'enfant, le grincement d'une grille, le martèlement d'une masse. Bien que reconnaissables, ils semblaient irréels. Le charpentier se pencha ; Delambre vint à ses côtés. En bas, sur la place, de minuscules personnages se rassemblaient en groupes fluides dans la nuit naissante.

Ce fut ainsi chaque soir de ce mois de juillet, jusqu'au jour où un bruit inhabituel avait retenu l'attention de l'astronome et de son adjoint. Un roulement de tambour ! Bellet se précipite, la place est noire de monde. « Venez voir, s'écrie-t-il tout excité, faisant branler l'échafaudage à force de se trémousser.

– Vous bouchez tout ! Descendez voir ce qu'il en est, plutôt que de rester là, fourré devant l'appareil. »

Bellet dévalait déjà l'échelle. Passer brutalement du silence et de l'obscurité de la nef vide à la luminosité et au tumulte régnant à l'extérieur le laissa un instant étourdi. Le roulement des tambours crépita, immédiatement suivi par l'explosion métallique des trompettes. Le cortège arrivait sur la place.

Quatre hommes avançaient d'un pas lent, portant à bout de bras une enseigne de gros drap, tendue entre deux énormes manches. Inscrits de façon maladroite : Liberté, Égalité… Mangé par les plis du tissu, le troisième mot était illisible.

Derrière venaient le maire et les représentants de la population : culottes de drap des bourgeois, sabots des paysans, blouse de chanvre des artisans, souliers de cuir des marchands. Ils avançaient sans dire un mot, ne pouvant s'empêcher d'adresser un signe, vite réprimé, à leur famille groupée sur le passage.

Personne ne sourit lorsque, pour grimper sur l'estrade dressée près de l'arbre de la Liberté, le maire se reprit à deux fois. D'un geste rapide, il réajusta son écharpe froissée et regarda la foule : « CITOYENS ! LA PATRIE EST EN DANGER. »

Tonnée dans un silence de cathédrale, la phrase produisit un effet immédiat. Un long frisson se propagea comme une onde de choc. Bellet sentit sourdre en lui une émotion encore jamais ressentie, faite de force et de tristesse. Dans l'impressionnante immobilité de la foule, il y avait quelque chose d'animal, de primitif. « En danger ! » La formule habilement choisie par ceux qui, à la Législative, avaient rédigé le discours, eut pour effet immédiat de déclencher chez chacun des auditeurs une sensation d'urgence. Chaque homme, chaque femme l'entendit comme un appel à l'aide : il fallait porter secours à la Nation.

Sortant de sa poche une proclamation, le maire se mit à lire :

« Des troupes nombreuses s'avancent vers nos frontières. Tous ceux qui ont en horreur la liberté s'arment contre notre Constitution. CITOYENS, LA PATRIE EST EN DANGER ! Que ceux qui vont obtenir l'honneur de marcher les premiers pour défendre ce qu'ils ont de plus cher, se souviennent toujours qu'ils sont français et libres. Que leurs concitoyens maintiennent dans leurs foyers la sûreté des personnes et des propriétés. Que les magistrats du peuple veillent attentivement. Que tous, dans un courage calme, attribut de la véritable force, attendent pour agir le signal de la loi, et la patrie sera sauvée ! »

S'épongeant le front, le maire se détendit comme si, ayant fait partager à ses concitoyens le contenu de la proclamation, il se sentait libéré d'un terrible secret. Balayant l'espace d'un large geste de la main, il annonça fièrement : « En ce moment même, cette proclamation est lue dans toutes les communes de France ! »

Une immense ovation salua la nouvelle. La tension accumulée se déchargea d'un coup : tout le monde se mit à parler. Apprendre qu'à cet instant à Marcilly, à Plailly, à Juilly, au Mesnil, à Ermenonville, les habitants étaient réunis sur la place, écoutant le même appel, sentir cette grande toile tissée à travers le territoire, produisit une ivresse qui empourpra les visages et fit briller les regards : une ivresse tragique qui disait : « La liberté ou la mort ! »

L'aubergiste installa une table et une chaise sur l'estrade. Un officier municipal prit la place du maire.

« Le registre des enrôlements est ouvert, annonça-t-il en posant un grand registre sur la table. Que ceux qui veulent se porter volontaires viennent s'inscrire. Nulle obligation d'uniforme ; chacun peut aller au combat en son habit de travail. »

Un homme déjà s'était rangé devant l'estrade. Il attendait sagement, il voulait être le premier à s'inscrire, le premier à partir.

De son observatoire, l'astronome avait vu le cortège déboucher sur la place ; lorsque le maire s'était mis à parler, Delambre n'avait pu résister. Il se retrouva au milieu de la foule au moment où le conseiller municipal appelait à l'enrôlement. L'astronome chercha son adjoint du regard et, ne le voyant pas, il partit à sa rencontre. Après avoir longtemps tourné, il finit par l'apercevoir.

Penché sur le registre d'enrôlement, Bellet, la plume à la main, s'apprêtait à signer. Delambre bondit, arrêtant brutalement son geste.

« Bellet, qu'est-ce que vous faites ? Vous êtes fou ! Attendez, ne signez pas… pas tout de suite. Je vous en prie. »

L'entraînant à l'écart tout en le serrant fermement par le bras, il lui dit doucement : « Je comprends ce que vous ressentez. Vous pensez qu'il est plus important d'aller se battre. Évidemment, alors que la patrie est en danger, rester dans nos clochers à faire nos mesures, ça ressemble à quoi ! Vous pensez que…

– Je pense que si nous sommes envahis, il n'y aura plus rien à mesurer. Je pense que si les Anglais prennent Dunkerque, votre expédition est foutue.

– MON expédition ?!

– Ce n'est pas ce que je voulais dire.

– Souvenez-vous des paroles de Condorcet : À tous les temps, à tous les peuples ! La mesure est universelle, elle ne peut dépendre des événements.

– Et pourtant elle en dépend, que vous le vouliez ou non », répliqua Bellet. Les deux hommes se faisaient face. « Si Dunkerque tombe, si Perpignan tombe, on continuera, hurla Delambre. Il faudra qu'on continue. »

On était déjà en août. Sur la place de Dammartin, il y avait beaucoup moins d'hommes, à l'auberge également. Un matin, las d'attendre que les nuages de chaleur se dissipent, empêchant d'apercevoir le signal de Montmartre qu'il avait eu tant de mal à choisir, Delambre se décida : puisque Montmartre s'obstinait à être invisible de jour, on l'observerait la nuit. Bellet partirait aujourd'hui même pour y allumer durant la nuit un réverbère spécialement conçu à cette intention pendant que Delambre, à son poste dans le clocher, procéderait à la mesure.

« Nous sommes bien d'accord, précisa l'astronome, vous allumerez le réverbère deux heures après le coucher du soleil. Pas avant. Si tout se passe bien, je devrais l'apercevoir autour de la graduation… » La fin de la phrase se perdit dans un épouvantable vacarme. Sous leurs pieds, la chasse heurtant le battant à toute volée avait déclenché le tintement des cloches et l'exaspération de Delambre qui commençait à ne plus pouvoir les supporter.

Bellet était en train de charger les réverbères dans la berline quand son attention fut attirée par un groupe massé sur la place. Torse nu sous un tablier de cuir, un homme, monté sur un banc, haranguait les villageois d'une voix puissante : « Moi, les menaces, ça me fait l'effet contraire. Il paraît que si on égratigne les Tuileries ou si on caresse un peu trop fort la caboche au roi, les Autrichiens et les Prussiens… » Il chercha ses mots.

« Comment c'est qu'ils ont écrit ? » demanda-t-il au jeune homme, portant lunettes fines, qui se trouvait à ses côtés. De son sac de colporteur, celui-ci sortit un journal : « Ils ont écrit… il chercha la phrase… ah oui, ils ont écrit "tireront une vengeance à jamais mémorable".

– C'est ça, reprit le harangueur, à jamais mémorable.

Grimpant à son tour sur le banc, le colporteur déplia le journal et lut tout haut : « Ils disent que les habitants des villes, des bourgs et des villages devront se soumettre immédiatement aux troupes autrichiennes et prussiennes ; que ceux qui essaieront de se défendre subiront une vengeance exemplaire, que les maisons seront démolies et brûlées, que Paris sera livré à une exécution militaire et à une subversion totale. » L'homme au tablier de cuir explosa : « Vous avez entendu ? Plus j'écoute ça et plus j'enrage ! »

Bellet lui arracha presque le journal des mains. C'était la *Chronique de Paris*. Un gros titre barrait la première page :

« ULTIMATUM DU CHEF DES ARMÉES PRUSSIENNES.

Les incroyables menaces de Brunswick ! »

Bellet essaya de lire calmement : se soumettre sur-le-champ… vengeance exemplaire… maisons démolies et brûlées… Paris livré à une exécution militaire et à une subversion totale. Il serra le journal, à le déchirer. Si nous sommes vaincus, la France sera détruite, pensa-t-il avec rage. Il connaissait la puissance des armées étrangères. Il savait également que la plupart des officiers français avaient déserté, que les soldats manquaient d'armes, de munitions. Il avait encore en mémoire les paroles de l'officier municipal : chacun peut aller au combat en son habit de travail. Ce qui signifiait qu'il n'y avait même pas assez d'uniformes ! À voir les volontaires qui étaient partis, l'issue de la guerre ne faisait pas de doute : aucun n'avait jamais tenu un sabre ou tiré un coup de canon, et on allait leur opposer des soldats de métier ! À la pensée que risquait d'être anéanti tout ce en quoi il avait cru et espéré, Bellet sentit son cœur se serrer. Des larmes d'impuissance lui vinrent aux yeux.

En s'éloignant, il entendit à nouveau l'homme haranguer la foule : « Et vous savez qui est le chef des émigrés qui font alliance avec Brunswick ? » Bellet se retourna. « Louis Joseph, le ci-devant prince de Condé ! cria l'homme, martelant ses mots. Le propre comte de Dammartin, de notre village ! »

Tous connaissaient le comte. Il n'y a pas si longtemps, quatre ans à peine, il régnait sur la contrée et lorsque, se rendant à son château, son carrosse traversait le village, les dos se courbaient et l'on mettait chapeau bas. Des cris de fureur s'élevèrent. De fureur, de rage, de dépit, et de honte. Le nom même de Dammartin était lié à Condé depuis des siècles, l'opprobre retomberait sur le village et ses habitants.

Il fallait cinq heures pour se rendre à Paris. Au moment où Bellet monta dans la berline, il s'entendit interpeller : « Vous allez à Paris ? lui demanda un homme qu'il avait quelquefois aperçu à l'auberge.

– Je dois être à Montmartre avant ce soir.

– On dit que les faubourgs vont faire cortège vers les Tuileries pour dire leur mot au roi. Je voudrais en être mais je serais bien en peine d'y aller à pied. »

L'homme s'assit à côté de Bellet. La voiture démarra. Une femme accourut vers eux.

« Prends donc ça, Louis, lança-t-elle en tendant une miche de pain au passager. Il paraît qu'à Paris, ils ont plus rien à manger. »

Il se pencha et prit la miche.

« Ne t'en fais pas, je serai de retour demain. » Puis s'adressant à Bellet : « Elle, c'est Louise, moi, c'est Louis : on était fait pour se rencontrer. J'ai l'air de quoi maintenant avec un nom pareil ? Je vais pas en changer parce que le roi a le même ! C'est quoi votre métier ?

– Je suis ingénieur.

– Moi, bourrelier. » Il resta un temps pensif puis : « Un bât robuste, une selle ou un harnais solides… nous, on s'occupe des bêtes de labeur et c'est pas demain qu'elles disparaîtront. À Senlis, il y avait trois selliers, il en reste plus qu'un à présent. Ils se prenaient pour le gratin ; leur travail, c'était les chevaux de luxe. »

Une sorte de claquement régulier l'interrompit. Dans un champ bordant la route, une étrange machine avançait, enveloppée par un nuage de chaume. C'était une sorte de moulin actionné par une seule bête. Bellet arrêta la berline.

L'engin était truffé de minuscules tranchants, plantés dans deux gros cylindres tournant à grande vitesse. Un gamin menait la bête, tandis qu'à l'arrière un homme alimentait une auge, enfournant régulièrement d'énormes bottes de paille. Bellet n'avait jamais rien vu de semblable. Le bruit était intense. Sous ce soleil de plomb, l'homme ressemblait à un mannequin d'osier, le corps recouvert de paille, chaume et poils du torse enchevêtrés. Entraînée vers les cylindres, la botte fut happée par les mâchoires et instantanément hachée. Juste au-dessous, un flot de grains s'écoula en crépitant dans un moulin qui le broyait à mesure.

« C'est un hache-paille, déclara Louis quand Bellet remonta dans la berline. Il lui tendit la miche déjà entamée. C'est tout nouveau, y paraît que ça vient d'Angleterre. La machine œuvre sur une ancienne terre des Condé. »

À entendre à nouveau ce nom, la fureur de Bellet ressurgit. Il enragea d'avoir écouté Delambre et de ne pas s'être enrôlé. « Vous non plus vous n'êtes pas parti avec les volontaires ? » demanda-t-il brusquement. Louis baissa la tête, répondant sourdement : « J' serais bien parti, mais j'ai trois petiots, la femme a pas voulu. Et toi ?

– Moi, balbutia Bellet, moi c'est la même chose. »

Un éclair passa dans les yeux de Louis.

« Toi aussi, ta femme a pas voulu ?

– En quelque sorte », répondit Bellet en souriant.

L'obscurité avait envahi le clocher. Accoudé à l'ouverture, Delambre regarda en direction de Paris ; une nuit sans lune recouvrait la capitale. C'était le moment.

Pointant la lunette dans la direction de Montmartre où devait se trouver le réverbère allumé par Bellet, il observa. Rien ! Il n'y avait rien, aucun feu. Surpris, il vérifia l'instrument, détermina à nouveau la direction de la lunette : tout était en ordre. Montmartre demeurait invisible. Sans doute Bellet avait-il été retardé, il lui avait fallu plus de temps que prévu pour installer le matériel…

Plusieurs fois durant la nuit, Delambre revint à l'instrument, sans résultat. Aucune trace du réverbère ! Irrité, d'un geste brusque, il balaya l'horizon ; une gigantesque lueur envahit l'œilleton. Jamais l'astronome n'avait aperçu pareille chose. La lueur était bien réelle et elle provenait du centre de Paris. Delambre resta longtemps, l'œil rivé à l'instrument. Puis renonçant à comprendre, il partit se coucher.

Le brouhaha était tel qu'il finit par le réveiller. Delambre maugréa, se retourna, tenta d'étouffer le bruit des voix en enfouissant la tête sous le traversin. Vaincu, il ouvrit les yeux. Malgré les rideaux, le soleil pénétrait dans la chambre. Il se leva, tira le rideau, souleva le battant de la fenêtre.

Une cinquantaine de villageois étaient agglutinés autour de la malle-poste ; d'autres affluaient par les ruelles, tous étaient au comble de l'excitation. Un homme passant sous la fenêtre cria à l'intention de Delambre : « C'est les Tuileries ! Les Suisses ont tiré. Il y a des milliers de morts. On dit que le roi est prisonnier au Temple. Toute la nuit, les Tuileries ont brûlé. »

Delambre referma la fenêtre, tira les rideaux. En se recouchant, il marmonna, les yeux mi-clos : « J'espère que ce n'est pas Bellet qui a mis le feu. »

Le lendemain, bien qu'on lui ait affirmé que des dizaines de voitures étaient retenues aux barrières de Paris, l'astronome commença à s'inquiéter de l'absence de son adjoint. Marchant devant la collégiale sans même lever la tête, il rentra dans sa chambre pour lire *la Chronique de Paris*. En première page, suivant l'habitude, s'étalait le compte rendu des séances de l'Assemblée rédigé par Condorcet.

« Nuit du 9 au 10 août.

« Dans le cours de la nuit, le tocsin a sonné. L'Assemblée s'est réunie à minuit. Elle a entendu plusieurs pétitionnaires des sections de Paris venus déclarer que l'agitation du peuple provient de ce qu'ils regardent la cour en état de contre-révolution. Un officier municipal annonce que le roi, la reine et la famille demandent à se présenter. Le roi entre, il est suivi de son épouse, de son fils, de sa fille, et de Mme Élisabeth. Il se place à côté du président Vergniaud et dit : "Je suis venu ici pour éviter un grand crime, et je me croirai en sûreté au milieu de vous."

« M. Carnot demande comment l'Assemblée fera pour délibérer parce qu'il est dit dans la constitution que l'Assemblée n'est pas délibérante pendant que le roi y est. On décide que le roi et sa famille se tiendront dans une loge séparée de la salle par une grille : la loge habituellement occupée par le logographe. Tout à coup on entend des coups de canon en direction du château.

« Le roi avertit qu'il a donné l'ordre aux Suisses de ne point tirer. Les coups de canon redoublent ; ils sont accompagnés de beaucoup de fusils. Le roi, sa famille et les députés écoutent en silence. Un orateur demande que l'Assemblée mette sous la sauvegarde de la loi les propriétés et les personnes. Cette motion est applaudie et décrétée. Un opinant demande de tous ses collègues le serment : Vive la liberté ! Vive l'égalité ! Tous les députés se dressent et prononcent le serment, les bras levés au ciel. On annonce que le château est forcé. »

Delambre tourna fébrilement la page et se jeta sur l'article suivant, relatant ce qui s'était passé au château.

« Le réveil du peuple a été terrible et pour une fois on peut dire sans être taxé d'exagération qu'il s'est levé tout entier. Ce n'était point là une révolte que quelques coups de fusil allaient apaiser, mais une insurrection générale, un supplément réel de révolution, auquel rien ne pouvait résister.

« À 9 heures, tout ce qui est en état de porter les armes se dirige vers les Tuileries. Les citoyens disent hautement qu'ils désirent la déchéance du roi ; aucun ne manifeste l'intention de lui faire du mal. Les grenadiers de deux bataillons royalistes bien connus avaient signifié à leurs canonniers qu'ils les fusilleraient s'ils refusaient de tirer sur le peuple. Ces mêmes grenadiers avaient excité les Suisses et leur avaient dit de tirer sur tout ce qui se présenterait.

« En effet, à peine le roi a-t-il rejoint l'Assemblée que le carnage commence. Les Suisses tirent par les fenêtres, et même par les soupiraux. Les citoyens désarmés ou mal armés fuient. Les braves Marseillais et Brestois se rallient, les Parisiens les secondent ; ils viennent surtout de Saint-Antoine et de Saint-Marceau. Un feu terrible répond à celui qu'on éprouve. On a vu des gardes nationaux courir après les boulets envoyés des Tuileries pour les y renvoyer à leur tour. En passant devant le Carrousel, le cortège reçoit une terrible décharge. Les gardes du roi embusqués dans des barraques tirent un feu roulant qui fait une centaine de morts parmi le peuple. Un groupe de Marseillais se jettent en avant et par les ouvertures lancent des gargouses qui font exploser les barraques. Immédiatement le feu se met à courir et répand une grande fumée.

« Enfin les Suisses vaincus mettent bas les armes mais un grand nombre de fédérés, de Marseillais, de citoyens de Paris ont perdu la vie. Le désespoir est au comble et à l'exception de quelques Suisses que l'on est parvenu à dérober à la fureur en les cachant, ils ont tous été massacrés. Beaucoup ont été conduits vis-à-vis la maison commune où ils ont reçu la mort.

« Le Carrousel a brûlé toute la nuit et sans l'action des gardes nationaux, le feu se serait répandu dans tout le château. Un peu plus tard, les Tuileries ont été inondées. Les meubles ont été portés aux sections. Les voleurs ont été punis par la mort mais dans cette confusion, des innocents ont payé pour des coupables. Plusieurs effets précieux ont été sauvés. Nous devons citer ici le désintéressement de M. Collard de Trone, canonnier des Petits-Pères, né à Caen. Ayant trouvé 1 500 louis dans le secrétaire de la reine, il les a déposés à la Commune. Il a trouvé en même temps deux lettres adressées à la reine, que nous publierons prochainement.

« Les statues de Louis XVI, de Louis XV, et même celle de Henri II ont été renversées. Trois citoyens sont morts, écrasés par la chute du buste de Louis XV. »

Delambre se leva, la tête en feu, arpenta la chambre, à la fois soulagé et anxieux. Soulagé comme on peut l'être lorsque, après avoir longtemps couvé, l'orage éclate enfin. Anxieux parce qu'il n'imaginait pas qu'il éclaterait avec tant de violence. Il reprit le journal : « La lunette murale de l'école militaire, placée dans l'observatoire de l'astronome de Lalande, a été gravement faussée par des hommes qui s'y étaient introduits pour chercher des armes. » Un peu plus loin quelques lignes retinrent son attention : « Joli appartement de deux pièces, très proprement meublé, en superbe vue sur la rivière ; propre à un homme seul et à son domestique ; pouvant également convenir à un député. S'adresser, sur le quai de la Mégisserie, au coin de l'Arche-Marion, proche le Pont-Neuf, à M. Gifon quincailler, n° 11. » « Je ne suis pas député mais je l'échangerais bien contre le mien, rue du Paradis. La Seine, deux pièces, un homme seul ; si mon traitement augmente, pensa Delambre, habiter le long de la rivière, en face du quai Conti, vis-à-vis de Condorcet… » Il s'endormit.

Longuement retenu aux barrières de Paris, Bellet ne revint que deux jours plus tard. La station de Montmartre s'avérant impraticable, Delambre la remplaça par le dôme du Panthéon.

La berline verte s'apprêtait à quitter Dammartin-en-Goële lorsque Bellet aperçut une femme vêtue de noir traversant la rue. C'était Louise. Elle avait vainement attendu son homme : Louis, le bourrelier, était un parmi les milliers de morts de la nuit du 10 août.

4.

Avant de quitter Dammartin, Delambre avait chargé le charpentier de construire un signal sur la vieille tour de Montjay, à quelques lieues de distance. Le charpentier fut vite de retour, trop vite : il n'avait pas fini de déballer ses instruments que la population de Montjay s'était amassée, lui interdisant de procéder aux travaux. On avait respecté la légalité : un procès verbal en bonne et due forme avait été dressé de cet empêchement. Muni de cette pièce, Delambre partit aussitôt pour Meaux. Les temps avaient changé ; les autorités n'avaient plus le pouvoir, ni parfois le désir, de contraindre les populations. On ne peut forcer les habitants à souffrir vos opérations, lui fut-il répondu ; on peut seulement les y exhorter en leur assurant qu'elles ne comportent rien dont ils doivent s'alarmer. On lui donna des lettres en ce sens pour le maire de Montjay et le curé décida de les lire au prône. Ce fut une erreur ; depuis quelque temps ce que les curés proclamaient en chaire n'était plus parole d'évangile. La lecture ne fit qu'affermir les habitants dans leur opposition. Ils se liguèrent avec ceux des communes voisines, notamment avec ceux de Lagny pour résister plus efficacement, si l'on voulait employer la force. La fermentation augmenta, d'autant que la situation à Paris étant chaque jour plus tendue, les campagnes avoisinantes devenaient plus nerveuses.

L'inquiétude dominait, et l'inquiétude engendra la suspicion. On voyait des suspects partout ; certains l'étaient, d'autres pas.

À Paris, par exemple, un certain Chappe et son frère établissaient dans le parc Saint-Fargeau, au sommet de la colline de Ménilmontant, une curieuse construction : un châssis avec des persiennes qui apparaissaient et disparaissaient à volonté. La chose était, affirmaient-ils, destinée à communiquer à de grandes distances. Mais communiquer quoi et avec qui ? Des renseignements aux amis de la reine qui s'apprêtaient à détruire Paris, évidemment ! Les folles paroles de Brunswick étaient dans toutes les têtes ; le télégraphe optique fut immédiatement incendié et l'on voulut y jeter les deux frères. Ils en réchappèrent.

Les mêmes causes provoquant les mêmes effets, Delambre et Bellet ne purent effectuer leurs mesures et si l'on ne mit pas le feu à leur signal de Montjay, c'est tout simplement qu'ils n'avaient pas eu le temps de le construire.

Montjay interdit, il fallut trouver un site de remplacement. Depuis le matin, c'était leur quatrième barrage. À l'entrée de chaque village, une dizaine d'hommes, la plupart armés de piques, certains portant l'habit des paysans de la région, les autres en uniforme, uniforme officiel de la Garde nationale ou celui, officieux, des sans-culottes : une houppe-lande de drap brun à collet rouge et un pantalon de bure. Sur tous les torses brille la cocarde, épinglée au veston ou collée sur la blouse. L'effervescence est à son comble. Partout les municipalités tiennent séance permanente. Delambre et Bellet sont amenés auprès d'assemblées devant lesquelles ils comparaissent sur-le-champ. Après avoir montré leur passeport et expliqué la nature de leur mission, ils sont mis en demeure de présenter leurs laissez-passer, ce qu'ils font chaque fois avec mauvaise grâce car ils commencent à savoir ce qui va s'ensuivre. Comme dans un cauchemar, la même scène se reproduit, semblable à celle que Méchain avait subie deux mois plus tôt, et dont Delambre avait eu vent par une lettre que son collègue avait adressée à la commission.

L'officier municipal s'empare du document. Dans le brouhaha, on entend : « *Les autorités demandent qu'on procure à Monsieur Delambre les bois et les matériaux nécessaires à la construction de ses signaux : mâts, réverbères et échafauds.* »

« Échafaud ! Il a dit échafaud ! » Le fou rire se répand dans la foule, ponctué de grands coups assenés sur le sol avec le manche des armes. Delambre, voyant au-dessus de sa tête danser les piques, recule. Le maire, n'appréciant pas, regarde sévèrement l'homme qui a lancé la plaisanterie, puis reprend la lecture : « *Les autorités demandent qu'on facilite l'établissement des signaux sur le faîte et à l'extérieur des clochers, sur les tours et les châteaux. Elles recommandent également que monsieur Delambre et ses adjoints ne soient point troublés dans leurs observations et à ce que les ouvrages qu'ils auront fait construire ne soient ni détruits ni endommagés.* » Un sans-culotte qui lit pardessus l'épaule de l'officier s'exclame soudain : « Mais c'est signé : Louis ! » La foule gronde, se rapproche, hostile.

« C'est l'Assemblée qui a voté l'expédition ! s'insurge Bellet.

– C'est la signature qui compte ! De toute façon, on n'accepte que les laissez-passer du district », répond le maire.

Delambre, n'y tenant plus, explose : « Nos passeports sont en règle. Nous sommes en mission officielle ; je suis délégué par l'Académie.

– Cadémie ? Cadémie ! Il n'y a plus de cadémie, nous sommes tous égaux ! » clame furieusement le sans-culotte qui était déjà intervenu.

Pourtant, quelques instants plus tard, on les laisse repartir leur prédisant les pires ennuis.

« Quelle est cette toiture pyramidale qui domine l'horizon ? » demande Bellet en inspectant le paysage. C'était le château de Belle-Assise, bien orienté et, de surcroît, admirablement caché dans les arbres. Ils s'y rendent et, dans le calme des grands bâtiments silencieux, sans être aperçus de personne, ils peuvent terminer leurs mesures.

Bagages prêts, instruments rangés dans les caisses, ils sont sur le point de quitter le château, quand un détachement de la Garde nationale de Lagny débarque pour effectuer une perquisition : des armes, paraît-il, y sont entreposées. Au lieu d'armes, on découvre la berline verte et, à l'intérieur, l'astronome et son adjoint. On les reconnaît, on se souvient d'eux et de l'épisode de Montjay. On les enlève, on les entraîne à travers champs par une pluie affreuse.

Le groupe avançait sans bruit à travers bois. La nuit était tombée ; un éclair illumina le ciel.

– Merdedieu, s'écria l'un des gardes, et les foins qui sont pas engrangés !

Tout le monde se tut.

« C'est bien dommage que vous soyez pas des demoiselles ! » lança un homme pour détendre l'atmosphère. Devant l'air interloqué et réprobateur des autres gardes, l'homme bredouilla : « C'était seulement pour dire que par chez nous, du côté de Lagny, y avait une coutume qu'était en usage y a encore pas bien longtemps. Après que la nuit était tombée, si un gars rencontrait une fille seule dans la campagne, pas au bourg, eh bien, il avait le droit de la forcer à lui faire l'amour et la fille n'avait pas son mot à dire ; c'était l'usage.

– Vous entendez, Bellet ? cria Delambre à son compagnon invisible.

– J'ai toujours su qu'on était des chanceux », lui répondit une voix enrouée. Bellet était trempé. On ne lui avait pas laissé le temps de prendre sa pelisse. Le sans-culotte qui marchait à ses côtés ôta sa houppelande et la jeta rudement sur les épaules de Bellet, qui tenta de refuser.

« Prends, j' te dis. La pluie, j'ai l'habitude. »

Le sans-culotte retira son bonnet trempé qu'il tordit au-dessus de sa tête ; ses joues inondées tremblèrent, animées par un grand rire : « Y a que comme ça que je me lave », lança-t-il joyeusement.

Le rire se propagea dans la petite troupe et gagna Delambre. Seul Bellet faisait triste mine.

« Vous n'êtes pas incarcérés, seulement consignés », leur affirma-t-on à leur arrivée à l'Auberge de l'Ours de Lagny. Toute la nuit cependant, deux gardes armés se succédèrent devant leur porte. Pour les protéger ? Pour empêcher qu'ils ne s'enfuient ?

Bellet, allongé sur le lit, les cheveux encore humides, enrobé dans un habit de nuit prêté par l'aubergiste, gardait obstinément les yeux fermés. Delambre pensait qu'il fallait immédiatement avertir Paris de leur situation. Qui ? L'Assemblée ? La Commissions des poids et mesures ? Ou bien Condorcet personnellement qui, depuis le 10 août, était devenu un des personnages les plus importants du pays ? Delambre préférait ne pas se rendre lui-même dans la capitale, prévoyant qu'on serait unanime à le pousser à interrompre l'expédition. Or, une fois suspendues, les opérations ne reprendraient pas de sitôt.

Bellet se dressa soudain sur son séant : « On a réquisitionné nos chevaux, confisqué nos instruments, saisi notre voiture ; Dieu sait où sont nos laissez-passer ? Et j'ai la fièvre !

– Je vous dis que vous n'avez pas la fièvre », soutint Delambre, de la voix de celui qui n'était pas prêt à laisser passer le moindre mensonge.

La porte s'ouvrit. Des gardes entrèrent, apportant de la nourriture. Delambre, reconnaissant le sans-culotte qui l'avait interpellé au sujet de l'Académie, se planta devant lui et lui lança : « Désolé de vous décevoir, citoyen, mais l'Académie n'a pas été supprimée. » L'autre le regarda, surpris, puis : « Si c'est pas encore fait, ça reste à faire et ça se fera, tu peux m'en croire. Passe donc une bonne nuit, citoyen, demain il fera jour !

– Une bonne nuit ? Partis comme nous sommes, on va se retrouver à la Conciergerie. Là, on aura tout le temps de dormir », marmonna Bellet.

Au cours de leurs déplacements, ils avaient pu voir la tension croître et la peur s'emparer de la population. En moins de deux semaines, la situation militaire était devenue critique. Le 16 août, l'armée du Nord, forcée, avait fait retraite ; le 19, La Fayette, l'ancienne idole des Parisiens, était passé à l'ennemi ; le 23, Longwy avait capitulé, dégarnissant l'Est ; le 30, Verdun était tombé, ouvrant la route de Paris aux Prussiens. Trahison ! On la voyait partout ; elle s'y trouvait souvent.

On savait que dans les prisons, les royalistes exultaient à l'approche des armées ennemies. Un rien pouvait mettre le feu aux poudres.

À l'instant où Delambre et Bellet trouvèrent le sommeil à l'Auberge de l'Ours de Lagny, à quelques lieues de là, Paris vivait une des nuits les plus sombres de son histoire. On égorgeait à la Conciergerie, on sabrait au

Châtelet, on massacrait dans les prisons de la Force et de l'Abbaye. À nouveau des têtes fleurissaient sur des piques. On était le 3 septembre 1792 ; Paris était hideux. Hideux comme il l'avait été deux siècles plus tôt, au matin de la Saint-Barthélemy, après une nuit d'un massacre froidement commandé par les ancêtres de ceux qui, aujourd'hui, étaient tout aussi sauvagement assassinés.

Qui avait commis les crimes ? Quelques centaines d'hommes. Un demi-millier, pas plus, avaient accompli la besogne ; comme les détritus s'amassant à la surface de l'eau qui bouillonne, ils s'étaient assemblés, autonomes. Nul parti ne les avait armés ; peut-être seulement certains avaient désiré le crime, mais en repoussant avec horreur l'idée qu'il pût réellement se commettre. Il s'était commis.

Cette meute de soudards civils laissa derrière elle des flaques de sang qui souillaient déjà une révolution née pour le bonheur et la justice. C'est ce que le maire de Lagny pensa quand, au lever du jour, on lui apprit la sinistre nouvelle.

Se sentant secoué, Delambre se réveilla, effrayé ; le maire le pressa de s'habiller. Bellet mit plus de temps à ouvrir les yeux, mais fut plus prompt à se vêtir tant il était pressé de quitter l'endroit. Déjà la population s'était rassemblée dans la rue avant d'aller reconnaître le chemin ; le maire indiqua à Delambre et à son adjoint un endroit où se cacher, leur conseillant d'y rester et de tâcher de s'évader s'il tardait à reparaître. Il reparut, et les conduisit à leur voiture…

Après avoir récupéré la berline et les chevaux, ils gagnèrent Saint-Denis, toujours accompagnés du maire de Lagny qui leur affirma : « Avant ce soir, vous serez ou libres et munis de nouveaux passeports, ou bien emprisonnés. Mais les choses se seront passées suivant la loi. »

Deux gendarmes à cheval escortaient la berline à travers la foule qui grossissait ; on approchait de la basilique. Une marée de peuple encerclait le bâtiment où reposaient les dépouilles de Dagobert et de Saint Louis, de Philippe le Hardi et de Philippe le Bel, de Jean le Bon et de François Ier… Une marée de peuple à travers laquelle la berline avait de plus en plus de difficultés à se frayer un chemin.

« À mort les aristocrates ! », « Vive la Nation ! », « Les traîtres, à la lanterne ! » Des grappes de visages s'encadrèrent dans la fenêtre. La place était noire de monde. Des soldats venant de toutes les régions de France, écrasés de fatigue, dormant dans la poussière pour une courte halte sur le chemin des frontières ; des volontaires brouillons, pressés d'aller se battre, attendant des armes qui ne venaient pas, et les innombrables hôtes du dépôt de mendicité, gueux ramassés dans la capitale, contraints de travailler à la filature. Des rumeurs insensées lézardaient les attroupements qui se défaisaient pour, un peu plus tard, un peu plus loin, se reformer un peu plus denses encore.

Après un dernier tremblement, la berline s'arrêta, définitivement immobilisée. Le maire sortit un pistolet qu'il arma avant de le cacher sous son habit et il enfila son écharpe tricolore. Il partit chercher du renfort, ordonnant aux deux passagers de ne quitter la voiture sous aucun prétexte. « Ici, au moins, vous serez protégés. »

Il ouvrit la porte, desserrant l'emprise de la foule, et, dressé sur le marchepied :

« Citoyens, ces hommes sont sous la protection de la force publique. Je ne permettrai pas que se commettent ici les horreurs qui ont souillé Paris et déshonoré la nation. »

Puis il s'enfonça dans la foule. L'écharpe tricolore disparut, mangée par le bleu des uniformes des soldats.

Un homme bondit :

« Partout, des gens qui s'affublent du costume des patriotes protègent les traîtres. Ils parlent au nom des citoyens pour mieux les tromper. Le district est feuillant et royaliste ; n'ayons confiance en personne ! »

Un autre le rejoignit, claironnant : « Cent fusils ! Cent fusils ! », expliquant que la veille, sur la route de Lagny, une voiture remplie d'aristocrates avait été perquisitionnée et qu'on y avait trouvé plus de cent fusils !

« Et celle-ci, demanda-t-il en pointant son index vers la berline ; celle-ci aussi doit en être pleine ! »

Prestement deux hommes commencèrent à détacher les bagages. Lorsque la malle où étaient rangés les instruments fut sur le point d'être forcée, Delambre jaillit de la voiture :

« Ne touchez pas à cette malle. Il y a dedans des instruments précieux.

– Précieux ?!

– Je voulais dire précieux… pour la science. Vous pouvez l'ouvrir, mais faites attention ! »

La foule se rapprocha, curieuse de voir le contenu de la malle. Les instruments de Lenoir, tout neufs encore, n'avaient jamais paru aussi somptueux. Cette longue-vue surtout, aux dorures rutilantes !

« Une longue-vue de guerre !

– Non ! une longue-vue d'astronomie, rectifia Delambre.

– Beau cadeau pour Brunswick et pour Condé ! »

Delambre affirma qu'ils étaient des savants, qu'ils ne quittaient nullement le territoire et qu'ils se rendaient à Dunkerque pour leur travail.

« Dunkerque ! On y va, à Dunkerque, lança un groupe de volontaires. Viens donc te battre avec nous. »

On décida de les interroger séance tenante. Delambre recula, Bellet ouvrit la porte de la berline, un gendarme arma son fusil et le pointa vers la foule, rappelant que les deux passagers étaient sous la protection de la force publique et que personne ne les toucherait.

« Vite, Bellet, hurla Delambre, le cercle, sortez le cercle ! »

Dans une rue proche, menant vers la place, un détachement de gardes nationaux avançait, armes à l'épaule. Devant eux, courant presque, le maire de Lagny leur criait de se presser.

Près de la voiture, le deuxième gendarme avait prêté main-forte à son collègue. Les premiers rangs s'étaient reculés ; dans la place laissée libre, le cercle répétiteur se dressait, solidement fixé sur son pied. Bellet serrait les derniers écrous.

« Tout le monde sait aujourd'hui que la Terre est un corps rond ayant à peu près la forme d'une boule, clama Delambre. Un fil entourant la Terre d'un pôle à l'autre est un méridien. Sous les pieds de chaque citoyen passe un méridien. Tous les citoyens sont égaux, tous les méridiens le sont aussi ! Nous avons choisi de mesurer celui qui passe par Paris. » Désignant le cercle répétiteur : « Ceci est un nouvel instrument de mesure ; c'est le plus précis que l'on ait construit à ce jour. »

Un jeune homme, portant pantalon large et grande blouse écrue, sortit du groupe des volontaires. Il tenait à la main un vieux fusil à baïonnette semblable à ceux qui armaient ses camarades :

« Je suis arpenteur de mon métier ; les mesures, ça me connaît. Je n'ai rien contre ces citoyens mais je peux dire que je n'ai jamais vu un instrument pareil. En tout cas, ce n'est pas avec ça qu'on mesure, j'en suis sûr. C'est avec une chaîne d'arpenteur. »

« Bravo l'arpenteur ! », « À mort, le faux savant ! »

L'arpenteur désolé, tenta de se faire entendre : « J'ai pas dit que c'étaient des traîtres. »

À l'autre bout de la place, le maire de Lagny, entendant les cris, se mit à courir.

Suivi par le détachement de gardes nationaux, le maire, stupéfait, découvrit Delambre, crayon à la main, dessinant des triangles bleus joignant des cercles verts, placés de part et d'autre d'un grand trait rouge barrant une carte de France clouée sur l'arrière de la berline. La ligne rouge représentait le méridien de Paris, les cercles verts les stations choisies pour les mesures.

« Saint-Denis est là, annonça Delambre. Et tout en haut, c'est Dunkerque. En bas, ce point, c'est Perpignan. Plus bas encore, c'est Barcelone, en Espagne. » Les cris avaient cessé, la foule était attentive. « Lorsque l'on veut mesurer de grandes distances, poursuivit Delambre, on ne peut pas utiliser une chaîne d'arpenteur. Il ne s'agit pas ici de mesurer un champ mais de calculer la distance qui sépare Dunkerque de Perpignan, c'est-à-dire de déterminer la longueur de la France. »

Quelqu'un cria : « Les Prussiens sont à Longwy, les uhlans à Verdun. Si ça continue, t'auras plus rien à mesurer ! »

Delambre s'approcha du cercle répétiteur.

« Avec cet instrument, on mesure des angles. Et grâce aux angles on peut calculer les longueurs. Nous allons procéder de la façon suivante : nous déterminerons sur le terrain une chaîne de points élevés, pics, clochers, tours, situés de part et d'autre du méridien. À l'aide de ces points, nous établirons une suite de triangles. »

Bellet lui tendit une longue règle plate qu'il montra à la foule :

« Ensuite, avec cet autre instrument, on mesurera une longueur, une seule, une "base".

– Voilà au moins qui ressemble à une chaîne d'arpenteur ! lança joyeusement l'arpenteur.

– C'en est une, admit Delambre, plus précise seulement. Bon… si on connaît deux angles et un côté d'un triangle, on peut calculer les deux autres côtés. Et de fil en aiguille, on déterminera la longueur du méridien. »

Delambre libéra les lunettes du cercle répétiteur ; les gendarmes baissèrent leur fusil, le maire de Lagny sourit.

« Les deux lunettes sont indépendantes. On pointe l'une sur un signal, et l'autre, sur un deuxième signal », expliqua Delambre.

Puis, faisant signe à l'arpenteur d'approcher : « Regarde toi-même. »

L'arpenteur hésita. Encouragé par ses camarades, il se pencha prudemment vers l'instrument et dirigea la lunette en direction de la flèche de la basilique qui se profilait dans le ciel.

Tout était flou !

« Il faut mettre au point », précisa doucement Delambre de façon que l'arpenteur seul l'entende.

5.

À trois cents lieues de là, au même instant, loin des vociférations de la foule de Saint-Denis, Méchain, immergé dans le silence des montagnes de Catalogne, pointa sa lunette sur la sierra de Montseny.

Quelle maîtrise ! Rapide, efficace, précis, il maniait l'instrument avec une étonnante dextérité que Tranchot, assis quelque pas plus loin dans le creux de la roche, admirait à la dérobée. Un baromètre, mal fixé, bascula ; d'un geste vif, Méchain le rattrapa. Comment ne pas apprécier le changement qui s'était opéré en lui ? Était-ce le même homme qui, deux mois plus tôt, s'apprêtait à tout abandonner ? Son corps semblait s'être libéré, ses mouvements avaient acquis de la souplesse, son visage s'était hâlé. Il ressemblait de plus en plus aux montagnards de la région.

Recouverte d'une épaisse forêt, la sierra de Montseny se distinguait des montagnes environnantes par son étrange sommet composé de deux pics jumeaux, dressés non pas côte à côte mais face à face, et qui semblaient poursuivre un interminable dialogue.

Le capitaine Gonzales s'approcha et demanda à l'astronome s'il connaissait le nom du pic sur lequel il pointait sa lunette. Méchain fit oui de la tête. Ce nom, c'était l'Homa-Morta. Gonzales venait d'arriver de Barcelone ; les tentes seront prêtes dans une semaine, annonça-t-il fièrement. Méchain en avait fait les plans,

Gonzales avait trouvé l'artisan capable de les construire au moindre coût, au moindre temps. Bientôt ils n'auraient plus à quitter le sommet de la station chaque soir ; bientôt, ils dormiraient à demeure. Plus de chambres sordides, de fatigue inutile et de temps perdu ! Fini de s'aventurer, dans la nuit tombante, sur des chemins affreux et d'y risquer la mort. Méchain complimenta Gonzales pour sa célérité.

On monta la tente ; elle se dressa bientôt dans le ciel de Catalogne : un cône surmonté d'un gros corps rond servant de signal pour les mesures. Une longue pièce de bois en forme de mât était plantée bien verticalement, maintenue dans cette position par de forts arcs-boutants emmanchés à l'extrémité supérieure, et revêtue d'une toile blanchie. Le bas était bordé d'une large ceinture de coutil rayé faisant obstacle au vent. La carcasse se composait de trois montants assemblés à un plateau circulaire. Accrochée par des anneaux au bord du plateau, la toile était tendue circulairement par le bas avec des piquets de fer.

Deux savants français et un officier du roi d'Espagne débarquant dans un village reculé de Catalogne, ce n'était pas ce qu'il y avait de mieux pour que devant soi s'ouvrent les portes.

Le castillan était le parler officiel, la langue du roi, celle du pouvoir ; inutile d'accoster un villageois ou un paysan en employant cette langue : le visage se fermait immédiatement et l'homme vous tournait le dos en s'éloignant. Mais lorsque Gonzales abordait son interlocuteur en catalan, tout devenait possible. Pour eux, aimait-il à dire en parlant des habitants de la région, Dieu ce n'est pas « Dios » mais « Deu ». Va pour Deu ! C'est ainsi que Gonzales était devenu irremplaçable lorsqu'il s'agissait des pourparlers avec les villageois, pour engager des porteurs ou parlementer avec les ouvriers. Et de surcroît, il connaissait la région dans ses moindres recoins. Voilà pourquoi Méchain tenait tellement à cet adjoint, placé à ses côtés par les autorités espagnoles, en principe en vue de le surveiller. Gonzales avait vite oublié sa mission politique pour ne s'adonner qu'à sa passion scientifique.

En Espagne, le français représentait la langue du savoir et de la bienséance. Gonzales était noble et féru d'astronomie : à ce double titre il s'exprimait parfaitement dans cette langue, la parlant presque sans accent, et si ce n'était une inimitable façon de prononcer les « s », on aurait pu le prendre pour un natif de L'Île-de-France.

Le soleil déclina, les gestes de Méchain se firent plus rapides. Invariablement, à cette heure-ci de la journée, il était pris d'une véritable frénésie de travail, comme si, avant que la nuit tombe, il s'obstinait à voler au temps une mesure de plus. Notre-Dame-del-Monte, Puig-se-Calm. Les opérations se succédaient dans un ordre immuable. À se mouler dans cet ordre, à enchaîner sans rupture les différentes étapes de l'opération, Méchain éprouvait une satisfaction évidente. Pointer la première lunette, la fixer ; pointer la seconde, la fixer ; libérer la première ; faire pivoter le cercle. Dix, vingt, cent fois le même acte. Là résidait le principe même du cercle-répétiteur et le génie simple de cet instrument, là résidait la trouvaille du Chevalier de la Borda, son inventeur : plus on répétait l'opération, plus on en améliorait la précision. D'une formule, on pourrait dire : multiplier le nombre de mesures, c'est diviser l'intensité de l'erreur.

Un peu à l'écart, Gonzales parlait à Tranchot ; Méchain essaya de ne pas se laisser distraire, mais la voix lente du capitaine finit par lui faire oublier son travail.

« Il y a très longtemps, on raconte encore ici, la sierra était recouverte d'une forêt si épaisse que personne n'avait pu la traverser. Chaque année, à la belle saison, des jeunes gens s'y aventuraient ; aucun n'en était revenu. Au bas de la montagne, se trouvait un petit village, et dans le village, deux amis. L'un proposa à l'autre de tenter l'aventure. Ils s'enfoncèrent bientôt dans la forêt. Celui qui marchait en tête connaissait, affirmait-il, le chemin. Chaque soir, il grimpait sur les plus hautes branches, se repérait sur les étoiles et décidait de la route du lendemain. L'autre, confiant, le suivait. Ils allèrent plus loin que personne avant eux, s'enfonçant toujours plus avant. Et puis un soir, des nuages, quelque chose qui ne va pas, les étoiles, comment dire ? qui ne semblaient plus à leur place. Impossible de se repérer ; le guide redescendit. Allait-il avertir son compagnon ? Ils s'étaient égarés, il le savait, il avait commis une erreur, où ? quand ? il n'en dit rien ; se murant dans le silence, il poursuivit sa route.

« Des semaines plus tard, le village fut réveillé par des cris. On se précipite : un revenant ! L'homme avançait en titubant à la limite de ses forces, au milieu des villageois qui s'écartaient sur son passage. Un pas, un autre encore, il s'effondra comme une masse au milieu de la place sur la margelle de la fontaine. C'était l'un des voyageurs, non pas le guide, non pas celui qui savait, mais l'autre, celui qui suivait. Comment avait-il pu revenir, retrouver son chemin, survivre ? C'est un mystère qui dure encore. Il restait étendu par terre, on le crut mort, on le porta chez lui. Il respirait encore. Dans son délire il raconta toute l'histoire. Puis il guérit, mais plus jamais on n'entendit le son de sa voix. Était-il devenu muet ? Avait-il fait le vœu de le devenir ?

« L'été revint ; il faisait très chaud dans la vallée, ce devait être comme aujourd'hui, un août torride. Soudain la sierra s'embrasa, d'un seul coup, partout : on n'avait jamais vu cela. Tout le monde, les hommes, les femmes, les enfants, massés sur la place, regardaient, subjugués. On s'étonna de ne pas apercevoir le muet, on le chercha, il avait disparu. Un enfant affirma l'avoir vu entrer dans la forêt. Personne ne le revit.

« La forêt brûla durant des jours et des jours. La montagne avait disparu au milieu d'un énorme nuage de fumée. Une nuit l'incendie cessa. Le matin, les villageois découvrirent la montagne ; elle était entièrement rasée et, tout en haut, sur le sommet nu, se dressaient deux pics face à face, encore enrobés de fumerolles. Au bout d'un moment une voix s'éleva dans le silence celle d'un vieux paysan : C'est l'Homa-Morta, déclara-t-il, l'homme mort de s'être tu. »

Méchain se retourna brusquement : « Pourquoi deux pics ? » demanda-t-il, presque agressif. Toujours de sa voix lente, Gonzales répondit : « L'un représente l'erreur, l'autre la vérité… mais on ne sait pas lequel ! » Il y eut un silence et Méchain cria : « Signature, signature ! » Tranchot et Gonzales se levèrent un peu à contrecœur tant ils étaient encore sous le coup de la légende.

Apposées sur chacune des pages par chaque membre de l'expédition, ou par des témoins de passage, les signatures avaient pour but d'attester que les mesures consignées sur le registre étaient celles qui avaient été réellement effectuées. Interdisant toute modification ultérieure, leur présence constituait, aux yeux de la communauté des savants, comme aux yeux des générations futures, la preuve de l'authenticité des mesures. C'était devenu un rite et Méchain tenait à lui conserver un caractère solennel ; il était l'acte par lequel, chaque soir, on mettait un terme à la journée de travail. Cette marque appliquée sur des pages, souvent incompréhensibles, de calculs et d'observations, rappelait à tous, y compris aux porteurs et aux ouvriers qui assistaient fréquemment à la cérémonie, l'enjeu de la mission, et redonnait son sens au travail de la journée. Chacun pressentait que ces signatures transformaient radicalement le statut du document : de manuscrit privé, il devenait document officiel. Gonzales, Tranchot et Méchain signèrent ; ce soir-là, ils étaient seuls sur le sommet.

Le lendemain ils se séparèrent. Tranchot piqua droit vers la sierra de Montseny pour y construire le prochain signal. Gonzales, chargé des bagages et des instruments, partit à la tête d'une petite caravane vers le Puig-se-Calm, pour établir une nouvelle station. Méchain, quant à lui, se dirigea vers le Montserrat, pour y effectuer une reconnaissance et préparer les futurs triangles.

Montserrat, mont de la scie ! Un colossal bloc de granit, voilà pour le mont ; la scie, c'est les eaux du Llobregat qui coule tout en bas. En artistes consommées, elles ont amoureusement sculpté le roc. Haché par la rivière en colonnes parfaites, qui forment autant de doigts pointant le ciel, le colossal bloc de granit dessine une main de pierre aux innombrables phalanges. Méchain le découvrit, perçant le ciel à travers une trouée de la forêt.

Après avoir rangé la berline et confié son cheval à un palefrenier, il se mit en marche au milieu de grappes de moines bénédictins se rendant à l'abbaye. Ils disparurent bien vite à une croisée des chemins et Méchain se retrouva seul ; une pente douce courait sur les flancs de la montagne, l'éloignant du village. Brusquement il fut face à un escalier abrupt à donner le vertige.

Des centaines de marches ! Combien de péchés pardonnés aux hordes de pénitents qui les taillèrent dans le roc ? L'infini n'est pas de ce monde : l'escalier prit fin. Parti du centre de la terre, il débarquait au milieu du ciel, du moins Méchain le crut-il un instant, jusqu'à ce qu'il découvre la suite du chemin : un terrible sentier courant le long d'une faille interminable. Il n'y avait pas d'autre choix. Quelques pas pour reprendre son souffle et ce fut la quasi-obscurité. En bas, un précipice à soulever le cœur ; en haut, menaçantes, des rangées d'aiguilles de granit ensanglantées par le soleil et tout autour des murailles crénelées, hérissées de donjons, flanquées de bastions imprenables. Il lui sembla se déplacer dans les ruines d'un château fort gigantesque. Méchain se reprocha de ne pas être parti plus tôt. Insensiblement des morceaux de la légende rapportée par Gonzales lui revinrent en mémoire, provoquant un malaise dont il ne prit pas immédiatement conscience. Quelque chose l'avait irrité dans cet Homa-Morta ; était-ce le silence du guide ? L'incendie ? L'erreur non avouée ? Il sursauta : un bruit ! une bête ? On prétendait qu'il y avait des sangliers. Il finit par déceler en amont du sentier une minuscule construction incrustée dans la roche ; elle épousait si bien le relief que, sans la proverbiale acuité de sa vue, il serait passé sans la voir. C'étaient les célèbres ermitages dont on lui avait tant parlé ! Pour survivre ici, il doit falloir, pensa-t-il, emprunter aux grands oiseaux d'altitude quelque chose de leur mode de vie. Planer ! Debout, au milieu des arbustes, fondu dans le paysage, un vieillard sec comme une lame, le visage mangé par une barbe de neige, regardait sévèrement l'importun. Un instant après, l'ombre sombre avait disparu, avalée par la pierre. Méchain hâta le pas. C'était un bon marcheur ; bientôt il atteignit San Géronimo, point culminant du Montserrat. Une minuscule chapelle occupait la presque totalité de la plate-forme. Il posa son sac et s'assit. Quand il releva la tête, un spectacle étourdissant s'offrit à lui : il se trouvait face à un orgue de pierre aux dimensions colossales, dont les tuyaux flamboyants perforaient le ciel. Par instant, le vent, frisant la roche, émettait une musique brute, comparable à celle produite en soufflant dans une conque marine. Méchain resta une heure, peut-être deux, oubliant le but de son voyage. Il prit tout son temps pour admirer la Méditerranée, proche, immense, brillante. Le froid du crépuscule tomba d'un coup. Plus le temps de faire ses observations, plus le temps de redescendre avant l'obscurité. Il n'avait encore jamais passé une nuit entière dans une chapelle…

Il poussa la porte. Derrière l'autel, une noire madone couronnée d'or, portant son enfant sévère dans les bras, semblait veiller dans la pénombre. Méchain surprit le regard tragique et doux de la Vierge d'ébène ; troublé, il s'empressa d'allumer deux cierges à moitié mangés et une vieille veilleuse baignant dans l'huile.

Ainsi éclairée, la sainte noire était impressionnante de sérénité. Étrange peuple qui porte son adoration sur une vierge d'importation ! « Est-ce un reste de la présence mauresque ? Dieu blanc et Diable noir ? » s'interrogea Méchain. Immédiatement après il s'endormit.

Psalmodié par des voix sourdes, le chant semblait venir de très loin. Un escalier majestueux attire Méchain qui le gravit sans fatigue ; le chant s'amplifie. Une porte s'ouvre sur la grande salle illuminée de l'Académie. Méchain parvient à l'estrade, il est précédé par un huissier portant un livre gigantesque. Il s'agit des travaux de Méchain sur les comètes ; l'œuvre est saluée comme l'une des plus importantes jamais publiées… Méchain ouvrit les yeux. Il n'a jamais écrit aucun ouvrage, il sait qu'il n'en écrira jamais. Par le minuscule vitrail, un jour rouille pénétra dans la chapelle. Le chant persista. Méchain se précipita dehors, pieds nus. Déjà les plus hauts sommets flamboyaient. Du fond de la vallée envahie par la brume, s'élevaient les voix lointaines et graves des moines de l'abbaye, invisible en contrebas, qui chantaient matines. Perçant les nuages et comme filtrées par eux, elles lui parvinrent avec une pureté mystérieuse.

Méchain passa la matinée à effectuer ses repérages et repartit en direction du Puig-se-Calm. L'été finissait, laissant place à l'automne.

« Aujourd'hui, 22 septembre 1792. Horizon pur et tranché, aucun reflet sur les signaux. Vers midi, après la quinzième observation, le vent s'est levé avec une telle violence qu'il n'a pas été possible de continuer. Il est brusquement retombé dans l'après-midi et les mesures ont repris.

« Distance au zénith de Montserrat.

« Signal très apparent. On a visé au faîte du toit de la petite chapelle qui se trouve au sommet de San Géronimo. La série des douze mesures donne : 89°51'56''. »

Méchain, installé à l'abri du vent, en contrebas de la plateforme, finissait le compte rendu de la journée quand le bruit caractéristique d'une bouteille débouchée le fit se retourner. Gonzales, comme à la parade, sanglé dans un uniforme impeccable, une gentiane bleue à la boutonnière, exhibait une fiasque de vin étiquetée. Derrière lui, Tranchot, tout aussi coquet dans un habit dégotté on ne sait où, tenait une assiette de petites saucisses, très *pimentos*, prévint-il en les offrant à l'astronome qui, passant outre à l'avertissement, se retrouva le palais en feu.

La tente, vue de l'extérieur, ressemblait à un gros lampion accroché dans le vide. Relevant solennellement les pans de la toile, Tranchot fit signe à Méchain d'entrer. Quel changement ! Tout était rangé ; les montants garnis de branches dorées, la toile tendue de tissus catalans ; un chandelier posé à terre, un autre accroché au mât ; on se serait cru dans une tente mauresque. Pour table basse, les caisses du cercle, recouvertes d'une nappe blanche, sur laquelle trônaient trois assiettes, des vraies, en porcelaine. Et des verres ! Que Gonzales emplit : « Buvons en l'honneur de cette journée où la nuit et le jour sont égaux sur toute la terre », lança-t-il. C'était donc cela ! « L'équinoxe, bien sûr ! » s'écria Méchain. Il l'avait pourtant écrit sur le registre. « Aujourd'hui, 22 septembre, etc. » Gonzales était marin et sur toutes les mers du globe, ce jour était jour de fête : lui n'avait pas oublié. Méchain leva son verre. « Profitons-en ! lança-t-il, demain déjà, la nuit sera plus longue que le jour. »

Ce fut leur premier moment de véritable détente. Depuis trois mois qu'ils étaient partis, pas une fois ils n'avaient eu le temps de se reposer. Le vin était abondant, les mets excellents ; sans doute le repas le plus raffiné jamais servi à une telle altitude ! Comment diantre avaient-ils pu se procurer toutes ces victuailles, les transporter jusqu'ici et les préparer sans que Méchain s'en aperçoive ? Voilà donc l'explication de ces va-et-vient incessants qui l'avaient tant irrité durant l'après-midi !

Méchain était connu pour être un homme silencieux, non pas secret, ni timide, mais réservé. Cette réserve dont il ne se départait pas, son extrême politesse et la distance qu'il mettait dans ses contacts avec autrui, lui avaient interdit toute complicité avec ses collaborateurs. Ce soir tout était différent : Tranchot ne l'avait jamais entendu parler si longtemps, et d'une façon si détendue. Le vin, peut-être, pensa-t-il. Médusé, il écoutait Méchain dire les étoiles et les comètes, les éclipses et les planètes, la patience de l'observateur et la persévérance du calculateur. Des journées, des semaines de retraite où seuls existaient la plume et le papier. Puis c'était l'instant privilégié, la confrontation entre soi et l'univers, entre ses propres conjectures et l'ordre du monde. Arrivera-t-il, l'astre, l'éclipse, la comète attendu ?

Tranchot qui était chasseur compara le plaisir rapporté par l'astronome avec celui qu'il éprouvait lui-même quand, après des heures d'affût, apparaissait le gibier désiré. Anticiper le cours des choses et, dans le secret de son observatoire, les voir se réaliser. Ce sont rendez-vous honorés, confia Méchain, la revanche de la minutie sur les éclairs du génie.

Mais il ne fut pas seul à se raconter. Tranchot, le géographe, parla de la Corse dont il était tombé amoureux après l'avoir parcourue pendant des années pour en dresser une superbe carte. Gonzales, le marin, parla du ciel des Amériques, des flots de l'Atlantique mais surtout, surtout de la beauté des femmes des îles du Pacifique.

Méchain se leva et sortit faire le tour de la tente ; il ne put s'empêcher de sourire à l'étrangeté paradoxale de son mode de vie : il passait le plus clair de son temps dans un espace étriqué, manquant perpétuellement de place alors qu'il était cerné par l'immensité. Il regarda longuement le ciel en hochant la tête. « La lune tourne autour de la terre, la terre tourne autour du soleil ; des hiérarchies, je ne vois que des hiérarchies ! » murmura-t-il pour lui-même, et sans se retourner. « Voyez-vous, Tranchot, l'égalité dont vous parliez tout à l'heure ne dure qu'une journée ; à vouloir l'imposer, on ferait d'un seul jour l'année tout entière. » Tranchot ne répondit pas.

Il restait une bouteille inentamée, Gonzales se leva. « Buvons à l'amitié entre nos deux pays », lança-t-il en étreignant ses compagnons. Le capitaine se rembrunit : il savait certaines choses qui étaient inconnues de ses compagnons.

Au cours de son voyage à Barcelone, ses supérieurs l'avaient informé que les relations entre la France et l'Espagne se dégradaient vertigineusement. « Le mal français », longtemps ce nom ne recouvrit à travers l'Europe que celui d'une vilaine maladie, la vérole. Depuis peu, cette appellation cachait un fléau plus terrible encore : la Révolution. Et tellement plus contagieux, puisque déjà il menaçait de passer outre les Pyrénées ! Déjà il courait entre Barcelone et Figueras maints exemplaires de la Déclaration des droits de l'homme et du citoyen, rédigés en catalan. Suprême provocation, la traduction en avait été commise par un certain Damiens, le propre petit-fils de celui qui, quarante ans plus tôt, avait porté un coup de canif au côté droit de Louis XV. Du moins telles étaient les affirmations rapportées par les espions de Sa Majesté Charles IV d'Espagne qui, fort de ces informations, se préparait à la guerre. Il y était poussé par les familles régnantes de l'Europe coalisée et par les hordes d'émigrés français stationnant sur son territoire.

Gonzales ne confia pas non plus à ses compagnons que ses supérieurs lui demandaient de se tenir prêt à abandonner l'expédition au cas où…

Les trois hommes quittèrent Puig-se-Calm ; avançant vers le nord, ils investirent un nouveau sommet plus proche de la frontière. Arrivés dans l'après-midi, ils n'eurent que le temps de s'installer et la nuit tomba. Celle-ci, comme toutes les précédentes et sans doute toutes les suivantes, se termina pour Tranchot par cette incontournable envie d'uriner qui, quelle que fût l'altitude ou la saison, le jetait brutalement hors du sommeil. Ce matin-là, il eut l'étrange sensation de s'enfoncer dans un coussin de plume. Il savait le précipice là, mais où ?

Progressant à tâtons, comme un funambule, il fit quelques pas. Il ne pouvait tout de même pas se libérer à l'entrée du logis ! Puis il buta sur un caillou, jura, pissa au jugé, espérant éviter les bois du signal, et revint se calfeutrer dans la tente.

Méchain, habitué à guetter le passage d'improbables comètes, et Gonzales, accoutumé à attendre la fin du calme plat immobilisant son navire en pleine mer, prenaient bien la chose. Mais Tranchot ? Cet univers de ouate lui fut aussitôt insupportable. Il détestait cette façon sournoise qu'avaient les objets de surgir au dernier moment, juste avant qu'on ne tombe dessus, et de disparaître juste après qu'on les eut évités ! Au beau milieu d'une conversation, une bouffée de nuées se jette sur l'interlocuteur, le subtilise et on reste pantois au milieu d'un mot ! Mais le plus difficile à vivre était la nature du silence : faisant plus qu'amortir les sons, il les engloutissait littéralement.

Tranchot se sentait devenir à la fois sourd et aveugle ! Il n'y avait qu'à l'intérieur de la tente qu'il parvenait à oublier. Et encore ! Un halo pâlot emmaillotait la lampe, répandant une ambiance de veillée mortuaire correspondant assez bien à l'état d'esprit de l'adjoint de l'astronome qui, en homme du nord, accepta le brouillard comme un simple phénomène naturel.

Après trois jours de réclusion presque totale, Tranchot sortit de la tente et refusa d'y entrer de la journée, voulant être le premier à annoncer la fin du calvaire ; il s'incrusta à l'extrémité de la plate-forme et, transformé en vigie, il guetta.

Méchain s'était confortablement installé et relisait l'ensemble des observations effectuées depuis son arrivée en Espagne. Puis il les mit en ordre, et commença quelques calculs. Alors qu'il terminait une longue suite d'opérations, il entendit un cri, releva la toile de la tente : une bribe de ciel bleu disparaissait déjà. Il eut le temps de voir la déchirure se cicatriser puis, à nouveau, l'horizon, opaque, têtu, fermé. Combien de temps cela durerait-il ? Les vivres étaient en passe de manquer. Un peu plus tard, un cri encore : Méchain ne bougea pas. Guettant toujours, Tranchot avait vu jaillir un éclair de lumière, le soleil. Pointant immédiatement la lunette sur l'endroit où l'armure de ouate venait d'être sabrée, il distingua, claquant au vent, trois taches de couleur. Mirage d'altitude ?

C'était Bellegarde et le drapeau tricolore planté au haut de sa tour. À cheval sur la frontière, le fort pourrait se targuer d'être le premier signal de l'expédition en territoire français.

Gonzales ne fit pas le voyage ; il attendrait ses compagnons à Barcelone. La berline longea un minuscule cimetière militaire pris sur la forêt ; si les tombes y étaient rares, c'est que la dernière guerre remontait à plus de cent années. Épuisés, les chevaux s'arrêtèrent au haut de la côte, à l'entrée du fort de Bellegarde.

Méchain ne pouvait espérer meilleure position pour ses observations. Du haut de la tour où flottait le drapeau aperçu par Tranchot, rien de ce qui survenait dans la plaine catalane, de part et d'autre de la frontière, ne pouvait passer inaperçu : d'un côté Figueras, de l'autre, Perpignan, terme de leur voyage. La berline repartit.

C'est par une belle artère nouvellement ouverte, où deux voitures attelées pouvaient se croiser, qu'ils accédèrent à la place de l'Hôtel de Ville de Perpignan. Une grappe de marchands ambulants accoururent. Tranchot s'offrit une paire d'espardenyes en corde dont les lanières remontaient la jambe jusqu'au mollet. Méchain, pour Thérèse, fit l'amplette d'un fichu de laines multicolores. Tranchot voulut essayer sur-le-champ ses nouvelles chaussures. Il n'avait pas fini de les lacer qu'il entendit Méchain l'interpeller d'une voix étranglée : « Tranchot ! Tranchot ! Est-ce que vous voyez ce que je vois ? » Relevant la tête, il découvrit à quelques pas

Méchain figé, regardant fixement en direction de l'Hôtel de Ville. En lettres d'or, fraîchement gravées dans la pierre du fronton, deux mots étaient inscrits : RÉPUBLIQUE FRANÇAISE.

Au même instant, dans la grande salle du bâtiment, se déroulait une discussion animée.

« Où mettrons-nous l'espagnol ?

– Sur la face ouest.

– Et l'anglais, alors ?

– Que voulez-vous, ce n'est pas de ma faute si les pyramides n'ont que quatre faces !

– Méchain ! » Llucia, le maire, se précipita vers l'astronome qui entrait à ce moment-là. « Mais tout le monde vous croit en Catalogne, s'écria-t-il.

– J'y étais hier encore. »

L'enjeu de la discussion interrompue par l'arrivée de Méchain était une maquette représentant un monument de forme pyramidale trônant au milieu d'une lourde table ronde. Prévu pour être édifié sur la plage de Port-Vendres, à deux lieues de la ville, le monument présenterait le texte de la déclaration des Droits de l'homme et du citoyen en quatre langues : espagnol, catalan, anglais et français. On discutait pour savoir quelle face accueillerait quelle langue.

Llucia fit les présentations. Quelques militaires, un architecte, et un groupe de nouveaux élus de la région. Parmi eux, un dénommé Arago, maire d'une petite commune proche de Perpignan, Estagel, se mit à parler avec l'astronome de son travail. Llucia avait rejoint les autres et la discussion sur la pyramide reprit lorsqu'on annonça à Llucia le départ de la diligence pour Paris. Le maire informa Méchain qu'il se rendait dans la capitale où il devait intervenir à la Convention.

« À la Convention ? » interrogea Méchain.

Devant la stupéfaction de l'astronome, Llucia raconta les derniers événements : la Législative s'était dissoute, elle venait d'être remplacée par une nouvelle assemblée : la Convention. « Vous savez peut-être que nous sommes en République ? demanda quelqu'un ironiquement.

– Je viens tout juste de l'apprendre », répliqua Méchain.

Quelle franchise et quelle naïveté ! Llucia allait en faire la remarque quand il se souvint de sa propre stupéfaction quelques semaines plus tôt. À cette même place, ouvrant machinalement une lettre provenant de Paris, il y avait lu :

« La République a débuté le 22 septembre, jour où le soleil arrivant à l'équinoxe vrai d'automne est entré dans le signe de la Balance, à 9 h 18' 30'' du matin pour l'Observatoire de Paris.

« La France n'est plus la propriété d'un individu. Vous allez, monsieur, proclamer la République dans votre département. Proclamez la fraternité, ce n'est qu'une même chose. Hâtez-vous de publier le décret qui l'établit, faites-le parvenir dans toutes les municipalités de votre département.

« Français, jusqu'à présent vous avez été, pour la plupart, simples témoins d'événements qui se préparaient sans que vous cherchiez à les prévoir, qui survenaient sans que vous en calculassiez les suites. Dès aujourd'hui, chaque homme ne reconnaîtra de maître et de puissance que la loi… »

La lettre était signée : Rolland, ministre de l'Intérieur. Quatre-vingt-six lettres identiques, une par département, avaient été envoyées à travers le territoire.

L'émotion ressentie alors ne s'était pas apaisée ; Llucia ne put la dissimuler à Méchain quand il lui rapporta le fait. En apprenant les termes dans lesquels la République avait été proclamée, celui-ci ressentit une grande fierté : bel hommage à l'astronomie ! Et de surcroît dans le texte, on mentionnait sa propre demeure, l'Observatoire de Paris ! Méchain remarqua sans s'attarder que le pays passait de la Royauté à la République le jour même où le soleil glissait d'un hémisphère à l'autre. Devant son air absent, Arago l'interpella :

« Mais où étiez-vous donc, Méchain ?

– Dans les montagnes. Dans les montagnes », répondit-il doucement, en se souvenant du repas de l'équinoxe.

Pendant un instant, le silence se fit, et Méchain fut un miroir dans lequel se refléta l'effrayante condensation du temps : deux mois à l'écart du monde, et l'on semblait tomber d'une autre planète !

N'oubliant pas pour autant la raison de son voyage, Méchain annonça que, devant opérer sur les montagnes, il serait forcé d'y établir des signaux en forme de tente et que, ceux-ci risquant d'alarmer les habitants, il serait fâcheux qu'on excitât quelques troubles contre les membres de l'expédition parmi lesquels il y aurait Gonzales, un officier espagnol. « Nous commencerons par Bellegarde, précisa-t-il.

– Bellegarde ! C'est là que les Espagnols attaqueront ! Il serait plus prudent de remettre vos mesures à plus tard. »

Méchain blêmit. Llucia, faisant mine de ne pas s'en apercevoir, se dirigea vers son bureau et après avoir écrit quelques mots sur une feuille, il la tendit à Méchain. « Mais en ces temps, dit-il avec un étrange sourire, convient-il vraiment d'être prudent ? » C'était un laissez-passer.

Méchain avertit qu'il ferait quelques reconnaissances de ce côté-ci de la frontière, avant de retourner en Espagne où, bien que la plupart des triangles aient été mesurés, il restait à effectuer de nombreuses observations : les mesures de latitude de Barcelone, l'éclipse de lune de février, le passage d'une comète…

« D'une comète ! Savez-vous que nos ennemis affirment que la République passera comme une comète ! » l'interrompit Llucia, suivi par Arago qui demanda avec un sourire malicieux : « Ne dit-on pas que les comètes reviennent toujours dans le ciel, qu'elles repassent régulièrement ?

– Si fait... mais la comète de Halley a mis soixante-seize ans avant de revenir.

– Nous attendrons, nous attendrons ! » s'écrièrent ensemble Llucia et Arago dans un grand rire.

Quelques instants plus tard, Llucia grimpa dans la diligence en partance pour Paris. Méchain lui tendit une lettre et un paquet. Le paquet contenait le fichu catalan, à remettre à Mme Méchain à l'Observatoire, et la lettre était destinée à Condorcet.

« Je le verrai à la Convention », coupa Llucia au moment où Méchain lui donnait l'adresse de Condorcet. Et se penchant à la fenêtre : « Je vous souhaite bonne chance sur vos sommets. » Puis, comme s'il visualisait l'astronome au travail : « Je puis vous faire une confidence ? Vous ne vous froisserez pas ? Eh bien », et il baissa la voix, « il se passe en ce moment tellement de choses passionnantes à ras de terre, que je ne vous envie pas de travailler si près du ciel.

– Nous avons commencé la mesure du méridien sous la Royauté, nous la poursuivons sous la République. Qui sait sous quel régime nous la terminerons ? répliqua Méchain sur le même ton. Qu'il soit royal ou républicain, le globe terrestre reste légèrement aplati aux pôles.

– Eh bien, citoyen astronome, s'exclama Llucia, je le préfère légèrement aplati aux pôles ET républicain. »

6.

Une semaine plus tard, Llucia arrivait à Paris. Avant de se rendre chez Condorcet, il passa à l'Observatoire. Il se présenta à Thérèse. Son terrible accent du Sud-Ouest la fit sourire. Il lui tendit le paquet remis par Méchain, qu'elle posa négligemment sur la table. Elle parla de choses et d'autres mais n'y tenant plus, elle déchira le papier. Quel bonheur quand elle découvrit le foulard catalan ! Coquette, elle le posa sur ses épaules, le refermant sur sa poitrine en le pressant d'une main. Puis elle submergea Llucia de questions : « Méchain ? Méchain ? Méchain ? » Il répondit de bonne grâce.

Llucia eut moins de chance chez Condorcet, celui-ci venait juste de partir « avec Madame et la petite demoiselle » Savait-on où ? « En visite chez le citoyen Lavoisier, boulevard de la Madeleine. » Et ensuite ? « Ensuite, il se rendra à la Convention dans l'après-midi. » « C'est là que j'irai le rejoindre », décida Llucia.

Un petit cylindre de métal flottant dans une baignoire, voilà ce que Condorcet, sa femme Sophie et la petite Éliza découvrirent quand ils pénétrèrent dans le laboratoire. Penché au-dessus de l'eau, manches relevées jusqu'aux coudes, Lavoisier grattait consciencieusement la surface du cylindre avec un fil pour détacher les bulles d'air accrochées à la paroi. Elles venaient en grappes crever la surface de l'eau. « Tu chasses les bulles ? » demanda Éliza que ce jeu semblait enchanter. Elle voulut plonger les mains dans la baignoire, on le lui refusa : elle disparut dans un couloir. « À cette précision, la moindre bulle est une véritable catastrophe », tenta d'expliquer Lavoisier à ses hôtes, en vérifiant au passage le niveau d'un thermomètre. Condorcet ne put s'empêcher de remarquer qu'entre Lavoisier et l'eau, il y avait une réelle attirance.

Voyage immobile, se plaisait-il à dire de cette tâche pour laquelle il avait abandonné ses autres occupations. Lorsqu'il comparait son travail à celui de ses collègues Méchain et Delambre, il glissait sur le ton de l'évidence : « Eux s'occupent des longueurs, ils volent à travers le pays, moi je m'occupe des poids, je suis rivé à cette "salle de bains" dont je ne sors plus. »

Cette « salle de bains » était ce laboratoire de fortune qu'il venait d'aménager dans son appartement du boulevard de la Madeleine. Quelques semaines plus tôt il avait dû quitter l'Arsenal pour des raisons politiques.

Il expliqua à Sophie ce qu'il était en train de faire : « Tous les corps ne sont pas également denses, dans le même volume, certains contiennent plus de matière que d'autres. Ainsi, déterminer l'unité de poids, c'est peser la quantité de matière qu'un certain corps contient dans un certain volume. Quelle matière ?

– J'allais vous le demander, lança Sophie faussement naïve.

– Il faut qu'elle soit fluide, facilement purifiable et de nature à pouvoir être retrouvée partout.

– Toujours l'universalité, remarqua Condorcet.

– Oui, toujours. Il ne faudrait pas perdre avec le kilogramme ce qu'on aura eu tant de mal à gagner avec le mètre. Donc, continua Lavoisier qui se prenait au jeu, un liquide qu'on puisse retrouver partout et facilement purifiable.

– L'eau ! s'écria Sophie.

– Oui, l'eau distillée. Celle-ci » et il en retira dans le creux de sa main « est de l'eau de rivière filtrée dans une fontaine sablée. Et dans quel corps la pèsera-t-on ? Un corps dont on puisse connaître le volume avec précision.

– Une sphère !

– Affreux ! C'est la chose la plus difficile à construire.

– Un cube, alors ?

– Tout aussi affreux, c'est plein de coins partout. Cherchez ! »

Sophie allait s'avouer vaincue quand elle aperçut, debout derrière le dos de Lavoisier, son mari lui faisant de grands gestes. « Un cylindre ! » cria-t-elle. « Bravo ! » jeta Lavoisier puis, se retournant vers le philosophe : « On ne souffle pas ! Mais ce cylindre, poursuivit-il, quel que soit le soin apporté à sa construction, ne sera point un cylindre parfait. » « Et celui-ci ? » interrogea Sophie désignant celui qui flottait dans la baignoire. « Il ne l'est pas non plus, affirma le chimiste d'un air contrit en plongeant ses mains dans l'eau. Tel est le sort de l'homme que jamais sa main ne peut exécuter avec la rigueur ultime ce que son esprit crée dans l'idéal. Impossible perfection », dit-il tristement. Puis se reprenant, il jeta, satisfait : « Mais telles sont les ressources de l'homme, qu'il peut déterminer de combien sa création diffère de la perfection ! »

À voir Lavoisier toujours penché au-dessus de sa baignoire, manipulant son cylindre, les manches retroussées, Condorcet imagina ceci : cet objet flottant dans l'eau, ajoutez-lui une voile et vous aurez un grand enfant jouant au bateau dans un bassin. Voilà la science au travail ! sourit-il satisfait en ôtant la cloche de verre recouvrant la balance. C'était là une pièce unique, la balance la plus précise du monde, affirmait-on. Le chimiste lui était redevable d'une de ses plus importantes découvertes : sans elle, aurait-il été en mesure d'affirmer que dans la nature « Rien ne se crée, rien ne se perd » ? Lavoisier s'approcha de l'appareil pour lequel il avait une visible affection et poursuivit ses explications, soutenant à Sophie, toujours aussi attentive, que les balances se devaient d'être exactes, mais que cela ne suffisait pas, qu'il fallait que les poids le soient également. Mais que cela ne suffisait toujours pas, qu'il fallait de surcroît que les deux bras de la balance soient de même longueur. Il s'interrompit : « Mais comment le savoir ? » Sophie, naïvement, était sur le point de répondre : « En les mesurant ! » « En les mesurant on ne pourra jamais le savoir avec la précision voulue. Alors on ne se servira que d'un seul bras, ce qui permettra de déterminer le poids du cylindre de façon absolument indépendante de l'inégalité des bras de la balance. »

Un garçon d'une quinzaine d'années poussa la porte, soufflant sur ses doigts : « Le citoyen Haüy dit que c'est prêt. » « J'arrive, j'arrive, répondit le chimiste. Où en étais-je ? Ah, oui, j'allais oublier de vous le dire. Mais l'eau…

– Pourquoi commencez-vous toutes vos phrases par “Mais” ? demanda Sophie.

– Dire “mais”, c'est émettre une objection et en science, ce n'est qu'à force d'objections que…

– Alors, s'écria Sophie, il n'y a pas de présomption d'innocence en science ?

– En effet, confirma Condorcet. Chaque fois qu'un savant affirme quelque chose, ses collègues s'érigent en tribunal – un tribunal amical bien sûr, plus ou moins… Et ce tribunal va s'empresser de démontrer que cette allégation est erronée. Si malgré tous ses efforts, ses tentatives restent vaines, alors, l'affirmation sera acceptée. C'est tout le contraire de ce que nous voulons pour la société.

– Mais l'eau, reprit Lavoisier qui n'avait pas perdu le fil de ses explications, l'eau se dilate avec la chaleur et se condense avec le froid, c'est vrai pour tous les objets. Cette règle, par exemple, avec laquelle j'aurais pu mesurer les bras de la balance, est d'autant plus longue que sa température est élevée. Prenez une pièce de fer gelée, mesurez-la avec une règle brûlante.

– Et vous vous brûlerez les doigts », lâcha Condorcet.

Ils éclatèrent de rire : « Bon, je m'arrête, je sens que je commence à devenir ennuyeux. » Sophie le retint par le bras : « Je vous en prie, continuez ! » Elle était sincère, il poursuivit : « Prenez une pièce de fer gelée, mesurez-la avec une règle brûlante ; puis mesurez la même pièce, mais chauffée, cette fois, avec la même règle, mais gelée : vous n'aurez pas le même résultat !

– Vous voulez dire qu'on ne peut jamais être certain des dimensions d'un objet ?

– Je n'ai pas dit cela, j'ai dit que la longueur dépendait de la température. Mais comme tout à l'heure, nous sommes capables de déterminer de combien elle en dépend. »

Dans la pièce voisine, un abbé trempait régulièrement un thermomètre dans une bassine. C'était René-Just Haüy, chargé d'assister Lavoisier dans la détermination de l'unité de poids. Minéralogiste, il venait de fonder une nouvelle science, la cristallographie. Son frère Valentin était plus connu encore : calligraphe, il avait mis au point une méthode de lecture pour aveugles. Delambre s'y était beaucoup intéressé. Connaissant bien les deux frères, il aimait à dire à leur sujet : l'un s'occupe des cristaux, l'autre des cristallins.

Pendant que le jeune garçon aux mains rougies brisait un bloc de glace avec une masse, Éliza pilait les morceaux et les passait avec grand sérieux à l'abbé qui en remplissait la bassine.

En quittant le boulevard de la Madeleine, Condorcet, Sophie et Éliza se rendirent aux Tuileries. Dans la cour du palais, ils passèrent devant des parterres récemment retournés où des jardiniers s'affairaient. À la place des œillets et des camélias royaux, la Convention avait fait semer des légumes : carottes, choux, navets et les toutes nouvelles patates de Parmentier.

Éliza se mit à courir, Condorcet voulut la rattraper, elle s'échappa. Il la poursuivit en criant : « Viens ici, ma petite reine ! » Sophie le rejoignit et jouant la peur : « Chut ! dit-elle en regardant de tous côtés ; on pourrait nous entendre. »

L'enfant avait rejoint le jeune peuplier planté quelques jours avant le départ de Delambre et de Méchain. Deux femmes des faubourgs étaient en train d'entourer le tronc avec des bottes de paille. Surprenant le regard de l'enfant, l'une d'elles expliqua que c'était pour le protéger du froid. Éliza se retourna vers son père et lui montrant ses mains glacées : « Papa, pourquoi on me met pas de la paille, à moi aussi, autour des doigts ? »

La température était beaucoup plus élevée dans la salle des Manèges où siégeait la Convention : on y comptait plus de sept cents députés, les tribunes étaient bondées, on se bousculait dans les couloirs. Condorcet serra la main d'Éliza. Une voix tonitruante retentit, Éliza se précipita ; avant que le garde puisse faire un geste, elle se retrouva dans la salle. À la barre, main sur le cœur, torse bombé, un homme chantait le chant des fédérés de Marseille ; splendide ténor ! Tout le monde reprit le refrain ; Éliza battait des mains.

Recouvrant les applaudissements, la voix du ténor retentit dans la salle : « Faire notre révolution en chantant est un des plus sûrs moyens de l'empêcher de finir par des chansons. Je propose d'adjoindre quatre chanteurs professionnels à chacune de nos armées. Ajoutons des chansons à nos canons ! Celles-là seront pour nos hameaux, ceux-ci seront pour les châteaux. »

Il n'était pas sitôt sorti qu'un groupe de villageois en sabots avança timidement, portant de lourds couffins qu'ils déversèrent sur une grande table de bois : des chandeliers, des croix, des plats, des encensoirs, des châsses d'argent… C'était l'offrande patriotique des paroissiens de Dun en Berry. Émue, une vieille paysanne renversa une partie de son couffin à terre. Un député l'aida à ramasser une grappe de chapelets.

En sortant, la vieille paysanne, confuse, buta contre une grosse femme vêtue à l'orientale qui se dirigeait majestueusement vers la barre. Après avoir salué, elle se lança dans un long discours en turc qu'un tout petit homme, dressé à ses côtés, traduisit sur-le-champ : « La princesse ottomane Leïla, réfugiée dans la belle terre de France, fait hommage à l'Assemblée d'un don patriotique de dix livres, seule somme dont ses longues infortunes lui permettent de disposer. » Extrayant d'un pli de son vêtement une poignée de pièces, la princesse les déposa sur la table entre les chapelets et les encensoirs. « Vive les Turcs, à bas l'Autriche ! » crièrent les tribunes.

Suivie du petit homme, la princesse Leïla croisa une sorte de géant marchant presque au pas de charge vers la barre ; il était impressionnant, et le silence fut immédiat : « Législateurs, nous arrivons de la ville de Nantes, nous nous sommes armés et habillés à nos frais. Nous traînons avec nous six pièces de canon, prises à Brunswick, nous en laissons deux à nos frères de Paris. Nous venons vous demander de nous indiquer dans quelle armée nous devons nous rendre. »

Le président de séance accorda l'autorisation de défiler. Les volontaires se présentèrent, portant fièrement une vieille enseigne déchirée.

« En remplacement de leur enseigne déchirée au combat, je demande que l'on accorde à ce bataillon l'un des drapeaux qui ornent la porte de cette salle », proposa le président.

Immédiatement décroché, le drapeau fut remis au géant qui l'arrima à la vieille hampe. Deux cents Nantais défilèrent devant les députés debout, les uns applaudissant les autres. L'enseigne déchirée atterrit sur la grande table, recouvrant la poignée de pièces ottomanes, les plats et les encensoirs.

Le dernier Nantais n'était pas encore sorti qu'un homme entra, tenant à la main un costume placé sur un cintre.

« Citoyen Roux, je suis tailleur de mon métier. Le costume que voici et que j'ai spécialement cousu à cette intention, je l'offre à un volontaire qui ne pourrait s'habiller à ses frais. Je gage qu'il le portera pour le bonheur et la gloire de la Nation et pour les siens. »

À côté de l'enseigne trouée, il posa le costume et reprit le cintre. À la place du tailleur, se tenait déjà un homme d'une quarantaine d'années, portant la blouse des artisans, les bras chargés d'une armature métallique.

« Citoyen Legros, artiste à Paris, demeurant rue de Thionville ; j'ai inventé des membres mécaniques qui, par leurs ressorts et leur facilité de mouvement, remplacent en quelque sorte les membres naturels. »

Enfilant la prothèse à son bras gauche, il la fit fonctionner. Dans les tribunes, les gens se dressèrent. Un député se leva : « Je propose le décret suivant, clama-t-il tout en écrivant le texte sur un papier : L'Assemblée décide de fournir aux frais de la République des membres mécaniques aux citoyens qui auront perdu les leurs pour défendre la Nation. »

Sophie se serra contre Condorcet ; Éliza s'était assoupie dans les bras de son père. Quand elle entrouvrit les yeux, elle crut rêver : un jeune garçon se tenait à la barre, minuscule : « Je m'appelle Étienne Sallembert, dit-il enflant la voix du plus qu'il pouvait. J'ai dix ans et demi, je suis venu pour apporter… » Il sortit de sa poche une petite boîte, qu'il tenta d'ouvrir, mais le fermoir résistait. L'enfant leva des yeux désespérés vers les tribunes où sans doute se trouvaient ses parents. Il trifouilla de plus belle, la boîte finit par s'ouvrir. Avec un beau sourire de soulagement, il exhiba une bague : « Je suis venu apporter cette bague pour aider des veuves et des orphelins » et il partit en courant. Éliza, totalement réveillée, tirait frénétiquement le doigt bagué de Sophie pour lui retirer le bijou. Elle ne réussit qu'à se faire gronder.

Au jeune Sallembert succéda une femme, une jeune fille plutôt qui, cheveux lâchés, traversa la salle d'un air martial.

« Citoyenne Antoinette Leydier, annonça-t-elle d'une voix assurée. J'ai cinq frères, trois sont à l'armée du Nord, et deux à celle de Vendée. J'ai dix-sept ans et demi ; je suis entrée en qualité de cavalier au 24e régiment mais j'en ai été exclue lorsqu'un des officiers s'est aperçu qu'un de ses hommes… était une femme ! » Un immense éclat de rire salua la révélation ; la citoyenne Leydier ne se laissa pas démonter : « J'ai fait le sacrifice des alarmes qui sont le partage ordinaire de mon sexe ; serait-ce à la fleur de mes ans que je devrais de me voir réduite à aller habiter les foyers paternels ? Je ne demande aucune faveur à la Convention, seulement ceci : qu'elle m'autorise à rejoindre mon régiment. Et je prouverai à la République que le bras d'une femme vaut bien celui d'un homme, lorsque ses coups sont dirigés par l'honneur et la certitude d'exterminer les grands. »

Ce furent surtout les femmes des tribunes qui l'acclamèrent quand elle quitta la barre ; l'accueil fut plus tiède parmi les députés. Condorcet applaudissait de toutes ses forces ; Éliza ballottée ne se réveilla pas. Sophie se pencha vers lui et lui chuchota à l'oreille : « Les droits de l'homme résultent uniquement de ce qu'ils sont des êtres sensibles, susceptibles d'acquérir des idées morales et de raisonner sur ces idées. Ainsi les femmes, ayant ces mêmes qualités, doivent nécessairement avoir des droits égaux. Ou aucun individu de l'espèce humaine n'a de véritables droits, ou tous ont les mêmes.

– Tu t'en souviens, lui dit-il stupéfait et fier. Je l'ai écrit et à écouter ce que nous venons d'entendre, j'en suis encore plus convaincu. Mais regarde ! » Il désigna certains de ses collègues à la mine contrefaite : « La Convention n'est pas prête à me suivre sur ce point. »

Sentant quelqu'un lui presser l'épaule, il se retourna ; c'était Llucia. Ils s'étaient connus sur les bancs de la Législative du temps où le maire de Perpignan y représentait les Pyrénées-Orientales. Les deux hommes s'embrassèrent chaleureusement ; Éliza faillit être écrasée entre les deux corps immenses. Llucia tendit la lettre de Méchain que Condorcet lut d'une seule traite. L'enfant passa des bras du père à ceux de sa mère, Condorcet se leva et demanda la parole.

« Députés, mes collègues, hier encore vous demandiez des nouvelles de la mesure de la méridienne, je viens à l'instant d'en recevoir du citoyen Méchain : elles sont bonnes ! La chaîne de triangles qu'il devait mesurer en Catalogne est terminée ! Méchain nous annonce qu'il rentrera en France au printemps prochain. Il poursuivra ses observations jusqu'à Rodez en allant à la rencontre du citoyen Delambre.

– En terre étrangère, en Espagne royaliste, l'interrompit un député, la mesure progresse sans encombre alors que dans le territoire de la République, le citoyen Delambre subit les pires désagréments. Il est soupçonné, arrêté, menacé.

– Que l'on se rassure, Delambre a reçu de nouveaux saufs-conduits qui lui permettront de circuler aisément, répondit Condorcet. Nous avons donné des instructions pour que partout on lui facilite la tâche. »

Delambre avait en effet reçu ces nouveaux saufs-conduits dont parlait Condorcet mais cela n'avait pas été immédiat et avant d'en disposer il lui avait fallu se débrouiller sans l'aide de la Convention.

Nous l'avions quitté au milieu de la foule hostile de Saint-Denis, expliquant à un arpenteur le maniement du cercle répétiteur. « Tout allait bien, écrit-il dans son carnet de voyage, j'étais en train de faire le point, l'arpenteur s'apprêtait à observer dans la lunette quand, je ne sais pourquoi, les cris reprirent. Notre situation devenant réellement périlleuse, le maire de Lagny, pour nous sauver, affectant une grande sévérité à notre encontre, ordonna que les scellés soient apposés sur nos effets et nos instruments et que notre voiture soit mise au corps de garde. Nous quittâmes la place, encadrés par les gendarmes.

« Pendant ce temps on intervenait pour nous à l'Assemblée. À Saint-Denis, où je me trouvais caché depuis mon aventure, je reçus bientôt un décret du président de l'Assemblée, puis des saufs-conduits. Ainsi l'éclat même que l'on avait donné à notre arrestation nous devint extrêmement utile.

« Aujourd'hui, 17 décembre ; la saison est très avancée. Il sera bientôt temps d'interrompre nos observations, elles vont incessamment devenir impraticables. Nous poursuivons cependant jusqu'à la Chapelle-l'Égalité, ci-devant Chapelle-la-Reine. Le clocher, ouvert de tous les côtés, est un observatoire bien incommode : les vents, la pluie et la neige se succèdent pour nous désoler, et nous avons à observer la lanterne du clocher de Boiscommun qui est invisible tout le jour, même quand l'horizon est superbe. »

Coincés de l'aube au crépuscule depuis deux semaines, face à un paysage désolé, recroquevillés sur un échafaudage sommaire dans la flèche d'un clocher perché à quarante pieds de hauteur, Delambre et Bellet, environnés de silence, s'obstinaient à voir poindre la tache brune du signal de Boiscommun.

À vingt lieues de là, en direction du nord, toujours sur le trajet de la méridienne, dans la grande salle du Manège, commençait le jugement de Louis XVI. La Convention tout entière constituée en tribunal siégeait sans désemparer. Les juges étaient les élus du peuple, les sept cent quarante-cinq députés. Bien sûr, au village, on ne parlait que de cela. Toujours fidèle à la *Chronique de Paris*, l'astronome guettait l'arrivée du journal. Dans de longs articles passionnés, Condorcet assurait chaque jour le compte rendu du procès.

« Enfin le 31 décembre, écrivait Delambre dans son carnet, après avoir observé sans succès toute la journée, à l'instant où le soleil quittait l'horizon, j'aperçus le clocher ; je le vis subitement monter dans la lunette et s'y tenir un instant comme un fil délié. Nous nous précipitâmes : trop tard, il n'était déjà plus là. »

Visage violacé, mains gelées, membres engourdis, l'astronome et son adjoint se tenaient à l'affût. La lassitude s'emparant d'eux, ils se levaient, prêts à quitter leur observatoire, puis se rasseyaient. Il n'était pas question de laisser passer une nouvelle apparition ; ils étaient condamnés à demeurer là. Parfois la rage les prenait : passe encore de traquer un astre imprévisible, une comète à la course improbable, mais guetter un objet statique ! Ils passèrent dix jours encore, les yeux brûlants, à tenter d'apercevoir la lanterne du clocher de Boiscommun.

Il ne leur restait que la *Chronique de Paris* pour ne pas mourir d'ennui. C'était la fin de l'après-midi, on venait de leur apporter le journal. Delambre, dont les yeux se fermaient, demanda à Bellet de lire à haute voix. Celui-ci s'empara du journal dont les feuilles givrées lui ôtèrent toute envie de le feuilleter. D'une voix blanche il commença la lecture : « Le procès s'est terminé ce matin. La Convention étant composée de 745 membres. Le résultat du vote est le suivant. Appel nominal : décédé : 1 ; malades : 6 ; absents par commission : 13 ; non-votants : 4. Cela fait 721 votants, majorité absolue : 361. » Bellet s'interrompit, se réchauffa les doigts, pensant à se confectionner des gants spéciaux qui ne l'empêcheraient pas de lire le journal. Delambre, debout devant le cercle, regardait paresseusement à travers la lunette. Bellet reprit la lecture : « Ont voté : 2, pour les fers ; 319, pour la détention ; 366 pour… » Delambre poussa un cri : « Vite, Bellet, ça va être comme la dernière fois. » Bellet, lâchant le journal, fut sur ses pieds en un instant.

Au loin, sous le soleil couchant, le clocher de Boiscommun apparaissait comme au premier jour ; dans la trouée la flèche inespérée brillait semblable à un fil d'or fiché dans l'horizon. À terre, le journal ouvert laissait voir son titre : LOUIS CONDAMNÉ À LA MORT, par 366 voix.

7.

Paris.

« C'est avec une répugnance extrême que je me suis vu forcé d'y aller, mais en même temps, il me faut aborder au plus vite la station du Panthéon. Les triangles liés à cette station exigent deux signaux qui ne peuvent subsister longtemps : le clocher de Dammartin, comme je l'ai écrit plus haut, doit être bientôt détruit, quant à la cheminée de Malvoisine, il va falloir l'abattre sans tarder. »

Sitôt arrivé, Delambre se rendit au Panthéon pour vérifier l'état du signal. Bellet, lui, n'aspirait qu'à une seule chose : faire la fête. C'est donc tout naturellement qu'il se retrouva au Palais-Royal. Révolution ou pas, ses jardins, ses arcades et ses cafés regorgeaient de femmes, de jeux et de plaisirs. Bellet venait de s'engager sous les arcades quand un vieil homme digne lui tendit un texte joliment broché : « Tarif des filles du Palais-Royal. » Bellet paya, alla s'asseoir sur un banc et se plongea dans la lecture.

« À nos frères de province que les fêtes patriotiques ont amenés dans la capitale et que l'amour de la liberté y attire chaque jour : nous voulons les mettre en garde contre les abus dont ils peuvent être victimes.

« Dans un moment où tant de citoyens se distinguent par la grandeur de leurs sacrifices et où chaque individu s'immole au bien général, le public a vu avec indignation les tenanciers d'hôtel garnis rançonner le patriotisme de nos frères de province et n'avoir pas honte de mettre un prix exorbitant à leurs loyers.

« Eh bien, ce que font les tenanciers, voilà que les demoiselles le font à présent. Ces commerçantes de Cythère ont voulu pousser au plus haut prix les faveurs dont auparavant un prix très ordinaire nous laissait paisibles possesseurs. Les bourses sont devenues l'objet de leur voracité. C'est pour ménager ce meuble utile que nous allons mettre sous les yeux du public abusé un tarif exact du prix que les prêtresses de Vénus mettent ordinairement à leurs charmes et qu'elles ne peuvent ni ne doivent augmenter. Nous donnons le nom et la demeure de ces demoiselles mais nous avertissons nos lecteurs qu'ils ne trouveront sur notre tarif que celles dont la réputation est parfaitement établie et à qui l'on peut s'adresser en toute sûreté aux prix ci-dessous énoncés :

« IRÈNE, Palais-Royal, au-dessus du caveau : 6 livres.

« THÉRÈSE, la Bavaroise, rue Jacob, chez le boucher : 3 livres.

« JOUSSE, Galerie de l'Assemblée nationale. La soupe et la nuit : 6,6 livres.

« LA BARONNE, rue de Rohan, vis-à-vis les deux frères Inère, traiteur : 5 livres.

« LE BRU, rue Montmartre, vis-à-vis l'égout : 5 livres.

« SOPHIE et sa sœur, rue Basse-du-Rempart. Pour former un trio la nuit avec la soupe : 100 livres.

« STAINVILLE (dite la Maréchale), rue Neuve-des-Bons-Enfants. Elle et toutes ses pupilles, au nombre de six : 24 livres.

« VANBOO (danseuse), bd de la Comédie, chez l'arquebusier : 30 livres.

« Oui, ce n'est pas sans surprise que nous voyons de charmantes nymphes, que nous avions taxées, d'après l'usage, à 12 livres, se réduire de leur propre mouvement à un modeste écu. D'autres, chose incroyable, poussant plus loin le désintéressement et l'amour du prochain, ont consacré deux jours de la semaine aux nécessiteux et leur ont livré gratis tous leurs charmes depuis 8 heures du matin jusqu'à minuit, sauf le temps du repas !

« On peut vraiment appeler cette conduite un excès d'amour civique, mais voilà les femmes, on ne les trouve jamais dans un juste milieu. »

Il faisait trop froid. Bellet se leva, rangea la brochure. Cherchant des yeux le vieil homme, il l'aperçut sous les arcades en butte à deux viragos. Mais déjà, sur un banc proche, une femme s'était dressée, poitrine superbement offerte à la foule qui s'agglutinait autour d'elle. De sa voix douce, habituée à dire l'amour, elle sut se faire entendre : « Personne n'ignore combien tout notre individu a contribué à la Révolution. Nous sommes fières d'avoir été parmi les premières démocrates, car nous n'avons jamais admis de distinctions d'ordre ou de rang. Dans nos couches, à l'encontre des ci-devant marquises et comtesses, nous avons fait succéder le valet au duc et le modeste chapelain au boursouflé Monseigneur. » Baissant le ton, elle ménagea un petit silence comme pour confier un secret. Les gens tendirent l'oreille. « Et quand la balance de notre cœur a penché, ce fut toujours en faveur de l'hercule roturier. »

Chaque mâle gonflant le torse se rehaussa sur ses talons. Bellet se dévoûta légèrement et s'essayant à la stature de l'hercule roturier, il mangea du regard l'oratrice qui reprit : « Depuis que la liberté si chère à nos cœurs nous a délivrées de la tyrannie, une foule de grisettes, de marcheuses sans talent, est venue se mêler de notre commerce, au grand regret des connaisseurs.

« Citoyens, je fais pétition ici, au nom des mille filles qui œuvrent au Palais-Royal. Rappelons les aristocrates expatriés, c'étaient nos plus fidèles clients ; et nous vous assurons, foi de coquines, que nous nous chargeons de leur donner une éducation patriotique. » Un remous emporta Bellet loin du banc ; la fille disparut, happée. Un groupe de femmes de la Halle venait d'intervenir. Les filles eurent le dessus. Bellet s'éloigna avant l'intervention des gendarmes, bien qu'il ressentît pour eux une certaine sympathie, depuis son aventure de Saint-Denis.

Avant d'aller au Panthéon, Delambre passa à l'Académie. Il y régnait une grande effervescence : Marat venait de publier un de ses brûlots dont il avait le secret. Il dénonçait « le despotisme des Académies, toujours occupées à persécuter les talents distingués qui les offusquent, à éterniser les erreurs, à empêcher les vérités nouvelles de percer et à le priver du fruit des découvertes utiles… » Plus loin, c'était Lavoisier qui en prenait pour son grade : « Le père putatif de toutes ces découvertes change de système comme de souliers. Dans un espace plus court encore je l'ai vu s'engouer du phlogistique pur et le proscrire ensuite impitoyablement. Il a changé le terme d'acide en oxygène, le terme phlogistique en celui d'azote, le terme nitrique en celui de nitraque. Voilà ses titres d'immortalité. » Plus loin encore, il s'en prenait au petit groupe de savants qui avait la haute main sur tout ce qui se faisait en matière de science dans le pays : les « Charlatans modernes ».

« Comme les d'Alembert, les Condorcet, les Lalande, les Laplace, les Monge, les Lavoisier et les charlatans du corps scientifique voulaient être seuls sur le chandelier scientifique, croira-t-on qu'ils étaient parvenus à déprécier mes découvertes dans l'Europe entière, à soulever contre moi les sociétés savantes ! » Sur une page entière Marat rappelait les persécutions que lui avait fait subir l'Académie royale des sciences – il insistait sur

« royale » – au sujet de ses découvertes concernant la lumière, découvertes rejetées parce qu'elles étaient « contraires à ce qu'il y a de plus connu dans l'optique ».

En quittant le bâtiment, Delambre se souvint du titre de l'ouvrage rejeté par l'Académie : « Mémoire sur les vraies causes des couleurs que présentent les lames de verre, les bulles de savon et autres matières diaphanes extrêmement minces. » Et tout en allant vers le Panthéon, il s'imagina Jean-Paul Marat soufflant dans le ciel de sa cave des bulles de savon pour en étudier les couleurs…

Arrivé au Panthéon, Delambre avait été averti que la lanterne choisie pour signal, celle qui terminait le dôme, avait été détruite. Trop tard !

Un véritable tombeau ! Les quarante fenêtres du rez-de-chaussée avaient été bouchées et l'ex-église Sainte-Geneviève, à l'instar des temples antiques, était éclairée uniquement par la lumière venue du haut. Depuis qu'elle avait été chargée d'accueillir les cendres de ceux à qui la patrie devait reconnaissance, on ne cessait de lui faire subir de nouveaux aménagements. Elle en avait eu de toute façon besoin car elle souffrait d'un vice fondamental de construction. Les piliers du rez-de-chaussée étaient atteints. Malgré le peu de clarté, Delambre remarqua les fêlures défigurant les colonnes d'angle. Il y avait à craindre que le tout s'effondrât. Les dépouilles des héros deux fois enterrées ! On faisait travailler les ouvriers d'arrache-pied pour consolider l'édifice.

Lorsque, à l'image des Grecs, la Constituante avait décidé de fonder un Panthéon pour les « dieux » du temps, elle n'avait qu'un défunt d'importance : Mirabeau seul pouvait s'enorgueillir d'être à la fois contemporain, mort et populaire.

Crypte immense et nue, froide et sonore. Tant de place inoccupée ! On n'avait tout de même pas dressé un tel temple pour un unique cadavre ! Pour combler les vides, on eut l'idée de recourir à d'anciens morts, pourvu qu'ils fussent récents et populaires. Par chance, il y en avait ; on les panthéonisa. Delambre se souvint…

La place noire de monde, depuis la Seine jusqu'à l'Observatoire, le quartier étudiant envahi par la foule des grands jours. Il faisait beau sur Paris en ce début de l'été 1791. À quinze jours d'intervalle, deux cortèges avaient traversé la capitale. Le premier, cortège moribond, avait expiré aux portes des Tuileries accompagné par un terrible silence au milieu duquel quelques cris furieux semblaient presque une délivrance. Le second, convoi mortuaire, traversant tout Paris pour venir aborder aux pieds de l'édifice, avait déchaîné liesse, enthousiasme et ovations. Les passagers respectifs de ces deux convois avaient, chacun à sa façon, désiré fuir la capitale. C'est d'y être parvenu qui avait sans doute valu au premier d'avoir vécu quatre-vingt-quatre années. C'est en partie pour y avoir échoué que le second courait le risque de ne point atteindre un âge si avancé. L'un emprisonnait, comme dans un catafalque, un roi vivant, Louis XVI, retour forcé de sa fuite avortée de Varennes. L'autre, ainsi qu'un convoi nuptial musardant à travers la foule, n'en finissait pas de célébrer les noces d'un philosophe mort, avec le peuple qui acclamait son nom : Voltaire.

Delambre grimpa le plus vite qu'il put l'escalier menant à l'emplacement où avait été la lanterne. Il débarqua dans le froid, soulagé de quitter le sanctuaire sinistre. Une fois encore il resta étourdi par ce qu'il découvrait : Paris dans son immensité !

Même perçu de si haut, même écrasé par l'altitude, ce qui jaillissait au premier regard, c'était le bouillonnement de la ville ; la multitude, la multiplicité et le labeur. Le génie citadin se montrait dans toute son étendue. Il n'y avait qu'à se laisser aller à la densité de l'agglomération et à son étendue pour comprendre pourquoi c'est là que se faisait la politique de la France, pourquoi le reste du pays pesait de peu de poids face à Paris, pourquoi l'Europe tremblait devant cette ville, et aussi pourquoi « l'infâme Babylone », ainsi que la nommait les plus furieux royalistes, avait été vouée par eux à une destruction totale.

Jusqu'à présent, lorsque, du haut des signaux, Delambre observait le paysage alentour, il n'apercevait que la nature sans limite : champs, forêts, taillis. Et tout en bas, blotties au pied de la tour ou soudées à la base de l'église, les demeures des hommes, lovées les unes dans les autres comme les chats nouveau-nés d'une portée. Ce grouillement apparaissait pour ce qu'il était : un minuscule îlot de vie cerné par des verdures. La différence était flagrante ; là, du haut du Panthéon, il apercevait à perte de vue, des toits, des terrasses et des cours, des rues follement enchevêtrées. Un écheveau brouillon mais structuré d'habitations solides et solidaires. Et la nature, au loin, rejetée.

La vue était incroyablement nette ce jour-là. La présence, haut dans le ciel, d'une chape de nuages encerclant la capitale excluait la moindre vapeur. Comme si tout ce qui pouvait nuire à la limpidité de l'atmosphère – le soleil et ses brumes, l'humidité floue – avait été chassé et se trouvait fermement contenu à l'extérieur de cette ceinture. Il ne faisait pas sombre ; l'air était clair, mais pas lumineux et le gris régnait en maître : ardoises des toits, pavés des ruelles, pierres des murailles. Rien ne venait empâter les contours ; tout concordait à la rigueur du relief, à la précision des formes, à la définition des détails. Delambre regretta de ne pas avoir pris ses instruments. Voilà bien les conditions idéales pour observer !

C'était d'abord, à une encablure, pesante comme une montagne et effilée comme un pic, la masse considérable de Notre-Dame plongeant dans la rivière. Ce matin-là, il n'y avait guère de circulation sur les grandes boucles de la Seine. Pas plus de trois ou quatre chalands au port de la Rapée. Non loin la rive, un vide impressionnant commandait au regard de s'arrêter : le chantier de la Bastille. À force d'être découpée, débitée, grignotée, il ne restait de la bâtisse que des reliefs parsemés. On sentait que cette dépression était active, aspirant de toutes ses forces la fourmilière de Saint-Antoine, et la substance vivante et inquiétante du redoutable faubourg se présentait, prête à combler ce manque obscène ouvert dans le corps dense de la cité.

Se retournant, Delambre plongea son regard dans Saint-Marcel, fouillant longuement les ruelles ; Saint-Marcel et ses tanneurs, Saint-Paul et ses maçons, le Roule et ses chiffonniers, Chaillot et ses forgerons. Quel observatoire ! Mais pas le moindre cortège : ce matin-là, Paris paressait obstinément.

Une dizaine d'emplacements comme celui-ci, et voilà la ville totalement quadrillée. Pas un seul mouvement de la plèbe parisienne n'échapperait aux regards policiers. Nul encore n'avait utilisé de tels lieux à de telles fins. Delambre se réjouit qu'astronomes et gendarmes n'œuvrassent point dans des guérites jumelles, les uns épiant les astres, les autres les hommes…

Plus loin, vers la périphérie, les éternels attroupements devant le chapelet de bâtiments encerclant la ville signalaient l'emplacement des barrières. Au-delà, s'élevaient les hauteurs dominant la cité ; réflexe professionnel, il en étudia longuement la topographie. Ménilmontant, Belleville, Montmartre, la colline de

Chaillot, la forêt de Sèvres et… en direction du sud, par un seul site utilisable.

En huit mois, sans avoir perdu volontairement un seul instant, Delambre n'avait pu terminer que quatorze stations. À l'autre bout de la méridienne, Méchain, malgré les montagnes, avait, en deux mois de travail seulement, englouti neuf stations.

Delambre souhaitait repartir au plus vite. Mais si l'on voulait avoir quelque chance d'y parvenir, il fallait se pourvoir d'une kyrielle de documents, difficiles à se procurer.

Cela commença par un refus unanime de l'assemblée générale de la Commune, auprès de laquelle, durant six semaines, Delambre sollicita un passeport. Puis, sans raison apparente, Chaumette, le procureur de la Commune, intervint favorablement. Les passeports furent accordés aussi unanimement qu'ils avaient été refusés quelques jours plus tôt. Delambre et Bellet partirent aussitôt pour Dunkerque.

« Cette obligation d'avoir des passeports, qu'il faut montrer à chaque pas, est une des choses les plus contraires à la célérité de nos opérations. Elle rend plus difficile la communication d'une station à l'autre et nous force à être plus réservés sur les courses, que nous n'osons plus hasarder à moins qu'elles ne soient de la plus indispensable nécessité ; elle attire sur nous la méfiance, en nous soumettant aux recherches des postes armés, et nous met dans la nécessité d'obtenir l'agrément non seulement des magistrats ou des citoyens au milieu desquels nous devons opérer, mais aussi de tous ceux que nous rencontrons sur la route. Outre mes passeports j'ai pris cette fois une lettre de recommandation pour le général en chef de l'armée du nord, le général

Custine, parce que le théâtre de la guerre n'est pas fort éloigné de celui de mes opérations.

« Nous avons une petite armée au pied de Mont-Cassel. Les avant-postes ennemis sont près de la montagne des Chats, où j'ai une station à laquelle je suis obligé de renoncer. »

« Monsieur l'astronome ! Monsieur l'astronome ! »

C'est en revenant de la montagne des Chats que Delambre s'entendit interpeller.

« Je suis Étienne Charpy, l'arpenteur ! Vous vous souvenez... Saint-Denis ? J'ai reconnu la voiture. Y en a pas deux pareilles.

– Si, il y en a deux, mais vous n'avez aucune chance de rencontrer l'autre par ici ! » répliqua Delambre.

Étienne était accompagné de son inséparable ami, Gustave Lantier, le canonnier. Gustave était le volontaire qui avait tendu la baïonnette à Delambre au moment où celui-ci se lançait dans sa leçon de géodésie. Les deux hommes se dirigeaient vers Dunkerque avec leur bataillon.

La berline avançait péniblement au milieu de groupes de volontaires. À côté de ceux qui marchaient pieds nus, les autres, malgré l'usure de leurs chaussures, faisaient figure de nantis. Il y avait là de nombreux artisans : des peintres, reconnaissables à leurs vêtements, des tisserands. On racontait qu'au départ, les peintres étaient si nombreux qu'à eux seuls ils avaient constitué un bataillon. Les uniformes manquaient et la plupart des hommes avaient gardé leurs habits de métier, ce qui accentuait le caractère insolite de cette troupe. Les armées de la république paraissaient ce qu'elles étaient réellement : des armées de civils. Continuellement remodelées par les lourdes pertes subies à Verdun, à Longwy et surtout à Valmy, les bataillons, recomposés par de tragiques brassages, avaient perdu leurs spécificités d'origine.

Une petite femme, jolie et insolemment maquillée, passa à côté de Bellet en le frôlant d'un regard racoleur. Bellet s'aperçut de la présence de nombreuses femmes, mêlées aux soldats, les « épouses », comme on les appelait affectueusement. Un groupe de cavaliers passa au galop, manquant renverser Bellet ; un volontaire vociféra : « Je t'en foutrais de l'égalité. Les cavaliers, toujours à cheval et nous, toujours à pied !

– Si la cavalerie était à pied, ce serait l'infanterie ! » lança son voisin.

Pris par la nuit, l'astronome et son adjoint furent invités à partager le bivouac. Regroupés autour d'un feu, les soldats mangeaient en silence, le visage fermé, l'œil méchant et triste. Ils étaient sous le coup de l'incroyable nouvelle : Dumouriez, leur général, celui qui les avait menés vers la victoire à Valmy, Dumouriez avait trahi.

L'arpenteur fit les présentations. Ici on avait pratiqué l'amalgame, c'est-à-dire que volontaires et troupes de lignes avaient été mélangés dans une égale proportion. L'arpenteur raconta comment, étant de faction à l'état-major, il avait étudié toutes les cartes qu'il avait pu trouver et comment, peu à peu, il avait reconstitué le trajet de la méridienne. « Votre méridien, il ne passerait pas par le Berry ? Parce que je suis de Dun-le-Roy. » « Moi, je suis de Valmy », l'interrompit Gustave. « Faut pas le croire, c'est un pays, il est du bourg à côté.

– Si fait, je suis de Valmy. Depuis que j'y suis pas mort, là-bas, c'est comme si j'y étais né.

– Ton Berry, c'est pas le centre du monde, lança un lignard ! » Bellet fit remarquer que si le Berry n'était pas le centre du monde, il était bel et bien le centre de la France et confirma à Étienne que Dun était une de leurs stations.

En raccompagnant Delambre à la berline, l'arpenteur insista pour lui donner l'adresse de ses parents. « J'ai souvent repensé à votre histoire de triangles. C'est foutrement intéressant. » Il se tut. Au loin, les feux des bivouacs scintillaient dans la nuit. L'arpenteur, gêné, commença une phrase, l'interrompit, puis la reprit à nouveau : « Dites, pour la mesure de la base, vous voudriez pas me prendre avec vous ? Lorsque la guerre sera finie, bien sûr. »

Dunkerque était une ville fière. Elle se vantait d'être « la paille qui blesse l'œil de l'Angleterre ». Lorsque la berline aux reflets verts de Delambre et Bellet en passa les portes, elle était au comble de l'effervescence. Et se penchant du haut des parapets, on découvrait trente bâtiments anglais escortés de quatre frégates en position de bataille, canons pointés vers la ville ; à l'ultimatum du commodore anglais, le commandant de la place répondit : « Faites-moi l'honneur de m'attaquer, j'aurai l'honneur de riposter. »

La population entière fut mise à contribution. Célibataires enrôlés, hommes mariés forgeant les armes, transportant les subsistances, femmes confectionnant tentes et habits, jeunes filles servant dans les hôpitaux, enfants mettant le vieux linge en charpie. Et les vieillards eux-mêmes, à qui l'on avait demandé « de se faire porter sur les places publiques pour exciter le courage des guerriers », attendaient que l'on eût besoin d'eux. Tous, militaires et civils, galvanisés par la présence de Carnot envoyé par la Convention pour organiser la résistance. L'attaque fut repoussée.

Un sabre en demi-espadon pendu à un baudrier de cuir noir placé en sautoir, une écharpe en ceinture, sur la tête un chapeau rond surmonté de trois plumes aux couleurs nationales, la rouge étant la plus haute, tel était Carnot dans son nouvel habit de représentant en mission. Il était partout, s'occupant de tout, solutionnant tout. Hormis un problème qui lui résistait : les filles ! Casernes et cantonnements en étaient engorgés, il y en avait plus que de soldats. À Douai, par exemple, après que la garnison eut été réduite à 350 hommes, on compta plus de 3 000 femmes. Dix filles pour un soldat ! et on osait affirmer que la République laissait ses soldats démunis ! Impossible de s'en séparer malgré la loi prescrivant de loger dans les cantonnements les seules femmes des soldats mariés. À les entendre, ils l'étaient tous ! Carnot avait pris sa plume et écrit à la Convention : « Débarrassez-nous de toutes les catins qui suivent nos troupes et tout ira bien. Elles énervent les hommes et, par les maladies qu'elles leur apportent, détruisent dix fois plus de monde que le fer de nos ennemis. » Le Comité de salut public décréta que toutes les femmes qui suivaient l'armée, même reconnues épouses, seraient immédiatement congédiées, à l'exception des blanchisseuses et des vivandières. Il y eut beaucoup de vivandières.

Malgré les filles, malgré la guerre, malgré le blocus anglais, le travail se poursuivait. À Dunkerque, qui était une des deux extrémités de la méridienne, Delambre procéda aux très importantes mesures de latitude de la ville. Aidé par Bellet qui calait le niveau, il s'apprêtait à orienter les lunettes du cercle sur l'étoile Polaire quand on lui apporta une lettre qui avait transité par son domicile de Paris, rue du Paradis ; elle provenait de Barcelone. Méchain, enfin ! Sa première lettre !

« MONTJOUY, 23 février 1793.

« Au Citoyen Delambre,

« Monsieur et cher confrère, je me proposais depuis bien longtemps de vous écrire, mais errant depuis plusieurs mois dans les montagnes de Catalogne, je n'en avais pas trop la facilité et de plus, je ne savais où vous l'adresser. Enfin je viens d'apprendre que vous êtes rentré à Paris dans le courant de janvier.

« J'ai lu dans *le Moniteur* vos mésaventures de septembre et j'y ai pris beaucoup de part. J'ai appris également vos succès dans la mesure des angles et cela me fait grand plaisir. Quant à nous, nous n'avons pu fermer nos triangles avec autant de précision que vous l'avez fait. Mais, indépendamment de ma maladresse, il y a dans ces montagnes des obstacles que l'on ne rencontre pas si fréquemment dans les pays de plaine. Les moments favorables y sont rares et toujours si courts.

« On ne séjourne pas dans les stations aussi longtemps qu'on le voudrait et l'on n'y retourne pas aisément. Surtout lorsque l'on n'est pas seul et bien libre de ses mouvements… Cependant, l'on nous a secondés avec beaucoup de zèle et l'on nous a procuré tous les moyens nécessaires à notre travail.

« Nous sommes sur le point de terminer les observations des étoiles. J'ai déjà envoyé à M. Borda les observations de la Polaire. Je comptais envoyer cette semaine les observations et les premiers calculs de Ksi de la Grande Ourse, mais je suis obligé de différer cet envoi parce que dans les circonstances actuelles nos collègues espagnols nous pressent beaucoup pour que nous leur donnions des copies de tout notre travail et il leur faut plusieurs copies.

« Si, à Paris, l'on veut que nous fassions d'autres observations d'étoiles au zénith, il faut nous le signifier promptement, parce que nous ne pourrons sûrement pas rester ici encore très longtemps. Hier M. Gonzales, notre collaborateur espagnol, a dû nous quitter pour aller poursuivre un corsaire qui, dans la nuit du 19 au 20, a pris un bâtiment espagnol juste sous le fort de Montjouy où je faisais mes mesures de latitude. Je venais d'arriver… »

Comme il le faisait chaque soir, à cette heure de la journée que l'on nommait ici *las tardes*, Méchain installa ses instruments sur la terrasse du fort. On y accédait par des trappes. Là, il avait fait construire une petite cabane de bois appuyée contre l'un des angles de la tour, en sorte qu'il avait fixé le pendule sur le mur même du bâtiment. Le pied des cercles posait sur de lourdes dalles de pierre et lorsque les fenêtres de la cabane étaient ouvertes et les trappes levées, on découvrait tout le méridien depuis l'horizon de la mer jusqu'aux montagnes de la côte nord.

Le bâtiment s'élevait au sommet d'une colline dominant le port de Barcelone. Il fallait pour s'y rendre traverser un des *barrios* les plus dangereux de la ville : un dédale de ruelles collées au port. Qui n'était ni marin, ni militaire, ni voyou ne s'y aventurait qu'à ses risques et périls. Jamais l'astronome n'y aurait pénétré si Gonzales – un capitaine de la Marine royale ! – ne l'avait accompagné.

Le fort lançait ses avant-postes jusque dans la mer, et de la terrasse on surplombait l'eau comme du haut d'un mât ; la Méditerranée partout.

Au sud, invisibles, à mi-distance des côtes africaines, les îles Baléares et, plus loin encore, dans le prolongement, Alger. Méchain regarda longuement vers l'infini de la mer. Si son projet pouvait réussir ! Il caressait en effet le projet insensé de poursuivre la mesure de la méridienne jusqu'aux îles Baléares. Et jusqu'en Afrique ensuite, pourquoi pas ? La mer infinie porte à rêver : et si l'optique et la technique faisaient de nouveaux progrès et si nous étions en paix avec le bey d'Alger et si… Œuvre grandiose : mesurer la méridienne de Dunkerque à Alger ! De cela il ne souffla mot à personne, laissant mûrir l'idée.

Pour l'heure, tout l'appelait vers le nord. Chaque soir, lorsqu'il rangeait le cercle et qu'à l'œil nu il regardait pour la centième fois Alpha du Petit Chariot, l'étoile Polaire, il se prenait à penser : voilà le point fixe du firmament, le cheval de tête attelé au timon du Petit Chariot qui m'indique obstinément le nord, obstinément Rodez. Et l'astronome finissait par identifier la constellation du Petit Chariot avec sa propre berline cuivrée, et la berline aux reflets verts de Delambre au Grand Chariot. Tout autour, dans le ciel pur, encerclant la Polaire et lui interdisant toute fuite vers le sud, le Dragon avec sa tête menaçante laissait couler son interminable queue qui l'emprisonnerait jusqu'à la fin des temps. Méchain frissonna, malgré sa lourde pelisse. Fraîches nuits de Barcelone : on était en hiver, même si, durant la journée, on finissait presque par l'oublier.

Tranchot tenait d'une main une petite lanterne pour éclairer le niveau, tandis que Méchain précisait la mesure. Du bas de la tour, les passants pouvaient distinguer, faiblement éclairées, deux ombres actives.

Tout en bas, le barrio se déchaînait. Des bouges et des tavernes débordant de marins venus des quatre coins du monde, des Levantins, des Grecs, des Anglais, des Portugais, s'échappaient des clameurs qui trouaient la nuit par bouffées entrecoupées de claquements de mains excités. Chansons obscènes et cris rauques des bagarres parvenaient étouffés, comme dégraissés de leur charge de violence, et les complaintes langoureuses des marins, si différentes des chants entendus du sommet de Montserrat, inondaient la terrasse où Méchain poursuivait son travail. Des centaines de mesures : Alpha du Dragon, Béta du Taureau et de Pollux…

Le soleil baissait sur l'horizon. Accompagné de Tranchot et de Gonzales, Méchain venait d'arriver sur la terrasse. Les trois hommes étaient en train de s'installer quand plusieurs détonations retentirent, semblant provenir du large. « Madré de Dios ! » s'écria Gonzales qui s'était emparé d'une longue-vue. Une goélette portant pavillon espagnol se trouvait durement attaquée par un petit corsaire apparaissant et disparaissant avec la mobilité d'un dauphin, et qui semblait redoutablement armé. Gonzales orienta sa lunette vers le port : pas un seul navire de guerre à quai ! Enrageant d'impuissance, il quitta les Français sans prendre congé d'eux.

Éclair précédant le tonnerre, une énorme lueur embrasa la mer suivie par la terrifiante explosion. La goélette avait sombré. Déjà les nouvelles parvenaient : il s'agissait d'une goélette retour d'Amérique, chargée, affirmait-on, de piastres et de lingots d'or. Certains prétendaient que le corsaire était maure, d'autres certifiaient qu'il était français. Méchain et Tranchot rangèrent rapidement leurs instruments et s'éclipsèrent sans trop se faire remarquer.

Rentré à l'auberge, Méchain décida d'écrire à Delambre ; il lui raconta ce qu'il venait de voir et termina sa lettre ainsi : « Depuis quelque temps les Français ne sont pas à leur aise ici, et le séjour y est pénible pour eux ou au moins disgracieux. Je me proposais de rentrer en France dans le courant du mois prochain, mais un nouveau commandant général a été nommé et j'attends avec impatience son arrivée. D'après ce qu'il nous dira et suivant ce qu'il pourra nous permettre de faire, nous réglerons notre marche. Mais vous voyez qu'elle est bien incertaine.

« Je vous prierai, mon cher collègue, de vouloir bien me donner quelques détails sur la manière dont vous construisez vos signaux, et la forme que vous leur donnez ; cela serait nécessaire afin de mettre de la conformité dans nos manières d'opérer.

Un autre soir, alors qu'il venait de quitter le fort après une longue journée d'observations, et que, à pas lents, le long du port, il regagnait l'auberge, il se sentit attiré par quelque chose qu'il ne parvint pas à préciser. Il leva la tête.

Éberlués, les soldats en faction devant le fort Montjouy virent l'astronome français remonter en haut de son observatoire aussi vite qu'il en était descendu.

Qu'elle était belle ! Avec son noyau si précisément dessiné, sa queue étroite et sa chevelure qu'on devinait parfaite à travers la nébulosité environnante ! Elle s'apprêtait à passer au-delà de Ksi du Dragon. C'était la première comète qu'il découvrait à la vue simple, par hasard.

Il ne pouvait pas s'empêcher de penser : quelles étranges planètes que les comètes ! Elles se montrent à nous quelques instants pour se cacher ensuite des siècles entiers ! Le lendemain, le ciel était dégagé, la chevelure apparente. La comète passa au nord de Céphée. Puis elle longea Béta de Cassiopée. Trois jours plus tard, on n'apercevait plus guère de la queue qu'une pâle trace qu'on aurait dit rongée par l'azur, tandis que le noyau, comme une bille de métal, dessinait son trajet dans le ciel avec une précision inquiétante pour tout autre qu'un astronome. Le lendemain, engloutie par d'épais nuages, elle avait disparu. Méchain ne la retrouva que deux jours plus tard, aux alentours de Gamma du Bélier. Puis le ciel redevint serein ; mais la comète se tint si près de la Lune que sa lumière en fut tout affaiblie. Un moment, on vit les deux astres se mouvoir de concert, puis à mesure qu'ils s'éloignaient l'un de l'autre, la comète recouvra ses couleurs, surtout lorsqu'elle passa alentour de Pi des Poissons.

La clarté de la lune allait augmentant chaque soir, et la comète faiblissait en regard. Bientôt Méchain ne put plus guère juger de ses apparences. Elle s'éloignait : ce fut Cappa de la Baleine puis Sigma d'Orion puis Mu de L'Éridan, puis… plus rien ; elle avait disparu, engloutie par la distance sidérale.

Ses premières amours !

À nouveau Méchain s'était senti astronome ; il nota avec la plus extrême précision les positions de l'astre. N'était-il pas le meilleur observateur de comètes ? Mais dans ce domaine, il avait une rivale : Miss Caroline.

« Année 1786. Le 17 janvier, M. Méchain découvre une comète dans le Verseau, tandis que le 1er août, Miss Caroline Herschel observe une petite comète dans le Bouvier et dans Hercule. Ce dernier astre, n'étant point visible à la vue simple, nous aurait infailliblement échappé sans le courage et les soins de cette nouvelle observatrice. » Depuis cette date entre Caroline et Pierre, il y avait comme une émulation. En 1789, c'est l'Anglaise qui prend le pas sur le Français : elle en découvre deux et lui une seule. En 90, le jeu redevint serré : le 7 janvier, Caroline en détecte une dans Pégase ; le 9, c'est au tour de Méchain d'en découvrir une autre dans le Poisson ; c'est sa huitième. En 92, juste avant que ne parte l'expédition, ce fut l'égalité : ils découvrirent trois comètes à eux deux. Peut-être un jour rencontrera-t-il cette Anglaise, quand la guerre sera finie. À Greenwich…

Le lendemain, invité par le docteur Salva, un astronome amateur qui s'était pris d'affection pour lui, Méchain quitta Barcelone. Tranchot était du voyage. On était le 25 février, à la tombée de la nuit débutait l'éclipse de lune.

C'était une grande propriété, proche de Montserrat ; le docteur et sa femme, Maria, les accueillirent. Énergique petite dame brune, aux manières simples, elle parlait presque sans accent un français impeccable. Méchain fit le baisemain ; elle apprécia le geste : « Je vois qu'en France on n'a pas perdu les bonnes manières. Comment dites-vous à présent ? Citoillens ?

– Citoyens, rectifia Tranchot.

– Citoyen Tranchot, citoyen Méchain ; cela sonne agréablement, ma foi. »

Salva voulut immédiatement leur montrer sa nouvelle acquisition : une pompe hydraulique. « Dix veltes à l'heure ! Une petite merveille ! » Maria l'en dissuada.

Quelques heures plus tard, les instruments avaient été installés au milieu du jardin et Maria se tenait aux côtés de Méchain. Au bout de la propriété, dans un pigeonnier aménagé à cette intention, Salva effectuait les mêmes observations avec son propre matériel. Maria posait beaucoup de questions sur l'astronomie. « Tout cela est précis, régulier, mathématique, conclut Méchain. C'est la tâche des astronomes que de détecter les régularités, d'en déduire les trajectoires, de calculer les orbites des astres observés. » « Donc de connaître le futur », coupa Maria. Il n'avait jamais pensé à son travail de cette façon. Il réfléchit : « Si aucun cataclysme ne vient corrompre l'ordre du monde, c'est en effet ce que nous tentons : connaître le futur de l'univers. »

Le ciel s'assombrit : l'éclipse avait commencé. Ils étaient proches ; se parlant dans le noir, elle imaginait ses gestes, il la devinait attentive.

« Si la terre se trouve entre la lune et le soleil, elle fait écran et la lune devient invisible ; c'est ce que l'on appelle une éclipse de lune. Lorsque c'est la lune qui se trouve entre la terre et le soleil, celui-ci disparaît à nos yeux ; c'est alors une éclipse de soleil. Les éclipses totales de soleil sont très courtes, jamais plus de deux minutes. Elles sont très rares. La dernière a eu lieu en 1724.

– Quand aura lieu la prochaine ?

– C'est la deuxième fois que l'on me pose cette question ! s'exclama Méchain. La première fois, c'était aux Tuileries. » Il ne put voir les yeux de Maria. Tout ce qui venait de la France, de Paris en particulier, la passionnait. « Racontez-moi, voulez-vous !

– La Commission était au grand complet, alignée sur deux rangs. Nous attendions depuis un quart d'heure. Soudain, le roi fut devant nous. Personne ne l'avait entendu entrer. Je ne l'avais jamais vu. Il ressemblait au portrait de la grande salle de l'Académie, un peu plus gros, un peu plus vieux peut-être. Il s'adressa d'abord à Cassini, un savant qu'il connaissait personnellement : "Comment, monsieur Cassini, on me dit que vous allez recommencer la mesure du méridien que votre grand-père a déjà faite avant vous ! Prétendez-vous la faire mieux que lui ? – Je ne me flatterais certainement pas de mieux faire, si je n'avais sur lui un grand avantage, répondit Cassini. Les instruments dont mon grand-père s'est servi ne donnaient la mesure des angles qu'à quinze secondes près. Monsieur le chevalier de Borda que voici a mis au point un cercle qui donnera la précision d'une seconde. Ce sera là tout mon mérite, Sire."

« Borda se tenait aux côtés de Cassini. Louis XVI l'interpella : "Toutes mes félicitations, monsieur le chevalier. J'espère que vous m'en expliquerez le fonctionnement quand j'aurai regagné mon atelier de Versailles."

« À côté de Borda se tenait Condorcet, puis Lavoisier et moi. Le roi s'arrêta devant moi : "Vous vous êtes fait une spécialité de l'observation des comètes, me dit-il, et de celle des éclipses de lune. Savez-vous quand se produira la prochaine ? – Dans un an et demi, si mes calculs sont exacts, Sire, le 25 février 1793. – Et la prochaine éclipse de soleil, me demanda-t-il ? – En 2026, Sire, répondis-je. – Il ne faut pas demander l'impossible. Va pour l'éclipse de lune ! Nous y assisterons ensemble. Votre expédition sera sans doute terminée à cette date, n'est-ce pas ?" »

Avec le retour de la lune, Méchain put apercevoir à nouveau Maria ; elle était assise dans l'herbe. Il croisa son regard, s'assit à ses côtés et reprit son récit. « Un officier est entré, essoufflé, et s'est mis à parler tout bas au roi, qui parut soudain fort soucieux. Il est resté un moment silencieux, puis brusquement il s'est avancé vers nous : "Je regrette, messieurs ; je suis obligé d'interrompre notre entrevue. Souhaitons-nous bonne chance et que chacun parvienne au plus vite au terme de son voyage." »

Méchain se leva : « Cinq heures plus tard, Louis XVI quittait Paris. C'est ce que l'on a appelé la fuite à Varennes.

– Et ce soir, il n'est pas au rendez-vous qu'il vous avait fixé, constata Maria.

– Les éclipses de lune ne sont pas si fréquentes, mais la décapitation d'un roi l'est moins encore », répondit tristement Méchain.

La voix de Salva, revenant de son pigeonnier, résonna dans la nuit : « Savez-vous, annonçait-il à Tranchot, que j'ai rencontré hier à Barcelone un de vos plus éminents médecins, le docteur Thierry de la Faculté de médecine de Paris, il revient de Madrid où il a fait une très longue étude intitulée "Il n'est plus de Pyrénées, mon fils." Il y expose de façon précise, m'a-t-il affirmé, les différences entre les coliques de Madrid et celles qui ont été observées en divers autres lieux de la terre.

– A-t-il détecté quelques différences significatives ? » demanda ingénument Méchain alors qu'un squelettique croissant brillait dans le ciel. L'éclipse avait duré deux heures.

Ils se réveillèrent tard. Salva les entraîna aussitôt vers la pompe hydraulique dont il leur avait parlé la veille. L'énorme machine rutilante était installée près d'une grange. N'ayant aucune attirance pour ces « nouveautés », qu'elle trouvait dangereuses, Maria les quitta.

« Maria est pour le progrès en politique mais elle est contre quand il s'agit de technique ! lança Salva.

– Pour mon mari, c'est la même chose, mais en sens inverse ! » rétorqua-t-elle.

Ordinairement, un couple de chevaux entraînaient la pompe. Ce matin-là, les bêtes étaient au labeur dans le champ voisin. Mourant d'envie de faire fonctionner la machine malgré tout, Salva convainquit Tranchot de l'aider pendant que Méchain, posté à l'intérieur de la grange, guetterait l'arrivée de l'eau dans la canalisation.

Chacun rejoignit son poste. Méchain entendait les efforts de ses amis actionnant la pompe. L'eau jaillit. Des hurlements s'élevèrent au-dehors, Méchain se précipita. La machine s'était emballée : Salva et Tranchot, entraînés par la grosse roue de la pompe, risquaient de se fracasser le corps contre la margelle. Les deux hommes s'agrippaient comme ils pouvaient à l'immense levier dont la courroie se tendait à mesure. Méchain s'élança. Lorsqu'il arriva à la hauteur de la roue, la tension de la courroie était devenue trop forte, ses compagnons lâchèrent prise. Méchain eut juste le temps de voir comme une langue de feu fondre sur lui, la queue d'une comète qui l'embraserait. Il s'écroula frappé de plein fouet.

Retombé sur le sol en une étrange position, Méchain gisait sans connaissance, visage et torse ensanglantés, bras droit désarticulé. Salva fit le premier diagnostic : une infime chance de survie. Derrière le corps, dans l'insupportable silence, le levier continuait de tourner.

8.

« Nous faisons ici la pétition que la Convention nationale veuille bien ordonner l'égalité des poids et des mesures sans attendre la fin de l'interminable opération concernant le méridien, opération devant lui donner une perfection qui n'est pas absolument nécessaire. » Qui ose écrire cela ? Condorcet, dans la *Chronique de Paris* ! En ouvrant le journal dans la cour de la poste, Delambre était tombé sur l'article incriminé, qu'il avait lu par deux fois pour se convaincre. Interminable, Condorcet avait écrit interminable !

Au lieu de regagner l'église où Bellet devait le rejoindre, il marcha en direction de la campagne. À quoi bon se presser à présent ? Et puis non, il fallait rentrer immédiatement à Paris, demander à Condorcet des explications, réunir la Commission, convaincre ses collègues. Il fallait… À quoi bon ? Delambre ressentit une profonde lassitude devant l'énormité de la tâche. La Révolution n'a sans doute plus besoin de perfection, l'efficacité seule lui suffit, à présent, pensa-t-il en s'enfonçant plus avant dans la terre meuble.

Comment Condorcet avait-il pu changer à ce point ? C'est bien lui qui, à la tribune de la Législative, avait proclamé que « l'on devait moins s'occuper de chercher ce qui serait facile que d'exiger ce qui approcherait le plus de la perfection ». Et voilà que tout à coup cette perfection, adulée hier, n'était plus, aujourd'hui, absolument nécessaire. Nécessaire à qui ? à quoi ?

Delambre savait Condorcet surmené, épuisé par ses multiples activités dans les nombreux comités dont il était le principal animateur, particulièrement le Comité d'instruction où il avait jeté les bases d'un projet d'enseignement vraiment nouveau, « révolutionnaire » disait-on partout. Mais là n'était pas l'essentiel. La Convention avait décidé de doter la République d'une nouvelle constitution et Condorcet était le rédacteur d'un des deux projets en lice, l'autre étant défendu par Robespierre et ses amis. À cette occasion, le philosophe était durement attaqué. Mais cela n'expliquait pas tout. Delambre avait été informé que la Commission des poids et mesures s'était dissoute au profit d'une « Agence temporaire des poids et mesures ». Bref, tout le monde à Paris semblait d'accord pour la proposition de Condorcet. « Il est vrai, fulmina Delambre, qu'à rester cloîtré dans un bureau sinistre de la capitale, le temps doit paraître bien long, et que l'on doit y brûler d'accélérer le cours des choses ! »

Cette Agence temporaire, quelle serait sa grande tâche ? FAIRE UNE DIVISION ! Elle allait en effet utiliser le résultat de la mesure du méridien effectuée par Cassini cinquante ans plus tôt, et le diviser par quarante millions. Alors, fière de son œuvre immense, elle pourrait proclamer la longueur du mètre provisoire ! Delambre se dit que là, assis sur cette pierre, il pouvait faire le calcul et l'envoyer à l'Agence pour lui épargner ce dur labeur…

Et Lavoisier et Borda et Monge, et Haüy, et Lagrange, allaient-ils laisser faire cela ? Ils avaient tous leurs propres activités et la mesure du méridien n'était qu'une parmi leurs occupations. « Il n'y a que pour nous quatre, pensa Delambre, pour Bellet, Tranchot, Méchain et moi, que la chose est essentielle. » De plus en plus amer,

Delambre se sentit joué par les hommes et par les événements. « On nous a embarqués tous les quatre sur des navires, puis on nous a abandonnés en pleine mer. À terre, la vie a continué et les armateurs ont oublié les navigateurs. Et bientôt, Méchain accroché à ses sommets, et moi, suspendu à mes clochers, comme des fruits desséchés, nous nous écraserons sur le sol. »

Puis ce fut la fureur, et enfin la résolution. Non, il ne renoncerait pas, au contraire, il fallait se hâter, précipiter la marche, avancer les mesures si loin et si vite que tout retour en arrière deviendrait impossible. Il décida de prévenir Méchain, de l'avertir du danger et de le convaincre de mettre les bouchées doubles. Prendre Paris de vitesse.

Jamais il n'avait avancé si vite. Fiefs, Gravelines, Béthune, Le Mesnil, Sauti, Beauquesne. Il est vrai que la région s'y prêtait : des tours à n'en plus pouvoir, des églises autant qu'on en pouvait désirer. Tout allait bien pour lui.

La nouvelle tomba brutalement ; une courte lettre de l'Agence : « Tragique accident survenu à notre confrère… coma profond… vraisemblablement décédé depuis. » C'est Tranchot qui avait averti Borda le lendemain de l'accident.

Delambre, effondré, regardait bêtement la dernière lettre que Méchain lui avait envoyée, et le double de celle qu'il venait de lui écrire. Et puis il pensa à des choses simples, matérielles, comme s'il avait besoin de focaliser son esprit sur des détails pour fuir l'essentiel. « Il faudrait que l'Académie fasse quelque chose pour la famille, organiser une quête, faire revenir le corps… Et Thérèse : ils lui laisseront encore quelque temps son appartement de l'Observatoire, puis ils lui demanderont de laisser la place. » Comment savoir ce qui s'était passé exactement ? Pourquoi ne pas envoyer quelqu'un en Catalogne ?

Sur la côte catalane, le printemps promettait d'être splendide ; dans la campagne aux alentours de Barcelone, deux chevaux somnambules tournaient en rond, licou au col, arrimés à l'inlassable pompe hydraulique du docteur Salva. L'eau s'écoulait dans les innombrables rigoles du potager de Maria. Il en fallait de l'eau ! Les plantations étaient si denses qu'elles suffisaient à nourrir le village.

Tassé au fond d'un fauteuil, à l'abri du soleil sous un gros chêne, face au potager, Méchain, immobile, semblait dormir, enseveli sous une lourde couverture de laine multicolore. Aux pépiements des oiseaux se mêlaient les bruits de la cuisine, et le chant d'une servante. Non loin du chêne, assise sur un tabouret, Maria triait les graines de haricots tandis que Tranchot, armé de minuscules pinces, réparait l'hydrographe à cheveu.

Méchain ne dormait pas. L'air absent, le regard voilé, il releva doucement la tête. La couverture glissa ; d'un mouvement maladroit, il tenta de la rattraper, son geste avorta. Sur son visage, marqué de blessures non encore cicatrisées, se peignit une poignante impuissance. L'astronome était chapeauté d'un énorme pansement qui lui mangeait la tête, du front jusqu'à l'arrière de la nuque.

La couverture, en tombant, avait laissé apparaître un bandage emprisonnant l'ensemble du côté droit : bras, épaule et clavicule. La scène n'avait pas échappé à Maria : elle était déjà à ses côtés, relevant la couverture qu'elle épousseta avant de la reposer sur le dos de Méchain.

Au soir de l'accident, on l'avait donné pour mort. Après les premiers soins, Salva avait fait venir de Barcelone ses plus estimés confrères. Aucun n'avait laissé le moindre espoir : le choc avait été si terrible qu'on s'étonnait que Méchain ne fût pas mort sur le coup, et à chaque instant on s'attendait à ce qu'il décédât. Salva, parce qu'il était un authentique médecin, mais également parce qu'il se sentait responsable de l'accident, tenta l'impossible.

Tranchot déambulait dans la propriété, désemparé ; tout avait été si brusque ! Au fil des jours, à mesure, pourrait-on dire, que Méchain ne mourait pas, il avait découvert, surpris, son attachement pour l'astronome. Il l'avait veillé, avec Maria.

Silencieuse et efficace, infatigable, parvenant à opposer à l'angoisse ambiante une inaltérable gaieté, s'étant pris d'affection pour ce Français sévère qu'elle n'avait connu qu'une seule soirée, Maria avait juré de le sauver. Elle en avait parlé à son mari qui s'était muré dans un terrible silence. Depuis l'instant de l'accident, Salva avait vécu une véritable tragédie. Qu'un hôte mourût dans sa demeure, qui plus est par sa faute, et c'était l'hospitalité tachée de sang. Une irréparable faute.

Quelques jours après l'accident, en fin d'après-midi, Méchain soudain avait ouvert les yeux ; des yeux neufs encore vides d'images, ou plutôt encore vides du sens à donner à ces images qu'il découvrait : trois visages penchés sur lui. Il les avait regardés, étonné, et soudain le souvenir lui était revenu. Durant une fraction de seconde, une étincelle avait illuminé ses pupilles : la résurrection du passé. Il y avait de cela deux mois.

Lorsque Maria réajusta la couverture, elle caressa doucement le bras paralysé : « Vous verrez, d'ici peu, nous le ferons fonctionner. » Ce fut le début d'une longue convalescence. Salva pensait que l'astronome ne récupérerait pas l'usage du bras droit ; Maria croyait le contraire.

Méchain, convaincu qu'il resterait paralysé, sombra dans une profonde mélancolie. Il fallut toute la persuasion de Maria, tout le dévouement de Tranchot, tout le savoir de Salva pour qu'il ne retombe pas malade.

Un jour, Maria demanda à Tranchot d'installer le cercle-répétiteur dans le jardin. Il comprit immédiatement ses intentions. La rééducation commença. Chaque matin, on transportait l'astronome face au potager, toujours près de son chêne ; de là, il pouvait apercevoir les montagnes avoisinantes. Calé dans son fauteuil par un amoncellement de coussins, il réapprenait à se servir de l'instrument. Son bras droit, rigide et lourd comme du plomb, restait étendu le long du corps tandis que le gauche s'essayait à actionner la molette, à desserrer les écrous, à déplacer la lunette ou à faire jouer le petit mécanisme de l'alidade.

Tranchot était penché sur l'appareil. Méchain laissa échapper, désespéré : « Nous allions bien pourtant tous les deux, Tranchot. Douze triangles ! et combien d'avance sur Delambre ? », « Cinq triangles », répondit Tranchot cachant maladroitement son émotion. « Nous aurions atteint Rodez cette année, avant Delambre, sans doute. À propos, à Paris, que savent-ils de ce qui s'est passé ? » Tranchot, embarrassé, avoua à Méchain le contenu de sa première lettre. « Avez-vous au moins rectifié ? » « C'est fait, c'est fait ! Pour tous, vous êtes bel et bien vivant et pas près du tout d'abandonner l'opération. »

Quelques jours plus tard, en fin d'après-midi, il y eut une visite : un fringant capitaine passait les portes de la propriété. Méchain n'ayant pas quitté le lit de la journée, ne put assister à cette arrivée remarquée, mais lorsqu'il découvrit Gonzales sur le pas de la porte, son visage martyrisé par la douleur s'éclaira d'un vrai bonheur.

« Vous portez à nouveau votre uniforme ! Seriez-vous devenu plus militaire qu'astronome ? » Trop ému, Gonzales ne répondit pas. Méchain, feignant la gaieté, l'apostropha : « Cela me rappelle une histoire que

Condorcet m'avait racontée. Il était à la tête d'une députation qui devait être reçue aux Tuileries. Louis XVI l'avait longuement laissé attendre. Dans l'antichambre, un groupe de jeunes militaires persiflaient, se moquant ouvertement de l'allure des députés. Condorcet s'avança vers eux. « Serait-ce que nous n'avons pas l'air militaire, messieurs ? leur demanda-t-il. Eh bien vous, vous n'avez pas l'air civil ! » Gonzales partit d'un grand éclat de rire.

« Mon cher capitaine, il va falloir vous trouver une autre occupation jusqu'en juillet.

– Pourquoi juillet ?

– Parce que en juillet nous repartons tous les trois en campagne. »

Gonzales ne dit pas à Méchain qu'en juillet, il ne serait pas à leurs côtés. Le capitaine venait de recevoir sa nouvelle affectation : la guerre entre la France et l'Espagne était déclarée.

Delambre reçut la lettre de Tranchot lui annonçant tout à la fois la « résurrection » de Méchain et l'intention de celui-ci de poursuivre lui-même l'opération. En même temps, il apprenait que l'Agence temporaire n'avait pas renoncé, du moins l'affirmait-elle, à la mesure du méridien. Aucune arrière-pensée ne venait plus assombrir l'horizon.

Il sautait de station en station avec d'autant plus d'aisance que les sites lui étaient familiers. Il se trouvait en Picardie, il était né à Amiens.

À cette époque, la capitale picarde s'enorgueillissait de trois de ses fils. Le premier avait été artilleur, célèbre pour avoir inventé un boulet creux, nommé « haubitze » d'un côté du Rhin et « obus » de l'autre. Il se nommait Choderlos de Laclos et se piquait d'un penchant pour la littérature. Le second, Lamarck, après avoir été militaire et botaniste du roi, s'était pris d'une passion tardive pour « les animaux sans vertèbres ».

Le troisième, fils d'un humble drapier de la rue de Viesserie, après avoir failli être prêtre, s'était fait académicien. C'était Delambre, dont les cinq frères et sœurs fêtèrent dignement le retour. L'astronome régala les dizaines de visiteurs qui tenaient à le féliciter. Heureusement, il venait de recevoir son traitement. À ce sujet, un petit changement était intervenu : le numéraire, c'est-à-dire, vulgairement, les espèces sonnantes et trébuchantes, n'était plus versé à titre de traitement. C'est en assignats qu'il avait été payé. Les billets étaient beaux… et légers, et les prix grimpaient.

À huit sous la livre, le pain commençait à devenir une denrée de luxe. Seuls les gens qui n'ont pas faim possèdent les fonds nécessaires pour s'en payer une tranche, aimait à dire Bellet que cet enchérissement rendait furieux. Car le grain ne manquait pas, il le savait pour avoir parcouru en tous sens la Brie, la Beauce et le Parisis.

À l'auberge, les soirées étaient de plus en plus houleuses. Une méchante sensation d'avoir été trompés se répandait. Un soir, un jeune homme monta sur une table, imposant le silence : « Quand il n'y a pas de pain, il n'y a pas d'égalité, tonna-t-il, pas l'ongle d'une once ! Quand la loi écrase le peuple, le peuple doit écraser la loi. »

La révolte éclata à Péronne, toute proche. Indignée qu'après trois années de révolution le pain manquât, la foule s'était répandue dans le bourg taxant grains, pois et chandelles, brutalisant les bourgeois qui voulaient s'y opposer. Allait-on vers de nouveaux troubles ? Par prudence, Delambre se fit établir un certificat « temporaire » de résidence. Apposées au bas du document, deux signatures. Quand il les décrypta, il partit d'un immense éclat de rire : le président du Directoire s'appelait PROPHÈTE et celui du district BELLE-GUEULE !

À l'aube, muni de son précieux document, il partait. Un jour à Mailli à l'assaut des cent sept marches menant à l'extrême pointe de la flèche ; le lendemain à Coivrel où, incroyable exception, il découvrait un clocher flambant neuf, l'ancien, consumé jusqu'au col par la foudre, ayant été remplacé. À Beauquesne, il tomba sur des vestiges qui lui firent chaud au cœur : un échafaud construit par Cassini. Delambre resta un instant pensif devant ces « reliques » : les pièces qu'il avait lui-même élevées résisteraient-elles aussi longtemps ? Le soir, il rentrait au logis. Une vie bien réglée qui aurait pu se poursuivre longtemps encore si…

… si la brisure qui venait d'écarteler la Convention ne s'était propagée, lézardant le pays tout entier. Une trentaine de députés parmi les plus illustres, « les pères de la République » comme on les appelait, les Rolland, les Vergniaud, les Brissot, ceux qu'on nommait les « Girondins », avaient été décrétés d'accusation par l'assemblée. Et, dans leur sillage, Condorcet. Amiens fut coupé en deux ; entre les cinq frères et sœurs de Delambre, combien de querelles !

Pour la masse des citoyens, les choix jusqu'alors s'étaient présentés de façon simple. D'un côté, un vieux passé éreinté, inacceptable, indéfendable ; de l'autre, un avenir à construire avec au bout, pourquoi pas ? le bonheur. Depuis quatre ans, ils avaient fait le voyage ensemble, ces artisans, ces avocats, ces paysans, ces ouvriers, ces prêtres aussi. Ils avaient été contre les aristocrates, puis contre le roi, puis pour la République, et maintenant on leur demandait d'être « pour la Gironde contre la Montagne », ou « pour la Montagne contre la Gironde ». Cette fois, la césure passait à travers la République. Certains voulaient que la Révolution continue, d'autres, trop contents de l'acquis, souhaitaient qu'elle s'interrompe. « Qui trop embrasse, mal étreint ! » clamaient les uns. « On ne s'arrête pas au milieu du gué ! » rétorquaient les autres.

Delambre épluchait chaque numéro de la *Chronique*. Pendant deux jours, elle ne parut pas, puis un matin, il la reçut à nouveau. L'interruption était due au saccage de l'imprimerie. En première page, une lettre de l'imprimeur :

« Sept minutes ont suffi à un très grand nombre d'hommes armés, la plupart en uniforme et tous bien vêtus, pour tout détruire de mon imprimerie. À moi personnellement on ne voulait aucun mal, du moins c'est ce que l'on m'assurait, le pistolet sur la poitrine.

« Vous me demandez ce que je faisais pendant qu'ils me pillaient, eh bien, je voulais leur faire entendre raison. Je leur disais : un imprimeur n'est pas plus responsable de ce qu'il imprime que l'enfant qui ramasse le chiffon avec lequel on fabrique le papier sur lequel on imprime. Vous voulez vous venger des auteurs ? Votre but est manqué. Mes raisons, sans doute, étaient bonnes, puisqu'on a cessé de briser quand j'ai cessé de parler ; il est vrai que tout était fini… »

Aucune trace de la signature de Condorcet. Plus jamais, elle ne reparut dans les colonnes du journal.

En redescendant vers Paris, Delambre décida de faire un détour pour vérifier son signal de Saint-Martin-du-Tertre. Il y avait foule. Sitôt descendu de la berline il s'entendit interpeller : c'était Lakanal, un député, membre du Comité d'instruction. La Convention l'avait chargé de procéder à des expériences concernant un nouvel appareil, le télégraphe des frères Chappe. Pendant qu'il se trouvait à Saint-Martin, son collègue Daunou était dans le parc de Saint-Fargeau distant de huit lieues et demie.

Les messages envoyés par Lakanal parvinrent à Daunou et ceux de Daunou parvinrent à Lakanal. Ce fut un succès. Enthousiasmé par l'efficacité du procédé, ce dernier lança à Delambre émerveillé : « Nous allons établir le télégraphe sur tout le territoire; c'est la meilleure réponse à ceux qui pensent que la France est trop étendue pour former UNE République. Cette machine a le pouvoir d'abréger les distances ; et on peut dire qu'elle réunit une immense population en un seul point. Pensez, un décret pourrait être transmis en tous les points de la République une heure à peine après avoir été rendu par la Convention ! » L'adjoint de Lakanal se mêla à la conversation, rapportant que Chappe prétendait avoir employé sa machine à annoncer un orage, qu'elle était plus célèbre que les vents, et que bientôt on pourrait transmettre la pensée de jour comme de nuit avec une rapidité presque égale à celle de la lumière.

En remontant dans la berline, Delambre se prit à rêver: deux heures, trois tout au plus, et Méchain, de l'autre côté des Pyrénées, répondrait aux questions qu'il lui aurait posées le jour même !

9.

La berline de Méchain avait repris le chemin des Pyrénées. Du côté droit, au flanc de la porte, la peinture s'était écaillée et le bois, par endroits, apparaissait à nu. L'astronome avait quitté Maria, le docteur Salva et son infatigable pompe hydraulique, laissant derrière lui la belle propriété catalane où il était passé si près de la mort. Six mois inactif, il bouillait d'impatience ! Reprendre ses mesures était le seul moyen de vaincre cette angoisse qui ne cessait de l'étreindre. Aurait-il la force de conduire l'expédition jusqu'à son terme ? Il devenait urgent de le prouver aux membres de la Commission.

C'est ainsi qu'en ce milieu de l'été 93, on pouvait assister à une scène étonnante : à deux pas de la frontière, encadrée par un couple de mulets bâtés, une chaise calée dans le roc. Sur la chaise, abrité sous un large chapeau, un homme, le bras bandé, penché devant un appareil également calé dans la roche, maintenait son œil collé à une lunette qu'un autre homme manipulait suivant ses indications.

Cette scène champêtre aurait pu baigner dans le silence pacifié des sommets ; elle se déroulait dans le fracas de la mitraille explosant en contrebas. La guerre ! Les combats s'étaient concentrés sur Bellegarde, durement attaqué par les troupes espagnoles commandées par Don Ricardos. Les excellentes relations que celui-ci entretenait avec Méchain avaient permis à l'astronome et à son adjoint de se rendre dans une zone interdite à tout autre qu'eux.

Méchain avait certes regagné une partie de ses forces mais, malgré les nombreux bains pris à Caldas, une station thermale proche, son bras droit restait paralysé. Les sommets étaient bien hauts, les pentes bien abruptes et les chemins bien périlleux… Tranchot aurait pu effectuer les mesures sans l'aide de l'astronome, il en avait la compétence, et Méchain, momentanément, aurait pu déléguer ses fonctions à son adjoint. Mais Méchain était le chef de l'expédition, ce qui signifiait qu'il en avait, estimait-il, l'entière responsabilité, et même si sa présence retardait les opérations, rien ne se ferait sans lui. Un navire ne prend pas la mer en l'absence du commandant. Gonzales, le marin, l'aurait compris, Gonzales qui se battait, sans doute, tout près d'ici. Ce que, au dire de Méchain, le capitaine aurait compris, le géographe l'accepta moins aisément. En fait, il était vexé que Méchain ne lui fît pas confiance.

Confiance ou pas, certains jours, Méchain était contraint de rester au port. En dépit de son courage – et de son entêtement – il n'avait pas toujours la force d'enfourcher le mulet qui devait le mener sur les lieux d'observation. Ces jours-là, la tête cadenassée par une migraine affreuse, il se terrait, blême, méconnaissable, en proie à une douleur qui le vidait. Mais le lendemain il était prêt à repartir.

Bientôt, il ne leur resta plus qu'à effectuer les dernières mesures liant les stations espagnoles aux stations françaises. Un travail de quelques semaines au plus, nécessitant cependant de fréquents passages en France. Ils partirent en direction de la montagne ; en chemin, un cavalier rejoignit la berline, porteur d'un message : Ricardos leur interdisait de traverser la frontière. Voilà les deux Français bloqués en Espagne !

Méchain se précipita au quartier général où Ricardos le rassura. L'interdiction serait de courte durée, lui affirma-t-il : d'ici une semaine, Perpignan serait investie et les Pyrénées ne feraient plus frontière.

Tout dépendait de Bellegarde. Si le fort tombait, c'en serait fini de Perpignan. Directement placée sous le feu des canons espagnols, la ville n'aurait plus les moyens de résister. Ricardos le savait, les généraux français aussi. Le premier lança toutes ses troupes contre le fort, les seconds y envoyèrent tout ce qu'ils avaient d'hommes disponibles : le bataillon de Nantais, envoyé à Perpignan avec le beau drapeau neuf que la Convention lui avait offert. Bellegarde devint un symbole. Malgré les assauts répétés et le mitraillage incessant des batteries espagnoles, la forteresse tint.

Un matin, Méchain était resté au campement dans la vallée, épuisé, en proie à une de ces crises de migraine qui le terrassaient souvent. Il avait vu avec amertume son adjoint partir seul en direction de « l'infranchissable » frontière. Cette frontière, où passait-elle exactement ? Difficile de le dire, même si, comme Tranchot, on était un excellent géographe. D'autant qu'à prétendre ne pas le savoir, celui-ci espérait tirer quelques avantages. Disons que, entraîné par ses mesures, un pic chassant l'autre, il passa la ligne symbolique sans y prendre garde.

Malgré la difficulté du terrain, il avançait rapidement, s'arrêtant de temps à autre, étudiant les sommets, faisant le point sur sa carte, prenant quelques notes et repartant. Il peinait dans un raidillon quand un ordre claqua derrière lui. À la limite de la forêt, confondus avec les arbres, des hommes le mettaient en joue. Ses jumelles lui échappèrent, il tenta de les rattraper mais un hurlement l'immobilisa sur place. Espagnols ou

Français ? Impossible de le savoir. Vêtus de tenues mi-civiles, mi-militaires, parlant catalan, ils s'approchèrent. Tranchot voulut s'expliquer. Au premier mot tout fut réglé : ils l'avaient cru espagnol, il se révélait français. « Salaud de traître ! », « Putane d'émigré », hurlèrent-ils en lui tombant dessus. Garrotté, bâillonné, il fut emporté sans ménagements.

C'était un groupe de miquelets, corps de francs-tireurs nouvellement créé par Carnot lors de son passage dans la région. Montagnards émérites, tous gens de la région, républicains convaincus, ils sillonnaient la montagne pour harceler les Espagnols et traquer les émigrés.

Le son de la mitraille ne s'était pas interrompu de la journée, déferlant à travers les vallées, multiplié par l'écho, fureur des hommes et violence de la nature mêlées ; on eût dit un terrible orage maintenu à distance, comme une menace suspendue qui faisait frissonner les miquelets. En fin de journée il y eut une recrudescence de mitraille ; les hommes s'immobilisèrent, inquiets. S'emparant des jumelles de Tranchot, l'un d'eux les pointa dans la direction de Bellegarde.

Les murs avaient terriblement souffert ; par endroits ils offraient pourtant une résistance insurmontable. Éprouvé comme une bête cernée par la meute, malmené de front et de biais, ses contreforts minés par les artificiers, le bâtiment était sur sa fin. Mais, crânant, il résistait.

Derrière les murs, pour habiter cette résistance, ils n'étaient plus qu'une poignée. Une heure plus tôt, Ricardos avait offert la reddition avec les honneurs. Officiers et soldats avaient voté : l'offre avait été repoussée.

Dans un saillant des remparts, quatre volontaires sont embusqués, leurs corps épousent la muraille. Quatre fusils derrière une crête de moellons hachés par la mitraille ! La préparation d'artillerie espagnole est terminée. C'est le terrible silence. Là-bas on devine la masse des assaillants tapie dans les rocs. Un peu plus loin, c'est le cimetière du fort. À l'unisson, les volontaires se mettent à tirer.

Dans le fracas de la bataille, le caporal, un géant, interpelle ses hommes. « Eh les gars, qu'est-ce qui nous manque le plus, à votre avis ?

– Des renforts ! rugit l'un.

– De la bouffe et des munitions ! braille l'autre.

– Euh…, balbutie le troisième.

– Dépêche ! s'impatiente le caporal.

– Des femmes !

– Vous n'y êtes pas, les gars. Ce qui nous manque, c'est des chanteurs professionnels ! » lance le caporal dans un superbe éclat de rire. Ses hommes le regardent, incrédules, sourient, et soudain éclatent de rire à leur tour. Pendant un instant, au-dessus du rempart, on aperçoit les quatre fûts meurtriers danser sur la pierre, rendant, le temps d'une rafale, les armes inoffensives. Le rire de l'un se transforme en début de refrain que le second reprend au vol ; ils chantent à tue-tête. On pourrait les croire possédés, ils hurlent sur l'air d'une chanson à boire ; une sorte de bonheur tragique s'est emparé d'eux. Chacun s'essayant à une voix, l'un tente l'alto, l'autre la basse, le troisième le baryton, le caporal fait le ténor. C'est l'assaut ! « On est foutu ! » crie celui à qui manquait les femmes. « Ferme ta gueule et chante ! » hurle le caporal. « Si je ferme ma gueule, j' peux pas chanter, chef. – Merde ! chante, tire, chante ! » tonne le caporal qui se dresse au-dessus de ses hommes. Un éclair, il s'écroule, le dernier mot mangé par une balle. Le chant cesse. Les trois volontaires regardent leur chef, effondré sur le rempart, dos au ciel. Puis, l'un d'eux, hésitant, la voix sabrée par l'émotion, reprend doucement la chanson. Le second le rejoint. Le troisième, enfin.

Les miquelets n'avaient pas bougé. Celui qui regardait dans les jumelles avait tout raconté aux autres. Tranchot, laissé à terre, entravé, avait tout entendu. Souillant l'azur, un nuage de fumée s'éleva au-dessus du fort, semblant donner le signal à un grondement continu qui déferla dans la vallée comme une avalanche. Brusquement tout cessa. Un voile lourd recouvrit la montagne. Puis ce fut le silence, plus terrible encore. Les miquelets baissèrent la tête. Pour se libérer, l'un d'eux bourra les reins du « traître ». Tranchot se rebella, reçut une nouvelle volée et ne broncha plus.

Le groupe reprit sa marche. De l'autre côté du piton, commençait le Vallespir, redoutable vallée où pullulaient royalistes et prêtres réfractaires, impossibles à déloger. Le chef imposa le silence, les miquelets redoublèrent d'attention. Enfin parurent les lumières de la ville.

Il régnait à Perpignan une atmosphère lourde. Assemblée sur la place, la population attendait, venue d'elle-même, sans que personne l'ait convoquée. Avant qu'il n'ait ouvert la bouche, tous surent ce que Llucia allait leur annoncer : Bellegarde était tombé ! Trente et un jours ! Le fort avait tenu plus longtemps que personne n'avait osé l'espérer. Llucia sentit la masse sombre de ses concitoyens faire corps. Sans pouvoir distinguer aucun visage, il savait qu'ils étaient tous là, devinant dans la nuit leur présence, ceux d'Estagel et de Corneillas, ceux du Vernet aussi.

Les familles rentrèrent chez elle, s'écoulant silencieusement. L'Hôtel de Ville se vida ; le grand bâtiment sembla s'assoupir. Llucia regagna son bureau. De la fenêtre ouverte provenait un long murmure. Belles nuits catalanes ! Sur la place, des hommes bivouaquaient, certains dormant, d'autres parlant bas, civils et militaires mélangés. Avant que le jour ne se lève, ils partiront vers les rives du Têt où se jouera le sort de la ville et, au-delà, celui du Roussillon.

Jamais la ville n'avait été aussi silencieuse. Alors seulement Llucia prit conscience que la montagne était redevenue muette, Bellegarde bâillonné. Il pensa à tous ces volontaires, Nantais pour la plupart, arrivés cinq semaines plus tôt, morts à présent, blessés ou prisonniers. Il les avait accueillis ici même ; quelle belle fête ce fut ! Des larmes lui montèrent aux yeux, de tristesse, de révolte. La République n'avait pas un an et elle allait périr ! C'était Nantes assiégée et les Vendéens s'emparant de Saumur, les royalistes occupant Angers et Toulon, et le blocus anglais asphyxiant le pays, gelant les ports, et Toulon, offert par des « Français » à la couronne anglaise, et Valenciennes capitulant ; le Calvados et le Bordelais entrant en rébellion contre Paris. Et le pire, ce crève-cœur, c'était la guerre civile entre républicains ! Bien que proche des Girondins, Llucia avait tout fait pour que rien de tel n'advînt dans sa ville. Il s'assit tristement, prit une feuille à en-tête de Perpignan.

Entre les nouveaux élus qui, à travers le pays, commençaient à asseoir l'autorité de la République, se créait une toute jeune solidarité. Les assemblées de district, de départements, de villes, les administrations échangeaient une correspondance directe. Elles communiquaient tranversalement, passant outre Paris débordé, se transmettant directement des informations, se portant secours, le cas échéant. Mais elles s'écrivaient surtout parce qu'elles ressentaient un terrible besoin de se savoir unies et d'éprouver qu'elles œuvraient pour le même idéal.

« Aux officiers municipaux de Nantes.

« Je félicite la ville de Nantes d'avoir produit un si grand nombre de citoyens dignes de la reconnaissance publique, écrivit Llucia. On leur avait confié la clef des Pyrénées, ils l'ont défendue jusqu'à la limite de leurs forces. Intrépides au milieu du plus grand danger, beaucoup ont préféré s'ensevelir sous les ruines du fort plutôt que de capituler.

« Quoique séparés par plus de deux cents lieues, nos âmes se touchent, nos sentiments se confondent ; vos fils, braves Nantais, trouveront dans chacune de nos familles des consolateurs, des amis, des vengeurs. »

Il se fit un grand bruit dans le couloir : on amenait un groupe de prisonniers. L'un d'eux, plus véhément que les autres, hurlait qu'on était en train de commettre une erreur, exigeait de parler au maire. Llucia, furieux, ouvrit la porte de son bureau. Le prisonnier, maintenu par deux miquelets, se débattait comme un beau diable. Llucia s'approcha et reconnut immédiatement Tranchot.

Le lendemain matin, Llucia donna à Tranchot les moyens de regagner l'Espagne où il retrouva Méchain.

Perpignan ne tomba pas et Don Ricardos fut lésé de la victoire escomptée. La guerre s'installa.

La situation des savants français devint difficile. On leur interdit une fois encore de rentrer en France, toujours pour les mêmes raisons : les connaissances topographiques acquises pendant leurs courses à travers les Pyrénées pouvaient être utilisées contre l'Espagne. On leur laissa cependant la liberté de choisir le lieu de leur séjour. Méchain opta pour Barcelone afin de se rapprocher du fort de Montjouy où, l'année précédente, il avait procédé aux mesures de latitude de la ville.

Le fort était devenu un des lieux les plus inaccessibles et les plus surveillés de Catalogne. Il n'était plus question que Méchain puisse y pénétrer. « Le guignon me poursuit », déclarait-il à qui voulait l'entendre.

Que faire de ces longues journées ? Tranchot dégotta une petite auberge au centre de la ville, la Fontana de Oro. Elle n'avait rien de bien attrayant, ni le gîte ni le couvert, mais, ô bonheur ! elle était surmontée d'une terrasse dégagée d'où l'on jouissait d'une vue étonnamment étendue ! Méchain s'empressa d'y installer ses appareils.

L'été 93 fut l'un des plus torrides que le siècle ait connus. Nous avons laissé Delambre dans la clémence de juin et nous le retrouvons dans la canicule d'août. En ce court laps de temps la France s'était dotée d'une Constitution et d'un mètre provisoire.

Delambre se trouvait encore aux alentours d'Amiens, entre la Somme et l'Oise. Dans chaque village se tenaient des réunions. Delambre et Bellet y étaient chaleureusement accueillis, surtout lorsqu'on apprenait qu'ils œuvraient pour la grandeur de la République. Plusieurs fois on les reconnut. Dans ces mêmes villages, et parfois par les mêmes gens, quelques mois plus tôt, ils avaient été arrêtés. On saluait leur berline et on continuait de s'étonner de son étrange malle arrière.

Partout on se préparait à la grande Fête de la Fédération. Une immense pyramide s'était formée à travers le pays. De Mailli à Bayonvillers, de Vignacourt à Sourdon, du plus humble village de l'Oise au chef-lieu de département, des assemblées se réunissaient pour désigner ceux qui auraient l'honneur de les représenter. On était pourtant en pleine saison où pas un bras, pas une heure n'auraient dû manquer aux travaux des champs. Dans la joie, on sut voler à la terre du temps et des bras. C'est que chacun espérait être l'un des élus qui irait à Paris fêter « l'union, l'unité et l'indivisibilité française ».

La fête aurait lieu le jour anniversaire de la prise des Tuileries, le 10 août. Un an déjà ! pensa Delambre. Nous étions à Dammartin, à vingt lieues de là et nous venions de commencer ! Ni lui ni son adjoint ne se rendirent à Paris, mais ils surent tout de ce qui s'y était passé. Dans le Vexin et dans le Beauvaisis, on parla longtemps des quatre-vingt-six délégués des départements marchant en corps, tenant un bouquet d'épis de blé et de fruits mêlés. Que dire de la fierté des paysans quand ils apprirent qu'en tête du cortège il y avait une simple charrue sur laquelle étaient assis un vieux cultivateur et son épouse ! « Voilà qu'est bon pour nous autres de la terre », avait lancé un ouvrier de moisson, le visage caramélisé par le soleil d'août.

Quelques jours plus tard, entre Englemont et Mailli, Delambre reçut une lettre de Lavoisier lui annonçant que toutes les académies étaient supprimées ! Delambre s'y attendait. Comment une telle institution aurait-elle subsisté, alors que tout changeait autour d'elle ?

Déjà, aux premiers jours de la Révolution, Mirabeau suspectait l'attachement des académiciens aux idées nouvelles. « Je veux bien croire, disait-il, que dans ces moments de crise, les Académies montrent beaucoup de patriotisme, mais il ne faudrait pas trop compter sur la durée de ces dispositions heureuses, et peut-être un jour verra-t-on, dans l'Académie même, des philosophes repentants écrire ou parler avec indécence contre la Révolution ! » Marat était moins dubitatif encore. « Pour le bien des sciences et des lettres, il est important qu'il n'y ait plus en France de corps académiques mais il est indispensable qu'on y encourage ceux qui cultivent les lettres et les sciences. » Quant à l'abbé Grégoire, membre du Comité d'instruction, il n'y alla pas de main morte : il proclamait qu'il fallait renverser les fauteuils de cette institution parasite !

Delambre ayant été élu en février 92 et personne ne l'ayant été après lui, il ne put s'empêcher de penser au titre qu'il porterait désormais : le dernier académicien. Par retour du courrier, il répondit à Lavoisier qu'il lui paraissait impossible que la Convention veuille détruire sans retour un établissement qui avait tant fait honneur à la France. « Sans doute, précisait-il, on n'aura voulu que le régénérer et peut-être les sciences et les savants auront-ils à se louer des changements qu'on se propose de faire. Quoi qu'il en soit, cet événement, loin de ralentir mon zèle, ne fera que lui donner plus d'activité. »

En refermant la lettre, Delambre revit soudain la tronche du sans-culotte de Lagny lui jetant : « Cadémie, cadémie, il n'y a plus de cadémie !

Ainsi que Delambre l'avait écrit à Lavoisier, la suppression des Académies n'avait pas eu pour but de mettre à l'écart des savants jugés subversifs pour le nouvel ordre, pas plus qu'elle n'avait eu pour effet d'enrayer le travail de la pensée. Bien au contraire, on avait une boulimie de savoir, que ce soit celui que les siècles avaient patiné, ou celui des connaissances nouvellement acquises comme le télégraphe des frères Chappe, les ballons des frères Montgolfier, la chimie de Lavoisier, etc. Rousseau, Voltaire, l'abbé Condillac et Hobbes, la Grèce et la Rome antique, les primes penseurs de la démocratie…

Et ce n'était pas pure forme littéraire ou simple figure de style ! Jamais, pour créer le nouveau, on ne s'était autant nourri de l'entendement des hommes du passé. Et si l'on se revendiquait comme les premiers à « réaliser », on assumait également avec fierté sa filiation dans une longue trace de l'histoire. On était des fondateurs mais l'on avait des pères. Aux yeux de ceux qui avaient charge de la France, le savoir était chose précieuse. Il n'était que de comptabiliser les innombrables séances passées par les assemblées successives en vue d'élaborer un nouveau système d'enseignement pour en être convaincu. On aimait la raison, elle était la voix du progrès.

Les sciences, surtout, n'étaient point suspectes. Qu'on se souvienne, parmi les conventionnels, il y avait Fourcroy, un chimiste ; Monge, un géomètre ; Romme, un mathématicien. Sans compter les sans-grades, comme ce député du Mont-Blanc, Marcoz, professeur de mathématiques à Chambéry. Certains, qui savaient les manques dont souffrait le pays en matière technique, demandaient aux savants d'œuvrer pour la République.

L'entrée au Comité de salut public, en ce milieu d'août, de Carnot et de Prieur de la Côte-d'Or, deux personnalités montagnardes férues de science, ne pouvaient aller que dans ce sens. Officier du génie, comme son collègue Carnot, Prieur de la Côte-d'Or s'était, dès le début de la Révolution, passionné pour le problème des mesures, multipliant les interventions sur le sujet. C'est tout naturellement qu'il entra dans la commission temporaire nouvellement créée.

Et le « mètre provisoire » ? On s'était tant pressé qu'on avait raté le coup ! Dans le décret établissant les caractéristiques de la nouvelle unité, on avait commis une foule d'erreurs. Coquilles d'impression ou, plus gravement, inexactitudes dans les calculs. Les rédacteurs du décret, utilisateurs novices du système décimal, s'étaient emmêlé les plumes dans le positionnement des virgules. Pour qui cherchait à asseoir une nouvelle mesure présentée comme le fin du fin de la précision, cela fit plutôt mauvais effet ! Des centaines d'exemplaires du décret déjà envoyés dans toute la République durent être rapatriés d'urgence et mis au pilon. Que voilà un mauvais départ ! L'histoire retiendra que le premier mètre fut non seulement provisoire mais erroné.

Lorsque Delambre apprit les malheurs de cette hâtive mesure, il savoura en silence une vengeance qu'il jugea lui-même un peu mesquine.

Après les décrets, les objets. Une fois encore les talents d'organisateur de Lavoisier furent mis à contribution. Depuis des mois il essayait de mettre la main sur tout le platine qu'il trouvait. Dès qu'on lui en signalait quelques onces, il dépêchait un de ses collaborateurs, à moins qu'il ne se déplaçât lui-même pour négocier l'achat au moindre prix. Patiemment, il avait fini par amasser une belle quantité de ce métal si précieux provenant des Amériques. À présent, Lavoisier pouvait se vanter d'avoir en réserve de quoi fondre les étalons principaux, ceux du mètre et du kilogramme.

Quant aux dizaines d'exemplaires de ces unités provisoires qu'il fallait sans tarder expédier dans les départements, on devait trouver les hommes capables de les façonner, menuisiers, mécaniciens et fondeurs, tous gens de métier. C'était le pire moment ! La levée en masse, décrétée quelques jours plus tôt, aspirait vers les frontières tous les citoyens valides. Plus d'un million d'hommes ! Les rares artisans qu'il parvenait à dénicher, Lavoisier devait se battre pour les conserver : l'armée les voulait tous.

Il fallait du cuivre ; allez donc vous en procurer au moment où les arsenaux étaient vides et où il n'y en avait même pas pour fondre les armes ! Entre canons et étalons la compétition s'avérait difficile. Bien sûr, on voulait que les deux se fassent ensemble ; bien sûr, on tenait à ce que les armes de la guerre et celles de la paix ne soient pas concurrentes. Bien sûr, on voulait tout à la fois défaire les ennemis de la liberté et parfaire les outils qui en assureraient la pérennité. On voulait TOUT FAIRE !

Activité insatiable, pour détruire et pour construire ; incroyable ubiquité de cette Convention qui voulait lutter sur tous les fronts. Comme si, se vivant accident de l'histoire, parenthèse au cours normal des choses, elle s'affolait de l'urgence et de l'infinité d'un monde à fonder. Écarter les mâchoires qui voulaient l'écraser et, dans l'espace soustrait à la vengeance des vieilles forces, instaurer, instituer, inventer. Créer, créer tant que, quelle que soit la rage des restaurateurs futurs, il soit au-dessus de leurs forces de tout anéantir. À mesure qu'un nouvel ennemi se déclarait, qu'un nouveau front s'ouvrait, il fallait que la Convention, dans l'instant, se façonnât un nouveau bras, et que, dans l'instant, celui-ci fût suffisamment vigoureux pour s'opposer à l'invasion. Tenir à distance l'ennemi ; gagner du temps. LA LIBERTÉ OU LA MORT !

Convention aux deux visages : le comité d'instruction et celui de la guerre, ivres de labeur, l'un façonnant le présent, l'autre élaborant le futur. Ensemble, ils s'adressèrent aux artisans réunis pour la confection des nouveaux étalons :

« Tandis que le courage fera retentir le fer et l'airain dans la chaîne de la victoire, les métaux et le bois, dociles dans vos ateliers aux efforts de votre industrie, apprendront de vous à contribuer d'une autre manière à la splendeur du nom français. »

Où trouver du cuivre ? De ce cuivre qui rentrait à plus de quatre-vingt-dix pour cent dans la composition du métal dont étaient faites les bouches à feu. Où trouver du cuivre ? En Angleterre, en Russie, ou en Suède ; c'est-à-dire dans deux pays ennemis et dans un autre avec lequel toute communication était interrompue par le fait du blocus.

Où trouver du salpêtre ? En Inde ! L'affaire était entendue. De fureur on leva les yeux au ciel, de désespoir on les baissa vers le sol. Et l'on trouva la solution. En haut il y avait le cuivre, en bas le salpêtre. Du premier, les cloches étaient pleines, du second, les caves regorgeaient.

Malheureusement les cloches étaient faites d'un alliage de cuivre et d'étain, dans des proportions différentes de celles qui entraient dans la composition des canons. Fourcroy, le chimiste, trouva le moyen de séparer l'un de l'autre. Parlant de cette prouesse technique, un de ses adjoints s'était écrié : « Voilà Fourcroy qui délie ce que l'Église a lié ! »

Un matin, Delambre, installé à demeure dans le clocher de Bayonvilliers, reçut la visite impromptue de deux ouvriers bardés de cordages qui se mirent sans ambage à dresser poulies et échafaudages. Ils étaient là pour les cloches. Après avoir solidement étayé leur aire de travail, l'un d'eux, s'introduisant sous la jupe de bronze, délia le brayer de cuir maintenant le battant accroché à l'anneau. La cloche devenue muette se laissa encorder. Le premier cordage passait entre les anses et le mouton ; le second, enserrant la gorge, maintenait la cloche comme à bras-le-corps ; le troisième, noué à l'anneau intérieur, filait le long de la panse pour s'attacher aux deux anses. Quand Delambre vit la grosse masse silencieuse passer doucement en dodelinant dans l'ouverture du clocher, cela lui fit tout de même quelque chose.

Sur la porte de l'église, une affiche était clouée : un décret de la Convention nationale portant « *qu'il ne sera laissé qu'une seule cloche dans chaque paroisse* ». Entourée de trois consœurs, la cloche reposait sur un char tiré par deux paires de bœufs. Un des ouvriers expliquait à Bellet que, pour ce seul district, les cloches descendues avaient déjà fourni 30 000 livres de métal ! « De quoi fondre deux batteries de 18… ou bien une de 24 et deux de 4. » Une femme apostropha l'ouvrier : « Pourquoi que vous nous prenez nos cloches ? Vous n'avez pas le droit ! » « Si on ne les ôte pas aujourd'hui pour faire nos armes, répondit-il, demain elles sonneront le glas pour nous autres ! » Le char s'ébranla.

Et le salpêtre. À Bayonvilliers on se mit à racler tous les lieux humides, à lessiver les écuries, les étables et les vieilles masures. Mieux, on venait de découvrir que les eaux de lessive en contenaient en quantité. Alors on vit chaque lavoir s'orner d'un appel aux lavandières : « Citoyennes, vous aussi vous contribuerez à la fabrication du salpêtre en offrant à la liberté les cendres de vos lessives. Recueillez avec soin les eaux de vos lessives pour les faire transporter aux ateliers patriotiques sis au chef-lieu de district. »

Bellet qui s'apprêtait à déposer son linge à l'un de ses lavoirs, s'attira cette réplique d'une belle lavandière : « Laisse donc, tu vois bien que je lave pour la République ! »

Le silence s'était insidieusement répandu dans la campagne ; Delambre ne s'en était rendu compte que progressivement. En désertant les clochers, Cécile, Jézabel, Bernadette et Maraine – car les cloches portaient toutes leur nom bien en évidence, tatoués dans le métal, à fleur de patte – avaient laissé un vide étrange.

À travailler constamment entre ciel et terre, Delambre avait aiguisé sa sensibilité aux bruits de la campagne, à l'épaisseur de l'air, à la pureté de l'atmosphère. Là, dans cet automne finissant, entre les villages alentour, le dialogue ancestral était rompu. Delambre effectuait ses mesures, l'esprit involontairement tendu, en attente d'on ne sait quelle fêlure du silence. Plus aucun tintement ne venait donner de la profondeur au paysage. Lui qui les avait tant honnies, voilà qu'il se mettait à les regretter ! Un soir il fut presque soulagé d'entendre battre le tocsin par l'unique cloche rescapée. Pour plus d'un, l'appel au danger fut, cette nuit-là, teinté de nostalgie.

Le silence des campagnes contrastait fort avec le brouhaha des séances de la Commission temporaire des poids et mesures, qui se réunissait habituellement chez Lavoisier, boulevard de la Madeleine. Épinglée au mur, une carte de France, barrée verticalement par un trait représentant la Méridienne. Semblable à celle que Bellet avait déployée devant la foule de Saint-Denis, on y voyait, marquée à la plume, au nord, l'avancée de Delambre depuis Dunkerque jusqu'à Montlhéry, au sud celle de Méchain depuis Barcelone jusqu'à Bellegarde. Depuis que Prieur de la Côte-d'Or avait été nommé à la commission, les débats y étaient devenus plus animés. C'est que l'on n'y parlait plus uniquement de mètres et de myriamètres, d'ares et de centiares : la politique y avait fait une entrée bruyante. Prieur était un fervent montagnard, les autres membres ne l'étaient certes pas. Il n'était qu'un petit capitaine du génie, eux comptaient parmi les plus grands savants du temps. Ils se connaissaient de longue date. Unis, pour certains, par de réels liens d'amitié nés dans d'incessantes réunions de travail au sein de groupes « d'experts » nommés par l'Académie pour juger de telle ou telle découverte, ils formaient une « aristocratie » dont Prieur se sentit immédiatement exclu. On ne fit d'ailleurs aucun effort pour l'accueillir dans la compagnie, d'autant qu'il représentait l'Autorité. Membre du très puissant Comité de salut public, siégeant chaque jour aux côtés de Robespierre, Saint-Just, Couthon, Carnot et les autres, il était l'un des dix hommes qui gouvernaient la France.

Les accrochages se multiplièrent, principalement avec Lavoisier qui, sur un ton quelque peu hautain, prenait un malin plaisir à l'agacer. Prieur le lui rendait bien qui n'aimait guère ce puissant homme de l'Ancien régime. Malgré cela, et malgré les absences de quelques membres, la Commission chargée de rendre effectives les mesures temporaires, abattit un travail considérable.

Cassini était absent pour royalisme, Condorcet pour « girondisme », et Méchain pourquoi ? Après l'annonce prématurée de son décès, on attendait qu'il se rétablisse pour envisager la suite à donner à l'expédition. Quant à Delambre, ayant terminé tous les triangles au nord de Paris, il venait de rejoindre la Chapelle-Égalité où, un an auparavant, l'hiver avait interrompu ses mesures.

La région était recouverte de bois. Chacun sait que les sombres forêts fourmillent de mystères ; noyées dans le brouillard et recouvertes de neige, il s'y trame nécessairement les plus infâmes complots. Les villageois en étaient convaincus, particulièrement ceux de La Cour-Dieu, ce qui valut à Delambre de vivre quelques péripéties qu'il s'empressa de raconter à Lavoisier, grand amateur d'aventures. « Nos courses dans la forêt nous ont rendus suspects, lui écrivit-il. Nous avons été dénoncés au comité révolutionnaire de Boiscommun. On était venu dire qu'on avait vu à La Cour-Dieu trois ou quatre cents brigands qui faisaient construire des échafauds et percer des trous dans le clocher. On était assuré qu'ils venaient reconnaître le terrain en faveur d'une nouvelle Vendée. En conséquence on avait demandé cinq ou six cents hommes pour nous réduire. » En relatant l'histoire, Delambre riait encore au souvenir de la déconvenue de la troupe envoyée pour les déloger. Lavoisier apprécierait.

Lavoisier n'apprécia pas. Lorsque la lettre de Delambre parvint au boulevard de la Madeleine, il était incarcéré depuis cinq jours à Port-Libre, ex-Port-Royal, transformée en prison. On avait décidé de faire un grand procès collectif aux fermiers généraux qui, à l'époque de la royauté, étaient chargés de collecter les impôts. On les voulait tous, on n'en eut que vingt-deux dont Lavoisier.

Borda envoya immédiatement des messagers aux membres de la Commission. Comment faire relâcher Lavoisier ? La Convention tenait à la mise en place rapide de l'unification des mesures. Il fallait lui prouver que l'emprisonnement de Lavoisier risquait de retarder les travaux de façon considérable. Borda proposa d'écrire une lettre neutre, objective, technique et surtout de ne laisser apparaître aucune solidarité politique, qui irait à l'encontre de l'effet désiré.

« Par suite de vérifications très nombreuses d'étalons de toutes les espèces de poids et de mesures, écrivit Borda, la présence du citoyen Lavoisier, l'un de ses membres, lui devient nécessaire en raison de son talent tout particulier pour tout ce qui exige de la précision. » Coulomb proposa de signaler que dans le domaine des poids, Lavoisier était irremplaçable. Borda écrivit : « Les travaux qu'il a consacrés à la détermination des poids se trouvent interrompus par son absence, un nouveau commissaire serait obligé de les recommencer en entier. Nous pouvons affirmer qu'il serait très difficile de remplacer le citoyen Lavoisier dans cette fonction. » Il termina en affirmant « combien il est urgent que ce citoyen puisse être rendu aux travaux importants interrompus par son absence ».

Borda lut la lettre à haute voix et la signa. Avant de tendre la plume à ses collègues il leur rappela les risques qu'une telle signature ferait encourir. La plume passa de main en main.

Lorsque le Comité de salut public reçut la lettre de la commission, elle portait six signatures, Borda, Brisson, Coulomb, Delambre, Haüy et Laplace.

10.

« Dans l'endroit que l'on nomme ici le haut de Châtillon est une petite ferme et un champ cultivé ; le reste est tout couvert de chênes fort élevés. Le long de ce champ passe le chemin de Pithiviers à Châteauneuf. C'est entre ce chemin et la lisière du bois que, après bien des tentatives, je me suis décidé à faire construire un signal de soixante pieds de hauteur. La construction est fort dispendieuse et, dans les circonstances où nous nous trouvons, elle risque de répandre l'alarme dans les environs.

« Le quatrième étage, en forme de carré, nous sert d'observatoire ; il est surmonté d'une pyramide semblable à nos signaux ordinaires. Pour nous mettre à l'abri du vent et de la neige nous l'avons fait garnir de planches sur les quatre côtés.

« Le vent, qui a moins de prise sur nous, en a d'autant plus sur le signal qu'il lui présente une surface considérable. Le charpentier, que nous n'avons pu surveiller, n'a pas rempli toutes les conditions de son marché. Il a surtout négligé ce qui devait assurer la solidité. Le moindre souffle agite toute la machine de manière non seulement à rendre les observations moins sûres, mais à inquiéter les observateurs ; aussi avons-nous grand soin de n'y monter que par temps calme, et d'en descendre bien vite si le vent s'élève. Mais il faut aussi descendre l'instrument, et cette opération demande encore un quart d'heure. Et les jours sont si courts, et le froid si rigoureux…

« Des flocons de neige commencent à tomber. »

C'est à l'auberge de Châtillon que Delambre et Bellet passèrent leur deuxième Noël. Assis devant une cheminée profonde comme une grotte, Bellet toussa et éternua pour la dixième fois. « Buvez, il n'y a pas meilleur remède contre le mauvais vent. » Un vieil homme lui tendit un verre de gnôle et s'assit à ses côtés. C'était le « Père-la-Liberté ». Son nom lui venait de sa fonction ; il était responsable de l'arbre de la Liberté planté sur la place du village. Jardinier et gardien, il devait tout à la fois s'occuper de lui et empêcher qu'on ne le dégrade.

La porte s'ouvrit et Bellet frissonna. Un bonhomme de neige s'ébroua dans l'entrée, c'était Delambre. Sans même ôter sa pelisse, il se précipita vers son adjoint : « Je viens de penser à une autre façon de procéder. Au lieu de faire la même mesure chacun à notre tour, nous la ferons ensemble. » Pour toute réponse, Bellet lui tendit un verre de gnôle. « Vous serez à une lunette et moi à l'autre, poursuivit l'astronome. On ira deux fois plus vite ! » et il vida son verre. Éberlué, le Père-la-Liberté l'apostropha : « C'est vous les savants ? » Son visage s'illumina. « Léonne, une autre potée de gnôle et des gobelets ! J' paye à boire. » Delambre fit un signe pour refuser. « Comment, comment ? Aujourd'hui, je suis en fête, le maire a dit qu'à Paris ils ont voté pour que l'école soye obligatoire… et gratuite ! »

Assis à une table proche, un homme d'une quarantaine d'années, à l'habit cossu, avait suivi la conversation :

« Je ne suis pas d'accord qu'elle soit obligatoire ; c'est contraire à la liberté. C'est comme l'armée, on y va si on est volontaire.

– Mais toi, t'étais pas volontaire, s'pa ! » rétorqua le vieux, et s'approchant de lui : « Ce serait pas qu'elle soye gratuite qui te démangerait, bonhomme ? Pour sûr, tu sais lire, toi. » L'homme acquiesça. « Eh ! ben, moi pas, reprit le vieux.

– Ça t'aurait servi à quoi ? lâcha le cossu avec mépris.

– Ça m'aurait servi à… à… »

Léonne arriva à point nommé pour empêcher le vieux de s'étrangler ; posant la bouteille et les gobelets, elle murmura : « Ça m'étonnerait que votre école, elle soit aussi pour les filles. » Delambre releva la tête ; elle était déjà repartie. Ils burent à l'école sous le regard peu amène du cossu qui pensait des choses qu'il n'osa pas formuler, mais que d'autres, en leur temps, avaient osé écrire : « Il me paraît essentiel qu'il y ait des gueux ignorants. Ce n'est pas le manœuvre qu'il faut instruire, c'est le bon bourgeois. » Et le même d'ajouter : « Je discute que la populace ait jamais le temps ni la capacité de s'instruire. » Qui écrivait cela ? Voltaire, le Voltaire des Lumières. Personne n'est parfait !

On passa à table. C'était l'usage que, la nuit de Noël, le repas fût pris en commun. Une interminable table courait le long de la grande salle. L'aubergiste se frottait les mains, l'auberge était comble : la tempête de neige avait empêché quantité de voyageurs de poursuivre leur route.

Le cossu était amidonnier à Pithiviers ; le chargement de patates qu'il convoyait s'était trouvé bloqué dans une fondrière. Tout près de lui se tenait un jeune homme gracieux, accompagné d'un autre, plus âgé, mais étrangement alerte. Le plus jeune était curé, Jean Chambraud, l'autre était son évêque, Torné, l'un des premiers ecclésiastiques à avoir fait le serment de fidélité à la République.

Au bout de la table, entre Chambraud et l'amidonnier, venait de s'installer une belle femme, arrivée en fin de soirée avec deux garnements qui, heureusement, s'étaient endormis depuis. On buvait un excellent vin de Mâcon et l'on mangeait une dinde succulente. Léonne s'exténuait à servir tout ce monde.

Les deux ecclésiastiques se rendaient à Culan où l'évêque devait marier son curé à une citoyenne du village. Torné n'en était pas à son coup d'essai : quelques semaines plus tôt, il avait béni les épousailles du citoyen Nicolas Moulin, curé de Verneuil, avec une de ses paroissiennes. La belle femme poussa des cris d'orfraie à l'écoute de telles monstruosités : « Et le vœu de chasteté ? » s'écria-t-elle. Le beau Chambraud la couvrit d'un regard angélique et garda le silence. Torné, encore plus angéliquement, déclara d'une voix infiniment douce : « Il n'est pas de vœu légitime qui soit contraire au vœu de la nature, chère citoyenne. Pour ma part, par la faute de mon grand âge, j'ai soixante-sept ans, je regrette de ne pouvoir donner l'exemple de cette belle réforme qui autorise le mariage des prêtres. »

Quelque temps plus tard, Delambre apprit qu'un mois après ce repas l'évêque Torné s'était marié avec la dame Thérèse Collet d'Issoudun… dont il divorça au bout de deux ans.

Chaque coin de la tablée avait son propre sujet de discussion puis, de temps à autre, le plus souvent à l'arrivée d'un nouveau plat, les conversations s'unifiaient. À force de persévérance, le Père-la-Liberté finit par faire porter la conversation sur l'instruction. Le mieux informé était Chambraud. Il semblait connaître par cœur le texte de Condorcet qui avait servi à l'élaboration de la loi votée trois jours plus tôt. Il le cita abondamment : « établir entre tous les citoyens une égalité de fait… rendre réelle l'égalité politique reconnue par la loi… ». À mesure qu'il parlait, Chambraud s'enflammait : « L'instruction ne devait pas abandonner les individus au moment où ils sortent de l'école ; il faudrait qu'elle puisse embrasser tous les âges. » Le vieux, ravi, ouvrait grand les oreilles. « Voilà qu'on nous promet des écoles de vieillards ! » lança l'amidonnier par-dessus l'épaule de sa voisine, qui renchérit : « Excusez-moi, mon père – elle insista sur l'appellation – si nous passons notre vie à l'école, quand donc aurons-nous le temps de travailler ? » Piquant dans son assiette, elle se remit à dévorer la gigantesque cuisse de dinde qui lui était échue. Chambraud ne fit pas cas de la question : « Cette deuxième instruction, celle réservée aux adultes, assura-t-il, est d'autant plus nécessaire que la première a été négligée ; elle doit donner à chacun les moyens de pourvoir à ses besoins, d'assurer son bien-être, de connaître et d'exercer ses droits. » « Monsieur le curé, c'est un véritable prêche que vous nous faites là », s'exclama la belle femme, les yeux brillants.

Léonne, en nage, portait les énormes plats que la tablée s'empressait de vider. L'aubergiste avait bien fait les choses : un festin, que l'on appréciait d'autant plus que l'on entendait souffler au-dehors un effroyable blizzard. Quelqu'un dit que si le gouvernement se mêlait d'instruction, on devrait craindre qu'il dicte le contenu de ce que l'on enseignerait. Un petit homme, assis en face de Delambre, resté silencieux jusqu'alors, explosa : « Ce sont les mêmes qui trouvèrent normal pendant des siècles que l'Église s'occupe de l'école, et qui aujourd'hui gloussent comme des oies pour réclamer que l'"instruction soit indépendante" ! » « Comme des dindes », rectifia sèchement l'amidonnier. « Quoi, comme des dindes ? » demanda, ébahi, le petit homme. L'amidonnier, poussant sa voisine du coude, reprit : « Qui glousse comme une oie ! » Le Père-la-Liberté bondit de sa chaise : « Non, citoyen, non ! Qui cacarde comme une oie, qui glousse comme une poule, qui glougloute comme une dinde », et il se rassit en regardant fièrement la tablée. Un éclat de rire salua ces précisions. C'est alors que Chambraud réapparut, portant à la main l'opuscule de Condorcet qu'il lisait à haute voix, en se déplaçant au milieu des chaises : « La première condition de toute instruction étant de n'enseigner que des vérités, les établissements doivent être aussi indépendants qu'il est possible de toute autorité. » Dans sa marche aveugle, le curé faillit renverser Léonne, la tablée poussa un cri horrifié : c'était le dessert ! Chambraud, ne s'étant rendu compte de rien, poursuivait : « Aucun pouvoir ne doit avoir ni l'autorité ni même le crédit d'empêcher le développement des vérités nouvelles, il ne pourra pas non plus empêcher l'enseignement de théories contraires à sa politique ou à ses intérêts particuliers. » Il posa le livre ouvert sur la table. Une tache en défigura la page de garde ; la dinde était grasse.

Comme il arrive parfois, les conversations s'interrompirent simultanément, sauf une : le cossu s'entretenant avec sa voisine. Au milieu du silence, quelques minutes avant minuit voici ce que les convives entendirent : « Dans un tonneau d'une contenance d'une demi-queue de Bourgogne, je mets cinquante livres de haricots et de lentilles gâtés que je mêle avec une quinzaine de livres de riz avarié, une douzaine de livres de pommes de terre et cinq à six livres de raclure de bryonne. » La belle écoutait, ravie ; le cossu ne put finir de lui donner, et à toute la tablée par la même occasion, la recette de l'amidon. « Mais c'est tout du pourri ! l'interrompit le vieux, jouant les dégoûtés. Et c'est avec c'te gerbouse que tu gèles les cols des ci-devant ! » L'autre, ne s'en laissant pas compter, se leva, solennel : « Non pas des ci-devant. Je fournis l'armée et des députés de la Convention, et Robespierre lui-même, citoyen ! » Soudain Léonne tapa sur une grosse poêle, il était minuit. Tout le monde s'embrassa.

Un peu plus tard, après que chacun fut parti se coucher, il ne restait dans la grande salle que le Père-la-Liberté, excité comme une puce, et Bellet, assoupi devant la cheminée. « Y reste plus que les tièdes, vitupéra le vieux, les meilleurs sont partis en 92 ; je gage qu'ils reviendront pas tous. Et les autres, les fournisseurs de l'armée, se font de l'or sur le dos des volontaires ! » Se redressant, il pressa affectueusement le bras de Bellet : « Vois-tu, petit, la Révolution, elle devrait prendre exemple sur la nature : hiverner, tu comprends ? S'arrêter avec l'hiver, reprendre avec les beaux jours ; encore plus forte, encore plus vigoureuse. » Il s'emmaillota d'une gigantesque cape dans laquelle il disparut : « Vous avez dû en voir du pays, tous les deux. Dis, il s'approcha de Bellet, elle est grande, la France ? » Bellet, bien qu'endormi, s'entendit répondre : « Encore assez, encore assez. »

Non loin de Châtillon, il y avait un bourg nommé Marchecourt. Forte d'une vingtaine de membres, la Société populaire y était dirigée par le citoyen Gasnier, l'ex-curé de la paroisse ; elle pouvait se vanter d'être l'une des Sociétés les plus actives du Loiret.

Sur le chemin de Malesherbes à Pithiviers, s'élevait un petit monument sur lequel une inscription était gravée. Perçu comme un poteau féodal, le monument rappelait aux villageois les péages honnis, où, à chaque entrée de pont, à chaque barrière de bourg, à chaque croisement de route, le voyageur était contraint de payer la taxe au seigneur.

Au cours de la réunion du 17 décembre, Gasnier avait pris la parole : « Citoyens, mes frères, il existe encore sur le territoire de notre commune un signe odieux du despotisme, je veux parler de la pyramide en pierre, appelée la Méridienne, autrefois bâtie par les ci-devant seigneurs en signe de leur grandeur. Je demande que la Société populaire arrête, que la pyramide soit démolie sur-le-champ et transportée dans l'enceinte de la commune pour le rétablissement des rues de Marchecourt. » On passa au vote. Quelques jours plus tard, les rues de Marchecourt étaient en bien meilleur état.

Le Père-la-Liberté parla de la chose à Delambre, qui se précipita à Marchecourt. À la place de la pyramide, il ne trouva que quelques gravats, mais en cherchant bien, il exhuma une plaque de marbre blanc sur laquelle était gravée : « Méridienne de l'Observatoire établie par Cassini en 1748. » Il l'emporta.

Coincés pendant une semaine à l'auberge dans une déprimante inactivité, l'astronome et son adjoint avaient vu les hôtes partir l'un après l'autre. Sa charrette dégagée, l'amidonnier avait regagné Pithiviers ; puis ce fut au tour de Torné et de Chambraud, pressé de rejoindre sa promise. Seule la belle femme était restée avec ses deux bambins qui, ne dormant malheureusement pas tout le temps, rendirent bientôt l'atmosphère insupportable. Cet épisode ne fit que conforter Delambre dans sa passion du célibat.

La tempête s'était calmée mais le ciel restait chargé. Expulsés par un petit vent d'est têtu, les nuages avaient fini par s'éloigner. La tempête avait écrasé le paysage sous une chape de neige ; dans le lointain émergeait un pic sombre saisi par la glace : le clocher de Pithiviers sur lequel Bellet réglait la lunette inférieure. Delambre, rivé à l'œilleton de la lunette supérieure, attendait que son adjoint eût terminé. Pour la première fois, ils effectuèrent l'observation simultanément.

Conformément aux prévisions de l'astronome, le travail fut deux fois plus rapide. Le froid était intense ; Bellet portait des gants aux bouts sectionnés ; Delambre, mains nues, se frictionnait régulièrement les doigts. Irrité par ce qui semblait virer à la manie, Bellet l'apostropha : « Faites comme moi, mettez des gants ! » « Ça servirait à quoi ? C'est le bout qui est gelé. » Alors, du fond de sa poche, Bellet extirpa avec solennité dix minuscules morceaux de laine noire et les inséra à l'extrémité de chacun de ses doigts. Il lui restait encore à emmailloter le pouce de la main gauche lorsqu'on les interpella. En bas de la tour, une silhouette, dans laquelle ils crurent reconnaître le Père-la-Liberté, leur tendait quelque chose. Delambre enfourcha l'échelle en ronchonnant.

« Paraît que ça vient de Paris », annonça le Père-la-Liberté en tendant une enveloppe à l'astronome. Avant que celui-ci n'ait eu le temps d'en déchiffrer l'en-tête, le vieux avait extrait de sa besace une affiche qu'il déplia : « Pourriez pas me la lire ? Cé-ti pas un monde, avoir à coller des affiches que je peux pas lire ! »

L'affiche annonçait : « *Considérant que durant les périodes de disette, l'usage des pommes de terre est exclusivement destiné à l'homme, le Comité de salut public arrête que : Article I. Il est défendu à tout amidonnier de convertir les pommes de terre en fécule. Article II. Les contrevenants...* » Le visage du vieux s'éclaira et il partit d'un tel fou rire qu'il eut de la peine à replier l'affiche.

« C'est l'amidonnier de Pithiviers qui va en faire une gueule ! » clama-t-il en s'éloignant emmitouflé dans sa grande cape.

Delambre décacheta la lettre, se mit à la lire, et pâlit. « Le Comité de salut public, considérant combien il importe à l'esprit public que ceux qui sont chargés du gouvernement ne déléguent de fonction ni ne donnent de mission qu'à des hommes dignes de confiance par leurs vertus républicaines et par leurs haines pour les rois, arrête que Borda, Lavoisier, Laplace, Coulomb, Delambre cesseront à partir de ce jour d'être membres de la Commission des poids et mesures et remettront de suite les instruments, calculs, notes, mémoires qui sont entre leurs mains. » C'était signé : Prieur de la Côte-d'Or, Barère, Robespierre, Couthon, Saint-Just, Collot d'Herbois. Delambre resta planté en bas de la tour. Sur la plateforme, Bellet lui faisait de grands gestes joyeux pour l'inciter à remonter.

Le vieux Borda avait raison lorsqu'il les avait mis en garde : tous ceux qui avaient signé la lettre en faveur de Lavoisier étaient destitués, hormis Haüy, qu'ils avaient sans doute oublié. Delambre avait pris ses responsabilités, il ne regrettait rien. Il s'attendait, certes, à être sanctionné, mais pas si sévèrement, pas si promptement. Qu'on l'interrompe au beau milieu de ses mesures, avant même que sa campagne d'hiver ne soit terminée, le rendit furieux.

En repassant, le Père-la-Liberté aperçut deux silhouettes sombres auréolées de pourpre, s'agiter lentement au haut de la tour. L'astronome et son adjoint rangeaient tristement leurs instruments.

Delambre se retourna si brusquement vers Bellet qu'il fit branler la charpente : « J'ai une proposition à vous faire. Vous n'êtes pas obligé d'accepter. Nous avons fait le plus gros du travail, tous les signaux sont dressés jusqu'à Bourges. Il serait criminel et stupide d'abandonner maintenant ! Je ne vous force nullement à m'accompagner, mais moi, je continue ! Je fais le mort, comme si je n'avais rien reçu, je vais jusqu'à Bourges et après je leur rends tout : les instruments, les calculs, les notes, les mémoires, tout ! » Bellet ne répondit pas. Delambre replongea le nez dans la caisse aux instruments et se remit à ranger. Il y eut un silence ; Bellet éternua. « Poisse de rhume ! » Puis, il se mit à tousser et au milieu de la quinte, Delambre entendit : « Alors, on part quand pour Bourges ? » Les deux hommes se jetèrent dans les bras l'un de l'autre.

Bellet mit fin brutalement à l'accolade ; il s'empara de la lettre qu'il se mit à lire fébrilement ; son visage s'illumina. Il se campa devant Delambre et martela : « Arrête que Borda, Lavoisier, Laplace, Coulomb, Delambre, cesseront, etc. » en mettant le papier sous le nez de Delambre qui ne comprenait rien à ce qui se passait.

« Méchain n'est pas mentionné ! jeta Bellet avec désinvolture.

– C'est vrai, dit Delambre après avoir vérifié. Qu'est-ce que ça change ?

– Si Méchain n'est pas mentionné, c'est qu'il n'est pas destitué. Et s'il n'est pas destitué, il va pouvoir continuer puisqu'il n'est plus mort ! »

En secret, ainsi qu'ils l'avaient décidé, ils poursuivirent leur travail jusqu'à la cathédrale d'Orléans avant de rentrer à Paris.

Triste retour durant lequel l'astronome et son adjoint n'échangèrent pas un mot. Bellet, désemparé, se demandait ce qu'il allait bien pouvoir faire à présent. Si c'était pour en arriver là, il aurait mieux fait de s'engager à Dammartin. Et Delambre qui claironnait à l'époque : « Si Dunkerque tombe, on continue ! Si Perpignan tombe… »

Les pensées de Delambre n'étaient pas plus réjouissantes que celles de son adjoint ; ne cessant de ressasser les derniers événements, il essayait de comprendre pourquoi les choses étaient allées si vite. « En me confiant une opération aussi difficile dans une période aussi trouble, on ne me demandait sûrement pas de quitter mes clochers et d'abandonner mes signaux pour aller parader dans les clubs, ni d'exhiber mes sentiments républicains et ma haine des rois plutôt que de faire mes calculs ! D'abord le mètre provisoire, puis le décret de destitution au bas duquel la première signature se trouve être celle de Prieur ! On veut ou bien changer radicalement le plan de l'opération ou bien l'interrompre définitivement », conclut l'astronome morose.

La berline s'arrêta devant la poste aux voyageurs, Bellet descendit pour prendre une diligence qui le conduirait dans le village de sa famille. Après avoir déposé ses bagages à terre, il s'approcha de la portière ; Delambre, qui feignit de fouiller dans un gros portefeuille, leva la tête. Les deux hommes se regardèrent. Bellet fit un clin d'œil et donna une tape brutale sur la croupe du cheval qui démarra brutalement.

Rue de Paradis. Enfin chez soi ! L'astronome grimpa les marches quatre à quatre… pour trouver sa porte fermée par des scellés. Il se précipita au local de la section. Quel soulagement, quand il apprit que les scellés avaient été apposés par mesure conservatoire ! On s'inquiétait de son absence prolongée ! Aucun lien donc avec sa destitution, qu'il s'empressa de garder secrète. Au contraire, l'astronome exhiba les arrêtés de la Constituante puis ceux de la Législative, enfin ceux de la Convention pour preuve de sa mission. Puis il présenta aux sectionnaires ahuris une énorme liasse contenant tous les certificats des municipalités de chaque lieu où il avait séjourné depuis sa dernière sortie de Paris.

Les scellés furent levés avant la fin de la soirée. Le lendemain Delambre fit savoir à ses amis qu'il avait regagné la capitale. Laplace s'apprêtait à partir pour Melun où il avait une maison, Coulomb était déjà parti à Blois, où Borda allait le rejoindre sans tarder.

Un an et demi après le départ de deux fringantes berlines dans la cour des Tuileries, le tableau était le suivant : Lavoisier emprisonné, Condorcet en fuite, Borda et Delambre destitués, et Méchain à moitié invalide, retenu en Espagne !

Delambre tenta d'avoir des nouvelles de Condorcet. On lui affirma qu'il avait quitté Paris. C'était faux.

Le nouveau pouvoir montagnard ne désirait point toucher aux têtes girondines ; il ne leur demandait que de se taire et de disparaître discrètement de la scène politique. Ce n'est pas du tout ce qui arriva. Les chefs girondins, en regagnant leurs départements, entrèrent en rébellion, prêchant la révolte contre Paris, contre la Montagne et la Sans-culotterie. Quant à Condorcet, qui ne s'était pas tu sous Louis XVI, il ne le fit pas plus sous Robespierre. Prenant sa plume il rédigea un libelle qu'il envoya à ses collègues de la Convention : « Citoyens mes collègues, j'ai fui la tyrannie sous laquelle vous gémissez encore : si la Convention n'avait voulu que m'interroger, je lui aurais répondu. Je demande pourquoi tous ceux qui, en 1791, se sont battus pour abolir la royauté, sont aujourd'hui presque exclusivement voués à la persécution. Je demande pourquoi l'on a écarté avec tant de soins ceux dont les lumières et l'imperturbable républicanisme opposeraient une plus forte résistance au rétablissement de la royauté. » Non content d'envoyer ce libelle à ses collègues, le philosophe le fit largement circuler. La Convention ne fut pas longue à le décréter d'accusation.

Où se cacher ? Son petit cercle d'amis se réunit. Outre Julie, il y avait Cabanis, médecin renommé, et un de ses jeunes collègues, Pinel. Ce dernier commençait à faire parler de lui pour avoir osé retirer les chaînes aux fous qui croupissaient à Bicêtre où il venait d'être nommé médecin-chef. Condorcet avait chaudement approuvé la mesure. À force de nuits blanches, tout ce petit monde finit par trouver une cachette en plein Paris, un lieu, affirmaient-ils, où personne n'irait le chercher.

Entre le Luxembourg et Saint-Sulpice, il y a une étroite saignée dans un massif de maisons, la rue des Fossoyeurs. Dans cette rue, une maison de trois étages et au balcon du premier, une pancarte : PENSION VERNET, chambres d'hôtes. On approchait de la fin de l'après-midi, quand un pensionnaire monta l'escalier menant à la pension. C'était le citoyen Marcoz, député à la Convention où il siégeait sur les bancs de la Montagne. Professeur de mathématiques au lycée de Chambéry, il représentait le département du Mont-Blanc à l'Assemblée.

Il n'avait pas plutôt refermé la porte d'entrée qu'une petite dame, campée dans le couloir, l'interpella : « Citoyen Marcoz ! » « Oui, citoyenne Vernet… » Elle se troubla, parut renoncer et, soudain, se jeta à l'eau, lui annonçant que quelqu'un l'attendait au salon. Marcoz pénétra dans le salon. Debout, au milieu de la pièce, le corps légèrement penché, regardant vers le sol dans une attitude de profonde méditation, se tenait Condorcet ! Le philosophe leva la tête : « Je vous attendais, dit-il à son collègue de l'Assemblée.

– Maintenant, vous savez qu'il habite ici. Si on l'arrête, c'est vous qui l'aurez dénoncé », menaça Mme Vernet s'apprêtant à sortir. Condorcet l'arrêta d'un geste : « Vous savez bien que je n'ai rien à vous cacher, restez ! » Puis s'adressant à Marcoz : « Vous semblez surpris ; savez-vous que nous habitons sous le même toit depuis bientôt deux mois ?

– Mais c'est follement dangereux !

– Vous voulez dire que c'est follement dangereux d'habiter sous le même toit que vous, Marcoz ?

– Ne plaisantez pas. Vous êtes recherché. Hier encore…

– Je sais : je suis un scélérat, un infâme, un "Académicien", récita Condorcet en riant. Et il paraît aussi, suivant les dires de Robespierre, que je m'imagine devoir donner des lois à la République sous prétexte que j'aurais siégé à côté de quelques savants. »

Marcoz ne riait pas : « Si on vous découvre, vous savez ce qui...

– La mort ! l'interrompit Condorcet. J'ai pris mes précautions, dit-il calmement en tendant sa main. À son annulaire brillait une bague d'or dont il ouvrit le chaton ; à l'intérieur, il y avait une petite boule de poison.

– Mon Dieu ! s'écria Mme Vernet.

– Rolland s'est suicidé au pied d'un chêne près de Rouen, poursuivit Condorcet. Pétion s'est donné la mort dans une carrière près de Bordeaux. » Puis, semblant se parler à lui-même : « J'ai tant désiré cette Révolution, et je la laisserais me guillotiner ! » Il était blême. Mourir sous la République, et par elle ! « Ce gouvernement n'est pas révolutionnaire ! tonna-t-il. Entendez-moi bien, Marcoz ; "révolutionnaire", ce mot ne devra s'appliquer qu'aux seuls mouvements qui ont la liberté pour objet ; les autres l'usurperont. »

Condorcet fit un effort pour reprendre le ton de la conversation ; s'approchant d'un tableau accroché au mur : « N'est-ce pas que les marines de M. Vernet sont magnifiques ? Savez-vous que notre hôtesse compte plus de peintres dans sa famille que les Bourbons n'additionnent de rois dans la leur ? »

Marcoz, visiblement, ne s'intéressait pas aux marines de M. Vernet. Il s'approcha de Condorcet : « Vous pouvez avoir entière confiance en moi ; je ne dévoilerai jamais votre abri.

– Merci, Marcoz, vous êtes un homme d'honneur. Vous prenez là de grands risques. Si je suis découvert, vous serez dénoncé comme "indulgent" ou arrêté comme girondin.

– Girondin, moi ! s'esclaffa Marcoz.

– Ils ont bien affirmé que j'étais royaliste ! » rétorqua Condorcet.

À la cuisine, délaissant la préparation du repas pour les autres pensionnaires, Mme Vernet confectionnait une collation pour les deux hommes. Retournant au salon, un plateau à la main, elle entendit Marcoz qui disait :

« Vous le saviez, Condorcet, il y avait deux politiques. Poursuivre la Révolution et étendre ses bienfaits aux plus pauvres ou vouloir que les nantis en soient les bénéficiaires exclusifs. Il fallait trancher.

– Pas les têtes ! jeta Condorcet.

– Je n'ai cessé de m'y opposer, affirma Marcoz accablé. Chaque tête coupée a multiplié les ennemis de la Révolution plus que ne l'ont fait des bataillons de prêtres et de royalistes. Mais comment, comment empêcher les oppresseurs de vaincre, sans attenter à la liberté ? Vous-même, vous n'avez pas donné de réponse !

– Nous n'avons pas su, en effet, avoua Condorcet sourdement. Ce sera aux générations futures de résoudre cette question. Il faut bien qu'il leur reste quelque chose à découvrir ! Mais ce ne sera pas facile. Nos ennemis ont un énorme avantage sur nous : pour eux, les choses sont simples ; ils sont contre la liberté, donc ils éliminent ceux qui veulent se libérer. C'est logique. Pour nous… » Il laissa la phrase planer dans l'air.

Condorcet fouilla dans ses poches et, ne trouvant pas ce qu'il y cherchait, demanda à Marcoz s'il avait du tabac. Marcoz lui tendit une blague de cuir. Lorsque Condorcet voulut la lui rendre, Marcoz refusa, prétextant qu'il avait, le jour même, pris la décision d'en finir avec ce vice. « Le vin de Savoie me suffit, mais je n'ai plus le temps d'en boire. Et vous, demanda-t-il à Condorcet, que faites-vous de vos journées ?

– J'écris, j'écris ; je rattrape le temps perdu. » Le philosophe se leva et, s'approchant d'une marine accrochée au mur, il la regarda longuement ; elle représentait l'immense étendue de la mer et dans un coin une tache rousse, une minuscule voile tendue par le vent. « Et puis je rêve », laissa-t-il échapper.

11.

En Bourgogne et dans le Bordelais, sur la butte Montmartre, à Clamart-le-Vignoble et sur les coteaux catalans, les vendanges battaient leur plein. On était le 5 octobre 1793 quand le soleil se leva et lorsqu'il se coucha, on était le 14 Vendémiaire an II.

C'est dans l'enceinte de la Convention que cette substitution s'était produite et c'est à un jeune professeur de mathématiques, Gilbert Romme, député montagnard, que l'on devait cette petite révolution. Il s'était avancé lentement vers la tribune et calmement, comme à son habitude, avait déclaré à ses collègues, un peu surpris :

« Vous avez entrepris une des opérations les plus importantes pour le progrès des Arts et de l'esprit humain : faire disparaître la diversité, l'incohérence et l'inexactitude des poids et mesures.

« Les Arts et l'Histoire, pour qui le temps est un élément et un instrument nécessaires, vous demandent également de nouvelles mesures de la durée, qui soient pareillement dégagées des erreurs de la crédulité, de la routine et de la superstition. » Ces quelques mots mettaient fin, sur la terre de France, à une certaine façon de comptabiliser la durée.

Quelques semaines plus tôt, ici même, le député Barère s'était exclamé : « La Convention nationale doit se regarder comme chargée du bonheur du monde ! » Cette nouvelle ère pouvait-elle être balisée avec les mêmes bornes que celles utilisées par des siècles d'oppression ? Ainsi, prenant au sérieux sa volonté de réinitialiser le monde, la Convention venait d'ériger un nouveau commencement des Temps. Ce faisant, elle signifiait aux hommes vivant sur cette terre en cet instant, qu'ils étaient contemporains d'une fondation. Gigantesque tâche. Tout reconsidérer ! Tout réinterpréter ! Tout remesurer ! La Constituante s'était chargée de l'espace ; la Convention se chargea du temps. À Delambre et Méchain la mesure des longueurs et le mètre, à Romme la mesure du temps et le nouveau calendrier.

Une telle ambition n'était pas pour déplaire à Delambre pour qui cet événement n'était pas une surprise ; il avait été contacté par Romme et par Lalande pour effectuer de longs et pénibles calculs astronomiques afin de préciser certains points du nouveau calendrier.

Romme s'appuya sur deux socles : le système décimal et la Nature. La Nature comme légitimité, le système décimal comme effectivité. La mesure de l'espace se fondait dans la terre elle-même, la mesure de la durée s'ancrerait dans le cours de la Nature. Et le système décimal, qui quantifiait l'un, comptabiliserait l'autre. On avait cent centimètres dans un mètre, on voulut insérer cent minutes dans une heure. Pour cela, il eût fallu refondre toutes les montres, énucléer chaque tour et chaque clocher de leurs horloges ! Impossible.

On a beaucoup parlé de la guerre entre royalistes et républicains, des luttes entre girondins et montagnards, mais on n'a dit mot du sourd combat qui, en ces temps troublés, opposa partisans du dix à ceux du douze – ou, ce qui revient au même, les adeptes du cent aux fidèles du soixante. Si l'on voulait personnifier ces deux clans, on proposerait Laplace comme sectateur du cent et Condorcet comme zélateur du soixante ; afin de garder la balance égale, les heures conservèrent leurs soixante minutes, mais les semaines s'allongèrent à dix jours.

On voulut donner aux journées les noms des grands hommes de la liberté. La proposition fut refusée parce qu'on craignait d'en faire des idoles. Delambre, présent à la séance, se souvint longtemps d'un échange qui l'avait enchanté. À Romme, célibataire endurci, affirmant devant l'assemblée que le premier jour de l'année serait « le jour des époux », le député Albitte lança de son siège : « Tous les jours sont les jours des époux. »

Il fallait dire le temps éternel, le temps des saisons et de la nature. On se tourna vers un poète : qui mieux que Fabre-d'Églantine, l'auteur de « Il pleut, il pleut bergère » pourrait nommer les mois ? Pour les mois d'automne, le son serait grave et la mesure moyenne. Vendémiaire, Brumaire et Frimaire ; pour l'hiver, son lourd et mesure longue : Nivôse, Pluviôse, Ventôse ; son gai et mesure brève pour le printemps : Germinal, Floréal, Prairial ; pour l'été enfin, son sonore et mesure large, Messidor, Thermidor, Fructidor.

« Nonédi, 14 Nivôse, an III de la République. » La surprise de Méchain fut totale quand il découvrit cette date imprimée en tête du journal qui venait de lui parvenir, après des mois de retard ! Il ne manquait plus que cela ! Passe encore que Paris lui ait donné deux cercles-répétiteurs gradués en unités différentes, l'un en degrés, l'autre en grades – ce qui exigeait de continuelles transcriptions – il fallait maintenant se déplacer avec un dictionnaire qui traduirait les vieilles dates en nouvelles. Comble, cela impliquait d'effectuer rétroactivement tous ces changements sur ses carnets d'observations.

« Sans compter la disparition des dimanches », pleurnicha Tranchot qui n'était pas allé à la messe depuis sa première communion. Salva eut le dernier mot, en remarquant que, quels que soient les noms donnés, il n'y aurait plus qu'une journée de repos tous les dix jours, ce qui ferait une de moins par mois. « Étrange, tout de même, pour un gouvernement révolutionnaire de faire plus encore travailler le peuple ! »

Nul dimanche pour Méchain et son adjoint, lancés depuis peu dans une opération d'envergure. Le nord leur était interdit ? Ils iraient vers le sud ! On les empêchait de mesurer leurs triangles au-delà des Pyrénées, en territoire français ? Ils les mesureraient en deçà de Barcelone, en territoire espagnol ! La prolongation de la mesure du méridien jusqu'aux îles Baléares, secrètement caressée jusqu'alors, Méchain avait à présent le loisir de la mettre à l'épreuve des faits.

L'opération présentait l'intérêt de mesurer pour la première fois un méridien d'une manière indépendante de l'aplatissement de la terre : profitant de la régularité de la surface de la mer, on connaîtrait enfin un méridien dans son intégrité. Cette partie de la mesure serait la plus brillante et la plus neuve de l'opération… si Paris acceptait d'élargir l'expédition.

Les autorités espagnoles armèrent une corvette. Le bâtiment était prêt à appareiller de Carthagène pour conduire les Français à Majorque. Bâclant les préparatifs, Méchain se jeta dans l'aventure. Il le fit au pire moment, au milieu de l'hiver qui, même en cette région, se révéla peu favorable aux observations. S'il tombait un seul flocon dans toute la région, il atterrissait sur le plus haut sommet, précisément là où l'astronome était en train d'établir ses signaux. Méchain renonça. Affectée à d'autres transports, la corvette quitta Carthagène.

Méchain se retrouva à Barcelone, toujours avec l'interdiction de rentrer en France. Il profita de ces loisirs forcés pour mettre au net les observations amassées depuis son départ. À mesure que son travail avançait, il imaginait l'effet que ces documents produiraient lorsque la Commission les découvrirait. La totalité des triangles espagnols, tous calculs effectués, tenait là, dans ses carnets ! Combien de fois avait-il refait chaque calcul ? Il avait une double réputation à soutenir : celle d'un parfait observateur et celle d'un calculateur à la minutie inlassable.

Écrire ne lui était pas facile. Synarthrose. L'épaule surtout avait été atteinte : le choc l'avait laissé pétrifiée, inutile comme un pêne qui ne joue plus. De là venait cette raideur qui se propageait le long du bras, figeant sur son passage chaque articulation.

Au début de l'été, quand il avait repris les observations, sa manche était de marbre, de l'omoplate au bout des doigts. « Une et indivisible » avait lancé Tranchot pour dérider son compagnon ; Méchain n'avait pas apprécié la plaisanterie. Puis le soleil, le grand air, l'été en somme, lui avaient été profitables, mais seuls furent déterminants les efforts constants qu'il s'était imposés, s'obligeant à de petits mouvements incessants afin d'interdire au membre la mortelle paresse de la paralysie.

Les carnets prêts, Méchain confectionna un joli paquet dans lequel il inséra les documents. Destinataire : Commission des poids et mesures, Paris.

Le lendemain, le savant fut convoqué à la citadelle. Il en ressortit héberlué, furieux et inquiet. On venait de l'avertir que s'il tentait de communiquer cette sorte d'information, son courrier serait confisqué et lui-même serait retenu comme suspect, en raison des chiffres et quantités numériques figurant dans les carnets, assimilés à des secrets militaires codés !

Son paquet à la main, Méchain rentra tristement dans sa chambre de l'Auberge de la Fontana de Oro. Il s'empressa d'avertir la commission : « Si nous obtenons la liberté de quitter le territoire espagnol dans le courant de mars, et pourvu qu'on nous accueille en France, nous arriverons jusqu'à Bourges en juillet et cette grande opération se trouvera terminée en deux années, après tous mes retards et mes accidents. » Assis devant sa petite table bancale, il se voyait enjambant les Pyrénées, avalant les lieues, gommant les difficultés, remontant le cours de la méridienne, atteignant Rodez. Puis, sur son élan, allant au-delà du rendez-vous pour finalement grignoter la partie réservée à Delambre. En quatre mois ! Méchain termina la lettre par ces mots : « Mais hélas ! où suis-je ? Je parle comme un homme libre de se livrer à l'ardeur de son zèle. »

Il mit ce zèle inemployé au service d'un petit travail astronomique : l'obliquité de l'écliptique, c'est-à-dire l'inclinaison du grand cercle du soleil avec l'équateur, dont dépend la différence des saisons. Installé sur la terrasse de la Fontana de Oro, Méchain accumula les résultats. Tranchot avait eu raison de choisir cette auberge !

Ce travail nécessitait la connaissance de la latitude de Barcelone : plutôt que d'utiliser les mesures faites l'année précédente au fort de Montjouy, ce qui lui aurait fait gagner du temps, Méchain choisit de les recommencer, considérant sans doute que c'était là un moyen de vérifier son travail passé.

Dramatique révélation : la comparaison faisait apparaître une différence anormale. Trois secondes d'angles ! C'était peu, c'était énorme pour qui avait la religion de l'exactitude et de la perfection. Trois secondes impossibles à expliquer.

Qu'il fut triste ce second hiver de Barcelone ! Les kyrielles d'émigrés hantant la capitale catalane se plaisaient à faire circuler les rumeurs les plus alarmantes sur les orgies qui souillaient « l'infâme Babylone ». Babylone, c'était Paris, bien sûr. Méchain multipliait les démarches en vue d'obtenir des nouvelles de sa famille. Plus un mot de Thérèse, plus une lettre de la Commission : les ponts, cette fois, étaient véritablement coupés. Cela ne suffisant pas, on séquestra ses fonds comme propriété ennemie, non seulement les fonds officiels de l'expédition mais les siens propres. Il manqua bientôt d'argent.

Les fréquentes visites de Salva et de Maria ne parvinrent pas à lui changer les idées ; ses amis lui proposèrent de partir se reposer à la propriété, mais il refusa : trop de mauvais souvenirs étaient attachés à ce lieu.

Souvent, Tranchot, rentrant de ses promenades à travers le barrio, retrouvait Méchain griffonnant, raturant, le visage penché sur une mer de papiers. L'astronome levait la tête, adressait un imperceptible signe à son adjoint, lissait du bout du doigt la cicatrice marquant le haut de son front, puis, repris par ses calculs, il plongeait dans ses feuilles dont la plupart terminaient froissées à ses pieds.

Un soir, fort tard, Tranchot, qui lisait tranquillement dans sa chambre, entendit un pas précipité dans le couloir. La porte s'ouvrit brusquement et Méchain entra en trombe. Se plantant devant son lit, il lui demanda à brûle-pourpoint s'il avait envoyé à la Commission les mesures de latitude de Montjouy. Étonné et irrité, Tranchot mit quelque temps à comprendre ce qu'on lui demandait. Évidemment qu'il les avait envoyées et, suivant l'habitude, l'envoi avait été effectué dès que Méchain avait communiqué les résultats à son adjoint ! « Mais cela remonte à une année ! » s'exclama Tranchot. « Si quelque chose ne va pas, s'il s'est glissé une erreur, on rectifiera demain », ajouta-t-il. Méchain bondit. « Qui vous parle d'erreur ? Qui vous parle d'erreur ? » hurla-t-il, s'agitant devant le lit. « Excusez-moi, j'ai envie de dormir », dit sèchement Tranchot. La fureur de Méchain tomba brusquement. « Pardonnez-moi, je suis un peu fatigué. Je dois me reposer », murmura-t-il. Soudain terriblement las, il s'endormit dans la chambre de Tranchot, sur cette chaise.

Depuis son accident, Méchain était plus fréquemment irrité que par le passé ; depuis cette soirée de la Fontana de Oro, il devint plus souvent taciturne et inquiet qu'auparavant.

S'endormir sur une chaise ! Cela arrivait également à Delambre quand, dans son glacial appartement de la rue de Paradis, il s'écroulait épuisé sur ses registres. À Barcelone, Méchain était dans l'impossibilité d'envoyer ses carnets à la Commission ; à Paris, Delambre, lui, était contraint de rendre les siens « de suite », ainsi qu'il était stipulé dans l'arrêté le destituant.

Il se jeta dans la tâche avec rage et obstination, un peu comme lorsque, sommé de quitter une demeure à laquelle on tient passionnément, on s'oblige à la quitter au plus vite, mais en laissant tout net, propre et irréprochable.

Trente-cinq stations, de Dunkerque jusqu'à Orléans, énorme masse d'informations, de mesures, de calculs. Delambre se mit au travail avec une infinie application, n'omettant aucun détail, aucune précision, de façon que celui qui reprendrait ses carnets dispose de la totalité des données.

Il ne quitta guère la rue de Paradis, parvenant presque à oublier ce qui se passait dans la capitale. Une seule chose le troublait : il n'avait aucune nouvelle de Condorcet. Où se trouvait-il ? Était-il encore à Paris ? Personne ne savait rien. Peut-être ce silence était-il une bonne chose, pensa-t-il pour se rassurer. La police du Comité de sûreté générale, notoirement inefficace, ne parvenait à mettre la main sur les individus recherchés que parce que la rumeur lui indiquait la cache où elle devait opérer. Il y avait donc quelque espoir que Condorcet leur échappât.

Pour Lavoisier, c'était l'inverse : tout le monde savait qu'il était emprisonné à Fort-Libre. Delambre apprit qu'au moment même où on levait les scellés sur sa propre maison, on les ôtait également, boulevard de la Madeleine, chez Lavoisier, pour procéder à une perquisition « en vue d'extraire les papiers, les machines et les sommes concernant les opérations sur les poids et mesures ». Elle se fit en présence du savant. La rumeur soutenait que Romme et Fourcroy y assistaient également en tant que membres du Comité d'instruction.

On raconte que leur stupéfaction fut grande lorsque, compulsant les papiers du chimiste, ils tombèrent sur des textes portant des titres aussi étranges que ceux-ci : *Rapport sur une pierre que l'on prétend être tombée du ciel pendant un orage* ou *Sur un fauteuil à l'usage des malades* ou *Sur la râpe à tabac, Sur la sensation de froid dans les montagnes, Rapport sur une manière d'allumer simultanément un grand nombre de lampions*, et enfin celui-ci qui les laissa pantois : *Rapport sur la baguette divinatoire*... Cela ne concernait évidemment pas le système métrique !

Quand les deux hommes quittèrent l'appartement, le petit cylindre de métal flottait encore dans la baignoire toujours emplie d'eau de rivière filtrée dans une fontaine sablée.

Lavoisier se rendait chaque matin dans une salle du Comité des assignats et des monnaies, accompagné de deux gendarmes, qui venaient le chercher chaque matin à la prison. Là il s'occupait de la nouvelle pièce de cinq décimes. Imaginez, un pauvre sans-culotte payant un bien mauvais pain, déjà fort cher à son goût, avec une pièce portant en effigie des têtes que la guillotine venait de faire basculer dans le son ! De telles scènes se passaient encore une année après la mort du roi ! Heureusement, cela ne serait plus : fini le « louis », vive le « franc » ! On fondait une nouvelle monnaie.

Le décret établissant les nouvelles mesures de longueur, de poids et de capacité, définissait également une nouvelle unité de monnaie : le franc. Unification des mesures, unification des monnaies, système décimal pour l'un et pour l'autre. Il fallait donc mettre en chantier de nouvelles pièces.

La pièce de cinq décimes posait déjà des problèmes : elle était si petite qu'il fallait, pour la peser, fondre de nouveaux poids dont la fabrication était particulièrement délicate ; or Lavoisier était le meilleur « peseur » de la République…

Les jours passaient, Lavoisier pesait et il n'était toujours pas libéré. Delambre se rassurait : qui toucherait à lui ? Il était le plus grand savant français, l'Europe entière nous le jalousait. D'ici peu, on l'aurait libéré et il reprendrait son travail sur le kilogramme… Et Delambre retournait à ses calculs.

Parfois, ses yeux affaiblis par les longues veilles à la lumière incertaine d'une chandelle ne lui permettant pas d'aller plus avant dans ses calculs, il sortait. Partant de la rivière, à hauteur du bastion de l'Arsenal, il traversait le chantier de la Bastille, passait devant l'hôpital Saint-Louis, atteignait les premiers champs, de l'autre côté de la barrière, puis revenait sur ses pas, toujours suivant le futur trajet du canal Saint-Martin.

Le jour où il rangea ses carnets dans une petite sacoche, il eut un pincement au cœur. Deux années de travail. Ces quantités inscrites de sa main, angles, azimuts, etc., représentaient bien plus que des nombres. Elles étaient chiffres de chair, de patience et de passion. Pour parvenir à les déterminer, combien d'échelles grimpées, d'escaliers dévalés, d'échafaudages bâtis ! Et l'attente, la chaleur et le froid, la pluie et le gel, la neige et le ciel bas, les nuages et les éclaircies soudaines, inespérées, joyeuses ; le cœur qui bondit à la vue du signal brillant comme au premier jour. Il lui fut difficile de se détacher de ces carnets, qu'il ne pouvait s'empêcher de considérer comme son bien propre.

Mais ce travail était une commande. On l'avait chargé d'effectuer une tâche, il l'avait accomplie. On ne le jugeait plus à même de la remplir, on la lui retirait. Il avait été payé pour son travail, il devait rendre sa copie. Malgré ses efforts, il ne parvint pas à se satisfaire de ce cynisme. Une chose pourtant lui devenait claire : ces documents ne lui appartenaient pas et ne lui avaient jamais appartenu, pas plus que la maison à l'architecte qui en dessine les plans, ou au maçon qui en construit les murs.

Delambre monta pour la dernière fois dans la berline aux reflets verts pour se rendre au siège de la Commission où il remit carnets, instruments, calculs, notes et mémoires.

Voilà une page tournée ! Jouant à l'insouciant dans les rues froides de la capitale, il se força à flâner, mais une question l'obsédait : qui le remplacerait dans la mesure de la méridienne ? Arrivé au quartier du Marais, il passait d'une ruelle à l'autre et d'un nom à l'autre, ceux de ses successeurs éventuels. Si c'était un astronome ? Ce pourrait être… Lalande ? Trop vieux, et il aimait trop Paris. Bailly, célèbre astronome, ancien maître de Paris, avait été, peu de temps auparavant, guillotiné. Cassini ? Démis de toutes ses fonctions, l'astronome aristocrate venait d'être délogé de l'Observatoire. C'est la première fois depuis plus d'un siècle qu'il n'y avait pas un seul Cassini dans ces murs ! Alors un mathématicien, Legendre ? N'avait-il pas participé à une mesure semblable entre Greenwich et Paris, avec Méchain ? Méchain ! Bien sûr ! Comment avait-il pu l'oublier ? C'est lui qui prendrait sa place. On le chargerait de terminer seul l'entreprise. Au lieu de s'arrêter à Rodez, on lui demanderait de poursuivre les mesures jusqu'à Orléans. C'était la solution la plus simple ! Méchain accepterait-il ? Delambre ne pouvait prévoir la réaction de son collègue. Que savait-il de lui, de sa personnalité, de ses réactions ? Combien de lettres avaient-ils échangées depuis leur départ ? Deux ou trois, tout au plus. Méchain était-il seulement au courant de la destitution ?

Non, Méchain ne prendrait pas sa place, il avait été trop affaibli par son accident ; ne craignait-on pas qu'il ne puisse suffire à la partie sud ? Et surtout, il y avait cette rumeur : Méchain avait émigré ! Delambre n'y croyait pas et ne cessait de répéter : Méchain est un obstiné ; il n'émigrera jamais ; pas avant d'arriver à Rodez en tout cas !

Thérèse ne lui avait pas caché son inquiétude, non qu'elle crût aux rumeurs, mais parce que le Comité de surveillance semblait y croire. À tel point que, aujourd'hui, elle était emprisonnée à Port-Libre, comme femme d'émigré.

Rentrant rue de Paradis, et n'ayant toujours pas trouvé le nom de son éventuel remplaçant, Delambre rangea avec précaution une lourde chemise. Elle contenait la totalité des copies scrupuleusement effectuées de chacune des pages des carnets remis à la Commission. Alors, et alors seulement, il se sentit comme déchargé d'un grand poids. Fini le mètre, fini le méridien, fini le cercle-répétiteur ; il allait pouvoir reprendre ses travaux d'astronomie interrompus depuis deux ans ; il allait redevenir astronome et mathématicien. Il lui restait une dernière chose à faire. Sortant son carnet de voyage, il prit sa plume et écrivit : « Qui sait quand l'expédition reprendra ? Et si même elle reprendra ! »

Le lendemain, Delambre se rendit au Comité d'instruction à la demande de Romme. Il avait découvert que, suivant le calendrier républicain, dans trois mille six cents ans, l'année ne devrait pas être bissextile. Immédiatement Romme avait présenté un projet de loi au Comité pour décider que dans trois mille six cents ans… « Tu veux donc nous faire décréter l'éternité ? » l'interrompit l'abbé Grégoire qui n'était pas favorable au nouveau calendrier, et, sur sa lancée, l'abbé demanda que l'on ajourne le projet à trois mille six cents ans. L'ajournement fut adopté dans l'instant.

Éternité ! À Méchain, retenu en Espagne depuis plusieurs mois, chaque semaine semblait une éternité qui ne cesserait, il en était à présent convaincu, qu'avec la fin de la guerre. Quel qu'en soit le vainqueur !

Perpignan n'était toujours pas tombée. Après la chute de Bellegarde, les Espagnols étaient sur le point de l'emporter. Le Tech et la Têt, deux rivières des Aspres, en décidèrent autrement. Les habitants des villages proches de la frontière s'étaient mobilisés. Ceux de Corneilla avaient lancé un appel à ceux d'Estagel : « Les Espagnols viennent sans faute s'emparer de nous autres ; si votre zèle nous seconde, nous vous rendrons la réciproque dans votre danger. » Estagel était venu avec, à sa tête, Arago. Tout le monde s'y était mis, même les enfants, qui lançaient des pierres avec leur fronde.

Il arriva à Don Ricardos, au demeurant bon professionnel de la guerre, ce qui, au nord et à l'est, était déjà arrivé à ses confrères autrichiens et prussiens. Brunswick, qui venait de l'éprouver, aurait pu en décrire le déroulement. Au début, l'impression qu'en quelques jours l'ennemi serait défait ; une série de succès s'ensuivait pour conforter ce jugement. Puis, au moment où l'on croyait aboutir, on se retrouvait empâté dans le sol français comme si, à mesure que le temps passait, l'ennemi prenait de la consistance et de la vigueur, sans perdre sa fluidité et sa rapidité. Et en face, on se sentait devenir lourd et gourd. C'est exactement ce que ressentait Don Ricardos : il s'enlisait dans le département des Pyrénées-Orientales.

Malgré ses soucis, le général continuait à recevoir Méchain. Après l'avoir informé que sa berline « aux reflets cuivrés » était gardée en lieu sûr, il lui dit : « Parlons, voulez-vous, de la situation. La France va perdre la guerre. J'ai cru comprendre que vous ne portiez pas dans votre cœur le gouvernement de votre pays. Il ne me semble pas que vous soyez un farouche sans-culotte, comme on dit chez vous. Votre Académie a été supprimée depuis bientôt un an, il n'y a plus de place pour vous là-bas. Restez en Espagne ! Nous avons besoin de savants de votre valeur.

– Émigrer ! Vous me demandez d'émigrer ? » Étrangement, Méchain n'y avait jamais pensé. Il est vrai que le caquètement des volières d'émigrés rencontrés en Catalogne l'avait écœuré. Lorsque le méridien sera mesuré, et que sa famille sera en lieu sûr, peut-être… Mais pas avant. Il ne dit rien de ses pensées et demanda brusquement au général : « Connaissez-vous des savants français qui aient émigré ? » Ricardos fut incapable d'en citer un seul.

La guerre ne semblait pas près de finir. Méchain envoya une série de lettres au Comité de salut public, à la Commission temporaire, à Llucia, les informant qu'il était retenu contre son gré en Espagne. Llucia ne reçut pas la lettre : suspecté de girondisme, il avait, dans le calme, été démis de ses fonctions et remplacé par Arago.

Brusquement le cours de la guerre changea. Le « mal français » n'avait pas été vaincu et les défenses espagnoles furent enfoncées par les soldats de l'an II qui se ruèrent à l'assaut des Pyrénées et reprirent Mont-Louis et Port-Vendres. De tristesse, de honte, ou simplement d'un arrêt du cœur, Don Ricardos succomba. À Barcelone, les « héros de l'arrière », comme à leur habitude, se mirent à l'œuvre après la bataille, massacrant courageusement quelques civils français, même pas tous républicains. Méchain et Tranchot en réchappèrent par miracle. Don Ricardos fut remplacé. Pour protéger l'astronome et son adjoint, mais aussi pour s'assurer de leurs personnes, on les maintint dans un « site protégé ».

Lourde bâtisse fichée au cœur de la cité, la citadelle de Barcelone, hérissée de canons, était bien protégée. Cette fenêtre, sur la façade sud, était celle de la pièce où séjournait Méchain. Entassées dans un coin, les caisses d'instruments ; dans un autre, rangés comme en vue d'un départ imminent, ses bagages personnels. L'astronome savait pourtant qu'il n'était pas près de quitter ce lieu.

Abîmé dans ses pensées, accoudé à la fenêtre ouvrant sur le large, Méchain gardait les yeux fixés sur cette tour qui le narguait dans le soleil : Montjouy, le fort qui lui restait obstinément interdit.

La porte s'ouvrit, Méchain resta immobile. Un garde entra et annonça : « El señor Gobernador ! » C'était le nouveau gouverneur.

« Bonjour, Méchain. Vous ne m'en voulez pas trop ? Je n'avais pas le choix. Dehors vous risquiez votre vie. Ce matin encore, deux de vos compatriotes ont été massacrés ; nous n'avons rien pu faire ; la foule, vous savez bien... »

Méchain, maussade, ne répondit pas. Puis lentement il se retourna :

« Le meilleur moyen, Excellence, que je ne sois pas massacré, n'est pas de me retenir prisonnier...

– Vous n'êtes pas prisonnier, je ne permettrais pas qu'on puisse le croire ; vous êtes seulement retenu, pour votre bien.

– Soit. Le seul moyen, disais-je, que je ne sois pas massacré, est que je puisse quitter ce pays et rentrer en France.

– Croyez-vous ! Savez-vous ce qui est arrivé à votre collègue Lavoisier ?

– …

– Vous ne répondez pas, vous vous en doutez : il vient d'être guillotiné, comme on dit chez vous ! »

Méchain reçut la nouvelle sans broncher. Il se dirigea vers la fenêtre et resta face à la mer, immobile, perdu. Les îles, Cabrera, Majorque ; partir, loin… Le gouverneur respecta son silence.

« Je dois terminer mes triangles, dit Méchain doucement sans se retourner. Il faut absolument que j'aille jusqu'à Rodez. Permettez-moi de rentrer en France, je vous en prie.

– Vos mesures sur la frontière vous ont mis en possession d'informations militaires. Je ne peux pas vous laisser rentrer en France.

– Puisque je suis condamné à rester ici, autorisez-moi au moins à refaire mes mesures de latitude à Montjouy.

– C'est impossible, vous le savez bien, Méchain. Le fort est un bâtiment militaire, vous êtes français et nous sommes en guerre avec la France. Il faudra attendre la fin de la guerre.

– La guerre, la guerre ! hurla Méchain. À chacun son travail, qu'on me laisse faire le mien. Je n'ai que faire de la guerre ! Je suis astronome.

– N'en parlons plus, voulez-vous », répliqua sèchement le gouverneur.

Méchain ne se retint plus : « On dirait que vous vous liguez contre moi, vous et le gouvernement français !

Comme je me trouve en Espagne et que je ne suis pas émigré, on m'emprisonne à Barcelone, donc je ne peux pas rentrer en France. Et comme je ne retourne pas en France, là-bas on me considère comme émigré. Donc, on emprisonne ma femme à Paris. C'est logique, n'est-ce pas ? »

12.

Le gendarme entra, son sabre heurta la marche. C'était l'aube et la plupart des femmes dormaient. Le gardien, comme à son habitude, fit grincer les grilles. Les femmes se dressèrent dans un même mouvement. Le garde exhiba une feuille de papier, se racla la gorge avant de commencer à égrener la longue liste des noms. Thérèse reconnut le sien malgré le lourd accent de l'Ouest massacrant chaque syllabe. Elle se figea : feu et glace, espoir et effroi. Sa voix se bloqua, elle ne put répondre à l'appel. Le gendarme s'agita, la voisine de Thérèse lui pressa le bras, le garde scruta les visages, répétant le nom. Thérèse s'était ressaisie ; d'une voix ferme, elle prononça : « Oui, je suis là. » Le gendarme l'emmena.

Lorsqu'elle pénétra dans la pièce, le secrétaire de la section de l'Observatoire finissait de rédiger le procès-verbal ; bien en évidence sur la table, un arrêté du Comité de sûreté générale. Après avoir pris le temps de relire, corrigeant çà et là quelques fautes d'orthographe, il jeta un coup d'œil en direction de Thérèse qui attendait debout et lui désigna un siège. Elle s'assit. Il commença la lecture :

« Le Comité ayant examiné la lettre qui a donné lieu à l'arrestation de la citoyenne Méchain, demeurant à l'Observatoire :

« – considérant que de ces pièces, il résulte que le

citoyen Méchain, son mari, chargé par la Convention de faire partout où il le croira nécessaire des recherches utiles pour la perfection des poids et mesures, s'est transporté aux Pyrénées et de là en Espagne pour poursuivre ses recherches ;

« – qu'après avoir achevé ses opérations, voulant rentrer dans la République, il en a été empêché par le général de l'armée espagnole qui lui a désigné la Catalogne pour y faire sa résidence ;

« – que ses lettres écrites depuis prouvent qu'il a fait des démarches tant auprès de la Convention nationale que des ministres de la République et de la cour d'Espagne, pour rentrer en France ;

« – considérant que ladite citoyenne Méchain ne peut être regardée sur ce point de vue comme suspecte, indique qu'elle sera sur-le-champ remise en liberté. »

Thérèse, son petit paquet à la main, se retrouva devant la porte du local de la section. Elle s'éloigna aussitôt, remontant machinalement vers l'Observatoire. Tout était allé si vite ! Hier encore, elle était à Port-Libre… et maintenant, elle était libre, marchant lentement dans cette rue qu'elle connaissait si bien. Elle pensa aux enfants, puis à Méchain. Ainsi, il était retenu en Espagne. « Empêché de rentrer », cela signifiait quoi ? Était-il en prison, comme elle l'avait été, ou bien était-il retenu sur l'honneur, mais libre de ses mouvements ? Que lui reprochait-on là-bas ?

Après avoir récupéré les enfants, elle irait demander des précisions à l'Agence temporaire, puis elle irait voir ce Prieur, qui semblait faire la pluie et le beau temps. Et Delambre : elle aurait aimé lui apprendre la nouvelle de sa libération. Mais il n'était vraisemblablement plus à Paris ; trois jours plus tôt, il était venu la voir en prison, lui annonçant son départ imminent pour Bruyères. Puis elle oublia tout, se laissant aller au plaisir de marcher sur le boulevard, se repaissant de la vue des arbres du Luxembourg qui brillaient sous le soleil. Il faisait tellement beau ! un 24 mars, ce n'était pas si fréquent à Paris. Elle s'arrêta pour rajuster sa chaussure, posa son genou à terre. Un homme la dépassa, marchant d'un pas rapide mais gauche. Elle ne fit pas attention à lui. Dans cet imposant bonhomme, portant bonnet rouge, pantalon de peluche et gilet rayé sous une camargnole éculée, comment aurait-elle reconnu Condorcet ? Le philosophe quittait Paris sous l'uniforme des sans-culottes !

Au même instant, à quelques pas de là, une sinistre charrette quittait le palais-prison du Luxembourg, emportant dans ses rets, mains entravées, celui que l'Europe entière appelait l'« Orateur du genre humain », Anacharsis Cloots, l'ami de Condorcet.

Avant que le philosophe ait franchi la barrière du Maine, cet ex-baron prussien devenu sans-culotte était guillotiné pour avoir aimé Paris plus que toute autre ville, la France plus que toute autre nation, l'humanité plus que la France elle-même, et la Révolution plus que tout. Né un 24 mars dans le Val de Grâce en Prusse lointaine, il mourait un 24 mars sur une place sanglante de son pays d'adoption. Comment ne pas désespérer ?

Quelques jours plus tôt, Condorcet tentait de répondre à cette question : « Nos espérances sur l'état à venir de l'espèce humaine peuvent se réduire à trois points importants : la destruction de l'inégalité entre les nations, les progrès de l'égalité dans un même peuple, enfin le perfectionnement réel de l'homme. »

Mais pourquoi le philosophe, choyé par la douce Mme Vernet, avait-il quitté son refuge de la rue des Fossoyeurs ? Il y avait passé, somme toute, un assez bon hiver et le danger semblait s'être éloigné. Et puis, il y avait les délicieuses visites de Sophie et quelquefois d'Eliza !

Travaillant tout le jour dans sa chambre, donnant sur une cour parée de cinq splendides tilleuls, il voyait descendre doucement la nuit par le vasistas ouvrant grand sur le ciel, puis, après le dîner, il se rendait au salon où commençaient des soirées enjouées ou calmes, silencieuses ou enflammées. Parfois, Mme Vernet invitait des « extérieurs », Cabanis et Pinel. L'un parlait de la douleur des corps ; l'autre racontait l'inhumaine souffrance qui chaque jour martyrisait ses patients de Bicêtre, et son impuissance à l'apaiser. Mais le plus souvent il n'y avait que le petit cercle des pensionnaires, Marcoz, Mme Vernet et le citoyen Sarret qui était un ami de l'hôtesse. Sarret s'était proposé de mettre au propre le travail accompli par Condorcet durant la journée et il en faisait une lecture que le philosophe commentait pour ses compagnons.

Condorcet, assoiffé d'informations, attendait toujours impatiemment le retour de Marcoz, qui lui rapportait les nouvelles de la Convention, les bonnes et les moins bonnes. Par exemple, le soir du 4 février, il avait appris que l'Assemblée venait d'abolir l'esclavage. Il en fut fou de joie, heureux comme un enfant, oubliant d'un coup tous ses griefs : « Merveilleuse Convention, voilà qui rachète tout ! » Il était monté dans sa chambre et redescendu avec un vieux texte qu'il avait sorti du fond de ses malles. Il l'avait lu : « Je conviens qu'il y a de profonds politiques qui prétendent que les 22 millions de Blancs ou à peu près Blancs que nourrit la France ne peuvent être heureux à moins que 3 ou 400 000 Noirs n'expirent sous les coups de fouet, à deux mille lieues de nous. Ils ajoutent que ce moyen est le seul d'avoir du sucre, de l'indigo, etc., à bon marché. C'est ainsi que lorsque Louis le Hutin rendit la liberté aux serfs de ses domaines, on prétendit que, puisqu'ils seraient libres de travailler ou de ne rien faire, toutes les terres allaient rester en friche. Les mêmes politiques disent encore que l'esclavage des nègres n'est pas si fâcheux qu'on le prétend, que c'est une chose fort agréable pour un Africain que d'être arraché à son pays, entassé dans un vaisseau, où il se trouve si bien qu'on est obligé de ne lui laisser aucun mouvement libre, de peur qu'il ne se donne la mort, d'être ensuite exposé en vente comme une bête de somme, et condamné, lui et sa postérité, au travail, à l'humiliation et aux coups de nerf de bœuf. Mais enfin les Blancs n'ont aucun droit de faire ce bien aux Noirs et cela suffit ! »

Marcoz et Sarret n'en pouvaient plus de rire. Mme Vernet avait apporté les alcools, on s'était couché fort tard. Ce soir-là, rue des Fossoyeurs, la Liberté était d'ébène !

Ragaillardi par de telles nouvelles, Condorcet s'était mis à rédiger divers mémoires, sur l'instruction, sur la guerre, sur les sujets les plus larges, et Marcoz les avait transmis anonymement au Comité de salut public. C'était pour Condorcet une manière de contribuer aux succès de la République.

Puis quand il avait appris l'exécution de ses amis, les larmes aux yeux, il avait laissé échapper : « Hélas, tous les humains ont besoin de clémence. » Il s'en était allé dans sa chambre où, rageusement, il avait écrit la nuit durant, à rompre sa plume. « Toute société qui n'est pas éclairée par les philosophes est trompée par les charlatans. Tous suivent la même marche, tous veulent être les favoris du peuple, afin d'en devenir les tyrans… C'est une chose criminelle de croire que le salut public puisse commander une injustice… Le principe de n'agir qu'avec le peuple et par lui, en le dirigeant, est le seul qui dans un temps de révolution populaire puisse sauver les lois. » Pendant deux jours il n'était pas descendu au salon. On avait respecté sa solitude.

Après avoir été décrété d'accusation, au cours de l'été, il s'était lancé avec indignation dans un plaidoyer pour expliquer son action des derniers mois. Sophie, contrairement à son habitude, était intervenue : « Que pèsent ces quelques mois au regard des siècles à venir ? Que t'importe cette poignée d'accusateurs et les péripéties qui agitent cette assemblée ? Oublie-les ! Si tu dois écrire, que ce soit pour nous tous. » Elle hésita : « Que ce soit pour les générations à venir, pour le genre humain, comme dirait notre ami Cloots.

– Te souvient-il qu'il t'appelait la Vénus lycéenne ? » lui rappela Condorcet.

Sophie avait souri. Le soir même, Condorcet avait abandonné cet écrit de circonstance pour se jeter à corps perdu dans la rédaction de *l'Esquisse d'un tableau historique des progrès de l'esprit humain*. Il y avait travaillé chaque jour, paisiblement.

Un matin, Mme Vernet lui remit une lettre de sa femme : « Six mois d'absence, écrivait Sophie, vont te ranger dans les rangs des émigrés. Des décrets viennent d'être établis contre les femmes des absents, qui leur interdisent de conserver quelque propriété que ce soit. Je ne pourrai donc plus disposer ni de notre avoir, ni même de ce que ma mère m'a laissé.

« Pour que notre enfant ne perde pas le peu qu'elle a, il est nécessaire que je fasse des réclamations. Il est impossible de t'exprimer ce que me coûtera ce sacrifice. Cette séparation apparente, tandis que mon attachement pour toi et les liens qui nous unissent sont indissolubles, est pour moi le comble du malheur. J'ose croire que tu n'as pas besoin de ma parole pour être certain que le reste de ma vie expliquera le sens de cette action, et que, de nouveau rapprochés, rien ne changera dans notre existence réciproque. Je porterai encore un nom toujours plus cher et plus honorable à mes yeux. » Mais qu'était donc cette démarche dont la main de Julie ne pouvait écrire le nom, dont son cœur ne pouvait partager le sens ? Soudain, Condorcet comprit : une demande en divorce ! C'était impossible ! Ce fut la déchirure ! Sophie s'éloignait, au moment où il avait le plus besoin d'elle, au moment où tant de choses d'importance s'étaient écroulées ! Bien sûr, elle le faisait pour préserver les intérêts de la petite Eliza. Bientôt elle s'appellerait Sophie Grouchy, comme lorsqu'elle était jeune fille, comme avant de le connaître. Toujours cette histoire de nom, railla-t-il, et, cyniquement, il se dit que la rue Le-Cul-de-Sac-Taitbout se nommait à présent l'impasse Brutus, et que pour autant rien n'avait changé. Eliza, au moins, garderait-elle le nom de Condorcet ?

Quelles étaient les raisons de Sophie ? Le philosophe ayant été déclaré proscrit, tous ses biens avaient été sur-le-champ confisqués, les scellés mis sur ses affaires, ses avoirs gelés. Sophie avait dû se mettre au travail. Elle savait peindre ; elle ouvrit un atelier à l'entresol d'une boutique de lingerie de la rue Saint-Honoré, à quelques pas de la boulangerie où logeait Robespierre. Elle y passait ses journées, de l'aube à la nuit, et repartait, le soir venu, dans une longue marche vers cet Auteuil lointain. Femme de condamnée, la capitale lui était interdite durant la nuit. Et le matin, pour franchir dans l'autre sens la barrière où les gardes pullulaient, elle se mêlait à la foule qui se pressait pour aller voir la guillotine. Comment continuer ainsi ?

Une loi venait juste d'être votée qui permettait au conjoint d'un condamné de récupérer ses propres biens s'il divorçait. Voilà la porte de sortie !

Mme Vernet avait beau dire que ce n'était qu'une formalité, que Sophie y avait été contrainte, que c'était l'unique chose à faire pour préserver les intérêts d'Élisa, que l'époque seule était responsable, que ce gouvernement n'était pas éternel et que, lui tombé, le divorce serait annulé, que tout redeviendrait comme avant. Mme Vernet avait beau dire… Être philosophe, comprendre le monde, soit. Condorcet avait beau s'y essayer, cette fois il n'y parvenait pas. En fait, il comprenait l'attitude de Sophie, mais il ne l'acceptait pas.

Quelquefois, après que la nuit fut tombée, l'ombre d'une paysanne se glissait dans la rue des Fossoyeurs, un panier empli de provisions à la main. Sophie, encourant le froid, la nuit et tous les dangers, venait embrasser son vieux philosophe ou bien elle lui faisait parvenir un billet : « J'ai acheté des lentilles et des fèves pour toi ; cela suffira pour vivre un mois. Je te fais un bon gilet, évite l'humidité et conserve-toi pour cette enfant qui parle de toi sans cesse. » Elle n'était pas venue depuis une semaine. Et hier, cette lettre d'elle ! « Je te conjure de calmer ta tête. Tu es en sécurité chez Mme Vernet, je me jette à tes pieds pour que tu ne quittes pas cet abri. » Elle seule avait pressenti ce qui allait arriver. Ni Pinel, ni Cabanis, ni même la bonne Mme Vernet ne s'étaient doutés de rien. Le jour même, le philosophe mit la dernière main à *l'Esquisse*. Enfin, l'œuvre était terminée, c'était à ses yeux la plus importante qu'il eût écrite ; son testament pour les générations à venir, comme le voulait Sophie. Il était libre à présent de faire ce qu'il voulait. C'est alors qu'il avait pris sa décision.

La lettre de Sophie était encore sur le bureau ; le manuscrit de *l'Esquisse* également. Il les rangea. Les ardoises scintillèrent, la chambre s'illumina sous le soleil levant. Il se leva, ôta son habit de nuit, le suspendit à un cintre. D'une valise rangée sous le lit, il retira des vêtements, pantalon de peluche et gilet rayé. Pardessus, il passa une camargnole éculée et finit en ajustant un gros bonnet de coton rouge. Si ample qu'il fût, il lui était encore trop petit. Sans sourire, il se regarda dans le miroir. Une belle montre d'argent à aiguilles d'or, marquant heures, minutes, secondes, quantièmes et semaines, pendait le long du miroir ; il la détacha, la glissa dans la fente de son gilet. D'un tiroir, en vrac, il retira un porte-crayon, une paire de ciseaux, un rasoir à manche d'ivoire, un couteau à manche de corne ; il fourra le tout dans sa poche.

Un dernier regard : la chambre était en ordre, les papiers classés, le lit fait. Bien en évidence sur la table de nuit, un portrait d'Eliza. Accrochée au loquet, sa vieille canne de bois d'épine ; il la détacha, serra le pommeau d'acier dont sa peau connaissait la moindre striure. S'approchant d'une étagère, il choisit un recueil qu'il glissa dans son habit. Avant de sortir, il se ravisa, revint sur ses pas, tira de sa poche la blague à tabac que Marcoz lui avait offerte et la déposa sur le lit. Il referma doucement la porte derrière lui.

« Déjà levé, si tôt matin ? Que vous arrive-t-il ? » Condorcet travaillant habituellement dans son lit jusqu'à midi, Mme Vernet, surprise, se retourna.

« Mon Dieu, que faites-vous, accoutré de la sorte ? » Elle le regarda sans y croire, ajoutant sur le ton du reproche : « Et avec un habit qui vous est trop petit !

– Mon collègue Cassini, qui ne m'aimait guère, ne cessait de répéter que j'avais troqué mon habit d'académicien contre celui de chef des sans-culottes. J'ai décidé de ne pas le faire mentir. » Condorcet regarda par la fenêtre. Derrière les vitres, les grands tilleuls de la cour resplendissaient dans la belle lumière du matin. « D'après le nouveau calendrier, nous sommes en Germinal, n'est-ce pas ? C'est le début du printemps. » Il resta un long moment silencieux. Mme Vernet s'était remise à la préparation du petit déjeuner. Elle était tendue. De le sentir debout derrière elle, gauche, déguisé comme un mauvais acteur de comédie, lui brisait le cœur. Elle redoutait ce qu'il allait lui apprendre.

Condorcet lui parla doucement : « J'ai terminé ce que j'avais à faire. Il y a si longtemps que je ne me suis pas promené dans la campagne. Sentir la terre sous les pieds ! C'est le moment où la nature renaît... » Il pensait également : « Je ne peux plus supporter d'être enfermé dans une chambre, à sursauter au moindre bruit, recroquevillé comme une bête au fond de son terrier. » Il dit seulement : « Je vais partir.

– Vous n'êtes pas bien ici ? » lui demanda-t-elle, avec naïveté. Chantage d'enfant.

« Demeurer ici plus longtemps, c'est vous perdre, sans me sauver. Vous ne comprenez donc pas ? La Convention m'a mis hors la loi !

– Elle vous a mis hors la loi. Mais elle n'a pas le pouvoir de vous mettre hors de l'humanité. Restez, je vous le demande ! »

Condorcet s'assit, apparemment vaincu par la détermination de son hôtesse. Il ôta son bonnet et but lentement le bol qu'elle lui tendait. Puis il fouilla dans sa poche avec ce geste qu'elle l'avait si souvent vu faire et, feignant la surprise : « Mon tabac ! j'ai dû l'oublier dans la chambre. » Il fit mine de se lever pour aller le chercher. « Buvez, je vais vous le chercher » ; elle se dirigea vers la porte, hésita, regarda Condorcet avec confiance ; il lui rendit son sourire.

Le pas de Mme Vernet résonna dans les escaliers. Quand elle revint, la blague à tabac dans les mains, Condorcet n'était plus là.

À l'annonce de la nouvelle, Marcoz blêmit, sachant le sort réservé aux proscrits capturés. Mais si Condorcet avait été arrêté, cela se serait immédiatement su à l'Assemblée. Il était donc encore libre. Quant à Sophie, elle décida ne pas quitter Auteuil ; c'est là qu'officiellement on viendrait l'avertir d'une éventuelle arrestation. Il fallait attendre.

Après le repas, Marcoz, Mme Vernet et Sarret se retrouvèrent dans la chambre. Mus par l'habitude, sans se donner le mot, ils avaient l'un après l'autre grimpé l'escalier, poussé doucement la porte. Ils n'étaient plus que trois. Alors seulement, ils ressentirent vraiment son absence.

Parvenu le premier dans la chambre, Sarret avait découvert la pochette adressée à Mme Vernet, à laquelle était joint un manuscrit : « À MON ENFANT, ELIZA CONDORCET. Conseils à ma fille lorsqu'elle aura 15 ans. »

Mme Vernet enfila ses lunettes, mais déjà tout s'était troublé. Sarret lui prit le testament des mains. « Si ma fille est destinée à tout perdre, je prie sa seconde mère d'écouter ces derniers désirs d'un père innocent et malheureux. Je recommande de lui parler souvent de nous, d'entretenir le souvenir qu'elle en conserve, de lui faire lire, quand il sera temps, nos instructions dans les originaux mêmes. »

Quand elle avait entendu ces mots « sa seconde mère », Mme Vernet s'était effondrée. Sarret l'avait pressée contre lui, elle s'était abandonnée dans ses bras, il l'avait embrassée. À travers ses larmes, elle regarda Marcoz comme pour s'excuser et lui annonça : « M. Sarret et moi-même sommes mariés depuis plusieurs mois ; je ne sais pas pourquoi nous avions décidé de le tenir caché. » Elle essaya de sourire. Marcoz se leva, l'embrassa et serra affectueusement la main de Sarret.

Ils passèrent la nuit à ranger les manuscrits. Mme Vernet s'était assoupie. Relevant la tête, elle s'étonna du silence. Marcoz et Sarret s'étaient endormis, l'un sur le fauteuil, l'autre sur le lit. Elle ôta ses lunettes, regarda en direction du vasistas. Le jour se levait.

Au même instant, à quelques lieues de Paris, dans une niche taillée à même la roche d'une carrière, Condorcet dormait, le bonnet descendu sur les yeux, la tête posée sur le livre. Comme chez les grands insomniaques ou les fugitifs inquiets, le sommeil n'était venu que fort tard, vers la fin de la nuit, quand la torpeur anesthésiait toutes les angoisses. Nuit glaciale de mars !

Condorcet se réveilla brutalement au bruit des voix provenant de la route proche. Déjà le jour, enfin le jour… C'était des ouvriers qui prenaient leur travail. Tentant de ne pas être aperçu, Condorcet se pressa de quitter le lieu. Dans sa précipitation, il heurta une pierre et tomba. Une vilaine douleur lui traversa la jambe et son pantalon se teinta de rouge. Il se fit un pansement rapide, ramassa ses affaires éparpillées dans la pente. La montre heureusement n'avait pas souffert. Il quitta la carrière sans avoir été aperçu et gagna la route tant bien que mal. Boitant bas, appuyé sur la canne, il avança. Le soleil avait réchauffé l'air, la nature était prête à repartir et, dans le ciel, dessinant des figures toutes simples, il y avait même des oiseaux. Le bonheur ! Tout aurait été parfait, même la jambe, n'était cette affreuse faim qui le taraudait.

Ce village là-bas, c'était Clamart-le-Vignoble.

Condorcet commanda une omelette dans une petite auberge. « Avec combien d'œufs ? » lui demanda l'aubergiste. « Avec douze œufs », lui répondit le philosophe. « Douze ! Tu as de quoi payer ? » Il montra ses sous. L'exclamation de l'aubergiste avait fait se retourner Nicolas Fleury qui, à la table voisine, buvait avec un autre consommateur.

L'assiette fut bientôt vide ; Condorcet rassasié regarda avec envie le tabac posé sur la table de Nicolas. Il sortit son livre et se mit à lire. Nicolas l'interpella : « Je ne t'ai jamais vu ! T'es pas d'ici ? » Condorcet tarda à répondre. Nicolas était déjà debout près de sa table. Le philosophe n'avait sur lui ni certificat de résidence, ni certificat de civisme, ni carte de section ; il ne portait même pas la cocarde tricolore. « Ton passeport ? lui demanda Nicolas.

– Je ne l'ai pas. Je… l'ai perdu en tombant, dit-il en montrant sa jambe blessée.

– Ton nom !

– Pierre Simon, né à Ribemont près de Saint-Quentin. Je suis valet de chambre sans emploi.

– Tu fais quoi par chez nous ?

– Je parcours la campagne pour trouver de l'ouvrage au salpêtre… ou à autre chose,

– Au salpêtre ! Montre voir tes mains ! »

Condorcet tendit ses mains. Des mains blanches et fines, plus habituées à tenir la plume qu'à manier la pioche. On ne la lui fait pas, à Nicolas Fleury ! Il sait les reconnaître les ci-devant. Celui-ci n'a pas l'air bien féroce… le laisser aller… si c'était un espion. Blessé comme il est ?

« Tu vas me suivre… citoyen ? » L'interrogative n'était pas fait de hasard. Condorcet regarda Nicolas pour lui signifier que son piège avait fait long feu et répondit d'un ton ferme : « Simon, Pierre Simon. »

Il se leva avec difficulté. Tout le temps qu'il était resté assis, sa jambe s'était ankylosée. L'effort fait pour se relever réveilla l'élancement. L'homme qui consommait avec Nicolas, et qui jusqu'à présent était resté à l'écart, demanda à celui-ci où il allait. Nicolas annonça qu'il amenait le suspect à Bourg-l'Égalité. Condorcet ne put s'empêcher de sourire : les noms, toujours les noms ! Il répéta pour lui le nouveau nom de Bourg-la-Reine, et pensa qu'il mourrait peut-être sous un autre nom que le sien : Simon était le nom de son ancien valet de chambre. Il se souvint qu'il y avait, sur sa belle montre d'argent à aiguilles d'or marquant heures, minutes, secondes et quantième, ses initiales incrustées ; une énigme pour qui le trouverait ! On interpréta son sourire comme une grimace de douleur.

« Laisse-le donc, Nicolas, proposa l'homme. Tu vois bien que le pauvre bougre est blessé. Il n'a pas l'air bien dangereux.

– S'il n'est pas dangereux, ils le relâcheront demain. Il n'y a pas tant de mal à cela », affirma Nicolas en offrant son bras à Condorcet.

L'un claudiquant, l'autre marchant de son plus beau pas, ils sortirent de l'auberge. Sur la table, un morceau de pain, une larme de vin au fond d'un verre et quelques traces d'omelette émaillant l'assiette, que l'aubergiste desservit. Sur le banc, le recueil ouvert. *Poésie*, de Lucrèce ; le feuilletant, l'homme s'aperçut qu'il n'était pas écrit en français ; certains mots ressemblaient à ceux des prières de son enfance. Du latin ! De la poésie ! L'homme resta pensif. Le bruit des roues d'une charrette le tira de ses pensées.

Une charrette emplie de cageots et de hottes de vigneron passa devant l'auberge. Condorcet était assis à l'arrière, la jambe posée sur un cageot.

L'homme sortit précipitamment et courut après la charrette. Il la rattrapa. « Citoyen Simon, ton livre ! » Condorcet, surpris, prit le livre et, dans sa main à la bague assassine, serra ces pages où il y a deux millénaires déjà le poète écrivait que l'homme malgré tout devait « tenter de vivre ». La charrette n'avait pas cessé d'avancer. L'homme était resté au milieu de la route, distancé. Il se ravisa, fit quelques pas en se hâtant, rattrapa la charrette à nouveau et, sans dire un mot, tendit sa blague à tabac.

13.

Voilà un homme, un savant, ci-devant académicien, que l'on avait cru émigré et qui, retenu contre son gré à l'étranger, demandait de rentrer au pays, en terre républicaine ! Imaginez la fierté du Comité de salut public quand il eut vent des efforts de Méchain pour regagner la France ! Eux pensaient : la France. Lui pensait : la méridienne.

À sa sortie de prison, Thérèse avait entrepris de multiples démarches. Elle était allée voir les gens de l'Agence temporaire, il n'y avait pas grand monde, l'agence était en sommeil. Mais Thérèse avait eu une entrevue avec Prieur. Et Prieur de la Côte-d'Or, qui s'était montré si actif dans la destitution de Delambre, se révéla tout aussi actif pour faire libérer Méchain !

Soixante mille livres – une somme en ces temps de disette ! – furent débloquées en faveur de l'astronome. L'armée des Pyrénées-Orientales fut chargée de les lui faire parvenir. Dugommier, qui en était le général en chef, pensa échanger Méchain et Tranchot contre les nombreux prisonniers espagnols en sa possession. Ce ne fut pas nécessaire, puisque les troupes espagnoles, vaincues, n'étaient plus en mesure d'imposer leurs conditions. Elles refluaient de l'autre côté des Pyrénées, ne conservant qu'une seule place en territoire français : Bellegarde, qui résistait à tous les assauts des forces républicaines.

Arago, devenu président du directoire du département, ayant sommé les Espagnols de rendre l'astronome et son adjoint, les attendait d'un jour à l'autre. En vain. Méchain et Tranchot n'étaient plus en Espagne : ils voguaient vers l'Italie ! On ne sait pour quelles raisons, les autorités espagnoles, au lieu de renvoyer les deux hommes en France, avaient décidé de les embarquer sur un navire en partance pour Livourne, qui était aux mains des Anglais.

C'est ainsi que Méchain et Tranchot se retrouvèrent au beau milieu de la Méditerranée. Continuellement inquiété par les corsaires, le navire, superbement voilé, était parvenu jusqu'alors à leur échapper. Mais ce bâtiment qui leur donnait la chasse depuis plusieurs jours, n'était-ce pas… ? Méchain crut reconnaître le corsaire qui, au pied du fort de Montjouy, deux ans plus tôt, avait coulé le galion chargé d'or des Amériques. Chaque fois qu'à l'horizon apparaissaient les voiles sombres, Méchain se précipitait dans la cale où, à l'abri des regards indiscrets, il inspectait longuement ses caisses, s'assurant que tout était en place. Puis, retirant d'une malle la pochette contenant ses manuscrits, il la plaquait contre son torse à l'aide d'une longue bande de tissu. Après avoir refermé sa chemise et ajusté ses habits, il remontait sur le pont, s'installait à l'arrière, pointant sa jumelle sur le corsaire dont il suivait avec obstination la course, jusqu'à ce que la nuit dérobe à ses yeux voiles brunes et bois d'acajou fondus dans le crépuscule.

Ensuite, tout allait très vite. Le capitaine s'emparait de la barre, changeant brusquement de cap, et, par une suite de manœuvres aléatoires, conduisait le navire en des lieux impossibles à prévoir. Malheur à qui aurait hurlé un ordre ou allumé une chandelle : le bâtiment silencieux et aveugle avançait dans la nuit, libéré de la poursuite barbaresque. Épuisé, Méchain s'endormait sur le pont. C'est là qu'à l'aube Tranchot le retrouvait. Il le recouvrait d'une pelisse, attendant qu'il se réveille pour lui annoncer, toujours avec les mêmes mots, que cette fois encore, ils ne termineraient pas lui eunuque du sultan et Méchain astrologue patenté du calife.

Méchain et Tranchot s'installèrent à Livourne, puis à Gênes. Après s'être essayés au catalan, ils se mirent au toscan. On ne sut plus rien d'eux durant des mois. Ni Thérèse à Paris ni Delambre à Bruyères-le-Châtel, où il s'était installé après avoir quitté la capitale, n'eurent de nouvelles.

Le protecteur de Delambre, le bon M. d'Assy, avait, en son temps, doté une maison d'un petit observatoire. Le logis était simple, confortable et, au regard des infâmes auberges hantées depuis deux ans, Delambre le regardait comme un véritable palais. La marche de la maison était du ressort exclusif d'une vieille servante, Julie, bavarde et active, d'autant plus active qu'elle était bavarde, d'autant plus bavarde qu'elle était active. Parfois, l'astronome se voyait contraint de lui imposer une oisiveté absolue dans le seul but de la faire taire. Ces jours-là, abandonnant sa plume, ses lunettes et son écritoire, il se mettait aux tâches ménagères, sous le regard chargé de blâme d'une Julie bouillant d'impatience, mais enfin muette.

Arpajon à une lieue, Paris à dix. Cependant, le village, auquel on accédait par la petite route de Vaugrigneuse, paraissait loin de tout. Situé en dehors des grands axes de circulation et des lignes de force marquant la région, il avait été épargné par le tourbillon aspirant tout vers la capitale, ce qui ne l'avait pas empêché de toiletter son nom, troquant le « châtel » pour la « liberté » : il s'appelait désormais Bruyères-Libre. Qu'importe la dénomination, on s'y sentait oublié, et c'était exactement ce à quoi Delambre aspirait.

Au bout de quelque temps passé entre les étoiles, les mathématiques et Julie, Delambre eut envie de bouger. Le hasard avait placé Bruyères entre Blois, où Coulomb et Borda s'étaient retirés, et Melun, où Laplace demeurait depuis sa destitution. Melun étant plus proche, il choisit d'aller rendre visite à ce dernier.

Parvenue aux environs de Melun, la voiture dut ralentir. Des gens affluaient des villages alentour. Delambre s'informa. « On affame le peuple ! lança un homme assis à ses côtés. Le blé manque, la farine est ignoble et le pain même plus comestible ! » Il apprit aux voyageurs que la foule en avait contre les accapareurs et qu'elle suspectait aussi les boulangers, qu'à présent elle se rendait à l'Hôtel de Ville où les femmes allaient rendre leur verdict.

L'homme qui venait de parler portait une épaisse barbe noire et son front était émaillé de petite vérole. « Le pain, c'est l'or du pauvre ! » bougonna-t-il. Sortant un papier de son portefeuille, il le tendit à Delambre : « Je suis de la société populaire », claironna-t-il.

Unité, Indivisibilité de la République
Liberté, Égalité, Fraternité ou la mort.
Société des Jacobins sans-culottes

« Les présidents et secrétaires de la Société des jacobins sans-culottes séante à Melun, certifient à leurs frères et amis de toutes les sociétés populaires de la République, que le citoyen Jacques Clareau, âgé de trente-six ans, etc. » Suivait une description se terminant par : « barbe noire, front bas marqué de petite vérole ». Dans un réflexe un peu stupide, Delambre leva les yeux pour s'assurer que la description était conforme. « Avant la révolution, y était-il écrit, le citoyen Clareau était tisserand, il l'est encore. » Delambre rendit le document, c'est le premier de cette sorte qu'il avait le loisir d'examiner.

Alors que la voiture s'engageait dans une rue large, l'homme pointa le doigt vers une maison : « La rue Neuve : c'est ici qu'on a arrêté Bailly. » Un voyageur le regarda surpris. « Eh bien oui, Bailly, l'astronome, celui qui a fait tirer sur le peuple au Champ-de-Mars. »

Sans omettre le moindre détail, Clareau raconta comment Bailly, reconnu par des fédérés de passage, avait été amené à la maison commune, puis à l'ancien monastère des Visitandines et enfin envoyé dans la capitale où il avait été exécuté.

Le citoyen Clareau raconta par le menu la terrible histoire : juste avant d'être exécuté le bourreau avait lancé : « Tu trembles, Bailly ? » « Oui, mon ami, c'est de froid », avait répondu le condamné. Delambre se souvint que c'est après avoir quitté Nantes, où durant de longs mois il s'était réfugié sans être inquiété, que Bailly s'était fait prendre. Pourquoi, alors qu'il était à l'abri, avait-il, comme Condorcet, quitté son refuge ?

Le bruit avait couru que c'était pour se rendre chez Laplace, à Melun, que Bailly avait quitté sa retraite. Questionné, Laplace n'avait pas confirmé la rumeur. Bailly était un des plus grands astronomes du temps. Dès que la Révolution avait éclaté, il avait tout abandonné pour se lancer dans l'action. Un jour quelqu'un lui avait demandé : « Les étoiles, les planètes, les comètes, qu'en fais-tu à présent ? » Bailly avait regardé son interlocuteur et répondu d'un air absent : « Un tonnerre est passé sur ma tête, il a entraîné toutes mes idées sur la science. À dire vrai, à peine puis-je me souvenir d'avoir jamais été astronome. » Chaque fois que Delambre repensait à cette phrase, il ressentait un profond malaise et une sorte d'affection pour ce collègue qu'il n'avait jamais compté parmi ses amis. Delambre s'avoua n'avoir jamais ressenti pour la Révolution cette passion qui avait embrasé Bailly, la même qui avait poussé Condorcet dans la bataille. Ni éclairs ni tonnerre, de la bienveillance, de l'intérêt, mais de la passion, point.

Arrivant aux alentours de l'Hôtel de Ville, la voiture dut s'arrêter. Delambre descendit, le citoyen Claireau l'accompagna sur la place. Les femmes déléguées par la foule pour assister à la fabrication du pain venaient d'arriver des diverses boulangeries où elles avaient passé la nuit. Juchée sur un cageot, une bonne mère de famille, énergique et calme, portant coiffe écrue, rendait compte de la mission. Accompagnées par les officiers municipaux, elles s'étaient rendues d'une échoppe à l'autre, assistant au travail des boulangers et des mitrons. Une partie du blé, sans doute préalablement lavée et mal séchée, rude à la main, mollissant sous la dent, était d'une assez mauvaise qualité, mais comestible tout de même. Une autre, où abondaient des grains noirâtres, salis par la carie et touchés de cloques, devait être jetée. Mais la plus grande partie était saine, la farine médiocre, mais passable, le levain suffisamment aigre et le temps de cuisson respecté.

D'une musette, la femme sortit deux miches qu'elle brandit en direction de la foule ; on lui tendit un couteau. La miche fut débitée en tranches aussitôt dispersées dans la foule : on goûta, un murmure traversa la place. Le pain était bon ! Devant leur fournil quelques boulangers respirèrent.

Delambre s'était mis en retard ; lorsqu'il arriva chez Laplace, celui-ci était sorti. Une lettre attendait : « Je suis chez l'apothicaire. Afin de patienter, souffrez de jeter un coup d'œil sur ce manuscrit. » Posé sur un guéridon, où trônait un bouquet de roses, le manuscrit portait ce titre : *Système du monde*. Son ami l'avait naguère entretenu de ce projet, le plus vaste jamais réalisé pour présenter tous les phénomènes célestes connus, sous le point de vue de la gravitation générale de M. Newton.

« Si pendant une belle nuit, y était-il écrit, on suit avec attention le spectacle du ciel, on le voit changer à chaque instant. Les étoiles s'élèvent ou s'abaissent ; quelques-unes commencent à se montrer vers l'Orient, d'autres disparaissent vers l'Occident. Plusieurs, telles que l'étoile Polaire, et les étoiles du Grand Chariot n'atteignent jamais l'horizon sous nos climats.

« Déjà plusieurs questions se présentent. Que deviennent, pendant le jour, les astres que nous voyons durant la nuit ? D'où viennent ceux qui commencent à paraître ?

« La courbure du globe terrestre est sensible à la surface des mers. Le navigateur, en approchant des côtes, aperçoit d'abord leurs points les plus élevés, et découvre ensuite les parties inférieures que lui dérobait la convexité de la terre. C'est encore à raison de cette courbure, que le soleil, à son lever, dore le sommet des montagnes avant que d'éclairer les plaines. »

Feuilletant le manuscrit, Delambre fut surpris de n'y trouver aucune formule mathématique. Des pages et des pages sans figures ni calculs. Quels efforts cela avait dû coûter pour chasser toute trace de mathématiques ! Étonnant de la part de Laplace, dont toute l'œuvre, jusqu'alors, avait consisté à réduire l'ensemble de la mécanique et de l'astronomie à de la pure algèbre ! Utiliser l'analyse mathématique pour un traitement rigoureux du système du monde, cela avait immédiatement séduit Delambre.

Il se souvint : en avril 1787, il était auditeur assidu du Collège de France. Ce jour-là, lorsqu'il était arrivé, la séance venait de commencer, Simon Laplace était en train d'exposer sa toute nouvelle théorie sur les grandes inégalités de Saturne et de Jupiter. Là, au tableau, il avait déterminé les équations séculaires et calculé avec la plus grande précision la période : 877 ans. La pureté des équations, la rigueur des résultats furent une révélation. Tout semblait plus sûr, plus uniforme, plus facile. Ainsi, à l'aide des seules mathématiques, on pouvait expliquer ce qui jusqu'alors avait dérouté les esprits les plus fins. Assis dans cet amphithéâtre, Delambre, ébloui, avait décidé de devenir astronome. Dès la fin de l'exposé, il s'était précipité dans sa chambre. Une feuille vierge, les tables d'observation les plus récentes et il s'était mis au travail, répondant au défi qu'il venait de se lancer : recalculer toutes les observations connues des deux planètes. Tâche considérable, qui fut sa première œuvre, celle qui l'avait consacré astronome.

Après, il avait été pris d'une sorte de fringale de travail : il s'était mis à vérifier les tables du soleil, puis à observer sa première éclipse. Ensuite, ce furent les tables d'Uranus, du Soleil, de Saturne, de Jupiter et de ses satellites. Il était devenu celui qui savait le mieux déduire les calculs astronomiques de formules analytiques quelle que soit leur complexité.

Il entendit des voix dans le jardin. Laplace revenait avec sa jeune épouse et ses deux enfants ; le plus âgé gambadait devant ses parents, le second, n'ayant guère plus d'une couple d'années, prenait plaisir à ralentir la marche de la famille. Il y avait également l'apothicaire qui avait tenu à les accompagner.

« Une cuillerée à soupe toutes les cinq heures, annonça ce dernier au moment de repartir.

– Mais on ne va tout de même pas le réveiller en pleine nuit pour lui donner cette potion qui doit théoriquement le faire dormir !

– Si vous connaissez d'autres moyens de circonvenir la toux… Une dernière question : J'ai bien réfléchi à tout ce que vous m'avez expliqué. Si on vous demande comment vous êtes parvenu à rendre compte du système du monde sans faire appel à la Providence, que répondrez vous ? »

Il y eut un silence et Delambre, qui avait suivi la conversation malgré lui, entendit la voix de Laplace déclarer : « Je répondrai que cette hypothèse ne m'a pas été nécessaire ! » puis partant d'un grand rire, il poursuivit : « Comme disait Newton, tout ce qui n'est pas nécessaire, est superflu !

– Mais Newton affirmait aussi : de même que l'aveugle n'a aucune idée des couleurs, de même nous n'avons aucune idée des façons dont Dieu très sage sent et comprend tout…

– Admettons qu'aujourd'hui nous sommes moins aveugles qu'alors. »

Delambre faillit faire tomber le guéridon sur lequel se trouvaient les roses. L'eau s'était renversée et pendant qu'il essuyait le napperon, Delambre entendit l'apothicaire demander : « Vous ne seriez pas athée, citoyen Laplace ?

– Je n'en ai guère le temps.

– Robespierre lui-même croit à un Être Suprême, faillit s'étrangler l'apothicaire.

– Mais Robespierre n'est pas mathématicien. »

L'apothicaire parti, Delambre se retrouva seul avec ses amis. Il y avait longtemps qu'il n'avait passé pareille soirée. Les deux enfants avaient été parfaits, rien à voir avec ceux qui l'avaient fait fuir de l'auberge de Châtillon. Le repas s'avéra succulent et le pain, un merveilleux pain blanc, n'avait pas manqué.

Les deux hommes ne s'étaient pas vus depuis des mois, ils avaient mille choses à se raconter, des potins, des nouvelles de Borda et de Coulomb. Ils se moquèrent un peu de Lalande qui avait présidé la Fête de la Raison ; ils parlèrent de toutes les nouvelles institutions que la Convention créait en ce moment. « Bientôt ils manqueront de professeurs, vous verrez, Delambre, ils seront obligés de faire appel à nous. »

Puis ils se remirent à parler du *Système du Monde*. Comment faire autrement ? L'un passait ses journées à y travailler, l'autre savait que l'ouvrage contenait des réponses aux questions essentielles qu'il se posait.

« Nous devons considérer que l'état présent de l'univers est l'effet de son passé et la cause de son futur, énonça calmement Laplace.

– Vous soutenez que tout est prédéterminé ?

– Non pas prédéterminé, déterminé. Avec les équations différentielles, nous disposons d'une arme d'une puissance inégalée. Pour la première fois dans l'Histoire de la connaissance, nous sommes capables de connaître les états présents et futurs du système du monde. »

C'était une révolution ! Les deux hommes restèrent silencieux. Laplace se leva et prit la bouteille de potion : cela faisait cinq heures que le petit avait pris sa dernière cuillerée. Delambre, resté seul, remarqua que l'eau avait séché sur le petit napperon. Laplace revint, l'air content. « Il a tout bu sans se réveiller.

– Étrange tout de même, cette discussion que nous avons ! laissa échapper Delambre. Nous parlons de réduire les "inégalités des planètes" ; de prouver la stabilité du monde, de connaître le futur de l'univers, et nous sommes là tous les deux, destitués, incapables de savoir de quoi demain sera fait. Qui, il y a cinq ans, aurait prévu ce qui est arrivé ? Il y avait un roi, nous sommes en République. On adulait La Fayette, Mirabeau et Bailly, La Fayette est passé aux Autrichiens, Mirabeau s'est vendu au roi et Bailly a été guillotiné par le peuple de Paris. Après, il y a eu Marat et Danton, Marat a été assassiné et Danton condamné à mort. Maintenant il y a Robespierre. Qui peut dire combien de temps il restera et ce qui adviendra ne serait-ce que d'ici à l'été ?

– Et dans six ans, la fin du siècle ! » conclut Laplace.

Le lendemain, ils partirent reconnaître l'emplacement de la « base ». Entre Melun et Lieusaint, ils découvrirent l'endroit idéal : environ six mille toises en ligne droite, à travers la forêt, sur un terrain peu tourmenté. Quelques bosses à raboter, quelques arbres à abattre et l'on pourra se mettre au travail ! Quand ? Il se mit à pleuvoir.

Avec le mauvais temps, la maison de Bruyères finissait par devenir triste. Dans la cuisine, à un pas de la cheminée, enfoncé dans un fauteuil, Delambre était en train de lire. Julie, à califourchon sur un tabouret, tricotait à ses côtés. À la fin de chaque rang, une secousse sèche sur le fil de laine, et dans son panier la pelote tressautait. Au-dehors, on entendait la pluie.

Depuis plusieurs semaines, Delambre se passionnait pour une série d'articles de Parmentier, parue dans *la Feuille du Cultivateur.* Dans son infini éclectisme le « père de la pomme-de-terre » traitait cette fois « des canards et de leur éducation ». Julie demanda à Delambre ce qu'il lisait. Il referma le journal, le posa sur la table et se mit à réciter :

« Parmi la grande variété de canards répartis dans le globe, il n'en existe guère que deux dans nos basses-cours : le canard barboteux ou privé, le canard de Barbarie ou musqué. Le premier est appelé barboteux, parce que en effet il paraît avoir de grandes dispositions à se vautrer dans les lieux bourbeux où il trempe son bec pour trouver de la nourriture. Il ne se mêle qu'à ceux de son espèce. Ceux de Barbarie, en revanche, s'accommodent très bien de canes ordinaires, dont il résulte des canards métis, mulets ou bâtards. Un seul canard suffit à dix canes. Il en faut moins à un canard d'Inde, et les petits sont d'une éducation plus difficile, sans cependant être moins voraces. M. Dambourney, savant estimable, croit avoir remarqué que jusqu'à ce qu'ils soient à peu près croisés, les canetons d'une couvée ne se mélangent pas, pas plus sur l'eau que sur terre ; chacun s'isole, va dans son coin, mais sans se battre ni se haïr…

– Quelle mémoire, s'exclama Julie, à votre âge !

– Comment, à mon âge ! Sais-tu, Julie, pourquoi j'ai une si bonne mémoire ?... » Delambre se tut, il n'aimait guère parler de lui.

« Ah, non ! protesta Julie. Vous avez commencé, vous continuez !

– Quand j'étais jeune, j'ai failli devenir aveugle, lâcha Delambre. On m'avait affirmé qu'à vingt ans, je ne verrais plus. Alors tout ce que je lisais, tout ce que je voyais, j'essayais de m'en souvenir. Je voulais tout imprimer dans ma mémoire, j'apprenais tout par cœur, c'était presque effrayant. Je voulais tout connaître, tout emmagasiner, faire des provisions ! »

À raconter cet épisode de son enfance, Delambre tremblait encore !

« C'est pour ça que vous êtes devenu astronome, pour voir le ciel ! nota Julie qui était devenue grave, comme seule savent l'être les paysannes lorsque l'essentiel est abordé.

– Mon Dieu, non ! À l'époque je ne pouvais même plus supporter l'éclat du jour ! » La remarque de Julie avait fait mouche cependant : jamais Delambre n'avait fait le lien entre les deux faits, sa cécité à venir et sa passion pour l'astronomie.

« Le col, ça s'use ! Les manches, ça s'effiloche ! Les coudes, ça se troue ! trompetta Julie en s'emparant de la manche de Delambre dont elle vérifia l'état à la hauteur du coude. Faudra renforcer ici, puis là et là. » Brusquement, comme si une vieille rancœur resurgissait : « Pourquoi que vous l'avez pas faite chez les sauvages, votre expédition ? Il doit bien y faire chaud là-bas, à "l'écateur", j'aurais pas eu à m'abîmer les yeux pour raccommoder vos nippes.

– Je te l'ai déjà dit cent fois, Julie. Les méridiens, il y en a beaucoup, alors que l'équateur, il n'y en a qu'un.

– Justement ! » Faisant un visible effort de réflexion, elle grommela : « J'ai toujours pas compris pourquoi ! Si c'est une boule, c'est rond mêmement ! Alors des "écateurs", il doit y en avoir partout aussi ! »

Delambre commençait à s'impatienter, pour se débarrasser il lança :

« C'est une boule… qui n'est pas vraiment ronde. » Que n'avait-il pas dit !

« Une boule qu'est pas ronde, c'est pas une boule ! Pour qui me prend-ti ?

– Mais, qu'elle est têtue !

– Ah, ne criez pas ! » La pelote de laine fit un tel saut qu'elle faillit retomber en dehors du panier. Delambre s'en empara et l'aplatit entre ses mains. Julie, goguenarde, le regardait faire : « C'est bien ce que je disais, c'est plus une boule ! »

Ignorant ostensiblement la remarque, il enfonça l'aiguille à tricoter de part en part dans la pelote, et faisant pivoter le tout : « Là, c'est les pôles ; il y en a deux. Là, l'équateur ; il n'y en a qu'un, comme une ceinture serrée autour de la taille. Là, là, là, les méridiens, il y en a plein. Tu comprends maintenant pourquoi je ne suis pas parti chez les sauvages ! Il retira si violemment l'aiguille qu'un rang entier de tricot se démailla.

« Voilà qu'il me détruit mon ouvrage à présent ! » se lamenta Julie en lui retirant l'aiguille des mains tout aussi violemment. La pelote tomba à terre, roula sur le carrelage et se dévida, laissant derrière elle un long serpentin de laine.

« Ma pauvre Julie, quand donc cesseras-tu de glousser comme une oie ?

– Glousser comme une oie ? demanda-t-elle ironiquement.

– Je sais, cacarder comme une oie et glousser comme une poule et glouglouter comme… puisque tu es si forte en basse-cour, dis-moi plutôt quelle est la différence entre les canards barboteux et ceux de Barbarie ? »

Elle le regarda comme on regarde un grand malade et battit prestement en retraite, empoignant son nécessaire à tricot.

Il faisait chaud ce matin-là. Dès l'aube, Delambre s'était installé dans l'observatoire de sa maison de Bruyères. Il aurait préféré se tenir à la cave plutôt qu'au grenier ; mais à la cave, allez donc observer les astres… La coupole de verre faisait serre. À mesure que le soleil prenait de l'aplomb, Delambre se sentait une jeune plante croissant allègrement sous ses rayons. Ayant fini par retirer ses habits, il s'efforçait, torse nu, d'empêcher la sueur d'embrumer l'oculaire de la lunette. Sur la peau, il n'avait plus qu'un long caleçon, que Julie raccourcissait chaque jour un peu plus. La pièce était une étuve. Thermidor, le mois n'avait pas volé son nom !

La porte d'entrée claqua. Fini, le calme ! La voix de Julie monta jusqu'à lui. Voilà qu'elle parle seule à présent ! Le bruit s'amplifia, d'autres voix s'élevèrent. Elle n'est pas seule, pensa Delambre en se levant pour les faire taire. Il irait bien lui tirer les nattes, à cette pie ! Mais dans cette tenue… Il se pencha au-dessus du trou de l'échelle : « Julie ! » Pas de réponse. Mais elle est sourde ! « Julie ! Julie ! Pourquoi tant de bruit ?

– Monsieur, Monsieur, c'est que…

– C'est que quoi ?

– C'est Robespierre… »

Delambre, stupéfait, avisa une culotte qu'il tira à lui : « Eh bien, quoi ?

– Il a été guillotiné ! »

Delambre lâcha la culotte.

Les changements survenus en France n'eurent aucun effet sur Méchain. Il semblait vouloir s'incruster en

Italie. À quoi bon rentrer en France, puisque la guerre se poursuivait dans les Pyrénées ?

S'il avait lu le numéro du *Moniteur universel* daté du 3 Vendémiaire, il aurait appris ceci : « Bellegarde est rendu à la République ! La France n'a plus un ennemi sur son territoire ! » C'est Fourcroy qui, au nom du Comité de salut public, avait annoncé la nouvelle devant les sept cents députés de la Convention, remplis d'allégresse. Le fort étant le dernier lieu encore occupé, sa libération permettait d'affirmer aux millions de citoyens que plus une seule parcelle du sol français n'était aux mains de l'ennemi. La République avait triomphé de l'Europe coalisée ! Ah, les fanfaronnes menaces de Brunswick !

Tenant à la main la lettre du représentant en mission dans les Pyrénées-Orientales, Fourcroy en lut la dernière phrase : « Vous avez donné à la place forte de Condé le nom de Nord-Libre, nous avons donné à Bellegarde celui de Midi-Libre, en attendant, bien sûr, que vous ayez vous-même statué sur cette nouvelle nomination. » Les députés et les tribunes debout firent une ovation. Puis Fourcroy reprit la parole : « Le fort de Bellegarde portera désormais le nom de Sud-Libre. La nouvelle de la reddition sera envoyée à toutes les armées. Le télégraphe la portera sur-le-champ à l'armée du Nord. » Pourquoi l'Assemblée avait-elle préféré « Sud » à « Midi », personne jamais ne le sut ! À moins que la précision fût moins linguistique qu'il n'y paraissait et qu'elle ait eu pour fonction de signifier aux représentants en mission que la Convention avait, seule, le pouvoir de décider jusques et y compris du nom donné aux choses.

Une autre question se posait : pourquoi la nouvelle de la reddition n'avait-elle été envoyée « sur-le-champ » qu'à la seule armée du Nord ? La réponse était simple : il n'y avait sur tout le territoire qu'une seule ligne du télégraphe de M. Chappe, celle qui liait Paris à Lille, où siégeait l'armée du Nord.

Méchain n'étant au courant de rien, il ne se trouva aucune raison pour rentrer en France, au contraire de Delambre, qui en avait mille pour quitter Bruyères et regagner Paris.

Quitter Bruyères, mais en prenant toutes les précautions. Robespierre mort, certains émigrés cherchaient à revenir et, pour ne pas risquer d'être inquiété en rentrant à Paris, Delambre se munit de nombreuses pièces prouvant qu'il n'avait été, durant tout ce temps-là, ni émigré, ni emprisonné pour activités contre-révolutionnaires.

Ce fut l'époque des certificats. En un temps extrêmement bref, il avait fallu, dans chacune des trente-six mille communes de France, dénicher un homme et un bâtiment, un maire et une mairie. Ici, à Bruyères, le maire était Ernest Briard.

Ce matin-là, justement, le maire se trouvait dans la mairie. Briard, s'enorgueillissant de posséder une bonne écriture que beaucoup dans le village lui enviaient, était assis devant une table sommaire. Il s'appliquait : « Moi, Ernest Briard, maire de Bruyères, certifie que le citoyen Jean-Baptiste Delambre, résidant dans ma commune depuis une année, n'est ni émigré, ni détenu pour activité contre-révolutionnaire. Signalement… » Il leva la tête vers le citoyen qui se tenait debout face à lui, l'étudia en connaisseur.

… « cheveux et sourcils ? » Il marmonna : « Bruns » ; il écrivit : bruns. « Yeux ? Bleus. » Il écrivit bleus. « Nez ? Gros. » Moue de Delambre. Il écrivit : Gros. « Bouche ? » Delambre pinça les lèvres ; sa bouche rapetissa. Briard écrivit : Moyenne. « Menton ? Rond. » Il écrivit : Rond. « Taille ? » Il marmonna : « Cinq pieds trois pouces. » Delambre se rehaussant, rectifia : « Cinq pieds, cinq pouces ! » Briard écrivit : Cinq pieds quatre pouces.

« Comment ! Trois ans après la chute de la royauté, les républicains continuent de mesurer leur taille et d'évaluer leur champ avec une toise, un pied, un pouce de roi, tandis qu'ils ont voué à l'exécration la tyrannie quelle qu'elle soit ! » s'écria Prieur de la Côte-d'Or campé sur l'estrade de l'Assemblée, dans une attitude de combat…

« La tyrannie des sans-culottes », hurla une voix venue des tribunes, immédiatement reprise par des dizaines d'autres.

Prieur ne se laissa pas impressionner. Ici, à la Convention, après deux années, on s'était habitué aux cris et aux invectives. Depuis le début de l'été, depuis Thermidor, il y avait eu quelques changements : les invectiveurs n'étaient plus les mêmes. Le vêtement, l'origine géographique, le physique, rien n'était pareil. L'est de Paris avait fait place à l'ouest, les faubourgs s'étaient vus remplacés par les beaux quartiers, les blouses par les collets montés.

S'agitant sous le doux nom de « muscadins », les jeunes gens qui vociféraient maintenant étaient plus mignons et proprets que les précédents. De leurs mains soignées, ils maniaient avec art d'élégantes cannes admirablement bosselées. Ils en avaient contre Prieur : celui-ci n'était-il pas, avec Carnot, le seul membre des anciens comités de l'an II – Comité de salut public, de surveillance, etc. – à n'avoir pas été destitué ? Tous les autres avaient été arrêtés.

« À mort, la sans-culotterie ! »

Imperturbable à travers la tempête, Prieur poursuivit : « Citoyens, l'introduction du système décimal va révolutionner les calculs et la simplification sera telle que chacun se pressera pour étudier l'arithmétique.

– Malheur à ceux qui fatiguent les citoyens paisibles et laborieux par des changements sans objet ! lança un député du côté droit de l'hémicycle.

– Mais malheur également à ceux qui profiteraient de sa lassitude pour lui faire rejeter les améliorations nécessaires ! » rétorqua immédiatement un autre député du côté gauche. Prieur crut reconnaître la voix de Romme.

Laissant l'échange se terminer, Prieur attendit avant de reprendre : « Les nouvelles mesures porteront le nom de “républicaines”. » Des acclamations fusèrent, instantanément mêlées de huées provenant des tribunes. Dans l'hémicycle, par contre, la plupart des députés applaudirent. Fort de cet appui, Prieur poursuivit sur sa lancée : « Les dénominations doivent porter d'avance ce caractère d'universalité qui a présidé à leur établissement. »

Il ménagea un silence qui surprit tout le monde. Puis solennel, il lança : « L'unité de longueur s'appellera le Mètre du grec “métron” : mesure. Puis viendront le Litre, le Gramme, l'Are et le Franc. Les sous-divisions seront latines : déci, centi. Les multiples seront grecs : déca, hecto, kilo. »

À l'écoute des nouveaux noms, la salle devint une volière. Dans les tribunes, deux vieillards portant besicles se dressèrent comme deux coqs sur leurs ergots.

« Kilo ! Mais non, mais non ! Pas “ki”, “chi” ! C'est un “chi” qu'il faut, affirma le moins âgé.

– “Ki”, assura l'autre. Pas “chi” ! C'est bien un “kappa” qu'il faut. ».

Un peu plus loin, un homme vitupéra : « Ce sont des termes techniques et abscons qui ne peuvent être en usage chez le peuple.

– Le peuple ! Le peuple ! Qu'est-ce que tu connais de lui ? lança un artisan des faubourgs.

– Et “aristocrate” » ! Avant la révolution, le peuple connaissait pas le mot ; on n'a pas eu tant de mal que ça à s'y habituer, pas vrai ? » dit-il à son compagnon en entonnant : « Ah, ça ira, ça ira, les aristocrates… »

Tout en bas, Prieur continuait : « Parmi les nouvelles

mesures, la plus usuelle sera sans doute le double décimètre que l'on pourra porter sur soi, sans charnière, ni armures aux extrémités et qui peut s'exécuter à peu de frais. Enfin, dit-il en joignant le geste à la parole, le mètre peut fournir une mesure des plus agréables aux citoyens, si l'on donne sa longueur aux cannes qu'ils aiment à porter. »

Dans les tribunes, les cannes haut levées des muscadins s'abattirent sur le crâne des hommes des faubourgs. Les blouses se tachèrent de sang, les protagonistes furent évacués, la bataille, inégale, se poursuivit au-dehors. Et la séance fut interrompue.

La salle se vida rapidement. Seul resta dans les tribunes désertes, enfermé dans sa bulle linguistique, le couple de vieillards.

« Le "chi" grec, que les latins représentaient par "ch", se prononçait déjà chez eux d'une façon gutturale.

– Enfin, comment pouvez-vous affirmer une telle chose, Alexandre ? Vous n'y étiez pas !

– Je n'étais pas à Marignan, Alfred, et je sais pourtant…

– Vous savez quoi, Alexandre ? Prononcer Kilomètre et Kilogramme, comme chiromancie et chiropraxie ?

– Je sais quoi, Alfred ? Que vous voulez prononcer CHilomètre et CHilogramme comme CHirurgie et CHimie ? »

Dans la rue, les interjections s'étaient transformées en cris de douleur ; on se battait sur des terrains autres que philologique ou phonétique. Nouvelles mesures, nouvelles mœurs ! Aux cours de « promenades civiques », ainsi qu'ils aimaient à les nommer eux-mêmes, les proprets muscadins s'adonnaient à de délicieuses chasses aux maculés sans-culottes. Le tutoiement devenait suspect, le bonnet rouge plus encore ; quant à la Carmagnole… À l'inédite terreur des deux dernières années, succéda une autre terreur, que certains jugèrent moins révoltante, puisque plus traditionnelle. Elle pêchait ses victimes dans les habituels viviers des couches populaires. Somme toute, elle était bien davantage dans l'ordre des choses.

Les mots commençant par « chi » ont souvent une triste fin. C'est justement pour prévenir une telle prononciation vicieuse qu'au « chilio » hellène on préféra le « kilo » gaulois. Ce ne fut donc pas acte d'ignorance commis par d'incultes républicains, mais sage décision prise en toute connaissance de cause ; plutôt encourir le reproche de barbarie que celui de vulgarité. L'art de gouverner n'est-il pas, en toutes circonstances, de choisir le moindre entre deux mots ?

À ce choix, Delambre donna son aval. En helléniste consommé, il cita Homère – *l'Iliade*, livre V, vers 860 – devant ses collègues ravis, au cours de la première réunion de la nouvelle commission. Car il y avait une nouvelle commission. Encore qualifiée de « temporaire » – sait-on jamais ! –, elle venait d'être nommée sur l'insistance de Prieur. Étrange, tout de même, cette obstination à marquer du sceau de l'éphémère une commission chargée d'établir une mesure destinée à l'éternité !

En pénétrant dans la salle, Delambre était rayonnant : il retrouvait la chaleur des bonnes vieilles réunions d'antan. Après une année de solitude à Bruyères, cela faisait du bien de revoir ces visages connus, Berthollet, Monge, Vandermonde ; et l'abbé Haüy, et Legendre, et Prony, et tous les « destitués », Coulomb, Brisson, Borda… La Convention avait bien fait les choses : elle n'avait oublié personne. Et Méchain ? Où est-il, cet éternel absent ? Il est en Italie. Encore ! s'exclamait-on de toutes parts, qu'attend-il pour rentrer ?

Son accident, peut-être ? Non, de ce côté, cela s'est, semble-t-il, arrangé.

S'apercevant de l'absence de Méchain, Delambre ne cacha pas sa déception ; il se faisait une joie de le revoir. Il avait tant de choses à lui raconter, tant de questions à lui poser…

« Nous n'attendons plus personne ; la séance peut commencer », annonça le président de séance faisant signe à Prieur qui se mit à lire le rapport qui devait être proposé le lendemain au vote de la Convention. Delambre n'écoutait pas. Sa joie s'était envolée. « Nous n'attendons plus personne ! » C'est seulement à cet instant qu'il prit réellement conscience de la disparition de Condorcet et de Lavoisier.

Prieur parlait pour la construction du choix du métal des étalons. Les prototypes, que l'on voulait « aussi exacts, aussi durables, aussi inaltérables qu'il est permis à la puissance de l'homme de le faire », seraient en platine. Quel autre métal que celui-ci pourrait assouvir une telle ambition ? Le platine était très cher, et il n'y en avait guère. Heureusement, on pouvait compter sur les réserves amassées par Lavoisier.

Les étalons des chefs-lieux de département seraient, eux, en cuivre. « Bien sûr, avoua Prieur, ce métal n'a pas, à beaucoup près, les avantages du platine. À la vérité, dans les commencements, il éprouve quelques altérations au contact de l'air, mais il acquiert assez promptement, rassura-t-il, un état de permanence. »

Du cuivre, il n'y en avait pas beaucoup non plus. Aussi ne pourrait-on confectionner les étalons des chefs-lieux de district qu'en fonte de fer douce ou en tôle. Hiérarchie des lieux, hiérarchie des métaux, pensa Delambre qui s'était mis à écouter.

Échangeant le salpêtre et les canons de l'an II pour le platine et les étalons de l'an III, le célèbre trio des

« métallurges », Berthollet, Monge et Vandermonde, fut chargé de la confection de ces nombreuses pièces.

L'unité de poids ! Lorsqu'on aborda cette question, les regards se fixèrent sur Haüy. L'abbé se leva, et le silence se fit : « Nous avions presque terminé notre tâche. Il ne restait qu'à déterminer les variations de volume et de pesanteur éprouvées par l'eau suivant les différents degrés de température... Après, nous n'avons pas eu le temps de finir... c'était quelques jours avant son arrestation... » Haüy rapporta comment les documents étaient restés dans l'appartement du boulevard de la Madeleine et comment, après la mort de Lavoisier, il les avaient recherchés sans relâche. « Nous pouvons aujourd'hui les considérer comme perdus. » L'abbé s'assit. Ainsi de la dernière œuvre de Lavoisier, il ne resterait rien, pas une feuille.

La commission proposa à Haüy de reprendre les travaux. « J'ai déjà trop à faire avec mes cristaux et mes rhomboèdres », répondit-il, la voix brisée.

Va pour les étalons, va pour le platine, va pour les bases... Pour dire le vrai, Delambre n'attendait qu'une seule chose : qu'allait-on décider au sujet de la Méridienne ? Allait-on, oui ou non, reprendre l'expédition ?

Prieur déclara que les opérations relatives à la détermination de l'unité des mesures seraient poursuivies jusqu'à leur entier achèvement. Et la Méridienne ? s'impatienta Delambre. L'orateur annonça enfin : « Le citoyen Delambre partira le plus tôt possible en allant vers le Midi. Le citoyen Méchain fera les mêmes opérations en partant des Pyrénées et allant à la rencontre du citoyen Delambre. » Delambre exulta. « Cependant, poursuivit Prieur, le citoyen Méchain se rendra préalablement à Paris, et ce ne sera qu'après avoir conféré avec lui que l'Assemblée prendra un parti définitif au sujet de la durée probable des opérations et de ce qui sera le plus propre à les rendre parfaites. »

Quittant la réunion, il fut pris dans les vagues d'un cortège venant de Saint-Marceau. Cortège pacifique mais tendu, où les femmes et les enfants faisaient le nombre. Une seule phrase, scandée sans fin : « Du pain et la Constitution ! » Delambre se dirigea vers l'Assemblée.

Sitôt introduit dans les tribunes, il entendit ceci : « Vous devez garantir la propriété du riche », disait calmement un député nommé Boissy d'Anglas, debout à la barre. Décidément, les choses ont bien changé, pensa Delambre. « Nous devons être gouvernés par les meilleurs, poursuivait le député. Les meilleurs sont les plus instruits et les plus intéressés au maintien des lois. Or à peu d'exceptions près, vous ne trouverez de pareils hommes que parmi ceux qui, possédant une propriété, sont attachés au pays qui la contient. Un pays gouverné par les propriétaires est dans l'ordre social, celui où les non-propriétaires gouvernent est dans l'état de nature. »

Comme pour faire écho à ces mots, de véritables rugissements retentirent sur le côté gauche de l'hémicycle, prouvant à l'évidence l'état de nature de ceux qui les émettaient. C'était « la Crête de la Montagne », petit groupe de députés purs, refusé les excès de la Terreur et qui voulaient poursuivre la Révolution sans les abus meurtriers qui l'avaient défigurée.

Dans ce député qui se dressa, Delambre reconnut, terriblement amaigri, Gilbert Romme. « Nos institutions doivent tendre à procurer au moins le nécessaire, et ce n'est qu'alors, alors seulement, que le superflu pourra être toléré.

– L'homme sans propriété a besoin d'un effort constant de vertu pour s'intéresser à l'ordre qui ne lui conserve rien, répliqua calmement Boissy d'Anglas.

– En recevant la vie, les hommes reçoivent tous un droit égal à la conserver.

– L'égalité absolue n'est qu'une chimère ! » lança Boissy d'une belle voix vibrante.

Ce que Romme clamait dans l'enceinte de l'Assemblée, on le murmurait dans les faubourgs. Puis on le dit tout haut, jusqu'à le hurler. Le superflu qui, un temps, s'était fait discret était réapparu, ostensible, manifeste, obscène presque en ces heures de famine. À ceux qui la vivaient, la misère fut plus insupportable.

De jolis attelages transportaient des grappes de jeunes bourgeois menant grand train. Des « merveilleuses » égayaient les rues de leurs passages froufroutants. Ces précieux habits n'étaient-ils pas plus seyants et doux au toucher que ceux des sans-culottes, et le clappement des roues des carrosses sur les pavés n'était-il pas plus harmonieux que celui de la guillotine sur les cols des condamnés ? On était gai, on était beau, on était riche ; l'Égalité était une chimère. La Liberté enfin retrouvée, le pain put à nouveau coûter cher.

Le peuple de Paris, une fois encore, reprit le chemin de l'Assemblée. Tout allait donc recommencer ? On fit donner la troupe contre les cortèges. Des femmes penchées dans les ruisseaux emplissaient des seringues qu'elles vidaient en direction des yeux des soldats.

La Convention fut envahie. Boissy d'Anglas présidait. La foule s'en prit à un député, dont quelques énergumènes coupèrent la tête sur-le-champ. Les autres députés quittèrent la salle sans être inquiétés. Une poignée d'entre eux resta : ceux de la Crête de la Montagne, bien sûr. Soutenant les faubourgs, ils voulaient également, par leur présence, maintenir un semblant de légalité afin que la révolte ne tourne pas à l'insurrection.

« Du pain et la Constitution ! » Un des députés se leva : Romme, ou son ami Goujon, ou bien Soubrany…

« Un gouvernement doit être considéré comme mauvais au plus haut point quand sur la même terre et sous l'ombre des mêmes lois, nous voyons des gens qui ont besoin des soins les plus indispensables, et d'autres dont la table et la maison ne résistent pas au poids du superflu. »

La Garde nationale fut envoyée avec ordre de tirer. Les sections provenaient des quartiers pauvres de la capitale, de Saint-Marceau en particulier. Les canonniers, faisant cause commune avec la foule, refusèrent de tirer sur elle. Ce fut une belle journée de Prairial. Joli mois de mai… Bien que les arbres des Tuileries fussent si verts et que le ciel de Paris fût si bleu, on ne parla pas de bonheur : cette fois, on n'y croyait plus. On se contenta de parler de justice, exigeant la libération des patriotes qui croupissaient dans les prisons depuis Thermidor. On ordonna que le pain fût identique pour tous et l'on interdit aux pâtissiers… de fabriquer des pâtisseries. Du pain, seulement du pain !

Porté par l'enthousiasme, un député de la Crête se leva : « Citoyens, pour que cette journée s'achève d'une façon inoubliable, je propose que soit définitivement abolie la peine de mort. » « Non, non ! » cria la foule. La proposition fut rejetée.

On envoya à nouveau la Garde nationale, mais cette fois les sections étaient issues des beaux quartiers. Les canonniers de l'Ouest de la capitale n'eurent aucune peine pour tirer sur la foule des faubourgs. L'insurrection prit fin.

Quelques jours plus tard, Delambre, qui retournait à l'Assemblée, se fit bousculer par une femme élégante qui s'éloignait fort mécontente. La cause de sa fureur était une affiche collée à l'entrée de la salle. « *La Convention nationale décrète que, jusqu'à ce que le calme soit rétabli dans les rues de Paris, aucune femme ne sera admise dans les tribunes où se tiennent les séances. Elle décrète également qu'à l'avenir, les femmes n'y seront admises que lorsqu'elles seront accompagnées d'un citoyen qui sera tenu de présenter sa carte.* »

Hier Robespierre interdisait aux étrangers de siéger dans l'hémicycle ; aujourd'hui, ses ennemis interdisaient aux femmes de s'asseoir dans les tribunes. Continuité…

Les canonniers de Saint-Marceau furent guillotinés et sur la première page du *Moniteur universel* du 30 Prairial, il y avait cette information :

« La Commission militaire a terminé ce matin le procès qu'elle instruisait depuis quelques jours contre les députés conduits devant elle. Le jugement qu'elle a porté condamne à mort Goujon, Romme, Duroy, Duquesnoy, Bourbotte et Soubrany. Après le prononcé du jugement, les six condamnés se sont frappés de poignards qu'ils tenaient cachés. »

Delambre essaya d'en savoir plus. Après que la sentence eut été prononcée, Goujon, descendant les escaliers, sortit un couteau qu'il se planta dans la poitrine. Bourbotte cria : « Vous allez voir comment savent mourir les hommes de cœur ! »

S'apercevant que Goujon respirait encore, Romme le prit dans ses bras, le cala contre une marche et, lui prenant le couteau des mains, se frappa par deux fois. Il tomba sur la même marche. Au bas des escaliers, côte à côte, Duquesnoy et Bourbotte, voyant leurs amis expirer, se frappèrent, l'un avec la pointe d'un ciseau, l'autre avec la lame d'un couteau. Duquesnoy tomba comme une masse, Bourbotte vacilla. Soubrany se précipita vers lui, et l'étendit à terre. Bourbotte lui offrit son arme, Soubrany s'en frappa. Duroy, le sixième, ne put que se blesser : l'arme lui fut arrachée par les gendarmes. Le tout n'avait duré que quelques secondes. Au premier étage, dans la salle du tribunal d'exception, les juges militaires se congratulaient pour leur sentence exemplaire. Dans les escaliers, il y avait trois morts : Romme, Goujon et Duquesnoy, un agonisant, Soubrany, et deux blessés.

La charrette emporta les trois derniers. À l'arrivée, Soubrany était mort. Le bourreau, ce jour-là, n'eut que deux blessés à achever.

Ce suicide collectif impressionna Delambre. Il ne fut pas le seul : déjà, au sein du peuple, on murmurait que les « Martyrs de Prairial » n'étaient pas morts et qu'ils seraient bientôt de retour pour relever le flambeau de la Révolution.

Dans la berline aux reflets verts, qu'on lui avait rendue, Delambre se souvint des paroles de l'abbé Grégoire : « Romme, tu veux nous faire décréter l'éternité ! »

14.

« 18 Messidor, an III. Après dix-sept mois et demi d'interruption, je partis pour Bourges mettre à profit les beaux jours afin d'y observer les azimuts. » Installé sur la plate-forme du tourillon de la cathédrale, Delambre écrivait sur son vieux carnet de bord. Quel bonheur de le feuilleter ! Là, c'était Saint-Denis, et là Dunkerque, et là Boiscommun. Puis il était tombé sur la dernière phrase, inscrite, il s'en souvint, un sinistre après-midi d'hiver, rue de Paradis : « Qui sait quand l'expédition reprendra ? Et si même elle reprendra un jour ! »

Delambre se remit à écrire : « L'intervalle entre la Loire et Bourges est très difficile ; surtout depuis l'incendie du clocher de Salbris, dont la flèche s'élevait considérablement au-dessus de l'église. Il n'en reste plus aujourd'hui qu'une tour écrasée. Par quoi la remplacer ? »

Les montants de l'échelle tintèrent contre la maçonnerie. Delambre referma son carnet ; dans un instant, du trou sombre où se perdait l'échelle, son adjoint surgirait, haletant, ébloui, étourdi comme un plongeur faisant surface. L'usage voulait qu'on laissât au grimpeur le temps de reprendre son souffle avant de lui adresser la parole.

Immédiatement, Bellet – car c'était lui ! – annonça qu'il venait de trouver un lot de bois de charpente, à un prix abordable. Bellet ! Quelle joie cela avait été de le revoir ! Dès que Delambre avait appris la reprise des opérations, il lui avait immédiatement envoyé un express, redoutant que son adjoint ne soit occupé à d'autres tâches. Par retour du courrier, Bellet avait répondu : « Comme un vieux marin des tours du monde, je suis libre pour reprendre avec vous le grand voyage. » Il était arrivé la veille.

Pour Méchain avoir Tranchot, et pour Delambre disposer de Bellet ! Au milieu de leurs déboires, les deux astronomes avaient eu au moins cette chance, de se trouver deux collaborateurs d'une telle trempe.

C'est, en tout cas, ce que pensait Delambre, assis sur un muret, à quelques pas du pélican de fer, girouette plantée en haut du tourillon de la cathédrale, et qu'il avait pris pour signal. Le grand large ! À n'avoir pour paysage que le ciel et les oiseaux, et bercé par le grincement du pélican, l'astronome aurait pu se croire sur le pont d'un navire.

À plusieurs centaines de lieues, Méchain, lui, s'y trouvait réellement sur le pont d'un navire. Il voguait sur le voilier qui le ramenait en France, après plus d'une année passée en Italie. Tranchot était avec lui.

Irrité par le crissement continu du gréement, appréhendant ce retour, l'ayant différé du plus qu'il avait pu, Méchain avait finalement cédé aux injonctions répétées de la Commission dont la dernière lettre se présentait comme une véritable sommation : « Le citoyen Méchain se rendra préalablement à Paris, et ce ne sera qu'après avoir conféré avec lui que l'Assemblée prendra un parti définitif. » Impossible d'y échapper.

Sitôt débarqués à Marseille, ils s'apprêtèrent à partir pour Paris. Tranchot se mit à la recherche d'une voiture ; aucune maison n'accepta de se départir d'une des siennes pour un si long trajet. Après avoir écumé les tavernes fréquentées par les voituriers indépendants, il en dégotta un, prêt à tenter le voyage. Méchain, quant à lui, profita de ce qu'il se retrouvait sur la terre ferme, à l'abri du roulis, pour faire un peu de correspondance.

Marseille, 8 Thermidor an III

« Au citoyen Delambre.

« J'ai appris avec plaisir que vous alliez continuer la chaîne de triangles que vous aviez déjà étendue et avec le plus grand succès depuis Dunkerque jusqu'à Orléans ; mais ce plaisir est troublé par le regret de n'avoir pu vous rencontrer.

« J'attends de votre amitié que vous me dédommagiez de cette perte en me faisant part des moyens que vous employez, de la méthode que vous utilisez, de la façon dont vous tenez vos registres, afin que je m'y conforme.

« Savez-vous que je n'ai plus de voiture et qu'en plus, la Commission me retire Tranchot. Nous nous entendions bien ensemble et dans toutes les opérations, il me secondait à merveille. Savez-vous aussi que nous n'avons plus qu'un cercle ; j'ai, en effet, été contraint de vendre l'autre à des savants italiens, mais j'en ai retiré un bon prix.

« Je vous embrasse de tout mon cœur, mon cher confrère, et, vous souhaitant une bonne santé, je désire que vous ne soyez arrêté par aucun obstacle. Conservez-moi votre amitié et comptez sur la sincérité de mes sentiments et l'inviolabilité de l'attachement que je vous ai voué.

N.B. Lorsque vous aurez quelques moments de libres, vous me ferez grand plaisir de me dire dans quelle forme vous avez rendu compte des recettes et des dépenses pour vos opérations.

Salut et fraternité, Méchain. »

Où adresser la lettre ? À cette heure, Delambre était certainement rentré en campagne. « Le voilà qui a déjà pris de l'avance, pensa Méchain. Et en plus, il me faut remonter à Paris avant de reprendre mes mesures. Que de temps gâché ! Et Tranchot qui ne revient pas ! Pourvu qu'il ne lui soit rien arrivé. » Méchain n'avait jamais aimé les grandes villes, Paris moins que toute autre. Ne disait-on pas, qu'au début de Prairial, il y avait encore eu là-bas une insurrection ?

Méchain se leva brusquement.

Cinq livres par jour. Dans la taverne, le voiturier, ayant flairé la bonne affaire, s'entêtait à ne pas baisser son prix. Tranchot, faisant mine d'accepter, donna l'adresse de l'auberge et les noms et qualités de Méchain. Puis se ravisa. Finalement, après quelques pintes et deux demoiselles, tope là, la poire en deux : va pour quatre livres par jour ! On démarre demain matin.

Point. Méchain venait d'en décider autrement. Reprenant la lettre adressée à Delambre, il avait rajouté : « Veuillez m'envoyer votre réponse à Perpignan, poste restante. » Le soir même l'astronome et son adjoint s'embarquaient sur un petit bâtiment en direction de Port-Vendres. Au moment de débarquer, Tranchot se souvint soudain : « Le voiturier ? Nous avons oublié de l'avertir ! » « Il aura trouvé d'autres clients, le rassura Méchain, et puis il était bien trop cher. » Sans perdre plus de temps, ils filèrent droit sur la montagne.

Ce fut tout de suite terrible. Pic de Bugarach : la montagne y est terrifiante, rien ne résiste à sa violence. Il y avait, disait-on, mille couples de gens qui y avaient péri. La petite caravane progressait. L'homme de tête, un jeune montagnard nommé Agoustenc, connaissait bien le pic ; il allait, suivi par quatre porteurs, grimpeurs robustes, ployant sous les caisses du cercle et sous les pièces de bois. Derrière eux, s'aidant d'une canne, Méchain. Par moments, le sentier disparaissait, effacé par la roche. C'était l'occasion d'une pause. Agoustenc partait en reconnaissance. Repérant la trace du chemin un peu plus loin, un peu plus haut, il levait la main et la caravane repartait.

Le vent se mit à souffler, le passage devint si étroit, le bord si escarpé, qu'ils durent se mettre à quatre pattes, obligés de s'accrocher aux buis et aux pointes des rochers et parfois même de ramper. Ravinée par les pluies, la terre dévalait sous les pieds, provoquant d'inquiétants éboulis. Un faux pas, le deuxième porteur glisse, tente de se rattraper, son fardeau l'entraîne. C'est l'accident. Méchain n'a pas le temps de faire un geste : devant lui, le porteur vient de disparaître. À travers le sifflement du vent, le bruit de la chute s'amplifie, répété par l'écho.

L'homme écrasé au fond du ravin, la caisse broyée, le cercle répétiteur défiguré, membres tordus, lunettes aveuglées, verres pulvérisés, alidades déchiquetées, les mécanismes de précision fracassés. Statufié au bord du précipice, Méchain a, en un éclair, imaginé la scène. Puis c'est le silence. L'astronome se penche, fouille le vide du regard. À quelques pas, en contrebas, une tache : comme dans un berceau, l'homme est étendu, reposant sur un treillis de branchages ; ahuri d'être vivant il fixe Méchain qui le découvre ainsi. De se voir aussi stupéfaits l'un que l'autre, ils éclatent de rire. Un peu plus bas, on découvrit la caisse du cercle, pareillement arrêtée par un buisson. S'il avait été croyant, Méchain aurait… mais il ne l'était pas, la bonne étoile, seulement la bonne étoile.

Ni l'homme ni l'instrument n'avaient subi le moindre dégât. Avant de repartir, le porteur miraculé se retourna et se signa. Les hommes se remirent en marche non sans avoir juré que jamais aucune autorité ne les forcerait à recommencer un tel voyage.

La caravane atteignit le sommet fort tard. Deux surprises attendaient Méchain, l'une bonne, l'autre mauvaise. Le paysage s'étendait à perte de vue, sur des dizaines de lieues ; c'était la bonne nouvelle. À l'ouest, la chaîne des Pyrénées, interminable, à l'est, les monts des Corbières, la montagne Noire, et au sud, la mer. La mauvaise nouvelle, ce fut l'incroyable étroitesse de la plate-forme. Impossible d'y planter la tente, il y avait tout juste la place d'y dresser le signal.

Ce fut l'heure de redescendre. Aucun porteur n'accepta de rester. Les caisses furent recouvertes avec la toile de tente sur laquelle on déposa de lourdes pierres. Méchain était déchiré ; le cercle, son unique cercle, sans lequel rien n'était possible, il le laissait en pleine montagne, sans surveillance… Jamais encore, il n'avait osé pareille imprudence. Comment faire autrement ? Redescendre les caisses ce soir et les remonter demain ? Les porteurs l'auraient refusé. Alors, rester, passer la nuit ici. Il l'envisagea. Seul, sans l'abri d'une tente, dans le froid et le vent, à cinq mille pieds d'altitude, c'était pure folie ; il n'y survivrait pas. Un capitaine abandonnant son navire dans la tourmente aurait eu dans les yeux l'espèce de détresse qui emplissait ceux de Méchain quand il décida de redescendre. Surprenant le désarroi de l'astronome, Agoustenc lui dit amicalement : « Faudrait être bien fou pour grimper en pleine nuit voler ça ! » Les porteurs se mirent à rire : « Pour sûr, faudrait être bien fou », s'exclamèrent-ils. Et ce fut la descente, tout aussi périlleuse.

Jamais personne ne voulut y passer la nuit, ni même y rester seul dans la journée. Chaque soir, abandonnant les instruments à la grâce de Dieu, comme ils aimaient à dire, les deux gardiens redescendaient dans la vallée.

C'est à la métairie des Pâtres, tout au pied du roc, que Méchain et ses aides avaient établi leurs quartiers. Bien qu'elle fût une des fermes les plus élevées de la région, il fallait deux bonnes heures pour accéder au signal, ce qui n'était rien comparé au pic du Canigou nécessitant, lui, neuf heures d'ascension. Tranchot en fit l'épuisante ascension.

Tranchot ! Il n'était donc point reparti à Paris ? La raison évoquée par la Commission pour le récupérer tenait à ce que, comme adjoint de Méchain, il était sous-employé ; un géographe de sa compétence pourrait être plus utilement affecté à d'autres tâches, d'autant qu'à Paris on n'avait pas apprécié l'acte de désobéissance de Méchain reprenant ses mesures sans avoir conféré avec la Commission.

Mais l'astronome avait insisté pour conserver son adjoint et Borda avait intercédé en sa faveur. L'incident avait été oublié et Tranchot était resté. Pour l'heure, il était parti reconnaître les stations dans les montagnes du côté de Bellegarde.

« Tu me remets pas, citoyen ? » Tranchot, surpris, regarda de tous côtés. Devant lui, dans un taillis se tenait un homme qui s'avança : « Vrai, tu m'as jamais vu ? insista l'homme, et se plantant devant Tranchot : c'est que t'as pas la rancune facile. Moi, je me souviens de toi, avec tes jumelles. Je suis un qui t'a enlevé dans la montagne, tu me remets maintenant ? »

Tranchot le reconnut : c'était un des miquelets qui l'avaient garrotté, non loin de là, et amené à Perpignan. Faisant un large geste de la main embrassant l'étendue du paysage, il dit sur un ton un peu mélancolique : « C'est plus calme qu'alors, hein ? Je te dois bien une chopine », et il l'entraîna dans sa maison, à l'écart du hameau. Tranchot y demeura deux jours, le temps de reconnaître le signal de Camellas, celui-là même qu'il n'avait pu achever, deux ans plutôt, par la faute de son hôte.

Comme il arrive parfois à ces montagnards faisant un accroc dans leur solitude, l'homme parla presque sans s'arrêter durant tout le repas. Il parla de ses bêtes, de sa montagne, puis de sa guerre. Il ne dit rien des combats, mais se levant, il sortit d'une vieille malle une affiche soigneusement pliée qu'il étendit sur la table. C'était un arrêté de Don Ricardos, publié du temps où les Espagnols occupaient la région. « *Les querelles de souverains se terminent par le moyen des troupes,* y était-il écrit, *mais il ne fut jamais permis aux particuliers de faire usage de leurs armes dans ces circonstances. En conséquence, tout habitant, qui, sous le prétexte de servir en tant que miquelet, sera surpris les armes à la main, sera arrêté et pendu sur-le-champ.* »

« Deux fois que je leur ai échappé ! » En disant cela, sans s'en rendre compte, l'ancien miquelet se massa le cou. « Après, je me suis tenu coi jusqu'à quand on a attaqué Bellegarde, je veux dire Midi-Libre. J'arriverai pas à m'y faire ! enragea-t-il. Quand on a attaqué le fort et qu'on l'a repris, j'ai été chargé de convoyer les prisonniers jusqu'à Perpignan. Parmi eux, il y avait un "soumaten" ; pas un Espagnol, ni un émigré, un qu'habitait de l'autre côté de la montagne. À trois lieues près, c'était un pays ! On est devenu comme des amis ; un jour, il m'a raconté comment ça s'est passé quand ils ont pris le fort aux Français. Y paraît que leur chef, le Don Ricardos, celui qui voulait pendre les miquelets, il avait rassemblé les soldats. Il faut respecter le malheur, qu'il leur avait lancé. J'interdis qu'on insulte les prisonniers ou bien qu'on les frappe ; ceux qui désobéiront auront du bâton, six coups pour le moins ! Puis, il avait dit que si l'honneur était pas suffisant, il fallait que les soldats songent à ce que la guerre, elle pouvait tourner et qu'eux aussi, ils pourraient bien se retrouver prisonniers à leur tour. »

L'enclos battait au-dehors, l'ancien miquelet se leva, jetant sur ses épaules une couverture et sortit en murmurant : « C'est bien vrai qu'il faut respecter le malheur. »

Quatre-vingt-dix-huit pour cent ! Le cours des assignats avait atteint de tels abîmes. Et même à ce taux infamant, on le refusait ! Eût-il été plus bas, qu'on l'aurait encore dédaigné. Tous les fonds – traitements et fonds propres à l'expédition – destinés à Méchain et Tranchot, à Delambre et Bellet également, étaient envoyés en « papier-chiffon », comme on le nommait dans les montagnes. Sans espèces métalliques, pas de vivres, pas de logis. Tout en numéraire, ou pas un verre d'eau ! Heureusement, l'astronome avait conservé quelques espèces : un reste d'épargne sur la somme que Prieur avait débloquée en sa faveur, quand il était encore prisonnier en Espagne. Elle fut bientôt épuisée.

Une seule journée d'un gardien coûtait cent francs ; encore était-ce par contrainte que l'astronome pouvait se le procurer. Même chose pour les bêtes et les voitures ! Personne ne voulait en louer. Il fallut recourir à la réquisition. Passe encore pour l'armée, murmurait-on ; mais voilà maintenant qu'il faut nourrir des savants qui mesurent je ne sais quoi !… Plus le temps passait, moins Méchain s'embarrassait de bagages ; le cercle, quelques outils, un réverbère, une tente : le strict nécessaire. L'expérience de Bugarach avait servi. Méchain avait fait construire deux petites caisses dans lesquelles furent réparties toutes les pièces du cercle. Parfois à dos de mulet, le plus souvent à dos d'homme, elles étaient transbahutées sur les sentiers les plus abrupts menant aux sommets les plus inaccessibles.

Et arrivé en haut, que trouvait-on ? Les nuages ! Les nuages enveloppant une des stations et qui y restaient accrochés pendant toute la journée ; puis quand celle-ci se découvrait, c'était celle d'en face qui s'ensevelissait et l'on enrageait de tout son cœur !

Une nuit que Méchain dormait dans la métairie, il se réveilla en sursaut. Il avait l'impression que le toit s'envolait, que les murs allaient s'effondrer. « Mon Dieu, la tempête ! » La grange battue par l'ouragan semblait prête à sombrer, et pourtant elle était sérieusement abritée dans un creux, au pied de la montagne. Que serait-ce en haut ? Méchain resta éveillé, guettant l'aube.

« Ce que je craignais est arrivé, le signal a été emporté par la tempête. Comment ne pas être découragé ? » écrivit le lendemain Méchain à Delambre.

« J'ignore d'autre part par quelle fatalité la plupart des lettres de mon épouse ne me parviennent pas. Cela me jette dans la plus vive inquiétude. Depuis quatre ans, j'ai passé tous les jours dans une plus cruelle anxiété que si j'eusse été au milieu des horreurs qui se sont commises dans notre patrie, aussi je ne puis vous dépeindre mon état. Les jérémiades ne font pas la besogne mais je ne sais comment nous nous en tirerons. »

Commencée à la métairie des Pâtres, le lendemain de la tempête, Méchain poursuivit cette lettre destinée à Delambre à Estagel, chez son ami Arago. C'est là qu'il reçut ce petit mot : « Soyez persuadé, mon cher confrère, écrivait Delambre, du plaisir que j'aurais toujours à vous communiquer tout ce que je ferai, mais permettez-moi de vous demander également des avis et de puiser des leçons de vos opérations. » Méchain déplia fébrilement les manuscrits ; tout y était : agencement et report des observations, présentation des calculs dans les registres, etc., le tout parfaitement clair, expliqué par le menu, croquis à l'appui.

« Si seulement j'avais fait cette demande plus tôt ! se lamenta Méchain. Il va me falloir tout recommencer. Les renseignements que vous me donnez sont pour moi des leçons très instructives dont je vais tâcher de profiter, répondit-il à son collègue. Certainement, je n'ai qu'à regretter que les circonstances, et mon peu d'intelligence, ne m'aient pas mis à portée d'accomplir un travail aussi bien concerté que le vôtre. Mais à présent, guidé par vous, je vais tâcher de prendre une marche plus sûre. »

La porte s'ouvrit ; un gamin entra portant un bol de lait. Dix ans, vif, les cheveux en bataille. « Comment t'appelles-tu ? » « François-Augustin. » Méchain tressaillit. Augustin ! Comme son plus jeune fils. Quatre ans qu'il ne l'avait vu ! L'imaginer ? Il est si difficile d'imaginer un enfant quand il passe à l'adolescence ! Il était sûrement devenu un beau jeune homme ; c'est bien ce que lui avait écrit Thérèse dans la seule lettre reçue d'elle. « Réservé et timide », avait-elle précisé. Pas comme celui-ci qui, sous prétexte de ranger la table pour poser son bol, s'était déjà mis à fureter.

Croyant s'en débarrasser plus rapidement, Méchain ouvrit la caisse du cercle. Quelle imprudence ! Le gosse, émerveillé, contemplait les pièces. Il brûlait d'envie de les toucher, mais ne tenta pourtant rien. C'était si évident que Méchain, pris au jeu, sortit les pièces, expliquant brièvement à quoi elles servaient, avant de les poser une à une sur le lit. Il fit jouer quelques mécanismes pour faire plus vrai. Et bientôt la totalité du cercle répétiteur gisait dépecé sur la couverture. L'enfant regarda Méchain comme pour le prier de monter l'instrument. Celui-ci inflexible, refusa. « Je n'ai rien demandé ! » répliqua l'enfant. « Ta, ta, ta, tu crois que je n'ai pas compris ? » François pointa brusquement son doigt vers la couverture ; il avait sa vengeance : deux taches de graisse tombée de l'instrument. « Je ne dirai rien à mère. » Après un clin d'œil complice, il se mit à interroger Méchain. Très vite, celui-ci fut emporté par un torrent de questions ; chacune d'elles ouvrait la porte à une série d'autres. L'enfant faisait montre d'une telle exigence que, cette fois, son interlocuteur répondit avec sérieux. Malheur à lui s'il avait agi autrement !

Le lendemain, le gamin revint ; déjà du bas de l'escalier, Méchain l'avait entendu réciter une sorte de comptine qu'il poursuivit en entrant dans la pièce. Mais il la récitait si vite qu'il était impossible d'en comprendre un seul mot. François ralentit le rythme et Méchain entendit la liste des quatre-vingt-six départements et de leurs chefs-lieux, liste que chaque élève devait apprendre par cœur. Quand l'enfant eut fini, il colla sous le nez de l'astronome un incompréhensible coloriage. Méchain écarta la feuille et, comme il arrive lorsque l'on s'éloigne d'un vitrail, le dessin prit sens. Chaque pièce, coloriée d'une couleur différente, représentait un département. En bas de la page dans le bleu de la mer, une écriture enfantine avait écrit : La République Une et Indivisible. Méchain rendit le papier et l'enfant reprit sa litanie. Que c'était agaçant !

Ils devinrent bons amis. Chaque jour, au sortir de l'école, l'enfant allait rendre visite à l'astronome. François avait deux objets favoris, la plume et la fronde, jouant de la première avec aisance et maniant la seconde avec dextérité, surtout depuis qu'il avait quasi assommé un soumaten lors d'une incursion des troupes espagnoles. C'était pendant la guerre, les attaques espagnoles se succédaient. Quelques soldats éloignés du gros de la troupe venaient d'être repérés par la bande des garçons du village. Sans avertir personne, les garçons avaient attaqué, blessant deux soldats. Rentrés au village, les gamins furent traités en héros, après avoir reçu une sévère correction.

Voilà pour la fronde. Pour la plume, c'était moins héroïque mais plus durable. François adorait l'école. Lire et écrire étaient devenus une passion.

L'école ! Ce que la Législative et la Convention d'avant Thermidor avaient fait, on était, petit à petit, en train de le défaire. Cette loi d'instruction qui rendait l'école gratuite et obligatoire était de plus en plus malmenée. On devait, dans chaque commune de France, ouvrir une « première école », l'école des petits. On n'en ouvrit qu'une seule pour trois ou quatre communes ! L'État devait appointer les instituteurs, il cessa de le faire. Ce sera aux parents, éventuellement aux communes, de les payer ! Et l'école, prévue pour être gratuite et proche, devint hors d'atteinte et hors de prix. Il n'y avait plus assez de places pour tous les enfants, pour les filles surtout.

Une de ses petites camarades n'ayant pas été admise à l'école d'Estagel, François avait décidé de lui apprendre lui-même à lire et à écrire. Consciencieusement, une heure chaque jour, le gamin se transformait en un maître écouté… et efficace.

Le père Arago ne cessait de vitupérer contre ces retours en arrière. Plutôt montagnard que girondin, ayant vu sans déplaisir périr la Terreur du Comité de salut public, il regardait avec d'autant plus de rage grandir les exactions des revanchards. Un soir, il rentra apaisé, un grand livre à la main. C'était *l'Esquisse d'un tableau historique des progrès de l'esprit humain*, de Condorcet. Durant le repas, il apprit à Méchain la façon dont le livre lui était parvenu : c'est à Romme qu'il devait de l'avoir reçu. Quelques semaines avant d'être exclu de la Convention et condamné à mort, Romme avait fait voter l'envoi à tous les départements de l'ultime ouvrage de Condorcet. L'Assemblée, toutes opinions confondues, avait applaudi à la proposition. Trois mille exemplaires, expédiés sur tout le territoire aux maires, aux maîtres d'école, aux magistrats, aux chefs de bataillon !

Ce soir, peut-être, assemblés autour d'un feu car il gelait partout, à Dunkerque et à Marseille, à Brest et à Rodez, des hommes et des femmes écoutaient ces quelques phrases prononcées avec l'accent de la Bretagne ou celui du Nord, avec l'accent de Marseille ou bien celui de l'Auvergne : « Tel est le but de l'ouvrage que j'ai entrepris et dont le résultat sera de montrer, par le raisonnement et par les faits, que la nature n'a marqué aucun terme au perfectionnement des facultés humaines, que la perfectibilité de l'homme est réellement indéfinie, que les progrès de cette perfectibilité, désormais indépendants de toute puissance qui voudrait les arrêter, n'ont d'autres termes que la durée du globe où la nature nous a jetés. »

Là, à Estagel, dans la grande cuisine des Arago, les enfants s'étaient endormis, hormis François, l'aîné, qui luttant contre le sommeil écoutait du plus qu'il pouvait ces phrases dont il ne comprenait pas bien le sens mais qui, à la manière dont son père les prononçait, lui semblèrent d'une grande importance. Il est vrai que, dans la bouche d'Arago, pimentées par sa façon de dire les mots, elles prenaient une saveur qui les faisait promesse de bonheur.

La force de conviction de ce texte, l'intransigeante espérance qui l'animait, cette voix clamant que la perfectibilité de l'homme était sans limites... Méchain en fut bouleversé. Il le fut d'autant plus que, favorable à une sorte de devoir de réserve des savants, il s'était en son temps effarouché de la façon dont Condorcet s'était jeté corps et âme dans les affaires du temps.

On alla se coucher. Méchain se sentait si bien dans cette chaude famille ! En s'endormant, il ressentit une folle envie de se retrouver parmi les siens.

Méchain se préparait à quitter Estagel, pour rejoindre Tranchot dans les montagnes, quand, pour la dernière fois, François pénétra dans la chambre de l'astronome. Divine surprise ! Au milieu de la pièce, se dressait le cercle répétiteur entièrement monté, prêt à fonctionner !

Sa longue lettre commencée des semaines plus tôt à Bugarach, Méchain la termina ainsi : « Vous me pardonnerez le désordre que vous remarquerez dans cette lettre ; elle est beaucoup trop longue pour ce que vous y trouverez d'intéressant. Mon principal objet était de commencer à renouer une correspondance avec vous, mon cher confrère. C'est à moi seul qu'elle peut être utile. Puisse-t-elle vous être agréable. Je désire ardemment que vous vouliez bien y perdre quelque moment. »

Ainsi débuta une correspondance suivie entre les deux astronomes. Plus d'une centaine de lettres de part et d'autre. Mais quelles difficultés pour se joindre ! On eût dit deux aveugles obstinés cherchant à s'atteindre à travers les ténèbres. Voilà une missive parvenant à Évaux quand son destinataire n'y était déjà plus, ayant filé à Dun, et qui envoyée à Dun arrivait juste après qu'il l'eut quitté. Voilà un pli revenant des mois plus tard à son point de départ : retour à l'envoyeur. Où adresser la lettre ? C'est selon : « Vous pouvez m'écrire à Paris rue du Paradis, ou à Bruyères par Arpajon, département de Seine-et-Oise, ou à Bourges poste restante, ce sera plus court et plus sûr. » Comment s'étonner qu'une telle missive se perdît à jamais ? Que telle autre, persévérante pourtant, poursuivît son destinataire sans jamais parvenir à le rattraper ? Sans parler de cette autre qui, ayant vieilli sur pied pour avoir par trop devancé son destinataire, ne lui offrait que des vieilles nouvelles lorsque, des mois plus tard, il en prenait possession !

La plume frissonnante de Méchain trempée dans une encre presque gelée annonçait : « Voilà encore votre importun astronome, dont les lettres et les demandes sont plus fréquentes que les apparitions de comètes. Dimanche, plusieurs pieds de neige. Si le temps ne se rétablit pas, je céderai bientôt le terrain à la glace, aux frimas et aux loups qui y sont de moins en moins rares, sans compter les ours, dont l'un, près d'ici, a mangé quatre ou cinq moutons. »

Delambre, les pieds plongés dans une bassine d'eau bouillante et l'écritoire posée sur les genoux, répondait : « Vos montagnes sont trop hautes, les nôtres pas assez ! Mais je dois dire que nous avons toujours été sur les roses si nous comparons notre position à la vôtre. » Et il se lançait dans une description de sa dernière station : « J'avais pour six heures d'ouvrage et je n'ai pu le faire qu'en dix jours. J'ai donc pris le parti de me loger dans une vacherie voisine. Je dis voisine parce qu'il n'y en a que pour une heure et demie. Pendant les dix jours qu'a duré ce travail je n'ai pu me déshabiller ; je couchais sur quelques bottes de foin, mangeant ce que je pouvais bien trouver. Là, j'ai été successivement brûlé par le soleil, refroidi par le vent, trempé par la pluie. À propos, ne vous sentez-vous plus de votre cruel accident ? »

« Des nouvelles de mon bras ? Cela s'est grandement amélioré, répondait Méchain un mois plus tard. Reste à guérir la tête, je m'y efforce. Eh oui, mon cher collègue, si on trouve que j'ai la misanthropie de Rousseau, peut-être ne se trompe-t-on point. Malheureusement je ne lui ressemble que de ce côté-là. C'est une maladie dont je tâcherai de me délivrer. »

« Il faut à tout prix qu'il se change les idées, qu'il se retrempe dans sa famille », se persuada Delambre, prenant immédiatement une feuille de papier : « J'ai pensé qu'après une absence de quatre ans et demi, il vous sera plus agréable d'observer à Paris au sein de votre famille, que dans cette petite ville qui n'a rien d'agréable. » Méchain refusant, Delambre insista : « Je suis seul, vous êtes dans une position familiale différente. Toutes les préférences vous sont dues à toutes sortes de titres, sans parler même de votre ancienneté et de vos longs travaux. » Une petite note en fin de page ranimait tout et mettait à nouveau le feu dans la tête de Méchain : « Avez-vous l'espoir d'arriver cette année à Rodez ?

Quels sont vos projets ? Voilà ce que j'ai le plus grand désir d'apprendre de vous. »

Ils étaient loin d'être arrivés ! Mais, comme des enfants, ils jouaient : vous feriez ceci et je ferais cela ; et ce serait ceci et ce serait cela ; et vous viendriez jusqu'à un des deux clochers qui sont en deçà de Rodez, pendant que moi j'irais... Voici le plan que je vous propose, vous ferez les changements qui vous conviendront. Méchain opérait quelques changements et Delambre...

Bientôt l'échange s'enrichit. La nouvelle donne épistolaire fut triangulaire. Un côté identique mais mobile : Delambre-Méchain ; un sommet fixe à Paris, mais changeant de locataire. Une fois, c'était Borda ; une autre, Thérèse, une autre, Lalande. Ainsi, le trio qui à Paris assurait la permanence s'était transformé : Condorcet et Lavoisier étaient remplacés par Lalande et Thérèse. Car Thérèse faisait de plus en plus souvent le lien entre son mari et la Commission.

Méchain avait retrouvé son élan d'antan. Parti depuis plusieurs jours, il s'en retournait harassé, avec son équipe de porteurs. La mère les avait attendus ; les hommes n'étaient pas encore débarrassés de leurs vêtements qu'elle leur versait déjà la soupe dans de larges assiettes creusées à même le bois de la table. Ils mangèrent sans dire un mot. Elle passa un chiffon mouillé, racla le bois ; les assiettes étaient prêtes pour le prochain repas.

La table séchée, Méchain s'installa. Les porteurs se statufièrent autour de la cheminée. La mère étendit les linges sur un fil jeté au-dessus de leur tête puis, s'interrompant, elle jeta un coup d'œil sur l'ensemble de la pièce, homme et choses réunis. Satisfaite, elle s'approcha de l'astronome, poussant une lampe vers la feuille sur laquelle il avait déjà commencé d'écrire : « Je suis au désespoir, mon cher Delambre, d'avoir différé jusqu'à présent de vous envoyer mes mesures de

Barcelone. Mes seules excuses sont le chagrin et la dévorante inquiétude qui me tourmente depuis si longtemps à leur sujet. Adieu, mon cher collègue, conservez-moi votre amitié. »

La berline aux reflets verts roulait à travers bois ; en fait, on devinait la couleur plutôt qu'on ne la distinguait. Bellet conduisait ; Delambre, installé à l'intérieur, relisait la lettre de Méchain : elle l'inquiétait. « Vos mesures de Barcelone, je les regarde comme les plus précises et les plus parfaites que l'on puisse espérer. Je n'aurais jamais pu me flatter de faire mieux, ni même aussi bien. » Voilà ce qu'il allait lui répondre, ce soir même.

La voiture était arrêtée au milieu d'une prairie, Delambre préparait un feu. Le cheval paissait docilement. Robe grise neigée, crin et extrémités des pattes acajou ; peigné et brossé, on l'aurait cru en habit de soirée. Robuste, point trop nerveux et jamais capricieux, une bête au long cours. Bellet lui fit plier la patte et sembla préoccupé par l'état du sabot.

Delambre s'installa pour écrire. « J'ose vous inviter mon cher collègue à vous tranquilliser sur vos observations. Je ne le dis pas seulement à vous. Lors de mon précédent voyage à Paris, je l'ai répété plusieurs fois à la Commission et au Bureau des Longitudes. » Sachant l'inépuisable soif d'absolu de son collègue, il tenta de le rassurer : « Ceux qui auront quelque idée des difficultés que nous avons subies nous tiendront compte du degré d'exactitude auquel nous sommes parvenus et ne nous chicaneront pas pour quelques petites erreurs que les circonstances ne permettront pas d'éviter. » Le cheval hennit doucement, Delambre leva la tête ; son regard tomba sur la berline. « Notre voiture ne tiendra sûrement pas jusqu'à Rodez. Elle semble prête à expirer.

Nos signaux s'élèvent depuis Dunkerque jusqu'à Morlac. Quand pourront-ils se joindre aux vôtres ? Ce jour fera date dans notre vie à tous deux. »

À Dun, Bellet conduisit le cheval chez le maréchal-ferrant. Grand, sec, portant moustaches foisonnantes aux extrémités roussies, un bonnet de laine sur des cheveux aux longues mèches descendant dans le cou, l'homme se nommait « L'Amourette ». Il tenait son nom de la singulière façon dont il parlait aux chevaux. Tout en préparant ses instruments, L'Amourette avait lancé quelques mots à la bête comme pour faire connaissance. Après avoir déposé les fers aux feux, il s'était mis à lui expliquer : « Ça, c'est une tricoise, ça un paroir et ça une mailloche. Avec la rénette, je vais te couper les ongles. Ils te gênent, pas vrai, ces ongles ? Maintenant je vais te soler. N'aie pas peur, L'Amourette, c'est seulement de la corne, tu ne sentiras rien. » Au moment où avec une longue pince il retira le métal porté au rouge et l'approcha du sabot, il redoubla de paroles. Sa voix s'était faite plus douce, plus cajoleuse. Dans la chaleur et l'odeur de brûlé, il ajusta le fer bien étampé et ne se tut qu'un instant lorsque, ayant mis une poignée de clous dans la bouche, il brocha le fer. Le dernier clou planté, il flatta le cheval. « Alors, L'Amourette, ça t'a pas fait mal ! Si, un peu ? Mais tu as été courageux, et maintenant qui c'est qui va galoper comme un jeune fou ? » chanta-t-il en fourrant un morceau de sucre dans la bouche du cheval.

Il faisait un temps superbe quand ils quittèrent Dun. Les mesures s'étaient passées sans encombre. Son sabot réparé, le cheval gris trottait. Un peu trop vite, pensa Delambre qui se trouvait sur le siège avant à côté de Bellet. Les deux hommes chantaient à tue-tête sur l'air des Visitandines :

« Infortuné célibataire
qui préfères la nullité
au bonheur d'être époux et père,
charmes de la société *(bis)*
Quand viendra le déclin de l'âge,
assailli des infirmités,
fruit des excès, des voluptés... »

Tout à coup un craquement sinistre se fit entendre, la berline tangua.

Quelques instants plus tard, assis sur le bas-côté du chemin, l'astronome et son adjoint regardaient tristement leur berline renversée dans le fossé.

15.

« Voilà à présent que nous ne sommes plus égaux ! s'exclama Bellet. Dommage, je commençais à m'y habituer ! » Delambre découvrit la cause de l'irritation de son adjoint : l'article premier de la Déclaration des droits de l'homme ne figurait plus dans la nouvelle Constitution.

Juste avant de disparaître, comme une femme expirant en couches, la Convention trouva la force de mettre bas une Constitution. Au cours de son ultime séance, elle offrit au pays deux cadeaux : elle débaptisa la « place de la Révolution » pour l'appeler « place de la Concorde » et elle créa l'Institut, non par une simple loi, pouvant toujours être révoquée par des petits changements politiques, mais par un article de la Constitution ! Ainsi ce serait devant le Corps législatif lui-même que le nouvel organisme devrait chaque année rendre compte des progrès des sciences et des travaux de chacune de ses classes.

« Si vous laissez aux savants qui composaient la ci-devant Académie le temps de se retirer à la campagne, de prendre d'autres états dans la société, de se livrer à des occupations lucratives, l'organisation des sciences sera détruite et un demi-siècle ne suffira pas pour reformer une génération de savants », avait averti Lavoisier. On l'avait, semble-t-il, écouté.

Ayant été le dernier membre nommé de la défunte Académie, Delambre n'avait pas participé à plus de trois ou quatre séances. « Je n'ai pratiquement pas été académicien, je serai totalement membre de l'institut », se promit-il. Il fut happé par la foule. On avait voulu faire de cette inauguration un symbole. C'était la première manifestation de cette importance depuis le début de la Révolution. Voilà qui changeait de ces fêtes populeuses et vulgaires monopolisant la scène depuis des années ! Les femmes étaient belles et les robes jolies ! Les modistes, piqueuses, plumassières, garnisseuses, formières retrouvaient de l'ouvrage, les dentellières et les coiffeurs également. Bref, du côté de la parure, la situation était excellente.

La cérémonie commença. Il passa cependant deux ou trois nuages dans le ciel serein de cette belle inauguration. Quelqu'un fit remarquer, sinistre comptabilité, que la mort de Bailly avait libéré trois fauteuils, le défunt astronome étant le seul, avec Fontenelle, à avoir été simultanément membre des trois académies ! Dans la section des sciences morales, on avait fait entrer les puissants du moment qui n'étaient pas les mêmes que précédemment. C'est dans la section des Sciences que la continuité triompha. Les anciens académiciens retrouvèrent tous leur fauteuil. Ajoutez quelques nouveaux noms à cette liste déjà longue et vous aurez : en Botanique, Lamarck et Jussieu ; en Anatomie, Daubenton, Cuvier et Lacépède ; Haüy en Minéralogie, Monge et Prony dans les Arts et Métiers ; Berthollet, Guyton de Morveau et Fourcroy en Chimie ; Coulomb en Physique ; Parmentier en Économie rurale. Et en Médecine, Cabanis et Pinel, bien sûr.

Et Méchain ? On ne l'avait pas oublié. Aux côtés de Cassini et de Lalande, il siégerait dans la classe d'Astronomie, alors que, voisinant avec Lagrange, Laplace, Legendre, Borda et Bossut, Delambre prendrait place dans celle de Mathématiques.

Qu'on le considérât comme un mathématicien – étant entendu par ailleurs que personne ne pouvait nier qu'il était astronome – procura à Delambre une intense fierté. La reine des sciences !

On l'interrogea au sujet de l'expédition et toujours revenait cette question : « Quand donc sera-t-elle terminée ? » Cela seul semblait importer. « Voilà quatre ans que ce travail a commencé, répondit Delambre irrité, je m'y suis livré tout entier, j'ai interrompu mes occupations les plus chères, personne ne désire plus que moi la fin de l'entreprise. Sans les orages de la Révolution, elle serait certainement terminée depuis longtemps… mais sans elle, ajouta-t-il, peut-être n'eût-elle jamais débutée. » Des visages pincés accueillirent la dernière phrase et, changeant apparemment de sujet, remarquèrent qu'une fois de plus Méchain n'était pas là. Comateux en Catalogne, emprisonné en Espagne, relégué en Italie ou cloué au sommet d'un pic du Languedoc, il y avait toujours une bonne raison à son absence ! Aux yeux de tous, les deux astronomes étaient indissolublement liés par l'œuvre commune. Déjà, cela ne dépendait plus d'eux ; combien de fois, ce soir-là, entendit-on prononcer Méchain-Delambre, Delambre-Méchain, comme s'il s'agissait d'un seul homme ?

Avant de quitter Paris, il lui fallait honorer une promesse. Delambre aborda la rive gauche par le Pont-Neuf, grimpa la montagne Sainte-Geneviève, longea le Panthéon, le dépassa, revint sur ses pas, se tordant le cou pour voir si la tourelle dont il avait fait les plans deux ans auparavant avait été construite. D'en bas, il lui fut impossible de rien apercevoir. Pénétrant dans l'édifice, il ne put s'empêcher de vérifier les piliers ; il les trouva dans un piteux état. Tiendraient-ils jusqu'à la fin du siècle ? D'autant plus que le bâtiment était le siège de nombreuses allées et venues dues aux fréquents déménagements d'hôtes ayant perdu les faveurs des puissants du jour.

Il ressortit, enfila la petite rue partant de la face sud du Panthéon, s'arrêta devant une bâtisse au fronton de laquelle rutilait une plaque toute neuve : École normale supérieure. Étrange nom, remarqua-t-il, mais qui avait l'avantage de la franchise : la République Une et Indivisible entendant se doter d'une et d'une seule façon d'enseigner, dans ces murs on dispenserait la « norme ». Il fallait lier la génération entière par des principes communs et par une même volonté.

Tandis que chaque village posséderait sa « petite école », à Paris fleurirait un quarteron de « grandes écoles » : « Il faut donner à tous également l'instruction qu'il est possible d'étendre à tous, mais ne refuser à aucune partie des citoyens l'instruction plus élevée qu'il est impossible de faire partager à la masse entière des individus. Établir l'une parce qu'elle est utile à ceux qui la reçoivent et l'autre parce qu'elle l'est à ceux mêmes qui ne la reçoivent pas », avait écrit Condorcet. Delambre se souvint du repas de Noël à l'auberge de Châtillon où ce petit curé – comment s'appelait-il ? Chambraud, Jean Chambraud – avait tant parlé du philosophe. Ce souvenir lui donna envie de faire une halte à Châtillon en redescendant vers le sud.

« Traduire un problème en langage algébrique, c'est former des équations. L'art de mettre les problèmes en équations et de choisir convenablement les inconnues pour arriver aux solutions les plus élégantes dépend de l'adresse du mathématicien. Comment désigner ces quantités inconnues ? Par des lettres de l'alphabet par exemple : "a", "b", "x", "y". » Le cours avait commencé ; en bas de l'amphithéâtre, Laplace, debout devant la paillasse, s'adressait à une foule d'élèves silencieux.

Ce n'étaient plus des adolescents mais des hommes dans la force de l'âge. On les sentait passionnés et sérieux, naïfs et sévères, prêts à s'émerveiller. Delambre devina qu'ils étaient pour la plupart d'authentiques autodidactes, issus de tous les coins du pays, ayant exercé tous les métiers : artisans, curés, clercs, artistes. Ils venaient d'être choisis par leurs concitoyens comme les plus aptes à éduquer leurs enfants et à établir entre tous une égalité de fait, par là ils espéraient rendre réelle l'égalité politique reconnue par la loi. Ceci d'autant plus que la loi ne garantissait plus guère à présent cette égalité.

« L'un des rapprochements les plus féconds que l'on ait faits dans les sciences est l'application de l'algèbre à la théorie des courbes. C'est ainsi qu'est née l'analyse infinitésimale… », poursuivait Laplace. Chaleur moite, crissements de plumes sur le papier, bruits des feuilles que l'on tourne, vieille odeur, « l'odeur du savoir ». En un éclair, tout lui revint ; Delambre, l'éternel étudiant qui n'avait quitté sa dernière salle de cours que la trentaine bien sonnée. Ah, ce plaisir d'apprendre, de savoir, d'enseigner ! Il avait toujours voulu être professeur. À vingt ans, mariage de raison, il pensait que ce serait la seule activité que lui permettrait sa probable cécité. À vingt-cinq ans, mariage d'amour, il était convaincu qu'il n'existait pas de plus beau métier. À trente, il le pensait encore. C'est sûr qu'il aurait aimé enseigner dans ces nouveaux établissements de prestige ! On ne le lui avait pas proposé. Sans doute, se dit-il pour se rassurer, était-ce à cause de l'expédition. On ne peut pas être à la fois sur les routes et dans des salles de cours. Les écoles closes, l'enseignement et la sédentarité, ou le voyage et les espaces sans fin ouverts à tous vents ; il fallait choisir ! Il jalousa tout de même Lagrange et Laplace, Haüy et Berthollet, Vandermonde et Daubenton et Monge qui croulaient sous les postes d'enseignement.

Se dirigeant vers la sortie et poussé à nouveau par la curiosité, Delambre entrouvrit une porte. À ses grands gestes, il reconnut immédiatement Monge faisant son cours. N'affirmait-on pas que ses succès en géométrie provenaient de l'incroyable habileté avec laquelle, par des mouvements subtils des mains, il savait figurer et poser dans l'espace les surfaces et les objets les plus complexes de ses démonstrations ?

« D'autres parlent mieux que lui, personne ne professe aussi bien. » Ce n'était pas l'avis de tout le monde. Depuis quelque temps, Monge faisait l'objet d'une campagne de presse : l'homme restait montagnard en un temps où il valait mieux oublier qu'on l'avait été, et en outre il persistait à employer d'inqualifiables méthodes pédagogiques. Pensez ! Il faisait travailler ses élèves par petits groupes et il avait de surcroît organisé des séances de débat entre eux et leurs maîtres « afin, disait-il, que l'enseignement ne soit pas le résultat du travail d'un seul esprit mais du travail simultané de douze à quinze cents hommes ».

Un cours, qui plus est de mathématiques, sujet à discussion ! Et ceci au moment où dans les casernes on s'efforçait de réapprendre aux soldats l'obéissance et la discipline…

En retournant vers sa station, Delambre fit une halte à Châtillon. Il décida de passer la nuit à l'auberge. Léonne la servante était toujours là, toujours trimant, et devant la profonde cheminée, le Père-la-Liberté statufié sur une chaise basse semblait sommeiller. Mais il reconnut instantanément Delambre.

L'astronome lui demanda des nouvelles de l'arbre, le vieux visage se plissa un peu plus. « Ils l'ont coupé, les salauds ! rugit-il. J'avais averti les gendarmes que ça allait arriver. Un matin, j'ai retrouvé un roi de carreau… » Devant la mine ébahie de Delambre, il insista : « Une carte, une carte à jouer… ils l'avaient piquée dans le tronc, elle tenait avec un pic de boucher. Le lendemain il y avait plus rien, plus de tronc, plus d'arbre ! »

Léonne apporta la bouteille de gnôle et interpellant le vieux : « Dis-lui, pour Marchecourt ! » « Ah oui, fit le vieux. La pyramide, vous vous souvenez ? Celle de votre méridienne qui a été détruite par les gars de la société populaire pour refaire le chemin. Eh bien, cet été, le directoire du département les a condamnés à la reconstruire : trois mille livres que ça leur a coûté ! Allez-y à Marchecourt, vous verrez le monument, il est comme neuf, … mais le chemin est plein de trous. C'est pas vrai, Léonne ? » Elle était déjà repartie.

Le lendemain, Delambre continua sa route ; il devait retrouver Bellet dans la Creuse. Il fut tenté de poursuivre son voyage et d'aller, pourquoi pas, rendre visite à Méchain. Quelque chose le retint : Rodez. Comme si aller au-delà de cette ville, c'était pénétrer dans les « terres » qui ne lui appartenaient pas. La France coupée en deux.

Méchain était donc dans ses terres quand, un jour, on l'avertit que sa berline l'attendait à Perpignan. Sa vieille berline, elle était encore… il faillit dire : vivante ! C'était à n'y pas croire ! Au moment de s'embarquer pour l'Italie, il avait dû, la mort dans l'âme, l'abandonner aux mains des autorités espagnoles. Après l'avoir triomphalement rapatriée, l'administration du département venait d'avertir Méchain. Il se précipita à Perpignan.

N'étant plus où elle avait été, et pas encore où on lui affirma qu'elle serait bientôt, la berline s'avérait insaisissable. Où donc se trouvait-elle ? À l'église Saint-Jacques, évidemment ! Une berline dans une église ? Bah, c'était chose du temps.

Poussant le vantail, il buta littéralement sur un énorme mur, une muraille plutôt, faite de bottes de paille empilées tant bien que mal jusqu'aux plus hauts contreforts.

La nef en était bourrée : l'église venait d'être transformée en dépôt de fourrage de l'armée des Pyrénées-Orientales. Méchain planté dans l'entrée se fit bousculer par un groupe de soldats. Devant son air éberlué, l'un d'eux lança : « Ben quoi, c'est-ti que t'aimes pas la crèche ? Y avait déjà la vache et le petit Jésus, y manquait plus que l'âne ! » Il s'éloigna, suivi par les rires de ses compagnons. Décidément, la paille poursuivait l'astronome. Passe encore qu'il en fasse sa couche dans les métairies les plus perdues, mais là, au cœur de la ville !

Méchain découvrit la berline non pas « dans » mais « à côté de » l'église, recouverte d'une bâche, dans un hangar voisin, attendant qu'on veuille bien lui redonner du service. Elle était en droit de l'ambitionner, compte tenu du parfait état dans lequel elle se trouvait. Roues, portes, essieux, tout semblait fonctionner à merveille. Jusqu'à la peinture qui avait résisté au temps. La couleur s'était seulement un peu pastellisée comme celle des toiles de son compatriote Latour. Les autorités espagnoles n'avaient pas démérité.

Méchain grimpa dans l'habitacle et se lança dans une inspection affectueuse, détachant la table démontable avant de la fixer au sol, caressant le velours tapissant les parois. Il fit le geste d'épousseter le tissu. Là dans les niches, peut-être avait-il oublié…, il les fouilla l'une après l'autre, celle du thermomètre, celle du pendule, celle de l'hygromètre à cheveu… Elles étaient vides. Puis, se souvenant de l'armoire aux documents, il leva la main, palpa la cavité ouverte dans le plafond et eut la stupeur d'y trouver une carte, celle du Montserrat, portant encore les annotations qu'il y avait inscrites ! Il s'installa à sa place favorite, la banquette arrière, du côté droit.

« Ce serait tout de même bon de disposer d'un endroit à soi, pensa Méchain, fût-ce l'intérieur d'une berline, comme les enfants ont leurs cabanes. Et lorsque l'environnement deviendrait trop difficile à vivre, je viendrais m'y réfugier. » Jamais la même auberge, jamais les mêmes gens, jamais le même lit ; à la longue c'était à vous faire perdre la tête. Ce besoin de continuité, cette soif de permanence, Méchain pensa que la berline pourrait les lui offrir. Il envisagea de la conserver, mais…

Ajoutez au prix – exorbitant – de l'achat d'un cheval celui du coût de la ration quotidienne de foin, sans oublier la difficulté à s'en procurer et le temps passé à s'occuper de la bête… Tristement Méchain se convainquit qu'il était plus sage de s'en séparer.

Il retrouva Arago dans la grande salle de l'Hôtel de Ville. Et lui racontant l'affaire, il ne put s'empêcher de s'émerveiller qu'après tous les bouleversements qui avaient secoué la région, la berline lui soit revenue en parfait état.

« C'est l'administration, lui répondit Arago. Constance et persévérance ; comme pour elle tout est abstrait, tout, à ses yeux, a une égale importance. Elle survit à tous les régimes. Décapite-t-on un sous-chef de service ? Les feuilles tombent, les branches se cassent, les racines demeurent. » Et il se mit à lui raconter l'histoire de la loterie du roi. Du temps de Robespierre, la Commission des arts avait dépensé une folle énergie à résoudre un épineux problème de loterie. Louis XVI avait de la chance aux jeux. Avant d'être emprisonné, il avait acheté un billet d'une loterie émise par une institution de bienfaisance. Le temps passa, on tira les gagnants, Louis fut l'un d'eux. On lui envoya les lots, mais il n'était déjà plus là pour les recevoir. C'est la Commission des arts qui en écopa. Les ayant dûment étiquetés et répertoriés, et ne sachant pas à qui les faire parvenir, elle décida de les conserver en cas…

« En cas de restauration ! » plaisanta Méchain.

Arago proposa de garder la berline à Estagel, en attendant. Seul Borda pourrait décider de la suite à donner à cette affaire ; Méchain profita de la lettre qu'il lui adressa à cette occasion pour lui faire d'autres demandes : que faire des instruments dont il n'avait plus besoin ? Que faire de l'argent italien ? Par argent italien, Méchain entendait celui de la vente du cercle aux astronomes italiens durant son séjour à Gênes.

Quatorze jours plus tard exactement, le temps de l'aller-retour, la réponse de Borda lui parvenait. « Je crois devoir vous mettre un peu au courant de l'esprit actuel de la commission, débutait Borda. Vous savez qu'autrefois nous nous décidions assez promptement sur tous les problèmes. C'est autre chose maintenant. Nous agissons avec circonspection si l'on peut dire, ou plutôt, nous sommes fort indécis. Il suit que vous ne devez pas vous attendre à des décisions de notre part et que vous n'avez, Delambre et vous, d'autre parti à prendre que de choisir ce qui vous paraîtra le meilleur. D'un autre côté, vous pouvez être sûr que nous soutiendrons tout ce que vous aurez fait.

« Donc, au sujet de la berline, vendez-la ou remettez-la au département, à votre gré. Vous dites que je ne vous donne pas d'avis ? Je vais vous en donner un : réfléchissez pendant une heure ou un jour, sur ce qu'il convient de faire : le parti que vous aurez pris est précisément celui que je vous conseille de prendre. Et si, ensuite, vous avez la bonté de m'en instruire, je saurai alors quel avis je vous ai donné sur cette question.

« Deuxième demande : où envoyer les instruments dont vous n'avez plus besoin ? Réponse : Je crois que le meilleur serait de laisser tout cela en lieu sûr parce qu'il vous en coûterait quelque argent pour les faire partir. On saura bien, lorsqu'on en aura besoin, les retrouver où vous les avez laissés.

« Troisième demande : À qui devez-vous adresser le

prix des instruments que vous avez cédés aux Italiens ? Je réponds qu'il ne faut pas encore vous dessaisir de cette somme et qu'il faut voir s'il ne serait pas possible de vous laisser cet argent et en même temps de faire payer l'instrument par le gouvernement, quitte à diminuer d'autant l'argent qu'on vous enverra dans la suite.

« Venons-en à ce que vous me dites des opérations de Delambre. Ici, je vais me fâcher contre vous tout de bon. Où avez-vous pris que ses observations, tant astronomiques que terrestres, soient meilleures que les vôtres ? Et pourquoi déprécier votre travail – ou plutôt celui de la commission qui l'agrée – quand tout le monde les trouve bonnes ?

« Continuons la gronderie, je ne vois pas pourquoi vous ne voulez pas faire les observations à Évaux avec Delambre.

« Maintenant ma colère est apaisée ; je vous embrasse tendrement et je vous assure que mon vieux cœur, quoique refroidi par l'âge et les infirmités, flétri par tout ce que j'ai vu depuis six ans, vous est fortement attaché. Pour terminer, quelques excuses à propos de certaines de vos lettres qui sont restées sans réponse. Vous savez, mon cher ami, que j'ai le défaut de ne pas écrire. Vous devez savoir aussi qu'étant vieux, et même beaucoup plus que je ne l'étais lorsque vous êtes parti de Paris, je ne puis espérer me corriger. »

« Ils ont apparemment autant de problèmes à Paris que moi ici », conclut Méchain satisfait de cette découverte. Un instant plus tard, Arago entrait, accompagné d'un officier espagnol. C'était Gonzales !

« Dios ! » s'exclama Gonzales se précipitant vers Méchain. « Deu ! » rectifia celui-ci en serrant la main du capitaine. L'après-midi même, ils partaient à cheval en direction du pic de Mazamet.

La paix signée, Gonzales avait été envoyé par son

gouvernement pour étudier les conditions d'une reprise de la coopération entre les deux pays, ils en parlèrent en quittant la ville.

Sitôt parvenu dans la campagne, Méchain mit sa bête au galop. À le voir tellement à l'aise sur sa monture, Gonzales ne put cacher sa surprise. Qu'il ne subsistât aucune trace de l'accident – hormis la cicatrice au-dessus de la paupière – le stupéfiait. La dernière image qu'il avait de Méchain était celle d'un infirme cloué dans un fauteuil dans le jardin des Salva.

Ils ralentirent leur course pour aborder la montée. Méchain écoutait avidement ce que lui rapportait Gonzales au sujet de son accident. C'est la première fois qu'il en reparlait avec quelqu'un. Il apprit ainsi que durant son coma, Don Ricardos avait autorisé un médecin français prisonnier à venir le visiter et que celui-ci, afin de prévenir un énorme caillot qui était en train d'obstruer son cerveau, lui avait administré des saignées à n'en plus pouvoir. Une effroyable effusion de sang, par l'oreille droite, s'en était suivie. On avait affirmé que c'est elle qui l'avait sauvé. Méchain ne se souvenait de rien. À entendre ces choses que personne ne lui avait dites jusqu'alors, il ressentit un grand froid dans la nuque. « Juste après l'accident, rapporta Gonzales, tout le monde était tellement convaincu que vous ne survivriez pas qu'on s'était contenté de vous envelopper dans une peau de mouton écorché pour vous maintenir au chaud. »

Méchain eut un haut-le-cœur. Il fallut s'arrêter. De s'imaginer nu, le corps disloqué, son sang et celui de l'animal mêlés, et cette couenne morte qui l'avait épousé pendant des jours ! Il se retint pour ne pas vomir. Gonzales s'inquiéta, lui demanda s'il se sentait totalement remis. Méchain tarda à répondre puis, doucement : « Vous voyez, le temps a fait mieux que l'art. » Aiguillonnant sa monture, il partit au trot malgré la côte.

Arrivés au sommet, ils dressèrent une petite pyramide de pierres sèches, en guise de signal, repérèrent les lieux, puis repartirent. À mi-pente, ils s'entendirent interpeller. Des soldats leur adressaient des gestes agressifs pour les sommer de s'arrêter. Était-ce le souvenir de Tranchot garrotté par les miquelets ou bien l'évidente difficulté qu'il aurait à expliquer la présence d'un capitaine espagnol si loin de la frontière ? Méchain fit un signe à Gonzales, les deux hommes partirent au galop. Lancés à leur poursuite, les soldats tirèrent plusieurs coups de feu dans leur direction. Méchain et Gonzales parvinrent à leur échapper. Pour le capitaine, l'expérience était concluante. Comme Méchain quatre ans plus tôt, il déclara vouloir attendre que les temps « deviennent plus tranquilles ». Méchain sourit.

C'est ainsi que le pic de Mazamet vit tristement s'échapper l'honneur de figurer dans la liste des stations de la méridienne et que la coopération franco-espagnole pour l'élaboration du mètre-étalon s'interrompit.

Mais l'affaire eut une suite. Les soldats, ayant repéré la pyramide de pierres sèches, conclurent, à juste titre, que c'était un signal. Adressé à qui, pour avertir de quoi ? Inquiétantes questions. Il y avait de quoi se faire du souci : dans le proche Vallespir, les émigrés continuaient de s'agiter et dans tout le Sud, les royalistes tentaient de faire naître de nouvelles Vendées. L'affaire monta jusqu'à l'état-major, le service de renseignements s'en mêla, les villageois interrogés parlèrent d'un officier espagnol. Perpignan alerté, les choses faillirent tourner à l'incident, jusqu'à ce que Arago, averti, dégonfle la chose.

L'information s'était ébruitée jusqu'à atteindre un adjudant basé au pied du pic. Après avoir conduit sa propre enquête, celui-ci fut convaincu de ne pas se tromper, et demanda sur-le-champ une permission qui lui fut accordée.

Méchain et Tranchot avaient pris pension dans une auberge de Tuchan dans les Corbières. C'était l'heure du repas, la salle était bourrée. Ce soir il y avait une séance de loto. Accompagné d'un soldat, l'adjudant poussa la porte, avançant au milieu des tables, scrutant le visage des consommateurs. Les deux hommes là-bas, assis près du pilier, cela ne pouvait être qu'eux. Ôtant son calot, il se présenta : « Étienne Charpy, caporal au troisième bataillon. Vous, vous êtes le citoyen Méchain, n'est-ce pas ? et vous le citoyen Tranchot. » C'était l'arpenteur, accompagné de son inséparable ami, Gustave, le canonnier. Étienne expliqua comment il les avait retrouvés, mais surtout il raconta par le menu sa rencontre avec Delambre, à Saint-Denis, la leçon de géodésie, le cercle répétiteur, la chaîne d'arpentage. Méchain l'interrompit : « La géodésie s'est développée à partir des méthodes d'arpentage, c'était bien normal que vous vous rencontriez. Les arpenteurs ne sont-ils pas un peu nos ancêtres ? »

Étienne éprouva de la reconnaissance envers cet homme qui lui disait ce que personne ne lui avait jamais dit. Méchain le pria de poursuivre. Étienne raconta tout ce qui lui avait trotté dans la tête au sujet des triangles. Puis il parla des batailles, de Valmy surtout. Gustave prit la parole pour la première fois : « Comme je l' disais à votre collègue, moi, j' suis né à Valmy. » Étienne lui ayant fait un signe, Gustave laissa sa phrase en suspens. Puis l'arpenteur raconta la surprise, la découverte de la berline sur la route de Dunkerque. « C'est vous qui avez la seconde, n'est-ce pas ? » interrogea Étienne. « C'est moi qui l'avais, elle est vendue à présent, la mienne était cuivrée », répondit Méchain.

L'astronome fut troublé d'entendre cet inconnu lui parler de ces choses qui le concernaient tant. Il lui posa mille questions au sujet de Delambre. Ce soldat était le seul homme à les avoir rencontrés tous les deux, depuis leur départ ! Un adjudant arpenteur comme seul lien vivant entre deux civils astronomes ! Méchain sourit. Étienne demanda si la base de Melun avait été mesurée. « Aucune des deux bases n'a encore été mesurée », répondit-il, touché par la joie qui envahit le visage d'Étienne. « C'est que, confia celui-ci, j'ai promis au citoyen Delambre de faire la mesure de Melun avec lui. » « Eh bien, si vous le désirez, vous viendrez également avec nous, faire celle de Perpignan, n'est-ce pas, Tranchot ? » Tranchot acquiesça. L'arpenteur demandant où se trouvait Delambre, Méchain lui écrivit l'adresse sur un morceau de journal. On débarrassa les tables, la partie de loto allait commencer.

Chacun acheta son carton. Un superbe chapeau trônait sur la table centrale ; le meneur de jeu plongea la main, agitant le bras avec force mouvements, comme s'il fouillait dans les entrailles d'une volaille. Il retira sa pogne pleine de plaquettes en os, en piqua une et se mit à bramer : « C'est combien ? Combien c'est ? C'est combien ? » en la lançant en l'air où elle tournoya d'une étrange façon, avant qu'il ne la happe et que, d'une grande tape, il ne l'applique sur le plat de son autre main. D'un coup d'œil, il lut le nombre gravé sur la plaquette et, sa main se refermant comme un clapet, imposa instantanément le silence. Sa bouche s'arrondit interminablement en cul de poule et cracha brusquement : « Dice neuf, dice neuf, dice neuf. »

Des vagues de « ah ! » et de « oh ! » déferlèrent dans la salle. Les joueurs possédant le numéro gagnant posèrent sur le « 19 » un haricot. Le bruit retomba, les visages se firent à nouveau attentifs. Le meneur de jeu se mit à faire une pirouette, un pas de danse et s'immobilisa devant un couple de canards muets, qu'il désigna à l'assistance. À côté des canards, il y avait plusieurs lapins, une cage où s'entassaient des pigeons, une bonbonne de vin et une kyrielle d'autres lots de moindre inmportance. Bref, le luxe et la bombance en cette période de disette.

Comme un manège bien huilé, le cycle recommença, seuls changeaient les chiffres. « 65 !... 18 !... » Tranchot, Gustave, Étienne et Méchain s'étaient mis à l'écart. Ils avaient acheté des cartons et suivaient le déroulement du jeu, tout en continuant à discuter.

D'abord l'Est, c'était tout au début, en 92 ; puis le Nord, Dunkerque ; encore après, l'Ouest, la Vendée et le pays chouan ; à présent, le Sud et les Pyrénées. « On a tout fait, disait Étienne à Tranchot. Vous aussi, vous avez voyagé. La France, d'une certaine façon, vous l'avez traversée tout du long. Nous, on en a fait, pour ainsi dire, le tour. Oui, presque le tour, c'est drôle, tout de même. » Il s'arrêta net, puis heureux d'avoir trouvé ce qu'il voulait exprimer, il lâcha : « À vous, le diamètre, à nous, la circonférence ! » Gustave regarda son ami avec admiration mais Étienne poursuivit : « Et maintenant, savez-vous, ils veulent nous envoyer en Italie ! Là, pour le coup, le cercle sera complet. En Italie ! Pour faire quoi ? Les Italiens ne nous ont rien fait : ça me plaît pas. Moi, je suis parti volontaire pour défendre la République, pas pour faire des conquêtes !

– Y avait pas encore la République quand on est partis, rectifia Gustave.

– C'est tout comme ! En tout cas, pas pour faire des conquêtes. » Étienne prononça le mot avec une fureur rentrée. Désignant un caporal assis à une table voisine : « Vous voyez ce gars, c'était un qui était à Bellegarde... » Il fut interrompu par la voix du meneur de jeu : « 42 ! » C'était un de ses numéros. Il posa violemment un haricot sur son carton.

« 42 !… 17 !… 20 !… » Méchain n'écoutait plus la conversation. Perdu dans ses pensées, il était parti bien loin de l'auberge ; les nombres clamés à intervalles réguliers, le bruit de la salle oscillant entre les cris et le silence… Il se revit sur la plate-forme du fort de Montjouy, en bas, la mer invisible et le bruit des vagues. Au-dessus, un ciel de rêve, toutes les étoiles et les constellations, aussi belles que dans un livre pour enfants. Juste au-dessus de lui, l'étoile Polaire et le Petit Chariot, parfaitement dessiné, indiquant obstinément le nord et le Dragon tout autour. La voix du meneur de jeu se confondit avec la sienne propre annonçant le résultat d'une mesure : 42 degrés… 17 minutes… 20 secondes. Soudain, il se souvint de l'Homa-Morta, cette légende que lui avait racontée Gonzales. Des phrases entières lui revinrent : Homa-Morta, l'homme mort de s'être tu… un des pics représente l'erreur, l'autre la vérité, mais on ne sait pas lequel. Lequel ! Lequel. On hurlait autour de Méchain ; certains battaient des mains, d'autres tapaient à l'aide de gobelets sur la table ; le meneur de jeu ayant fait tomber une plaquette, la majorité des joueurs exigeaient que la partie soit annulée d'autant que c'était la dernière. On la recommença.

Le meneur de jeu rangeait ses paniers, la salle se vidait peu à peu. Gustave se leva : « C'est pas le tout. Il faut rentrer, Étienne. Demain on doit ranger le camp, tu te souviens au moins qu'on part ?

– Qu'est-ce que tu vas y foutre, en Italie ! Moi, j'irai pas, J'irai pas ! C'est plus la même chose, c'est plus la même guerre, tu comprends ? » Le caporal se tourna vers eux. Plusieurs consommateurs crurent à un petit scandale causé par un couple de soldats ivres.

« Je comprends quoi ? Que pendant qu'on se battait, les autres ont racheté les terres. Tu sais que c'est vrai. On n'avait rien, on a toujours rien. Alors rentre au pays si tu veux. Tu vas t'occuper à quoi là-bas ? Jouer au loto ! Moi, depuis le temps que je suis parti, j'ai plus de chez moi. Je suis de nulle part, même pas de Valmy ! » ajouta-t-il en s'efforçant de sourire. Il montra ses mains brûlées : « Et puis canonnier, c'est un bon métier, je ne vois pas pourquoi… Les voyages, j'y ai pris goût, et puis… merde ! » lança-t-il en s'éloignant.

Quand il fut parti, Étienne confia à Tranchot : « C'est mon ami. Moi je dis, si la Révolution a changé un gars comme lui, un vrai volontaire, en soldat de métier, c'est que ça n'a pas bien marché. » Il se retourna brusquement, triturant dans ses doigts le morceau de papier que Méchain lui avait donné. L'astronome n'était plus là. Étienne demanda alors à Tranchot : « C'est bien vrai que la base de Melun n'a pas été commencée ? »

Méchain avait entendu ce qu'avait dit Gustave, il était sorti juste après, en même temps que lui. « Aussi différent que ce canonnier puisse être de moi, nous sommes semblables, pensa-t-il. Nous avons quitté les nôtres et nous ne voulons plus rentrer, nous ne pouvons plus rentrer. Quelle place là-bas pour nous ? »

Dans la salle de l'auberge, le caporal se leva. C'était un géant, il ne semblait pas pressé de quitter les lieux. D'une de ses mains pendait le couple de canards gagné au jeu – le gros lot ! –, de l'autre, il s'appuyait sur une énorme béquille pour suppléer à sa jambe coupée au ras de l'aine.

Quelques semaines plus tard, Tranchot lisant, comme à son habitude, *l'Écho des Pyrénées* découvrit en première page la proclamation, intégralement reproduite, du général en chef de l'armée d'Italie : « *Soldats, vous êtes nus, mal nourris, le gouvernement vous doit beau-*

coup, il ne peut rien vous donner. Votre patience, le courage que vous montrez au milieu de ces rochers sont admirables ; mais il ne vous procure aucune gloire ; aucun éclat ne rejaillit sur vous. Je veux vous conduire dans les plaines les plus fertiles du monde. De riches provinces, de grandes villes seront en notre pouvoir ; vous y trouverez honneur, gloire et richesses. » Le texte était signé : Bonaparte. Quartier général. Nice, 7 Germinal an IV.

Tranchot pensa à Gustave.

16.

« Ça vient de l'Institut », annonça respectueusement le préposé de la poste aux lettres. Instantanément la foule se tut, les cous se tendirent. Quoi, c'était au « bedeau » que la lettre était adressée ! Le bedeau, c'était le nom qu'au village on donnait à Delambre parce qu'il passait le plus clair de son temps dans l'église.

La lettre était une convocation à un vote en vue, y était-il écrit, de « pourvoir au poste laissé vacant par le citoyen Lazare Carnot ». « Il n'a pas démissionné », s'exclama Delambre. Carnot, l'un des cinq « directeurs » qui gouvernaient le pays, venait d'être condamné à la déportation.

Ironie du destin ! Ce n'était pas pour avoir été l'un des membres les plus influents du Comité de salut public durant toute la période de la Terreur, ni pour avoir signé la mise en accusation de Danton, celle de Camille Desmoulins et de tant d'autres, qu'il était condamné à s'embarquer pour Cayenne. C'était pour participation à un « complot » royaliste ! Carnot royaliste ! Pas vraiment ; mais comme il avait été furieux jacobin – et qu'il n'avait jamais été royaliste – il devint plus furieusement anti-jacobin qu'anti-royaliste.

« Voilà qu'en une nuit, votre collègue est devenu un mauvais mathématicien ! » lâcha Bellet. Au plus fort de l'année 92, la ci-devant Académie, confrontée à des pressions demandant l'exclusion de certains de ses membres convaincus de royalisme, avait obstinément refusé. Comparée à cette indépendance, la soumission de l'Institut face au pouvoir politique paraissait indigne ; tel était l'avis de Bellet.

En route pour Paris, Delambre s'arrêta à Melun où, accompagné de Laplace, il alla inspecter la base, après l'avoir félicité pour la sortie de son *Système du monde,* dont le succès avait été foudroyant. Puis il fit une halte improvisée à Bruyères. C'est Julie qui fut surprise ! Mais Delambre le fut plus encore quand il vit sa vieille servante sans voix, tant elle était étonnée et émue de le voir là, debout dans la cuisine.

Paris. Dans la salle de la Commission des poids et mesures, sur la carte accrochée au mur, le trait représentant la progression de l'opération se rapprochait de Rodez par le nord mais semblait n'avoir pas bougé au sud. Borda apprit à Delambre la nouvelle : Lenoir se portait candidat au poste de Carnot. Ce bon ami, son travail enfin récompensé, son art enfin couronné... Difficile d'imaginer dans quel état se trouveraient la physique et l'astronomie, sans des artistes de cette qualité. Et notre connaissance du ciel, sans la lunette de Galilée ? Et la nouvelle chimie de Lavoisier, sans les balances de précision ? Et la mesure de la Méridienne, sans le cercle-répétiteur ?

Malgré ce que chantent les théoriciens, sans instruments, pas de science. Penser, raisonner, écrire, certes ; mais peser, voir, mesurer ! Delambre se sentit une raison supplémentaire de ne pas manquer au vote.

Au moment où Delambre tendait à Borda une lettre de Méchain, on annonça l'arrivée du ministre des Relations extérieures. Talleyrand, car c'était lui, entra, soutenu par sa canne. Il venait entretenir Borda de son dernier projet : la convocation d'une Commission internationale. Composée des meilleurs savants, elle aurait pour but de proclamer les résultats de la mesure de la Méridienne.

Fort opportunément disparu de la scène politique au moment où à trop s'y montrer on risquait d'y perdre la vie, l'évêque était inopinément réapparu quand la tempête s'était calmée. Ayant passé tout le temps de la Révolution à l'étranger, il était bien placé pour investir le ministère des Relations extérieures. L'intérêt de Talleyrand pour l'uniformisation des mesures ne s'était jamais démenti. N'avait-il pas été le premier à déposer, dès l'année 1790, à la Constituante, un projet dans ce sens ? C'est à cette occasion que Borda l'avait connu. « Être au début et à la fin des choses, excellente façon de s'ancrer dans l'Histoire », pensa Delambre à son sujet.

« Vendémiaire ! C'est impossible. Les étalons ne seront jamais prêts en Vendémiaire, pesta Borda. Comment voulez-vous que nous puissions les présenter au Corps législatif à cette date ?

– Plus on va vite, plus on va loin », répondit Talleyrand en s'éloignant.

Borda, qui tenait toujours la lettre de Méchain, en commença la lecture. Après quelques instants, il s'écria, irrité : « Mais où donc se trouve ce fichu Pradelles ?

– D'après mes informations, dans la Montagne Noire, glissa Delambre pendant que Borda se plantait devant la grande carte de France de Cassini pour essayer de localiser le village où Méchain était immobilisé depuis des mois.

– Cela va faire dix mois qu'il n'a pas bougé de ce trou. Qu'est-ce qu'il peut bien y faire ? »

Borda était sérieusement préoccupé. Hier encore, le Directoire lui avait demandé de faire diligence. Comment accélérer les opérations sans effaroucher Méchain ? Il connaissait son extrême susceptibilité et sa sensibilité à fleur de peau. Le mieux aurait été de tenter le voyage, mais c'était impossible : « Je viens de recevoir les épreuves de mes tables trigonométriques décimales. La correction va me demander des jours ! » et il poursuivit pour lui-même comme s'il voulait se convaincre de l'impossibilité du voyage : « Se tromper d'un chiffre dans des tables numériques, c'est se tromper de tout ! » Puis reprenant la lecture : « Barcelone ! Barcelone ! Mais qu'est-ce qu'il a donc à vouloir y retourner ?

– Une femme, peut-être… » suggéra ironiquement Delambre. Ils éclatèrent de rire.

Deux semaines plus tard, Méchain, toujours cloué à Pradelles, reçut ces quelques mots de Borda : « Je ne suis point d'avis que vous reveniez en aucune manière sur votre travail de Barcelone ; les observations que vous y avez faites sont excellentes, et je vous défierais, vous ou tout autre, d'en faire de meilleures, de mieux choisies et d'aussi concluantes. Je prétends même m'en servir pour mon travail sur les réfractions, qu'elles confirment très bien. Ne vous embarrassez, mon cher ami, que de finir vos triangles jusqu'à Rodez. Pendant ce temps-là, Delambre mesurera la base de Melun et nous verrons s'il ne conviendrait pas qu'il aille vous joindre de suite pour celle de Perpignan, que vous pourriez faire ensemble.

« Au reste tout ce que vous ferez sera bien fait. Je vous engage à ne point vous tracasser pour quoi que ce soit. Si par hasard votre travail ne s'accordait pas en quelque partie avec celui de Cassini, tant pis ! Vous n'avez point été envoyé pour trouver la même chose que vos prédécesseurs, mais bien pour trouver la vérité, et c'est ce que vous aurez fait certainement, parce que vous avez plus de scrupules dans vos observations… Adieu mon cher ami, portez-vous bien et me conservez toujours une part dans votre amitié. »

Cette lettre lui fut un baume et une blessure. Borda, voilà un véritable ami ! « Mais qu'est-ce donc que cette idée saugrenue de faire descendre Delambre à Perpignan ? Et pourquoi faire ensemble cette base qui n'a été confiée qu'à moi seul ? N'aurait-on plus confiance en moi à Paris ? » Il s'empressa de chasser cette affreuse pensée. Tout cela ne l'incita guère à quitter Pradelles.

Il voulait y rester, seul avec ces quelques amis, le citoyen Fabre et le vieil homme de la tour Saint-Vincent et Agoustenc, qui ne le quittait plus. Méchain n'irait pas voter pour élire le remplaçant de Carnot, Delambre si.

C'est en se rendant à l'Institut que Delambre fit une halte au Luxembourg.

Le peuple n'était pas familiarisé avec les nouvelles unités ? La commission décida de construire des petits édifices pour indiquer à la population la longueur du mètre. Les voulant assez apparents pour attirer la curiosité des passants et assez solides pour résister aux injures de l'atmosphère et aux inévitables atteintes de la malveillance, on les choisit en marbre. On eût préféré de l'italien, celui de Carrare, mais n'en trouvant point, on se rabattit sur de la pierre nationale : un énorme pavé de Marly dans lequel furent taillées pas moins d'une vingtaine de pièces que l'on plaça dans les lieux les plus fréquentés de la capitale.

Aux Tuileries, dans le jardin ; au Palais-Égalité, dans l'entrée ; au Palais de Justice, dans la cour ; aux portes Antoine, Martin et Denis ; à la Bibliothèque nationale ; à l'entrée de la Galerie des Tableaux ; à la poste aux lettres ; sur le Pont-Neuf ; place Maubert ; place de Grève ; boulevard des Italiens et au Luxembourg, enfin.

À hauteur d'homme, scellé dans le mur des communs du Petit Luxembourg, le mètre de pierre. Malgré le froid de cette fin décembre, il y avait un petit attroupement autour de l'édifice quand Delambre arriva. Le réflexe de chacun était d'écarter les mains pour prendre la mesure, puis de se retourner d'un seul tenant, épaules vissées, nuque raide en gardant les bras écartés. Les uns maugréaient, les autres souriaient. Ceux qui ne se satisfaisaient pas de cette seule estimation écartelaient leurs doigts, prenant la mesure de l'édifice à l'empan, du pouce au petit doigt. Le plus souvent quatre « mains » suffisaient, pour certains qui avaient des « battoirs », trois seulement, et cette petite dame hissée sur ses bottines en compta cinq. Les uns se félicitaient, disant que c'était là une bonne mesure, les autres affirmaient qu'on ne pouvait faire pire.

Un enfant, juché sur les épaules de son père, rageait de ne pouvoir ôter ses moufles ; Delambre débarrassa le gamin qui, sitôt libéré, se mit à imiter les adultes. Faisant rouler sa menotte, sur le marbre glacé, il riait en martelant à coups de talon le torse de son père qui se déplaça de plus en plus vite d'une extrémité à l'autre de l'édifice. Delambre s'éloigna.

Quittant la rue de Vaugirard, il piqua vers la Seine, empruntant la rue des Fossoyeurs. Là-bas, à hauteur du premier étage, un écriteau pendait : Pension Vernet, chambres d'hôte. Delambre poussa le portail. Au milieu d'une minuscule cour, les cinq tilleuls grelottaient au vent d'hiver. Là-haut, un rideau aveuglait une fenêtre. Une horloge sonna 6 heures, le vote allait être clos. Delambre se mit à courir, sans prendre le temps de vérifier si le tracé de la Méridienne de 1743 courait encore sur le sol de l'ex-église Saint-Sulpice transformée en Temple de la Philosophie.

« En vue de pourvoir au poste laissé vacant… » « Ah la jolie litote ! » pensa Delambre, « laissé vacant dans la première section de Mathématiques, ont obtenu, le citoyen Lenoir, 191 voix, le citoyen Bonaparte Napoléon, 411 voix, élu. »

Le général, qui était en train de devenir la coqueluche de la capitale, s'avança volontairement timide et remercia ses nouveaux collègues. « Voilà une nouvelle bataille gagnée sans coup férir ! » claironna un vieux membre de la section des Arts. « Après le pont de l'Alma, l'estrade de l'Institut ! » ajouta un autre, qui était à la section des Lettres.

Le général avait mis toutes les chances de son côté. De retour à Paris, tout auréolé de ses victoires apenninnes, il s'était fait invisible, donc désiré ; plutôt que de plastronner dans les bruyants salons de la rive gauche, il avait offert ces rares sorties à l'Institut, où, studieux auditeur de sévères séances, il faisait mine de paraître intéressé.

Cela pouvait-il suffire à se faire élire dans la section de Mathématiques ? Passe encore dans celle des Belles-Lettres, mais là, parmi les six meilleurs mathématiciens français !

Bonaparte pouvait se targuer de quelques titres. Ne revenait-il pas d'Italie accompagné d'une kyrielle de savants ? Berthollet et Monge n'étaient-ils pas devenus ses amis ? N'avait-il pas chargé ce dernier de porter triomphalement à Paris le traité de paix de Campo-Formio ? Outre ce traité, Monge avait rapporté un manuscrit de Bonaparte qui avait beaucoup fait pour son élection. Un plan de bataille ? Un manifeste politique ? Non pas : un THÉORÈME !

Un théorème fraîchement découvert par Lorenzo Mascheroni, une des gloires des mathématiques italiennes, avec qui, entre trois batailles et deux pillages, le général s'était lié d'amitié. Le résultat avait de quoi surprendre : il constituait une petite révolution. La mathématique ancienne n'admettait dans ses démonstrations que des figures pouvant se construire à l'aide des deux instruments rois de la géométrie : la règle et le compas. Depuis deux mille ans, donc, on se déplaçait dans un petit monde d'objets nés des amours exclusives de l'une et de l'autre. Plus sévère encore que le Grec Euclide, l'Italien Mascheroni démontra que les figures construites à l'aide du couple pouvaient l'être à l'aide du compas seul !

À mettre également au crédit du général, son amour pour l'astronomie. Aimer les étoiles – et les femmes – ne suffit pas à en découvrir. Propager un résultat produit par un autre n'en fait pas pour autant devenir l'auteur. Être l'intime de multiples savants, fussent-ils les plus grands, n'induit pas forcément que l'on en est un soi-même.

Un artilleur peut toujours se targuer d'être un peu géomètre, un peu mécanicien ; la trajectoire d'un boulet n'est-elle pas sujette à équation ? Certes, mais quels étaient donc les titres scientifiques de Bonaparte ? Euh… Eh bien… Ah oui, la mémoire revient.

Au cours d'une séance précédant fort à propos l'élection, le général avait ajouté un inoubliable résultat au grand livre des mathématiques. Devant tous ses collègues, il avait déterminé le centre d'un cercle donné, à l'aide du seul compas. Ce ne furent que louanges et compliments. Jusqu'à Simon Laplace qui, se précipitant pour serrer la main blanchie de craie, s'était exclamé : « Nous attendions tout de vous, général, sauf des leçons de géométrie ! » Après de tels exploits, comment le pauvre Lenoir aurait-il eu la moindre chance d'arracher le siège de la section de Mathématiques ?

Méchain était loin de cette mondaine agitation de l'Institut. Bugarach, toujours Bugarach. Pourquoi avoir choisi ce maudit sommet ? Stupide question ! Y avait-il d'autre choix ? Pas de sommet de rechange, Méchain le savait. Condamné à Bugarach, lié à lui comme dans un cauchemar… Depuis des semaines, plus personne ne gardait le signal : les hommes manquaient, les fonds également qui auraient pu les convaincre.

L'astronome reprit sa canne et, une fois encore, partit à l'assaut du grand roc, accompagné d'Agoustenc, qui le secondait de plus en plus fréquemment lorsque Tranchot partait à cheval des semaines entières, sillonnant la région à la recherche d'emplacement pour les futures stations.

L'ascension ne fut ni plus ni moins rude qu'à l'ordinaire. Pourtant Méchain dut s'arrêter à mi-chemin, cloué par une méchante douleur au bras et à la tête. À Agoustenc qui insistait pour rester à ses côtés, il ordonna de poursuivre. La mort dans l'âme, le jeune homme quitta l'astronome, son maître pour le peu. Méchain s'endormit. On le réveille, déjà ! il avait cru n'avoir sommeillé qu'un instant. Agoustenc, revenu il est vrai plus vite que prévu, se tenait debout, pâle, malgré le grand air et la course. À la façon des montagnards, sèchement, sans mots inutiles, il raconta. Méchain avait déjà repris sa canne et s'élançait vers le sommet. C'était inutile, il en avait conscience, Agoustenc le lui dit. Il grimpa tout de même, mû par le désir pervers de regarder de ses propres yeux ce que justement il redoutait de découvrir.

« Ce n'est pas la tempête cette fois-ci ! » rugit-il découvrant l'étendue de la catastrophe. Non, évidemment, non, ne sut que répondre Agoustenc. L'ouragan, lui, avait laissé ses marques ! Partout, après son passage, on avait retrouvé les reliefs de son terrible repas. Là, c'était différent : hormis la base du signal scellée en terre, sur la minuscule plate-forme, il ne subsistait rien. Tout était net, comme après le festin de ces poissons de l'Amazonie dont Jussieu avait parlé dans ses livres et qui ne laissaient que les os de leurs victimes. « Pas même les clous ! Tout, ils ont tout emporté, laissa échapper Méchain. C'est de la malveillance, de la pure malveillance.

– Non, c'est du chapardage ! affirma Agoustenc.

– Et vous qui disiez : il faudrait être bien fou pour venir voler ça !

– Les choses ont changé. Quand la misère est par trop grande, la maraude… et puis c'était du bon bois ; il fera un bon feu. » Ces derniers mots lancés, calmement, en connaisseur, par Agoustenc auraient pu être ressentis comme une provocation, mais Méchain n'écoutait pas. « On ne va quand même pas faire surveiller tous nos signaux par les gendarmes ! »

Depuis son retour à la métairie des Pâtres, Méchain n'avait pas mis le nez dehors, se repliant sur lui un peu plus chaque jour. Reconstruire les signaux ? À quoi bon ? Ils seraient détruits à nouveau.

Dans la grande pièce, ce matin-là, mal rasé, négligé, il épluchait lentement des légumes, perdu dans ses pensées. La mère, c'est ainsi qu'on l'appelait, le surveillait d'un œil. Elle s'approcha, lui prit doucement le couteau des mains.

« Tu ne vas pas bien vite. Donne donc… si tu veux qu'on mange ce soir. »

Méchain se leva et sortit sans dire un mot. Une pluie fine huilait le paysage. Assis sur une pierre à l'entrée de la bergerie, il était là, comme pétrifié. La mère laissa passer un moment. Silencieuse, un fichu sur les épaules, elle vint à ses côtés. Il ne l'avait pas entendue arriver, on l'aurait dit sortie de la pluie. « Allez, rentre ! Tu vas prendre froid. » Il ne bougea pas. « Regarde-moi ! » Par correction, mais cela lui coûta, il leva les yeux, le visage ruisselant. Hochant la tête comme lorsqu'elle s'apercevait qu'une de ses bêtes était malade, elle lui tendit son bonnet oublié dans la pièce : « Tu ne vas pas bien, toi ! Retourne chez toi, le temps que ça passe. T'es pas seul ; t'as une femme et des petiots, et puis tu reviendras aux beaux jours.

– Rentrer à Paris ! Maintenant ? Avant d'avoir fini ? »
Il secoua la tête, comme pour chasser cette idée.

« Le Tranchot pourrait te remplacer, il est solide. »

Méchain bondit : « Tranchot ! On m'a confié une mission. On l'a confiée à moi seul, pas à mon adjoint. Personne ne fera ces mesures à ma place ; personne n'ira dire à Paris : Méchain n'a pas terminé son travail, Méchain a abandonné. Personne ! » La mère le regarda sévèrement. Elle ne comprenait pas bien de quoi il retournait, mais elle sentit qu'il fallait couper court, brusquer l'homme. Elle se fit le visage dur. « Moi, de tes mesures, je m'en fiche bien, mon petit. Je le disais pour ton bien.

– Excusez-moi, la mère. Je deviens un vrai sauvage.

– Laisse ! »

Il l'accompagna à la bergerie ; ils rentrèrent ensemble.

Le soir, face à la cheminée, après que la mère eut débarrassé la grande table, il posa son nécessaire, en retira une feuille. La plume levée, il hésita… Lalande. À qui s'ouvrir, sinon à lui ? « Oui, mon ami, se mit-il à écrire, quand j'ai découvert ce crève-cœur, mes signaux détruits, toute mon œuvre disparue, et qui nous avait donné tant de mal, oui, mon courage s'est abattu. Que puis-je vous dire de cette apathie qui s'empare de moi et me glace dès que je suis dans le repos ou livré à moi-même et qui suspend le peu de faculté que j'avais ? Le découragement et le dégoût m'ont touché à un point extrême. Il fallait, je l'avoue, plus de force que je n'en ai et sans doute plus de facultés. » Levant la tête, il croisa le regard complice de la Mère et puisa dans sa calme énergie un courage nouveau. « Mais je me relèverai, poursuivit-il, si l'on me charge de continuer. Dès que j'en aurai reçu l'ordre, j'irai relever les signaux de la Montagne Noire, ceux des trois Ponts. Et nous marcherons sûrement avec assez de célérité pour rejoindre le citoyen Delambre en automne, qui descendra vers nous, avec la rapidité de l'aigle… » Déjà, seulement de l'avoir écrit, lui redonna de ce courage qui l'avait quitté. Il se sentit soudain chaud et vivant à l'intérieur. Ah, que c'était bon ! Revivre à nouveau et que tout reprenne sens ! Repartir sur-le-champ… Vite, finir la lettre et se préparer : demain à l'aube, tout recommence.

Quelques jours plus tard, quelqu'un qui se fût aventuré en haut des sommets aurait pu voir cette étrange scène : le signal reconstruit, droit, solide, parfait dans son intégrité. À quelques pas, se chauffant comme ils pouvaient auprès d'un petit feu, deux hommes. Dans le fatras de vêtements censés les protéger du froid, on aurait pu apercevoir un uniforme. C'était bien là un homme et un sergent de la gendarmerie nationale, requis par les autorités du district. Et l'homme disait au sergent : « J'ai encore jamais fait ça. Garder quatre morceaux de bois perdus en pleine montagne ! » Et le sergent répondant : « Bof, ça ou autre chose ! » Puis se redressant : « C'est la loi du service. »

17.

Habits usés, chaussures éculées, portant barbes de forçats et bonnets de laine les protégeant tant bien que mal du froid, Delambre et Bellet, ballottés par une carriole sommaire, avançaient sur une chemin escarpé les menant à leur prochaine station.

« Nous avons tout au plus de quoi payer une charrette attelée d'un cheval pour nous conduire aux différentes stations, nous et tout ce dont nous avons un besoin indispensable », avait écrit Delambre sur son carnet de voyage.

« À Soesme, on nous a refusé le gîte, mais c'est parce qu'on nous connaissait et on savait que nous n'avions que des assignats. Sans la municipalité qui avait promis de rendre du blé en nature à ceux qui nous fourniraient du pain, nous n'aurions rien pu obtenir. Malgré cette garantie, on a refusé à plusieurs reprises de nous en vendre.

« Il nous est arrivé plus d'une fois, comme à Philopœmen, de payer l'intérêt de notre mauvaise mine. Ceux qui avaient de nous la meilleure idée nous prenaient pour des prisonniers de guerre que l'on transportait d'un hôpital dans un autre. D'autres, en voyant les boîtes de nos cercles, nous prenaient pour des charlatans de village qui n'auraient pas de quoi payer, et ils refusaient de nous loger. C'est ce qui nous est arrivé à Vouzon.

« On ne voyage ainsi qu'en temps de révolution et quand on a bien irrévocablement pris son parti d'aller de l'avant. »

« Le col, ça s'use ; les manches, ça s'effiloche ; les coudes ça se troue ! » chantonnait Delambre, tenant les rênes, mains nues. Au sortir d'un nid-de-poule plus profond que les précédents, et dans lequel la carriole faillit s'immobiliser définitivement, il bougonna : « Un sucre d'orge pour cent livres-assignats ! »

À l'arrière, assis sur les caisses du cercle, Bellet, portant ses gants à bouts coupés, comptait imperturbablement une liasse de billets : « Avec nos traitements, lança-t-il, nous pourrons ce mois-ci nous offrir… il fit un rapide calcul, nous offrir… treize sucres d'orge et demi, à nous deux ! »

Arrivés au village, Delambre s'en fut, laissant Bellet à la curiosité de la population qui commençait à s'assembler autour de la carriole.

« Cé-ti que tu vends quelque chose ? » lui lança un paysan.

Bellet resta interloqué, le paysan l'apostropha : « T'es benêt ou quoi ? » Se retournant vers les autres : « Y sait même pas si y vend quelque chose ! Allez, viens ! » dit-il à sa femme en la tirant par la manche.

Elle se dégagea, se plantant quasiment sous le nez de Bellet pour mieux le dévisager : « T'étais pas par Sermur, y a quelques jours, avec un autre ? » Sans attendre la réponse, elle confia à son homme : « Y-z-étaient toujours fourrés dans le clocher à trifouiller je ne sais pas quoi. Y paraît que c'est des savants de Paris. » Une épaisse grimace défigura le visage du paysan qui désigna Bellet avec dégoût : « Si l'instruction mène là, je retire immédiatement le petiot de l'école. »

Pendant ce temps, Delambre en était à sa quatrième étable. L'homme qu'il recherchait était assis sur un billot, à traire une vache maigre aux pis démesurés.

C'était Antoine, le maire. Delambre lui montra son ordre de mission, accouplé à un ordre de réquisition. L'autre le saisit de mauvaise grâce ; après l'avoir décrypté avec une insupportable lenteur, il reprit sa traite, non sans s'être à nouveau essuyé les mains. Il demanda finalement : « Où est-il, ce citoyen Delambre ?

– C'est moi ! »

Comme un maquignon jaugeant une bête, le maire inspecta cette espèce de clochard se prétendant astronome. Delambre soutint son regard. « Encore heureux qu'il ne m'ausculte pas les dents ! »

« Il y a tellement de charlatans qui parcourent la région… Les réquisitions ça ne marche pas fort ici. La dernière fois, ils sont venus pour prendre le huitième cochon de chaque portée. Ordre de réquisition qu'ils gloussaient. La saison d'après, les truies ne mettaient bas que des portées de sept cochons, allez savoir pourquoi ! Bon, alors, vous voulez quoi ?

– De quoi manger, de quoi dormir, pour deux ; oui, je suis avec mon adjoint. Et puis de la paille pour le cheval, du bois pour l'échafaud, un charpentier, des ouvriers… » Le maire éberlué murmura : « C'est tout ? » « C'est tout… pour le moment, précisa Delambre.

– À Paris, ils décident de vous faire mesurer le… », il chercha le mot, ne le trouva pas, « ils décident de vous faire mesurer et c'est nous, à Herment, qu'on doit s'occuper de vous comme la mère ses enfants ! »

Du seau, à demi plein, coincé entre les jambes du maire, s'élevait un petit halo de chaleur. Surprenant le regard envieux de Delambre : « Allez-y, buvez ! » lui lança le maire. Ah, la tiède mousse de lait ! Moustaches blanches sur barbe noire ; Delambre s'essuya les lèvres : « Vous savez, on a de quoi payer. Mais plus personne n'accepte les assignats.

– Dame, dit le maire, vous savez combien coûte…

– Oui, je sais, l'interrompit Delambre, un sucre d'orge coûte cent livres.

– Vous savez ça ? Vous en mangez donc ?

– Tous les jours ! On ne mange plus que ça. Le reste est hors de prix. »

Quelques jours plus tard, Delambre et Bellet traversaient un hameau, non loin d'Herment, un de ces jolis hameaux où boue, purin et détritus tapissent le sol d'une couche si molle que l'on s'y enfonce plus qu'il n'est décent. Hâtant le pas pour sortir au plus vite de la zone de turbulence, Bellet se retourna pour voir où en était son compagnon. Il fut surpris de l'apercevoir loin derrière, planté au milieu du chemin, les yeux fixés sur quelque chose qu'il ne parvenait pas à distinguer. Il revint sur ses pas, pour entendre Delambre marmonner : « Six… sept » pendant qu'il pointait le doigt vers des petits tas rosâtres se déplaçant mollement dans la fange : une truie et ses petits vautrés dans une bauge.

« Vous vous intéressez aux cochons, à présent ?

– Qu'est-ce que vous disiez ? demanda Delambre distraitement.

– Je disais que le clocher d'Herment ne se détache pas suffisamment, répéta Bellet agacé. Le meilleur moyen serait d'opérer durant la nuit à l'aide d'un réverbère.

– Ah, non ! bondit Delambre. Vous ne trouvez pas qu'on a eu assez d'ennuis ? Je vous le répète : ne pas alarmer la population, se faire accepter, passer inaperçu ! N'oubliez pas que je vous tiens toujours pour responsable de l'incendie des Tuileries.

– Il y a prescription ! » cria Bellet, qui s'éloigna en courant au moment où la truie s'approchait avec un air vorace.

L'église d'Herment. Le grand drap blanc bascula, se déroulant majestueusement le long du clocher. Penchés au-dessus du vide, Delambre et Bellet tenaient les pans du tissu qu'ils attachèrent aux soliveaux de l'échafaudage. Visiblement satisfaits, ils prirent leur temps pour ranger les instruments. Bellet s'interrompit, et alla jeter un coup d'œil par l'ouverture. Sur le parvis, un groupe de villageois se rassemblait. Voyant la tête de Bellet se profiler dans l'ouverture, ils se mirent à crier. Acclamations ou injures ? La tête de Delambre apparaissant à côté de celle de son adjoint, les cris redoublèrent. Des poings se tendirent dans leur direction. « On dirait qu'ils en ont après nous », marmotta naïvement Delambre.

Quelques instants plus tard, soufflant comme un bœuf, Antoine, le maire, déboula sur l'échafaudage, le faisant vibrer de tout son poids. « Mais qu'est-ce que vous foutez avec ce drapeau ? Je ne sais pas bien où ils en sont à Paris, mais ici, merdedieu, on est encore en République. Vous allez me l'ôter de suite, votre drapeau royaliste !

– Drapeau royaliste ? » ânonna Delambre. Bellet, plus rapide, partit d'un énorme éclat de rire. À cause de sa couleur, le drap était pris pour l'emblème de la royauté ! « Ne pas alarmer la population ! C'est réussi ! » lança-t-il, goguenard, à l'adresse de Delambre, avant de s'élancer dans les escaliers : « Je reviens ! »

Delambre expliqua au maire que son maudit clocher étant sombre, et se projetant sur les montagnes également sombres, il était impossible de l'apercevoir depuis Meymac. « C'est pourquoi nous l'avons enveloppé d'un drap blanc que nous aurions choisi noir, si le fond avait été clair ! Dans ce cas, sans doute, vous nous auriez pris pour de la flibuste ! »

Sur le parvis, tout en bas, la foule devenait houleuse ; fourches et fusils étaient brandis en direction du clocher. La foule s'échauffait. « C'est les seigneurs qui reviennent ! » « On se laissera pas faire, c'te fois. La terre, elle est à nous… Qu'ils viennent donc la prendre ! » « Qu'est-ce qu'on attend pour aller les déloger ! » « L'Antoine est monté pour parlementer. » « On sait qui c'est ? » « C'est les savants », informa Mariette, celle qui avait abordé Bellet lors de son arrivée. Son mari, la prenant à témoin, dit : « J' sentais bien qu'ils étaient louches, je te l'avais dit, n'est-ce pas Mariette ? Et l'autre benêt qui disait qu'il vendait rien ! Tu parles, il voulait nous vendre son roi ! » On hurlait, on était déterminé, mais sur les visages, quelques crispations signalaient que la peur n'était pas absente. À l'écart, à l'ombre d'un porche, un couple de petits vieux, dignement vêtus, mangeaient le clocher des yeux. Pour eux, il n'y avait pas de doute: les seigneurs étaient de retour et ces deux-là, en haut, en étaient l'avant-garde.

« Qu'est-ce qui va leur arriver? demanda la vieille inquiète, baissant la voix pour ne pas être entendue.

– Ne te tourmente pas, la rassura son mari en lui pressant tendrement la main. S'ils ont agi au grand jour, c'est qu'ils ont du monde avec eux. »

Une énorme clameur embrasa la place ; la foule exultait, battant des mains comme à la fête. Toutes les têtes étaient dressées, tous les regards fixés vers l'église. Deux pièces de tissu, l'une bleue, l'autre rouge, déroulées simultanément, finissaient d'encadrer le drap blanc pour former un étrange drapeau tricolore qui enroba majestueusement le clocher.

Le vieil homme lâcha la main de la vieille. Baissant la tête, il l'entraîna : « Allez, viens, on rentre. »

Les têtes des deux « républicains » apparurent au ras du drapeau ; celle de l'Antoine vint se placer au milieu d'elles. Elles furent toutes trois longuement acclamées. Mariette ne cessait d'agiter son tablier dans leur direction et s'adressant alentour, fière à exploser : « C'est des amis ! Des savants de Paris ! »

« Comme je ne suis pas sûr qu'on respecte longtemps mon signal tricolore où le blanc domine trop, je viens de solliciter de l'administration départementale du Puy-de-Dôme qu'elle mette ce signal sous la sauvegarde des autorités », nota Delambre sur son carnet de voyage, en remarquant qu'une telle histoire ne pouvait arriver qu'à un fils de drapier comme lui.

Jamais Bellet ne voulut révéler où il avait déniché les draps. Réduit à des suppositions, Delambre ne put que repenser au fait que son adjoint avait une « connaissance » habitant une petite maison, juste derrière l'église…

Ils n'étaient plus loin du but, ils le sentaient. Ni dimanche hebdomadaire, ni repos décadaire ; plus un jour d'arrêt pour l'astronome et son adjoint s'élançant vers Rodez à bord de la carriole qui, malgré son allure réduite, tenait bien la route. Le 11, ils sont à Meymac ; on les conduit à une montagne qu'on leur dit être la plus haute du coin. La pluie les empêche de rien voir. Le 12, ils y retournent. Le 13, ils se rendent à Bort-les-Orgues. Le 14, pluie toute la journée. Le 15, ils gravissent la montagne de Bort jusqu'à la falaise dominant le village. Le 16, Mauriac, il pleut toute la journée. Le 17, de Mauriac à Peaux. Bellet commande le signal.

« Le 19, écrivit Delambre, je vois en un instant le Puy Violent se couvrir de neige, pendant que Bellet fait le voyage pour l'aller visiter. Le 20, je rends visite aux autorités du département qui me donnent une lettre pour le maire de Montasalvy. Le 21, nous venons à Montasalvy. Le 22, visite de la chapelle de Saint-Pierre. Elle n'a plus de porte, le clocher n'existe plus qu'à moitié. C'est simplement une espèce de niche ouverte sur deux faces. Tout le long du voyage, nous cheminons dans le nuage même. J'espère retrouver Méchain à Montasalvy. La vie errante que nous menons tous deux rend notre correspondance très lente. Le 23, nous revenons à Montasalvy. Méchain n'y est pas !

« Le médecin de Fontange à Aubassin me précise que l'orthographe du puy où j'ai placé mon signal n'est pas "violent" comme je l'ai écrit plus haut mais "Violan". À propos, quelques mots sur le signal de Bort : il a été souvent insulté, et sans le zèle et les soins de l'administration municipale, il n'aurait pas subsisté longtemps. »

Le jour où Delambre et Bellet finissaient de le construire, un orage affreux dévasta les environs. Un torrent de terre, de boue et de cailloux descendu de la montagne se déversa dans les rues de la ville, les comblant jusqu'à trois pieds de hauteur. On craignait que le pont sur la Dordogne ne fût emporté. À quelques pas du bord de la falaise, au milieu des trombes d'eau, l'astronome et son adjoint accrochés l'un à l'autre tentaient de ne pas se laisser emporter par les rafales de vent qui les poussaient vers le vide.

Derrière eux, sur la crête de la montagne se dressait le signal ; battu par la pluie, cerné par les éclairs dont la fulgurance le figeait en d'impressionnantes postures, il prenait les allures inquiétantes d'un grand corps désarticulé et monstrueux, Christ de bois martyrisé par les éléments. Ils s'éloignèrent du plus vite qu'ils purent. À l'entrée du village, une foule hostile les attendait ! Il fallait que quelqu'un fût responsable de l'incompréhensible violence des éléments. Le signal était vu comme la cause du désastre. On lui attribuait les pluies continuelles qui, pendant près de deux mois, avaient suspendu toute culture dans les montagnes. « À mort les sorciers ! » hurlait la foule. Cela ressemblait à Saint-Denis, l'altitude et la pluie en plus. Ici comme là-bas ce fut le maire qui les sauva en les recueillant dans sa demeure.

Grelottant, mouillés jusqu'à la moelle des os, les deux « sorciers » étaient dans un piteux état. Exceptionnellement, Bellet ne semblait pas avoir pris froid, ce qui n'était pas le cas de Delambre éternuant à perdre haleine. Dès qu'il put reprendre son souffle, il se mit à rugir : « Espions, aristocrates, vendéens, charlatans, émigrés et maintenant sorciers ! Je commence à en avoir assez, assez, assez ! » Au moment où Delambre s'écroulait sur le lit, Bellet, comme un lutin sortant de sa besace l'onguent de tous les maux, extirpa de dessous sa blouse une somptueuse bouteille de gnôle.

Une heure plus tard, à travers les vitres harcelées par l'orage, le maire aperçut Delambre, une serviette autour du cou, les jambes au chaud dans un caleçon de coton sec, qui chantait à tue-tête :

> « Infortuné célibataire,
> Quand viendra le déclin de l'âââge,
> Assailli des infirmitééés
> Fruit des excès, des voluptés. »

Il ajouta d'une voix cassée : « Parlons-en des voluptés ! »

> « Dis-nous quel sera ton partaaage ? »

Il finit par s'endormir, pour ne se réveiller que le lendemain après-midi, la tête lourde et l'estomac légèrement barbouillé.

À quoi bon mentionner de tels détails sur le carnet de voyage ? remarqua-t-il hypocritement. Pour les futurs chroniqueurs rendant compte de l'opération, quelle utilité pourraient bien avoir semblables informations, alors que d'autres leur seraient autrement plus profitables ? Et il se mit à écrire : « Le 6 Fructidor, à La Gaste, je découvre le signal de Méchain. Le 7, sur le chemin de Rieupeyroux à Rodez, je rencontre Tranchot par le plus grand des hasards : il vient de terminer la mission dont Méchain l'avait chargé. »

Tranchot s'enfonça doucement dans le baquet. L'eau était chaude à souhait et le baquet suffisamment vaste pour le contenir tout entier. Il y paressa une bonne heure. Commençant à se faire la barbe, il entendit du bruit : Méchain était de retour. Tranchot se précipita pour lui annoncer la nouvelle : Delambre était sur le point d'atteindre Rodez ! Il y était peut-être même déjà parvenu. Méchain ne broncha pas. Ce qu'il redoutait était arrivé ! Bien que chargé de la partie la plus importante de l'opération, Delambre terminait le premier !

Méchain s'éloigna, tête basse. Tranchot, qui savait ce que cette nouvelle représentait pour lui, le rattrapa : « J'ai réfléchi. Delambre va arriver avant nous, nous n'y pouvons plus rien. Mais si nous poursuivons à ce rythme-là, nous ne terminerons même pas avant l'hiver, et il faudra entreprendre une nouvelle campagne. Je ne vois qu'un seul moyen de hâter les choses : faisons les mesures ensemble ! »

Méchain se retourna violemment : « Dites tout de suite que je ne suis plus capable de les faire seul.

– Mais pas du tout ! Je dis seulement que si nous les faisions ensemble nous aurions quelque chance de terminer au moins cette année. Vous prendriez la lunette supérieure et moi l'autre, et nous irions deux fois plus vite.

– Il n'en est pas question. »

Tranchot le regarda comme s'il ne comprenait pas ce que Méchain venait de lui déclarer : « Nous travaillons ensemble depuis six années ; depuis six années je vous accompagne partout. Je suis resté près de vous quand vous avez eu votre accident. Je vous ai transporté sur les montagnes, j'ai tenu la lunette quand vous étiez estropié, je vous ai suivi en Italie. Je ne suis pas rentré chez moi, pas une fois !

– Moi non plus.

– Vous, vous refusiez de rentrer à Paris. À plusieurs reprises, Delambre vous l'a proposé. Vous n'avez jamais voulu. Moi, si je suis resté, c'est parce que je ne concevais pas de vous quitter alors que l'expédition n'était pas terminée.

– Je ne l'exigeais pas de vous.

– Mais c'est vous qui avez demandé à la commission que je reste près de vous.

– Vous ne le vouliez pas ?

– Je n'ai pas dit cela. Mais vous avez changé depuis lors, terriblement changé. Et puis il y a une chose que je n'accepte plus. Pas une seule fois vous ne m'avez laissé faire une mesure d'angle, pas une seule fois je n'ai pu me servir du cercle.

– Et en quoi cela est-il anormal ? Moi seul ai la responsabilité des mesures d'angles. Personne d'autre que moi n'utilisera le cercle pour les faire. »

Alors, Tranchot ne se retint plus ; balayant la mousse de savon blanchissant son visage, il essuya convulsivement sa main sur sa blouse : « Vous m'avez utilisé comme un commis, tout juste bon à dresser les signaux, à reconnaître les sommets, à partir pendant des jours dans la montagne. Et le travail scientifique, vous vous l'êtes toujours réservé. Je n'ai pas été engagé pour ça ; je vous rappelle que je suis géographe, ingénieur géographe. J'en ai assez, vous m'entendez, Méchain, j'en ai assez de votre tyrannie. Et en plus, vous faites tout pour ralentir le travail. Comme si vous aviez peur que cela finisse… »

Méchain s'immobilisa, pétrifié. Les deux hommes se faisaient face. Il restait quelques traces de savon sur le visage de Tranchot.

« Qu'est-ce que vous dites ? murmura Méchain comme un somnambule.

– Je dis que nous sommes arrêtés depuis des mois, que nous n'avançons plus. Je dis que je ne comprends plus rien à ce que vous faites et que vous ne voulez pas arriver à Rodez.

– Allez-y donc à Rodez ! Je ne vous retiens pas. Allez rejoindre Delambre, allez mesurer la base avec lui, vous en crevez d'envie, allez, allez, allez ! »

À travers les Causses nus, une carriole avançait lentement, écrasée par une chaleur d'Afrique. Dominant le siège, une construction de fortune tendue de tissu. Le cheval gris, seul, semblait éveillé.

Les deux humains que la bête convoyait étaient depuis longtemps hors d'état de réagir aux cahots qui minaient la route. Torse nu, ruisselants de sueur, dont leur pantalon coupé à hauteur du genou permettait de suivre les traces sur des jambes grises de poussière, le visage traversé d'étranges reflets bariolés, rouges et bleus, provenant des draps jetés au-dessus de leur tête, on aurait pu les croire morts ou endormis.

Une heure après, tout avait changé. Sur le bord de la route se dressaient deux grands arbres, offrant aux voyageurs et à leur bête un ombrage délicieux. Mais surtout, depuis l'ombre de cette ombre, on avait tout loisir d'apercevoir, dressée au sommet d'une colline, une haute tour : Rodez !

Ils riaient, ils riaient, Delambre et Bellet, s'embrassant comme deux collégiens, mimant, autour du cheval gris qui n'y comprenait rien, une danse folle de Hurons. Six ans, de Dunkerque à Rodez !

« Quand donc nos signaux se joindront-ils aux vôtres ? avait-il écrit à Méchain. Ce jour-là fera date dans notre vie à tous deux. » Espoir fou ! Peut-être Méchain se trouvait-il déjà… Dans un réflexe Delambre pointa la lunette : hormis une Vierge de pierre qui dominait la ville, la plate-forme de la tour était déserte.

Tentant de cacher sa déception, Delambre flatta le cheval gris : « Ce soir, de l'avoine et de la meilleure, monsieur Bellet, double ration ! » Le cheval hennit de plaisir. « Il y avait le cheval blanc d'Henri IV, lança Bellet excité, il y aura maintenant le gris de la Méridienne. Et en souvenir, on construira le MÈTRE ÉTALON ! »

Delambre débuta la page de son journal par : Tour de Rodez, 397 marches. Au zénith de la Vierge de pierre qui nous a servi de point de mire… »

Delambre ne mit pas longtemps à avertir la Commission de son arrivée à Rodez. Le soir même une lettre partait pour Borda. « En voilà un d'arrivé ! se félicita celui-ci. À l'autre, maintenant ! » Le plus dur était à venir, il le savait. Ayant épuisé tous les moyens dont il disposait pour hâter la marche de Méchain, il se reconnaissait impuissant. On ne pouvait rien faire d'autre qu'attendre.

C'est alors que Thérèse décida d'agir. À plusieurs reprises, Borda, Lalande et d'autres membres de la commission lui avaient suggéré d'intervenir auprès de son mari, pour l'entretenir dans de meilleures dispositions de travail. Elle avait toujours refusé ; ce n'est pas mon rôle, répondait-elle invariablement. Le temps passait, les enfants grandissaient. Isaac, l'aîné, astronome comme son père, était parti avec le général Bonaparte pour l'Égypte.

Elle se sentait vieillir, installée dans une existence faite d'absence, femme de marin. C'était presque une sorte de veuvage qu'elle endurait ! Et Méchain qui ne rentrait toujours pas… À accomplir le tour du monde, les plus grands capitaines avaient-ils mis plus de temps ? Colomb, pour les Amériques, Magellan ou Vasco de

Gama ? Elle le sentait perdu et tellement malheureux. « On dirait qu'il s'est enlisé dans ses montagnes du sud. Il faut l'en détacher », pensa-t-elle.

Elle prit brusquement sa décision. Réunissant ses enfants, sa fille, si discrète, et Augustin qui était en âge de comprendre. Mis au courant du projet de leur mère, ils donnèrent leur accord. Le lendemain, Thérèse était prête. Se rendant à la Commission, elle eut la chance d'y rencontrer Borda.

« Je suis venue vous annoncer que je pars immédiatement rejoindre mon mari.

– Vous n'y pensez pas, ce serait dangereux et trop pénible ! parvint-il à dire au bout d'un instant.

– Je viens de lui en donner avis, poursuivit-elle, balayant la remarque. J'engage le voyage sans attendre sa réponse, afin qu'il ne puisse pas, une fois encore, m'arrêter. Je vais directement dans la Montagne Noire.

– Et s'il n'y était plus ?

– Je le chercherai. »

Borda sourit, vaincu. Mais il s'effrayait du voyage : Thérèse n'était plus toute jeune. Faisant une dernière tentative : « Madame Méchain, avez-vous pensé… » Elle sursauta : « Que je vais lui faire perdre son temps, c'est cela ? Au contraire, mon but est de contribuer à faire accélérer les triangles. Personne n'est plus intéressé que moi à ce que cette expédition se termine. » Doutant d'avoir été suffisamment convaincante, elle s'enflamma : « Je lui ai écrit qu'il ne fasse pas la folie de revenir en ville pour me procurer mes aises, que je ne veux pas lui prendre un quart d'heure, parce qu'il ne l'a pas à perdre, que je le verrai sur ses montagnes, que je coucherai sous la tente ou dans une métairie, que j'y vivrai de fromage et de lait, qu'avec lui je serai bien partout, que le jour nous travaillerons ensemble, que les nuits suffiront à nos entretiens… » Thérèse baissa brusquement la tête, rougissant de s'être laissé emporter et d'avoir montré, nue, sa passion. D'un petit geste sec, elle ajusta son habit, mais ses mains tremblaient encore.

« Oui, je crois pouvoir l'aider mais n'imaginez surtout pas qu'il ne fait rien en ce moment. Mon mari me dit qu'après avoir fait ses observations de l'étoile Polaire, il a déduit la déclinaison à O" 17 près de celle que le citoyen Delambre avait calculée à Évaux. Il me dit encore avoir effectué deux cents observations pour parvenir à déterminer à une seconde près l'inclinaison d'un côté d'un de ses triangles. Mais, m'a-t-il écrit dans sa dernière lettre, il ne lui reste pas assez de loisir pour mettre le tout dans le dernier ordre et vous l'envoyer. Il m'a aussi donné les résultats de l'éclipse du 6 Messidor. »

Elle avait jeté le tout d'un trait. Borda, sidéré, se demandait si elle l'avait appris par cœur, ou bien si, à force de relire la lettre de son mari, elle s'en était imprégnée. Doucement, elle lui dit : « Voyez-vous, citoyen Borda… » Elle hésita : « Vous êtes célibataire ? » Surpris, il balbutia : « Je le suis en effet. Cela empêcherait-il de comprendre certaines choses ? »

Rougissant à nouveau, elle refusa d'aller plus loin. Il l'engagea à poursuivre. « Je ne voulais pas être indiscrète, bafouilla-t-elle. Je suis sa femme et les femmes ont quelque pouvoir. J'espère dans l'estime et dans l'entière confiance qu'il a en moi. Je me flatte de dissiper les idées fâcheuses qui le rongent et le détournent malgré lui de son objet. Peut-être qu'à nous trois, vous, le citoyen Delambre et moi-même, nous parviendrons à le régénérer. Voilà, malheureusement, tout ce qui est en mon pouvoir. »

Un sourire triste, presque une moue d'enfant, se dessina sur son visage. Elle parut soudain lasse : s'en aller, au plus vite… La diligence d'ailleurs allait bientôt partir. Elle avait déjà ouvert la porte, quand elle se retourna : « Je vous prie instamment de garder cela entre nous.

Pour tout le monde, je vais à la campagne. Il faut que l'on ignore l'objet de mon voyage, afin de ne pas porter à dire : elle a été obligée d'aller chercher son mari. »

Borda n'eut pas le temps de répondre, Thérèse était déjà partie.

Thérèse descendit vers les montagnes du sud alors que Delambre, ayant bouclé la station de Rodez, se pressait de remonter vers le nord, vers Melun précisément, où Laplace l'attendait.

La base. À partir d'elle, on mesurerait les côtés des triangles et, par projection, la longueur de la Méridienne ! C'était vraiment le début de la fin de l'opération ! Le chantier n'avait pas avancé depuis la dernière inspection. D'urgence, il fallut recomposer des équipes : bûcherons, terrassiers, menuisiers. Bellet alla les chercher un peu partout dans la région ; on aurait dit un sergent recruteur, hantant les auberges à la recherche d'ouvriers à engager. Ce furent presque des bataillons qui rejoignirent le site. Les hommes arrivaient munis d'un petit bout de papier portant la griffe de Bellet ; et pour les recevoir, il y avait Étienne l'arpenteur. Il avait débarqué un matin, balluchon sur l'épaule, venant à pied depuis son village de Dun. Fidèle à sa promesse, Delambre l'avait immédiatement engagé.

Melun à une extrémité, Lieusaint à l'autre. Ayant fixé les deux bouts, on avait théoriquement le tout. Il ne restait qu'à le construire. Mais on était en pleine forêt, donc au milieu des arbres !

Les bûcherons entrèrent en action ; tout ce qui se trouvait sur le chemin fut abattu. Pendant qu'eux coupaient, sciaient, abattaient, élaguaient, les terrassiers, en aval, aplanissaient le terrain, rasant bosses et monticules, comblant ornières, fossés et trous. La terre enlevée là servait à combler ici. Il s'agissait de niveler, et, armé d'un appareil à niveau, l'arpenteur vérifiait régulièrement l'horizontalité du plan de travail. Des dizaines de charrettes, de brouettes, charriant des tombereaux de matière, allaient et venaient dans une ronde infernale, soulevant des nuées de poussière.

Chaque jour, la vue portait plus loin et la trouée, sauvage qu'elle était au début, se transformait en une impeccable allée, taillée « à la française ». Les menuisiers se préparaient au grand œuvre : la confection d'un bâti de bois, sorte de coffre, monté sur pilotis. On les entendait raboter, clouer, cheviller, scier aussi. Leurs établis, dressés sur des trépieds de fortune, étaient disposés de loin en loin. Les arbres, couchés sur le côté, attendaient d'être mis en pièces, débités en planches, taillés en piliers ou travaillés en chevilles. Ainsi, comme pour la terre, de tel tronc qui faisait entrave ici, on tirait profit là. Pour le plus grand salut des finances, on œuvrait en circuit fermé, dans une véritable autarcie de matériaux.

La construction devait être suffisamment solide pour ne pas fléchir sous le poids ni jouer à cause de la longueur. À mesure qu'elles étaient terminées, les parties du châssis étaient assemblées, hissées sur les piliers, fixées, puis réglées. Et l'on avançait.

Déjà la construction avait bonne figure. On aurait dit, s'élevant à hauteur d'homme, un interminable pont jeté au-dessus de la contrée. Le point de départ, bien marqué, était encastré dans le signal de Melun, et la fin était toujours à venir. Des paysans, venant là pour voir, posaient tous les mêmes questions : était-ce pour transporter les troncs coupés ? y ferait-on couler de l'eau ? était-ce un aqueduc ? Ils repartaient, haussant les épaules. Et le travail, un instant interrompu, reprenait.

Au loin, par intermittence, et seulement lorsque le sens du vent le permettait, on percevait le fracas d'un grand arbre qui s'écroulait et, sous ses propres pieds, on cherchait à deviner l'ébranlement qui s'ensuivait.

Plus près, c'était le sourd tassement des terrassiers. Et toujours les cris, les hommes s'interpellant, les coups de sifflet pour avertir de la pause ou de l'heure du repas pris en commun. Quelques rixes, aussi, sans gravité, les chants des hommes, la nuit, les feux et les aboiements des chiens venus on ne sait d'où.

Delambre était partout. On le sollicitait à tout moment, il n'échappait pas à cette atmosphère laborieuse. Les premiers jours il avait été décontenancé : ce travail différait tant du précédent ! À proprement parler, il en était même à l'opposé. Il fut dur le passage de la mesure des angles au calcul des côtés ! Plus d'échelles, plus d'escaliers, plus d'églises ni de tours ! Tout le jour, à ras de terre, le nez dans la poussière. Fini les sommets et l'air des hauteurs, fini le silence, fini les grands espaces. Dans cette forêt, à moins de se placer pile dans la trouée, on se retrouvait constamment cerné par les choses. Nostalgie du silence et des temps morts de ces moments où on pouvait se croire maître du temps… Quelle différence, vraiment, entre les lignes virtuelles jetées dans le ciel, avalant la distance entre deux clochers, et ce tracé de bois, tellement tangible, ancré dans la terre, où chaque pas exigeait sa part d'efforts.

À inspecter cet immense chantier, Delambre aurait pu se sentir capitaine des grands travaux, un Vauban-des-bois. N'eussent été ses préférences pacifiques, il se fût pris pour un général en campagne : d'abord, les bûcherons suivaient les terrassiers, puis les menuisiers, enfin venaient les « hommes de la mesure ». Ces derniers, qui étaient-ils ? Laplace, Delambre, Bellet, l'arpenteur, et un jeune homme, nommé Leblanc-Pommard, qui était arrivé avec Delambre. Belle équipe ! Incomplète apparemment, puisque la veille du jour où débuta la mesure, la commission envoya quelqu'un pour la renforcer : Tranchot ! Chaudement accueilli, il se mit immédiatement au travail. Examinant son homologue à la dérobée, Bellet le trouva costaud, solide et travailleur. Delambre aurait donc deux adjoints. Dès qu'il l'aperçut sur le site, l'arpenteur se précipita, lui posant un tas de questions sur Méchain, auxquelles Tranchot répondit de façon évasive.

Après sa dispute avec Méchain, Tranchot était rentré à Paris. Suivant la suggestion de Delambre, la commission lui avait proposé de participer aux travaux de la base. Il avait aussitôt accepté.

Par le même transport, arrivèrent les règles. Elles étaient en platine, numérotées de un à quatre. Borda et Lenoir avaient imaginé le mécanisme suivant : incrustée à l'extrémité de chaque règle, une petite lame de laiton jouait le rôle d'un thermomètre métallique d'une grande sensibilité, permettant de calculer la dilatation du métal occasionnée par les éventuelles fluctuations de température. Car l'instrument avec lequel on mesure ne doit pas fluctuer au cours de la mesure ! Ou s'il fluctue, il faut être capable de savoir de combien. Tout était fin prêt.

À Laplace, l'honneur de placer la première règle. Aidé de Bellet, il la posa bien à plat sur le bâti, ajustant au microscope les graduations. Et le ballet débuta, Delambre posa la seconde règle, puis ce fut Tranchot, ensuite Leblanc-Pommard, etc. Plus de quatre-vingt-dix règles posées à la suite, au cours de la journée, en faisant toujours des marques pour garder les traces.

Étienne remarqua le luxe de précautions : les règles n'étaient pas mises bout à bout, en contact ! Si l'on avait opéré ainsi, tout choc accidentel sur l'une aurait engendré un choc similaire sur la suivante qui aurait été déplacée, et tout aurait été fichu. Pour empêcher cela, on avait décidé de laisser entre deux règles consécutives un intervalle qu'on mesurait ensuite avec une languette.

Une autre précaution constitua à recouvrir le bâti d'un petit toit permettant de mettre les règles à l'abri du soleil ou de la pluie. La nuit, on les laissait en place, à la garde de factionnaires veillant à ce qu'elles ne soient pas déplacées.

Et l'on repartait, et c'était interminable et monotone. Un soir, ils furent plus près de Lieusaint que de Melun : ils avaient dépassé le milieu. Avec toujours la même lancinante préoccupation : faire droit, faire plat. L'appareil à niveau et les mires. Celles-ci étaient constituées de petites pointes métalliques plantées sur le toit du châssis, en enfilade. Fini le cordeau d'antan, utilisé lors des précédentes expéditions, ligne matérielle sujette à toutes les distorsions, on lui substituait l'irréprochable rayon visuel.

Un jour il souffla un tel vent qu'on douta de l'exactitude du comptage. On recommença la mesure le lendemain et l'on retrouva exactement le même résultat. Cette preuve involontaire mit en joie l'équipe et dissipa l'inquiétude, assuré qu'on était à présent de la qualité du travail.

La pluie, trois jours de suite ; impossible de rien faire puis le soleil revint et sécha le terrain, les tentes et les hommes.

Au début, ignorant Lieusaint, on ne pensait qu'à s'éloigner de Melun, maintenant, oubliant Melun, on ne pensait qu'à se rapprocher de Lieusaint. Chaque fois qu'on en avait fini avec une règle et qu'on allait placer la suivante, Bellet ou Tranchot ou Leblanc-Pommard, suivant un rite bien établi, annonçait du plus fort qu'il pouvait le chiffre comptabilisant le nombre de règles posées depuis le matin. Ainsi toutes les sept à huit minutes, une voix ponctuait le temps. Véritable horloge humaine qui signalait le travail accompli et le trajet grignoté. Avec l'habitude, au nombre clamé, chacun pouvait dire l'heure de la journée. Ne pas l'entendre plus de dix minutes, et voilà chacun levant la tête, intrigué, inquiet. Lorsque la voix reprenait le comptage, les têtes se baissaient, l'incident était clos.

Un jour que Tranchot et l'arpenteur faisaient équipe, ils se regardèrent soudain, ayant pensé à la même chose : le meneur de jeu de l'auberge de Tuchan, la partie de loto et les nombres clamés. Ils se souvinrent de tout, du caporal géant et unijambiste, de Méchain, de Gustave. Tranchot demanda de ses nouvelles. Après l'Italie, Gustave était passé au village, juste deux jours avant de s'embarquer pour l'Orient, l'Égypte. Depuis, plus rien.

C'était le trente-huitième jour. Ils étaient tous là, menuisiers, bûcherons, terrassiers, Étienne, Tranchot, Laplace, le jeune Leblanc-Pommard et Madame sa mère, venue pour la circonstance. Le silence se fit, Delambre s'avança et posa la règle sur le bâti. C'était la trois mille trente-huitième. Lieusaint était atteint ! Alors que des dizaines de bonnets s'élevaient dans l'air et que l'on sortait des bouteilles de vin pour fêter l'événement, Delambre pensait à recommencer aussitôt en sens contraire ! Hantise de l'erreur, volonté de vérification, obsession de la précision.

La journée fut particulièrement agréable et l'astronome conversa longtemps avec Mme Leblanc-Pommard.

Le châssis fut démonté, le bois vendu, les ouvriers renvoyés. Bientôt, il ne resterait rien de leur passage ; l'herbe repousserait, la forêt, à bon droit, réinvestirait les arpents dont elle avait été un temps évincée. À moins que, l'usage aidant, le parcours ainsi tracé se transforme en chemin de passage ou en allée cavalière.

Delambre fit le voyage avec Leblanc-Pommard. Une véritable affection commençait à le lier à ce jeune homme, qui devenait plus qu'un aide, plus qu'un ami, une espèce de fils adoptif. Delambre pensa à Méchain.

Étrange tout de même : les voilà tous deux quinquagénaires, l'un célibataire, l'autre séparé de sa famille depuis des années, et chacun de son côté ressentant presque au même moment le besoin de se trouver une sorte de fils adoptif.

Pour Méchain, c'était Agoustenc, un jeune paysan des Corbières, solide, sincère, franc ; pour Delambre, Leblanc-Pommard, un jeune bourgeois, sympathique, affectueux et plein d'entrain.

Mme Leblanc-Pommard, que Delambre avait plusieurs fois rencontrée, était une fort belle femme, exquise sans être précieuse, élégante sans être coquette, réservée sans être affectée, point trop jeune, et merveilleusement cultivée. Elle avait tout pour ne pas déplaire au vieux célibataire. Pas question d'en faire sa maîtresse, ni lui ni elle ne l'eût accepté. Une épouse alors ? Pour cela il aurait fallu qu'elle fût veuve. Elle ne l'était pas ! Était-ce une raison pour ne pas aimer, pour ne pas attendre, pour ne plus espérer… Aurait-on vu l'astronome, comme un jeune chien, forcer les choses, forcer la dame ? Dans ses clochers, il avait appris la patience. Aussi épais qu'ils fussent, les nuages s'étaient toujours dissipés, découvrant dans un ciel dégagé le signal attendu.

18.

Basse, épousant parfaitement les lignes du relief, ses murs bâtis de pierres entassées, les mêmes qui pullulaient dans les champs, sur les chemins, sur les murets, la grange dissimulée par un bouquet d'arbres efflanqués était impossible à dénicher à moins qu'on ne tombe dessus par hasard. Elle était sommairement aménagée. Une planche posée sur de gros moellons servait de table. Ni lit ni matelas, seulement une couche de paille. Au-dehors, des pas se firent entendre, puis ce fut le bruit des bottes frappées contre la dalle. La porte s'ouvrit, Méchain entra. La femme qui rangeait les affaires dans la pénombre se retourna, tenant encore une chemise à la main. « Thérèse ! » Elle lâcha la chemise et fut dans ses bras. Il voulut à la fois la serrer et la repousser. Il la serra, puis la repoussa avant de se mettre à tourner dans la pièce, comme si, ayant trop à dire, et les mots se bousculant, il ne savait par quoi commencer : « Pourquoi, pourquoi ne pas m'avoir averti ? lui demanda Méchain. J'aurais pu ne pas être là, parti dans la montagne pour des semaines.

– Mais tu es là ! N'as-tu pas reçu ma lettre ? questionna-t-elle candidement. La poste… vraiment ! Tu te laisses pousser la barbe ? » Elle tendit la main, effleura les poils. « Ce n'est pas désagréable… »

Barbe et cheveux n'étaient que broussailles. Méchain avait fini par ressembler à cet ermite aperçu lors de l'ascension du Montserrat.

D'un petit geste coquet, elle ajusta son foulard, que Méchain reconnut ; c'était le foulard catalan qu'il lui avait envoyé tout au début de son voyage. « Tu l'as encore ? Perpignan… C'est si loin, on venait juste de commencer l'expédition ! Tout était encore possible. » Puis brusquement : « Comment m'as-tu trouvé ? Comment es-tu arrivée ici ?

– Par la diligence, comme tout le monde.

– Oui, mais ici ?

– Tu es connu comme le loup blanc, mon bon Pierre. Je n'ai eu qu'à demander. Un nommé Albert, tu vois qui c'est ? Un fort bel homme…

– Un bougre, tu veux dire, un alcoolique jusqu'au dernier degré.

– Il a été charmant et m'a convoyée jusqu'ici. »

Méchain la regarda intensément. « Tu n'as pas changé », finit-il par dire. Comme elle aurait désiré lui dire la même chose ! C'eût été mentir assurément. « Toi…, elle prit un ton enjoué, toi, tu as un peu maigri. » Du bout du doigt, elle caressa la cicatrice qui marquait son front. Un instant, elle crut qu'il allait se laisser faire, mais il se dégagea. « Pourquoi es-tu venue ? lança-t-il, presque agressif.

– Cette question ? Avez-vous oublié, monsieur Méchain, que nous sommes mariés ? Puisque vous n'avez pas daigné nous rendre visite à Paris… » Laissant la phrase en suspens, elle ramassa machinalement la chemise et se mit à arranger la couche de paille. Méchain bondit : « Qu'est-ce que tu fais ?

– Tu vois bien, je fais le lit.

– Tu es folle ! Tu ne vas pas t'installer ici. Il faut que tu repartes.

Elle se retourna, blême, et se planta devant lui. Pourtant, elle fit un effort pour sourire et dit calmement : « Tu ne crois pas que j'ai fait un voyage aussi long pour repartir tout de suite ! Pas plus d'ailleurs que pour aller dormir je ne sais où, dans une auberge, à deux lieues d'ici. » Changeant tout aussi brusquement de ton : « Je t'ai apporté des habits neufs. » Elle lui présenta la chemise : blanche, fine, en soie.

« Une chemise en soie ! À quoi cela me servirait-il ? C'est de la toile, de la grosse toile qu'il me faut, dit-il soudain gai.

– Eh bien, celle-là sera pour le dimanche.

– C'est vrai qu'elle est belle ! »

Elle se mit à tapoter la couche comme on bat un matelas, libérant un nuage de paille et de poussière qui les fit tousser. Il ouvrit la porte, la referma. Elle se laissa tomber sur le lit. « Je dormirai ici. Je t'accompagnerai dans tes marches, j'ai apporté de bonnes chaussures. Je mangerai du lait, du fromage…

– Mais tu n'as jamais aimé ça !

– On change en six ans !

– Tu n'auras pas tes aises.

– Avec toi, je serais bien partout. »

Il s'approcha, elle l'enlaça ; il se laissa faire cette fois, vaincu et consentant.

La porte s'ouvrit. Comment dépeindre la stupeur d'Agoustenc découvrant le sévère Méchain dans les bras d'une femme, d'une femme aux habits piqués de paille ! Parvenant à balbutier d'incompréhensibles excuses, le jeune homme repoussa la porte, hochant la tête, comme pour dire : « Je n'aurais jamais cru ça de lui ! » Méchain se précipita pour le rattraper : « Agoustenc, revenez ! C'est ma femme… Madame Méchain. » Puis s'adressant à Thérèse : « Je te présente Agoustenc, il m'aide dans tous mes travaux. »

Agoustenc s'éclipsa. S'étonnant de ne pas apercevoir Tranchot, Thérèse demanda où il se trouvait. Pour seule réponse, elle n'eut que le visage buté de son mari.

Quelques jours plus tard, de plus en plus intriguée par l'absence de Tranchot, Thérèse revint à la charge. Elle vit Méchain blêmir : « Ah, ne me parle pas de celui-là, ce fourbe ! Partout où il passe, il se répand en médisances, disant que je ne suis plus capable de rien. » Méchain, ne se retenant plus, se vida de tout ce qui le rongeait. Il raconta la dispute avec son adjoint, ou plutôt son ex-adjoint, le départ de celui-ci à Paris. « Passe encore qu'il m'ait quitté, hurlait-il, mais que ce soit pour rejoindre Delambre à Melun, pour le seconder, comme si Bellet ne suffisait pas ! Et maintenant, c'est le comble ! Qu'est-ce que je viens d'apprendre ? » Il sortit une lettre toute froissée de sa poche : « Que Tranchot doit participer à la base de Perpignan ! À MA base ! Alors que c'est moi, et moi seul, qui l'ai localisée, qui en ai dessiné le trajet. Non seulement on m'en dessaisit, oh ! pas officiellement, bien sûr, mais en plus on détourne mon adjoint ! Comme s'il ne suffisait pas qu'on m'ait amputé de ma part de travail ! Comme si, à présent, tout devait se faire sans moi. Je suis devenu le gêneur, celui qui empêche l'expédition de se terminer. » Il s'arrêta net. La phrase lui avait échappé, elle résonna dans le silence ; il en resta abasourdi, ayant eu tout le temps d'en percevoir le sens. Surprenant le regard de Thérèse, il put y lire : « C'est vrai que tu empêches l'expédition de se terminer. »

Il s'assit, effondré. Elle s'approcha, lui caressa les cheveux. Elle l'entendit prononcer sourdement : « Malgré tout ce qu'il m'en coûte, j'étais prêt à aller à Perpignan, à travailler conjointement avec Delambre, mais là, ça n'est plus possible. » Comment lui donner tort ? Aurait-on voulu le mettre en fureur qu'on ne s'y serait pas pris autrement ! admit-elle. Méchain ressentait cet enchaînement de faits comme une double trahison, celle de son adjoint, celle de son collègue, celle de la Commission. Thérèse l'avait compris.

« Personne ne peut te déposséder de ton œuvre, assura-t-elle, le plus doucement qu'elle put. D'autres que toi pourront mesurer cette base, mais sache qu'un Tranchot préféré à un Méchain, personne ne le croira. Cela ne peut prendre qu'auprès de servantes d'auberge ! »

Il releva la tête, les yeux brillants de gratitude : « N'est-ce pas, tu es d'accord ? demanda-t-il, mendiant son approbation. S'il me reste une once de dignité, je ne peux plus y aller à présent ! Si j'y allais, et quoi que j'y fasse, je serais regardé comme placé sous la direction de Delambre, ou, pour le moins, sous sa surveillance. Personne ne pourra considérer la base de Perpignan comme la mienne propre. Ainsi Delambre aura fait deux bases et moi aucune ! Et le plus terrible, c'est que je dois me taire. De tout cela, je ne puis rien leur dire, ni le faire valoir auprès de Delambre ou auprès de l'Institut. »

La nuit tomba rapidement ; le repas fut vite expédié. Thérèse et Méchain se couchèrent aussitôt. Immobile, les yeux ouverts dans le noir, elle repensait à tout ce qu'il lui avait dit et à tout ce qu'elle n'avait pas dit. Elle entendit la voix d'Agoustenc rentrant du village en chantant. Dans le silence de la nuit, la voix portait : elle tendit l'oreille. C'était *la Marseillaise* mais les paroles en étaient différentes.

« C'est ainsi qu'un peuple d'abeilles, clamait Agoustenc,
Las de voir d'insolents frelons
Dévorer le fruit de ses veilles
Les expulse de ses rayons. »

Agoustenc reprit deux fois la strophe. Puis Thérèse n'écouta plus. Méchain venait de poser sa main sur sa poitrine : « Tu dors ? » « Non », répondit-elle. Elle l'entendit dire calmement : « Demain, tu partiras par la diligence : il le faut. » Il la sentit se raidir. Elle avait cru… Elle ne dit rien, il attendit ; les frémissements de son corps s'apaisèrent : alors il lui demanda, mais ce n'était pas vraiment une question : « Ce sont eux, à la Commission, qui t'ont envoyée, n'est-ce pas ? Ils pensent que je suis fini, c'est cela ? » Elle pleurait, aucun soubresaut, rien, seulement des larmes qui s'échappaient, sans bruit. C'est la première fois qu'il la voyait pleurer, il en fut déchiré. « Ils ont raison, je me suis laissé briser. Je n'ai plus la force de continuer, ni même l'envie. J'abandonne. »

Thérèse se redressa : « Pierre, qu'est-ce qui t'est donc arrivé ? » Elle espéra follement une réponse. Rien ne vint. Elle se redressa : « Toi, renoncer ? C'est impossible ! Après tant d'années de travail ! Je suis venue pour t'aider. Je te soignerai. Ton bras ? » Il bougea le bras, bêtement, répondant sans s'en rendre compte à la demande. Tu iras mieux et tout sera comme avant. Pierre, regarde-moi, ce travail est un parmi d'autres, il te reste tant de choses à faire ! Et l'astronomie, tu n'y penses donc plus ? » Il y eut un long silence. Elle l'entendit murmurer, comme dans un rêve : « Il me reste trois stations. »

Au matin, Thérèse quitta la grange. Avec l'énergie du désespoir, Méchain se jeta dans le labeur. Il n'avait rien perdu de ses capacités. N'était-il pas un des meilleurs, sinon le meilleur observateur du temps ? Si Tranchot avait été là, il aurait admiré, comme six ans auparavant dans la Sierra de Montseny, la parfaite maîtrise de l'astronome, sa précision, son efficacité, sa rapidité. Méchain travailla, crève-cœur, aidé du seul Agoustenc, qui se révéla un adjoint de grande qualité. Méchain le laissa-t-il effectuer les mesures d'angles ?

Sitôt arrivée à Paris, Thérèse demanda une entrevue à Borda. Se rendant au siège de la commission, elle fut surprise d'y trouver Delambre ; il était venu faire ses adieux avant de descendre à Perpignan. Accrochée au mur, toujours à la même place, la carte de la Méridienne. Un trait presque continu liait à présent Dunkerque à Barcelone. Immédiatement au sud de Rodez, il subsistait un petit vide : les trois stations de Méchain.

Au moment où Thérèse était arrivée, Delambre racontait à Borda ses aventures de Bort-les-Orgues. « J'y suis passée quelque temps après votre départ, ajouta Thérèse. On parlait encore de vous comme de sorciers. Quelle naïveté ! Mais que pensez-vous de ce que mon mari m'a appris ? Un des hommes chargés de placer ses signaux se répandait auprès des paysans en disant que c'étaient de nouvelles guillotines. Le sot croyait faire une bonne plaisanterie !

– Celle-ci, nous ne l'avons encore jamais eue ! » lança Delambre.

Changeant brusquement de ton, Thérèse aborda ce pour quoi elle était venue. « J'ai manqué totalement le but de mon voyage, avoua-t-elle sans ambages. J'ai voulu donner un coup de force, lui déclarant que je ne le quitterais pas qu'il n'ait achevé ses triangles et qu'il ne se soit réuni à vous. » Elle baissa la tête. « Il m'a enjoint de partir. » Et devançant la question qui leur brûlait les lèvres : « Non, il n'ira pas à Perpignan ! leur annonça-t-elle avec une colère rentrée. Pourquoi avoir pris le citoyen Tranchot pour cette base ? Vous saviez l'antagonisme qui l'opposait à Pierre. Vous avez fait là une erreur. » Prenant conscience de leur maladresse, ils tentèrent : « Si nous lui écrivions… » Elle les interrompit : « Il a été inébranlable, affirmant qu'il ne jouerait pas le rôle d'assistant, qu'on l'enverrait plutôt à la mort.

– Assistant de qui ? s'exclama Delambre.

– De vous ! »

Il y eut un silence. Thérèse reprit sourdement : « Je n'ai pas eu la force de le contraindre, mais pardonnez, je n'ai pas davantage le courage de vous entretenir plus longtemps d'un sujet qui me tue.

– Vous verrez, tout ira bien, tenta d'assurer Delambre. Quand ce sera fini, quand on présentera l'étalon devant le Corps législatif, tout sera oublié. Ce sera le plus bel instant de notre vie. Dites-moi donc comment il va ?

– Physiquement, il ne va pas mal ; mieux que je ne pensais. Il y a cependant quelque chose qui le mine, je ne sais pas quoi. Mais je soutiens que ses moyens ne sont nullement altérés, qu'ils sont toujours les mêmes. Croyez-moi, il est plus malheureux que coupable. Son cœur seul est vivement ulcéré. Je l'ai vu couvert de gloire et vous l'avez bien dit, citoyen, cet instant, celui qui devrait être le plus beau de sa vie, sera celui, je le crains, qui nous conduira peut-être tous au néant. »

Quinze jours plus tard, l'ultime travail débutait : la mesure de la seconde base, celle de Perpignan. Elle s'étendait le long de la mer, entre Le Vernet et Salses. Là, aucun problème de terrassement : le terrain était plat et désertique à souhait. Mais ces avantages, par leurs excès, se transformèrent en obstacles. Il y avait trop de tout, de soleil le jour, d'humidité la nuit, de sable tout le temps. Et pas un seul arbre pour se protéger ! Mais les hommes étaient aguerris. Hormis Laplace, toute l'équipe de Melun avait fait le voyage : Bellet, Étienne l'arpenteur et le jeune Leblanc-Pommard. Comme prévu, Tranchot était présent. Quand Étienne apprit que Méchain ne viendrait pas, il en fut attristé. Méchain lui avait proposé lui-même de venir à Perpignan et c'est lui qui n'y était pas !

L'alignement seul dura sept jours, la mesure quarante et un, sans compter trois jours d'un vent terrible soulevant des tempêtes de sable qui mirent hommes et instruments à dure épreuve. Le calme revenu, la mer apaisée, le vent tombé, l'arpenteur, devenu un des meilleurs spécialistes en « mesure de bases », pourchassa le moindre grain enfoui dans la rainure la plus secrète et dont la présence eût immanquablement grippé les subtils mécanismes.

Chaque soir, pendant que les uns rangeaient les instruments dans leur boîte pour les disposer en lieu sûr, les autres marquaient à même la terre l'endroit où l'on avait interrompu la mesure.

Découvrant cette interminable construction, des pêcheurs passant au large accostèrent. Pendant toute l'opération, trois fois par semaine, l'équipe eut droit à un succulent poisson.

La région étant infestée de marécages, les insectes se relayaient autour des hommes. Un matin, Bellet se réveilla bouffi, rougi et grêlé, comme s'il avait attrapé quelque horrible maladie. Ce n'était que le travail nocturne d'une famille de moustiques. De toute l'équipe, Bellet fut celui qui manifesta le plus de joie lorsque, signant la fin de la mesure, Delambre plaça la trois mille trente-huitième règle. Exactement le même nombre qu'à Melun ! Coïncidence ? Précision stupéfiante ? Distantes de cent soixante lieues, presque la moitié de la « longueur » de la France, les deux bases différaient de moins de onze pouces !

Il fallait en figer les extrémités, qu'au moins subsistent quelques marques de l'expédition. À chaque bout de la base, deux petites pyramides de granit pourraient être élevées. Quittant le site, Delambre se fit cette réflexion : en science, les bases constituent le point de départ de l'ouvrage, alors qu'ici c'est tout le contraire, elles en signent le terme.

À Carcassonne, Delambre s'était trouvé une bonne auberge. Il y resta quarante jours. Un matin, Méchain était là, pas rasé. Les cheveux longs, le pantalon constellé de trous, la belle chemise en soie offerte par Thérèse transformée en harde.

Les deux hommes se regardèrent comme s'ils avaient peine à se reconnaître. Méchain avait terriblement maigri, et vieilli : sur son visage la souffrance avait laissé ses marques profondes. C'était un tout autre individu que celui que Delambre avait vu pour la dernière fois, dans la cour des Tuileries, un beau matin de juin 92. Delambre fit un pas, avança la main, Méchain tendit timidement la sienne. Ils se jetèrent dans les bras l'un de l'autre.

Brusquement, comme s'il fallait d'abord qu'il se libère de ce poids, Méchain lança une phrase, une seule : « J'ai décidé de ne pas rentrer à Paris. » Et il se tut.

« Savez-vous, répliqua Delambre, que je suis là, à vous attendre, depuis quarante jours. Et je l'aurais fait pour rien !

– Justement, je vous ai suffisamment fait perdre de temps.

– Nous sommes partis ensemble. Nous rentrerons ensemble. Et puis on nous attend.

– On vous attend. Pourquoi irais-je m'exposer au dernier degré d'humiliation ? Là-bas, je n'aurai qu'à essuyer les reproches, le dédain, le mépris. Mettez-vous donc un instant à ma place, malgré toute l'horreur qu'il vous en coûte. Jugez de bonne foi si vous auriez le front de rentrer à l'Institut, de vous réunir à la Commission et de rencontrer les savants étrangers. Non, vous ne le feriez point ! J'ai besoin de quelques mois de retraite solitaire, je serai de retour au printemps. Je vous écrirai fréquemment, je vous demanderai vos avis et je m'y conformerai. Ma honte est déjà publique à Perpignan, comme elle l'est à Paris.

– Mais de quoi parlez-vous ? De quelle honte, de quel dédain, de quel mépris et qui vous les infligerait, grands dieux ? »

Méchain aurait voulu parler mais une force terrible lui clouait les lèvres. Un tonnelier, dans une échoppe voisine, tapait à grands coups de maillet pour fixer un traversin.

Contraint de hausser le ton pour se faire entendre, Méchain criait qu'il voulait retourner en Espagne. Il répétait : « Il le faut, Delambre, il le faut ; j'en ai besoin ; cela me redonnerait confiance. » Puis, persuasif : « Je sais maintenant ce qu'il faudrait faire pour écarter toutes les causes d'erreurs. Rassurez-vous, je ne demanderai point de nouveaux fonds ; je me contenterai des miens et j'en profiterai pour assurer la prolongation de la mesure jusqu'à Majorque. » Brusquement triste, il ajouta comme pour lui : « À quoi bon rêver ? La Commission n'approuvera jamais ce voyage…

– Votre projet est bon, et vous saurez le défendre auprès de la Commission, j'en suis sûr, mais terminons d'abord ce que nous avons entrepris ensemble.

– Ensemble ? C'est vous qui avez presque tout fait. Vous avez mesuré plus des deux tiers des triangles ; quant aux bases, j'y suis tout à fait étranger. Voyez-vous, Delambre, dans la position où je me trouve, il faut savoir se tenir à l'écart. »

Ils regardèrent la pluie dégouliner sur la vitre, silencieux, lointains, soudain étrangers l'un à l'autre. Méchain finit par se retourner vers son collègue : « Dans tout ceci, je vous supplie de ne rien prendre qui vous soit relatif. » Tout en parlant il lui avait saisi le bras mais, prenant conscience de sa familiarité, il le retira brusquement. « Si vous pouviez lire dans mon cœur, si vous le connaissiez mieux, vous n'y verriez que les sentiments de la plus vive reconnaissance et le regret le plus amer de vous avoir si mal secondé. »

Ce n'était pas là formules de politesse. Sa sincérité était poignante. Delambre, touché et gêné par cette sorte d'impudeur, tenta de sourire. La pluie ne cessait pas.

« Si vous saviez, mon ami ! J'ai passé tant de temps dans la plus cruelle anxiété. » En confiant cela, Méchain avait les yeux perdus, aspirés par ses montagnes. « Je me suis laissé accabler par le dégoût ; le peu de faculté que j'avais a été anéanti. J'ai balancé constamment entre l'espérance de pouvoir prendre le dessus et la crainte d'être terrassé. Je n'avais plus la tête à rien de ce que je devais faire. Le présent m'étant insupportable, je me reprochais sans cesse le passé et je tremblais pour l'avenir. »

Sortant deux lettres de sa poche, Delambre les tendit à Méchain qui, s'apercevant qu'elles émanaient l'une de Borda, l'autre de la Commission, s'empressa de les lire. Il y découvrit qu'on était pressé de le voir reprendre ses travaux d'astronomie et qu'on lui offrait… non, ce n'était pas possible… Il relut : qu'on lui offrait de diriger l'Observatoire ! « Ils me font donc encore confiance ! » Ce fut sa première pensée puis l'incrédulité fit place à la joie. Il questionna son collègue du regard, guettant une confirmation. Delambre inclina légèrement la tête. C'était donc vrai. La première bonne nouvelle, le premier plaisir, depuis des années.

Le cocher ajusta sa pèlerine. La malle-poste de Paris affichait complet. À l'arrière, près de la fenêtre, une place vide. L'anxiété de Delambre augmentait à mesure que l'heure du départ approchait. Au moment où il allait demander que l'on attende avant de démarrer, Méchain pénétra en courant dans la cour de la poste.

Il avait passé la journée à faire ses adieux à Agoustenc et à Fabre. Puis il était monté à la tour Saint-Vincent pour y retrouver le vieil homme qui remontait l'horloge. Le signal était encore dressé sur la plate-forme. En partant, Méchain offrit la totalité du bois de la construction à son ami. Une fortune en cet hiver glacial !

La diligence démarra. Bientôt les hautes murailles de la ville disparurent. Les deux astronomes eurent cinq journées pleines pour se raconter six années. C'est ainsi qu'en cet hiver 98 il y eut en territoire français une dizaine de citoyens privilégiés, les voyageurs de la malle-poste Carcassonne-Paris qui apprirent tout, ou presque, au sujet de la mesure de la Méridienne, et qui, privilège historique, l'apprirent de la bouche même de ceux qui en furent les acteurs principaux.

La voiture se trouvait au cœur du Massif Central. Delambre, s'aidant des différentes mesures faites durant l'expédition, parlait de la forme de la Terre quand : « Voyez-vous, mon cher collègue, déclara Méchain d'un ton faussement docte, il semble bien que la Terre n'a pas voulu conformer sa figure aux formes analytiques de nos géomètres, qui tenaient absolument que ce fût une sphéroïde de révolution, d'une densité homogène. Vos observations, et les miennes, ont malheureusement montré que la courbure de notre globe était presque circulaire jusqu'à Paris, puis elliptique jusqu'à Évaux, plus encore jusqu'à Carcassonne et qu'elle persistait ainsi jusqu'à Barcelone. Une question me tracasse : pourquoi celui qui s'est amusé à pétrir notre globe dans ses doigts n'a-t-il pas pris garde qu'il mettait de la terre meuble entre Dunkerque et Paris, ensuite un peu de pierre jusqu'à Évaux, puis brusquement d'énormes masses de rochers jusqu'à Barcelone ? » Delambre écoutait, ravi.

« Voilà ce que c'est que de ne pas s'entendre, poursuivit Méchain encouragé par la mine de son collègue. Il en arrive que, par les lois du mouvement, de la pesanteur et de l'attraction, lois que le créateur avait peut-être faites avant le reste, il en arrive, disais-je, que la Terre, mal bâtie comme cela, a bien été forcée de prendre une forme irrégulière. Et il n'y a plus de remède ! À moins… de tout recommencer et de repartir de zéro. »

Méchain mimait la Terre mal fichue et le Dieu râleur, debout entre les sièges, manquant de tomber à chaque cahot. Delambre riait aux larmes. De voir ces deux savants, qui avaient devisé si sévèrement depuis le départ, pouffer comme des gamins, les voyageurs ne purent s'empêcher de rire à leur tour. Durant quelques minutes ce ne fut que gloussements, tapes sur les cuisses, hoquets et bonne humeur. Jaloux, le cocher cogna rageusement sur la paroi ; et les rires repartirent de plus belle.

Ce fut tout d'abord les retrouvailles avec Thérèse, puis la « découverte » de ses enfants, sa fille et son fils Augustin, Isaac, l'aîné, étant toujours en Égypte avec Bonaparte. Puis vêtu d'une grande chemise floue, il dut s'habituer à dormir sur un matelas mou, avec des draps doux ; et aussi à l'eau chaude à volonté, à un rasoir effilé, à un savon parfumé.

Dès son arrivée, Méchain fut comblé d'honneurs. Comme promis, il fut nommé directeur de l'Observatoire dont il avait été autrefois le « capitaine-concierge ». Quel cadeau ! Avoir, nuit et jour, à sa disposition le grand quart-de-cercle de Bird, une merveille de technique, dont Paris s'était enrichi durant son absence !

Un dîner devait être donné au Luxembourg en l'honneur des savants étrangers qui commençaient à s'impatienter. On avait différé la réception jusqu'à l'arrivée des deux astronomes : c'est dire si ces derniers étaient attendus ! Méchain surtout, sur lequel planait un mystère.

Voilà un « émigré » qui n'avait pas émigré, un membre de l'Institut qui n'avait pas assisté à une seule séance de la digne assemblée, un astronome qui n'avait rien publié depuis sept années, si l'on excepte son observation d'une comète à Barcelone…

Méchain se doutait de cette curiosité à son sujet et, plus encore, il lui répugnait d'avoir à affronter cette foule, à répondre à ses questions, à parler de quoi ? Faisait-il encore partie de leur communauté ? Qu'avait-il partagé d'essentiel avec eux durant ces sept années ?

Semblable à ces soldats revenant au pays, impuissants à expliquer ce qu'ils ont vécu, Méchain resta silencieux. Une partie de son être était restée là-bas, dans les montagnes du Sud, près d'Agoustenc, aux côtés du vieux gardien de la tour de Carcassonne, de la Mère et de Fabre à qui il eut soudain très envie d'écrire : « Cher ami, que vous me manquez ! Voilà je suis rentré. Pourrais-je soutenir la considération dont on veut m'honorer et remplir, comme on le désire et l'espère, les devoirs que l'on m'impose ? Voyez-vous, mon ami, je le sais en moi-même, les premiers jours sont les plus beaux, ce sont jours de fête. Ceux qui les suivent sont jours de perte. Je veux vous faire une invitation, vous avez tout l'hiver pour vous y préparer. Venez, je vous prie, avec moi, voir Mercure sous le soleil de mai. Votre dévoué, Méchain. »

Ce bruit et cette insignifiance qui l'attendaient à ce dîner, il ne pourrait les supporter, il l'avoua à Thérèse alors qu'elle l'entraînait vers une immense garde-robe où ses vêtements étaient restés à l'abri des mites depuis son départ. Elle se fâcha. Il disparaissait dans les pans d'une chemise devenue trop grande. Enfilant la tête dans une manche, il s'empêtrait. Thérèse, à moitié engloutie dans la garde-robe, fouillait à la recherche d'une paire de chaussures. Il ajusta la culotte, elle lui présenta la veste. « Un repas où l'on attend tout Paris et Monsieur veut me faire manquer cela, sous prétexte que Monsieur est devenu un sauvage… » Il se tourna vers elle. La phrase resta en suspens. Thérèse éclata de rire : la coupe du vêtement, la touche, la couleur, la forme des chaussures, tout avait tellement vieilli qu'on aurait dit une gravure d'avant les cahiers de doléances. La servante entra : « Un monsieur demande Monsieur », annonça-t-elle. « Qu'il entre ! » dit Méchain guilleret.

Faisant comme s'il ne remarquait pas l'accoutrement de Méchain, un homme vêtu d'un frac de cocher se tenait dans l'embrasure de la porte, déclarant tout de go, avec un fort accent méridional, qu'il venait chercher son dû : « La somme est rondelette ! Dame, deux livres par jour pendant quarante mois, ça va chercher dans les… » C'était le voiturier de Marseille que Tranchot avait oublié de décommander lors de leur retour d'Italie. On transigea sur le montant de la dette.

Thérèse confia son mari à un couturier du boulevard Saint-Germain. Quand Méchain s'y rendit, il y avait foule dans la boutique. Un député s'était spécialement déplacé pour l'ultime séance d'essayage du nouvel habit des membres du Corps législatif. Épinglé aux entournures, il paradait au milieu d'une nuée de couturiers. Un trio de journalistes rendait compte de l'événement. Le premier dressait des croquis qu'il coloriait à la hâte, le second décrivait à haute voix, le troisième écrivait sous la dictée. « Par une faveur spéciale, nous avons été admis à assister aux dernières retouches. Sur une redingote bleu foncé, est nouée une ceinture aux trois couleurs, garnie de franges et de cordeliers d'or de huit à neuf pouces de hauteur. Par-dessus est un manteau écarlate, bordé sur le bord en bleu foncé et descendant jusqu'à terre. On l'attache avec un bouton d'or sur l'épaule droite de manière que le bras droit soit parfaitement libre. La tête est recouverte d'une toque de velours violet, garnie d'un bandeau de taffetas couleur de feu qui retient une plume tricolore recourbée vers l'arrière. »

Reculant d'un pas, le journaliste cligna des yeux comme par temps de grand soleil : « Il faut avouer, poursuivit-il, que cette grande quantité de rouge fatigue les yeux.

– Éblouir n'est pas aveugler, rectifia le député fier de sa réplique.

– Pourquoi avoir voulu un habit spécifique, différent de celui des simples citoyens ? demanda le journaliste.

– Le beau se compose de régularité. Le propre du législateur, énonça le député, étant d'inspirer le respect, cet habit nous donnera cette dignité et cette noblesse propre à inspirer le respect. »

Méchain, debout dans le salon d'essayage contigu, entendait tout et ne voyait rien.

Quand Méchain se présenta à l'entrée du grand salon, le passé fit irruption dans le palais du Luxembourg. Les conversations chancelèrent. La dernière fois qu'on l'avait vu… Pas même dix ans ! La République n'était pas proclamée, les Tuileries n'avaient pas brûlé, Louis avait encore sa tête, Robespierre n'était qu'un député, et le mot même de « salut public » n'était pas prononcé. Les Prussiens et les Autrichiens étaient les plus forts, il menaçaient d'exterminer Paris, dont le Peuple imprimait la Loi, l'armée était composée de civils… Que tout cela semblait lointain. La Révolution paraissait aussi éloignée que la Royauté. À leurs yeux, l'une et l'autre participaient d'un autre monde. À la fin de l'année, débarrassé de ces hardes, un siècle nouveau débuterait, un siècle enfin MODERNE. Oui, Méchain était un revenant, une sorte de météorite, faite de minerais qui n'étaient plus.

Il ressentit tout cela, imagina que dans un instant il allait être cloué au foyer d'un silence total : il voulut fuir.

Marchant dignement sur un épais tapis, Thérèse donnait le bras à son mari. Comprenant ce qui se jouait, ressentant physiquement les conflits qui l'agitaient, elle emprisonna son bras, le serra sous son aisselle à lui faire mal, à se faire mal. Sous la pression, le coude de

Méchain s'enfonça brutalement dans sa taille. Personne ne la vit sourciller. Pas question de reculer.

C'est Borda qui les sauva : au moment où le dernier bruit allait s'éteindre, le vieux marin se précipita vers son ami. Il entraînait avec lui un petit groupe de gens inconnus de l'astronome, au milieu duquel celui-ci disparut. Les conversations reprirent.

On disait Borda malade ; il était fringant, élégant comme à son habitude. On pouvait cependant discerner l'imperceptible effort du vieux marin pour ne rien laisser paraître de la maladie qui le ruinait. Delambre aperçut Thérèse. Borda surprit leur regard : la complicité qui jadis les avait liés rejaillit intacte et tous trois formèrent instantanément un triangle éphémère autour de Méchain qui se détendit.

Il planait autour de lui un halo de mystère et de secret. Il attirait, il inquiétait. Qu'avait-il donc fait pendant toutes ces années dans des montagnes perdues ? On aurait voulu tout savoir. Il fut plus secret encore qu'à l'accoutumée. Puisqu'il était muet sur son passé, on le questionna sur ses projets. Il n'en dit pas plus. Un vieux membre de l'Institut, habitué à clore les banquets, lui susurra à l'oreille qu'il souhaitait le voir prendre sa place dans « la liste peu nombreuse de ces observateurs dont la destinée est de fixer pour leur siècle l'état du siècle ». Méchain promit.

Talleyrand avait réussi son coup ; sept nations, pas moins, avaient envoyé leurs meilleurs savants à Paris. Espagnols, Toscans, Ligures, Helvètes, Bataves, Sardes et Danois. Mais pas un Anglais et pas un seul représentant des Provinces Unies d'Amérique. Les seconds comptaient parmi les alliés de la France, tandis que les premiers se flattaient d'en être les plus persévérants ennemis. Mais sur leur territoire se tenait l'observatoire de Greenwich, et cela seul eût dû compter, pensa

Méchain. Quant à Delambre, il émit le souhait que cette absence n'ait pas de conséquences néfastes et que ces deux nations ne s'excluent pas pour l'avenir des bienfaits du système métrique.

Les nouvelles mesures seront universelles ! Il était bien naturel que ce fût une commission internationale qui en assurât la paternité. Après avoir vérifié l'ensemble de l'opération et s'en être portée garante, la Commission internationale était chargée de proclamer les résultats définitifs, afin de consacrer aux yeux du monde l'unité fondamentale du système de mesure.

Aux salons de réceptions du Luxembourg, succédèrent les salles de réunions du Louvre. Le lendemain du fameux dîner eut lieu la première séance de travail.

Présentation de chaque instrument, exposition de son fonctionnement : on alla jusqu'à répéter dans la salle même certaines expériences auxquelles les règles plates avaient été soumises, et l'on n'hésita pas à effectuer un simulacre de la mesure d'une base et de quelques observations d'angles horizontaux. Puis les commissaires se scindèrent en petits groupes pour examiner dans le plus grand détail chaque observation et refaire chaque calcul. Ils commencèrent par vérifier la latitude de Dunkerque, puis on se mit à éplucher les registres de Delambre. Quand arriva le moment d'examiner ceux de Méchain, les difficultés commencèrent… Semblant vouloir retarder le moment de les communiquer, il fut absent à une, puis à deux, puis à trois réunions. Talleyrand s'impatientait, le président du Corps législatif envoya un émissaire pour hâter les choses. La Commission prit le parti de se transporter dans l'appartement de Méchain à l'Observatoire. Là, on trouva tout dans le plus bel ordre. On admira surtout la précision et l'accord parfait de tous ses angles et de tous ses calculs. Et l'on ne conçut rien à ses lenteurs et à ses retards.

Les vérifications reprirent. Delambre en fit le résumé dans son carnet de bord : « Les calculs furent tous faits séparément par quatre personnes différentes, MM. Tralles, Van Swinden, Legendre et moi. Chacun apportait ses résultats et nous comparions. Durant ce travail, Méchain et moi déterminâmes, chacun par dix-huit cents observations, la hauteur du pôle. Toutes les latitudes s'accordèrent à moins d'un sixième de seconde près ! »

Travail minutieux, monotone, harassant, qui mit à dure épreuve les yeux de Delambre, mais qui permit à Mme Leblanc-Pommard de révéler à quel point elle lui était attachée. Que de fois elle le pria de se ménager ! À ces pressantes sollicitations, touché, il répondait : « Plus tard, plus tard » en lui pressant délicatement la main.

« Jamais pareille opération n'a été soumise à pareille épreuve ! » lança fièrement le citoyen batave Van Swinden, président de la Commission internationale, aux dizaines de savants réunis dans la salle de l'Institut. « La Commission se fait un devoir et un plaisir de faire connaître à l'Institut que les citoyens Méchain et Delambre, prévenant les désirs des commissaires sur tous les points, se sont empressés à faire passer sous ses yeux jusqu'aux moindres détails de leurs registres originaux. Ils l'ont fait avec cette noble franchise caractérisant les observateurs exacts qui, loin de redouter un examen sévère, le sollicite au contraire, bien assurés que c'est le meilleur moyen de faire paraître la vérité dans tout son éclat. » Tous les yeux se dirigèrent vers les deux astronomes, Delambre humble, Méchain pâle.

« Il ne fallait pas moins que des hommes de cet ordre pour mener à bien la plus grande opération géodésique de tous les temps », poursuivit Van Swinden. Méchain n'écoutait plus que par intermittence. « Ils estimaient heureuse une journée passée dans la peine, dans l'inquiétude et la fatigue, si elle était terminée par une bonne observation… » Delambre, rêveur, n'entendait plus. « Une patience sans borne. À la patience, il a fallu joindre la dextérité, à la dextérité, la sagacité d'esprit… » Delambre et Méchain se regardèrent, se sourirent et se remirent à écouter. « Alors que la France était attaquée au-dehors, agitée du dedans, il leur a fallu tantôt la prudence pour prévenir ou détourner les dangers, tantôt la fermeté pour les supporter tranquillement… calme de l'âme… tranquillité de l'esprit… poussés par le désir d'être utiles à leur patrie. » Tous les regards se dirigèrent vers les deux astronomes ; Delambre humble, Méchain pâle. Mais l'humilité ne parvenait plus à cacher la joie et derrière la pâleur pointait l'apaisement.

Les événements se précipitèrent. Le lendemain les deux astronomes allèrent visiter la salle où aurait lieu la cérémonie. Ils la croyaient vide, elle l'était presque hormis un député debout à la barre et quelques autres perdus sur des travées désertées. L'Assemblée tenait séance.

Le bras gauche en écharpe, le droit vengeur, le député semblait furieux. Méchain crut comprendre qu'il parlait des cabriolets qui menaient grand train dans les rues de Paris. « Quoi ! On a abattu de misérables échoppes, de maigres asiles de pauvres pères de famille, et on respecte jusque dans leurs moyens de nuire ces chars brillants de nos parvenus ! Je le demande : est-il normal que dans un État où l'Égalité est censée régner, il soit permis d'avoir des voitures autres que celles nécessaires au service public ? » Personne ne broncha ; le député poursuivit : « Je propose que l'Assemblée décrète que nulle voiture ne pourra circuler dans les rues de Paris, si ce n'est au pas. » Sage proposition, conclut Méchain lorsque, sortant du bâtiment avec Delambre, ils furent confrontés à un cabriolet qui manqua les écraser

Ils étaient en train d'essuyer leurs habits éclaboussés quand, sortant de l'Assemblée, un homme les rejoignit.

« Descombérousse, député de l'Isère au Conseil des Anciens », se présenta-t-il, et il déclara être un fervent admirateur du système métrique. Il informa les deux astronomes que dans son département, par exemple, il avait affaire à une forte opposition. « On tient aux anciennes mesures comme on tient aux anciens rites du fanatisme religieux ; une nouvelle religion est en train de naître : le mercantilisme. La plupart des commerçants de détail forment une sorte de secte chez qui les mesures en usage ont reçu une consécration. Certains défendent leur aune et leur boisseau comme tel autre défend sa croix et son eau bénite », déclara-t-il presque sans reprendre son souffle « Sachez que je serai à vos côtés dans ce combat, citoyen ! » et il les salua.

Van Swinden et Aeneae, les deux Bataves, ouvraient la marche, puis venaient Balbo le Sarde, Bugge le Danois, Ciscar et Pédrayes le couple d'Espagnols, Fabbroni le Toscan, et Franchini le Romain, Mascheroni le Cisalpin, Multédo le Ligure et enfin Tralles l'Helvète. Puis les Français : Laplace, Legendre, Lagrange et Lefevre-Gineau, et tous les autres commissaires de l'Institut. Monge et Berthollet, toujours accolés à Bonaparte, étaient en Égypte. Bellet et Tranchot marchaient derrière. Borda n'était pas là : la mort l'avait emporté juste avant la consécration de cette expédition qui lui devait tout. Des trois hommes qui le 25 juin 1792 avaient assisté au départ des deux berlines dans la cour des Tuileries, aucun n'avait atteint le terme du voyage. Ni Condorcet, ni Lavoisier, ni Borda.

La salle de l'Assemblée était somptueusement décorée, le Corps législatif était au complet, les tribunes étaient combles : la foule des grands jours. Le décret de Prairial interdisant aux femmes non accompagnées de pénétrer dans la salle avait été assoupli pour la circonstance. Thérèse et sa fille étaient accompagnées d'Augustin qui était presque devenu un citoyen en âge de voter. Les veuves Lavoisier et Condorcet, remariées, étaient venues avec leurs époux. Cette jeune fille aux cheveux bouclés, c'était Éliza. Mme Vernet serrait le bras de Sarret. Mme Leblanc-Pommard était venue avec son fils. Étienne l'arpenteur était là aussi ; on pouvait le voir faire de grands gestes pour expliquer à son voisin le maniement du cercle répétiteur.

Le cortège ayant atteint la barre, les commissaires s'alignèrent sur deux rangs. La voix claire d'un huissier annonça : « Les citoyens Delambre et Méchain de l'Institut ! » Ils entrèrent, émus, gauches tout de même, éblouis. On pouvait l'être, tant le rouge dominait à travers les sept centaines de costumes flambant neufs des députés. Méchain portait l'habit coupé par le tailleur de Saint-Germain.

Un peu à l'écart, Talleyrand couvait la scène d'un regard satisfait. La musique éclata, une énorme basse fit résonner les murs de sa voix puissante, les députés se dressèrent. L'éclat des trompettes accentua le caractère sacré de l'instant. On était tellement absorbé par les musiciens qu'on n'avait pas vu entrer deux hommes. Mais bientôt tous les regards se fixèrent sur eux. Sur ses bras tendus, le premier tenait un coussin de velours pourpre, le second, un autre coussin de dentelle mauve. Sur l'un brillait, Graal étincelant des temps modernes, une barre de platine ; sur l'autre se dressait, fondu dans le même métal, un cylindre dense et lumineux.

Avançant d'un pas solennel sur l'épais tapis qui les conduisait jusqu'à une estrade drapée de couleurs tricolores, les deux officiants gravirent les marches. Puis, ensemble, ils se retournèrent vers la salle et s'immobilisèrent. Le silence était total. Lentement, très lentement, le premier homme éleva le coussin, et dans un long mouvement circulaire épousant la forme de l'hémicycle, il présenta à la foule la barre de métal. « Citoyens représentants du peuple, voici le mètre vrai, le mètre-étalon ! » annonça le président du Corps législatif. Ce fut une ovation. Les cous se tendirent, on se bousculait, on se dressait sur la pointe des pieds. Au premier rang, Delambre reconnut le député Descombérousse, applaudissant à tout rompre. Le silence se fit à nouveau. Et comme dans un ballet parfaitement réglé, le deuxième homme éleva le coussin recouvert de dentelle mauve et présenta le cyclindre. « Citoyens représentants du peuple, voici le kilogramme de la nature, le kilogramme-étalon ! »

Tout en haut, aux confins des tribunes, deux vieillards, Alfred et Alexandre, les deux philologues, ayant défendu chèrement leurs places, poursuivaient leur interminable polémique.

« Gutturale ou pas, CHIlogramme, avec un “chi”, c’est une infamie linguistique ! arguait Alfred.

– Cessez de KIpoter, mon cher Alfred, vous finirez par me faire KIer ! » Il y eut un cri outré immédiatement englouti sous une avalanche de « Chut ! ». À la barre, quelqu’un annonçait : « Citoyens, je puis vous annoncer que la longueur du mètre est 3 PIEDS, 11 LIGNES, 296/1000 de la toise du Pérou ! »

À entendre la valeur exacte du mètre proclamée officiellement, Delambre ne put s’empêcher de se dire : « Cinq années pour gagner seulement 145/1000 de ligne sur le mètre provisoire ! une poussière ! »

Dans les tribunes, un jeune garçon écarta les mains de son grand-père aveugle pour lui indiquer la grandeur de la barre. À côté d’Étienne, un gros homme bougon, peu favorable aux nouvelles mesures, tempêta : « Il n’y en a que pour le mètre ! Et le kilo, combien pèse-t-il ? On ne nous le dit pas ! » L’arpenteur se pencha et lui glissa à l’oreille comme un secret : « Il pèse 2 livres, 5 gros, 35 grains. » L’autre le regarda éberlué. Étienne se pencha à nouveau : « Ou si vous préférez : 18 827 grains anciens poids de marc. » La cérémonie se poursuivait. Un député s'avança vers la barre, un papier à la main : « La voilà enfin, cette unité de mesure fondée sur le plus grand et le plus invariable des corps que l'homme puisse mesurer : le globe terrestre lui-même ! » Puis refermant son papier, il laissa un sourire s'épanouir sur son visage et sur le ton de la confidence : « Quel plaisir il y aura désormais pour un père de famille à pouvoir se dire : le champ qui fait subsister mes enfants est une certaine proportion du globe. Je suis, dans cette proportion-là, copropriétaire du monde ! »

La dernière phrase résonna dans la salle silencieuse. Cette fois la cérémonie était bien finie. Les nouvelles mesures, lancées par les hommes de 89 au nom de l'Universalité, de l'Unité et de l'Éternité, étaient mises au service de la Propriété. Dix ans déjà ! Et deux siècles avaient été nécessaires pour passer de « Maître et possesseur de la Nature » à « Copropriétaire du Monde »...

Les atteintes du temps ? C'est pour qu'ils puissent y résister qu'on avait façonné les étalons dans du platine. À l'abri dans un écrin tapissé de velours, fermant à clef, ils devaient témoigner pour les siècles à venir et légitimer la mesure de toute chose.

Le mètre vrai et le kilogramme de la nature furent confiés à la garde des Archives de la République. À Méchain et Delambre, on laissa l'honneur de refermer les portes de la double armoire en fer, où reposeraient désormais les deux étalons.

En tournant conjointement les quatre clefs dans les serrures complexes, Méchain et Delambre eurent chacun une pensée. « C'est un morceau de méridien qui repose là », pensa le premier. « S'ils venaient à disparaître et qu'il n'en reste que le nom, on pourra toujours les reconstruire avec une semblable précision », pensa le second. Sans s'en rendre compte, il avait parlé tout haut. Laplace qui se trouvait derrière lui ajouta : « Quand même les éléments s'y mêleraient, qu'un tremblement de terre les engloutisse ou qu'un affreux coup de foudre vienne à mettre le platine en fusion, il n'en résulterait pas… »

Un peu à l'écart, Méchain lisait par-dessus l'épaule du secrétaire le procès-verbal qu'une plume alerte rédigeait : « An sept de la République Française, une et indivisible, le quatre Messidor, trois heures après-midi…

Pour fêter l'événement, on frappa une médaille où, sur une face, furent gravés les mots de Condorcet : « À TOUS LES TEMPS, À TOUS LES PEUPLES », tandis que l'autre face présentait le globe terrestre enjambé par un compas écartelé entre l'équateur et le pôle, le tout surmonté par la Petite Ourse. Le nord, toujours le nord ! pensa Méchain en découvrant les épreuves. La médaille n'était pas encore fondue qu'un matin de Brumaire le général Bonaparte, accompagné de quelques soldats, parmi lesquels Gustave le canonnier, débarqua à l'Assemblée. Le bel habit des députés ne parvint pas à lui imposer le respect escompté. Les députés furent chassés de la salle, et, pendant quelques instants, on vit deux ou trois centaines de costumes rouges fuyant dans les jardins, poursuivis par des grappes d'uniformes bleus, ceux des soldats d'un général membre de l'Institut. La médaille ne serait pas fondue : c'en était fini de la République.

L'ami Fabre n'était pas monté à Paris pour voir Mercure sous le soleil de mai. Heureusement le 7 août, après une longue nuit d'attente dans « son » observatoire, Méchain découvrit la quatre-vingtième comète de l'histoire ; elle était petite, sans queue, mais claire. Puis à 5 h 30 du matin, le lendemain de Noël, dans Ophicéus, il en aperçut une autre.

Ultime comète : cinq jours plus tard, 1800 arrivait. Au terme d'un interminable siècle, au parcours inédit, la France, après s'être dévêtue de ses nippes royales, après avoir fondé une République et proclamé quelques droits imprescriptibles de la personne humaine, se retrouvait grosse d'un Consul.

Étrangement, ce siècle, où les lumières avaient brillé plus qu'à l'ordinaire, se retrouvait encadré par un roi omnipuissant et un général qui ne rêvait que de l'être. Le premier s'était éteint sur son trône en 1715, qu'en serait-il de la puissance du second cent ans plus tard ?

19.

Quittant Paris le 26 avril 1803, accompagné par Augustin, son second fils, Méchain avait fini par vaincre les forces qui s'opposaient à son départ. Il était persuadé qu'une année au plus suffirait à la prolongation de la Méridienne. Et, assurait-il à qui voulait l'entendre, à Paris, on n'aurait pas le temps de s'apercevoir de son absence. À son arrivée en Espagne, rien ne se trouva prêt.

Un navire avait été affecté à son service, pour le conduire aux îles. En le découvrant dans le port de Carthagène, Méchain reconnut le bâtiment que Don Ricardos avait mis à sa disposition dix ans auparavant. Le capitaine avait changé, le nouveau, singulièrement scrupuleux, refusa de l'embarquer tant qu'il n'aurait pas reçu un ordre explicite de la cour. On attendit. L'ordre arriva.

Sitôt en mer, une épidémie de fièvre jaune se déclara. Les hommes d'équipage furent atteints un à un, une vingtaine d'entre eux succomba. Par miracle, ni Méchain ni Augustin ne furent touchés. En rade de Minorque, le navire stigmatisé fut astreint à une sévère quarantaine ; quand elle fut achevée, on les autorisa à quitter le bâtiment. L'astronome et sa suite embarquèrent sur un brigantin. La tempête se leva brusquement. Drossé sur les récifs, le navire fut rejeté sur une côte que l'on crut tout d'abord déserte. Elle ne l'était pas ; la population s'était massée sur la plage. Des gens armés s'avancèrent, interdisant à qui que ce soit de débarquer : avertis on ne sait comment de l'épidémie, ils craignaient qu'elle ne se répandît sur leur île et allèrent jusqu'à refuser eau et nourriture aux voyageurs, afin d'empêcher tout contact avec le bâtiment.

Méchain proposa d'envoyer un message au gouverneur ; on refusa également : la lettre aussi pouvait être contaminée. On consentit seulement à ce qu'un villageois porteur d'un message oral pour le gouverneur parte dans l'instant. Le lendemain, le messager était de retour ; il hurla la réponse : le gouverneur autorisait Méchain à écrire un billet. Deuxième voyage du messager, deuxième réponse du gouverneur : Méchain était enfin autorisé à débarquer, mais seul et sans instruments.

Pour se rendre au palais, il traversa l'île à dos de mulet par un sentier de fin du monde où les rochers escarpés succédaient aux pentes abruptes et glissantes. Au gouverneur curieux et feignant d'être désolé de ce qui lui arrivait, Méchain déclara simplement : « Je ne suis pas accoutumé à être favorisé dans cette expédition. »

Le retour fut encore plus pénible que l'aller. Le mulet glissa. Méchain faillit se rompre le cou, mais n'écopa que d'un poignet foulé et de quelques contusions au visage. Cette fois, ni Salva ni pompe hydraulique n'en portèrent la responsabilité, seulement le destin ! Bien que l'accident fût moins grave que naguère, Méchain en fut fortement affecté. Son bras droit était à nouveau atteint ! Terrible sensation que celle d'un cauchemar répété.

En arrivant sur la côte après deux jours de calvaire sur le mulet cahotant, il ne trouva plus rien : la mer était déserte, le brigantin avait disparu ! Les villageois informèrent l'astronome qu'une nouvelle tempête s'étant déclarée après son départ, le navire avait été forcé d'appareiller pour ne pas être drossé sur les récifs. Il voguait en direction de Majorque où Méchain le rejoignit.

C'était le plein été, la chaleur était suffocante. Méchain avait presque soixante ans. Comme ces marches à travers les campagnes arides étaient épuisantes ! Heureusement, Augustin libérait son père des tâches les plus pénibles, mais c'était encore trop.

Là, devant eux, s'étendait un large terrain, qui s'avéra suffisamment plat et étendu pour qu'on décide d'y tracer la base. Une rivière coupait le plateau en son milieu, sur laquelle Méchain s'aventura ; avançant lentement dans l'eau, il sentit soudain le fond disparaître et fut emporté. Le gué se trouvait plus loin, le guide s'était trompé. Un jeune aide majorquin plongea, ramenant l'astronome à moitié noyé. Méchain, sitôt séché, repartit.

Cette suite têtue d'incidents aurait dû sonner comme un avertissement. Il n'en fut rien : plus le sort s'acharnait sur lui, plus Méchain s'acharnait à ne pas renoncer ; plus tout concourait à ce qu'il renonce, plus il persévérait. Augustin assistait aux efforts de son père. Comme naguère Thérèse pour le faire avancer vers Rodez, le fils fut impuissant à l'arrêter.

On avait averti l'astronome qu'habituellement, à la fin de l'été, la côte sur laquelle il opérait se trouvait infectée par une sale fièvre. La maladie frappa trois fois. Un domestique fut emporté en quelques jours, les deux officiers espagnols logeant sous la même tente que lui furent atteints à leur tour, quoique moins gravement. On supplia Méchain d'interrompre ses mesures et de ne les reprendre qu'à la saison froide. Il refusa. Décidé à faire tout lui-même, et la mesure des angles et celle de la base, il restait éveillé des nuits entières à guetter la lueur palpitante des réverbères qui signalaient ses stations. Ni fièvre, ni climat, ni adjoint, rien, cette fois, ne l'empêcherait d'aller jusqu'au bout.

Il s'épuisait. Un matin, il se réveilla tremblant, brûlant de fièvre. Il résista un, deux, trois jours… Il était seul. Si au moins Augustin avait été près de lui ! Mais son fils était parti en reconnaissance. Le lendemain, il ne parvint pas à se lever.

Avant de s'arrêter, il avait tout de même eu le temps de prolonger de 90 000 toises la mesure de la Méridienne et d'ajouter cinq nouveaux triangles, dont certains, se jouant de la distance, enjambaient fièrement une quasi-moitié de Méditerranée.

Semblable à une vieille muraille à laquelle on retire le soutien de ses étais, Méchain s'effondra. À l'auberge de Castellon de la Plana, où il arriva brûlant de fièvre, on le coucha, à demi inconscient. Ni les extraits de quinquina ni les autres remèdes ne procurèrent la moindre rémission. Son esprit se mit à battre la campagne ; sans cesse, il demandait ses manuscrits, criant, insistant, se dressant sur sa couche et retombant épuisé, inconscient. Ses manuscrits restaient introuvables. Un express fut dépêché à la recherche d'Augustin.

Espagne, terre catholique. Mandé par l'aubergiste, un prêtre vint proposer la confession, que l'astronome refusa, affirmant n'être pas assez malade. « Ai-je le temps de paresser au lit ? D'ici peu, affirma-t-il, je serai sur pied. »

Il reprit conscience après deux journées de délire. Augustin était à son chevet. À nouveau, il demanda ses manuscrits. Augustin finit par les découvrir, cachés dans une sacoche au fond d'une malle. Méchain les saisit, et, comme s'il voulait les enfouir en lui, les plaqua contre son corps, les serra longuement et s'endormit. La maladie marqua le pas.

On était proche de la mi-nuit quand la porte s'entrouvrit. Deux personnes arrivèrent, le costume tout couvert des poussières du chemin. L'homme vint s'asseoir près du malade. Méchain ouvrit les yeux, un sourire d'enfant illumina son visage. Il voulut se redresser : « Ah, Salva, mon ami, vous êtes venu ! Jadis, vous en souvenez-vous, vous m'avez sauvé ? Craignez que la tâche vous soit moins aisée cette fois. Je n'arriverai pas au bout du voyage ! » Il reprit son souffle, avant de jeter dans un cri : « Cette maudite mesure, je ne la terminerai donc jamais ! » Puis il répéta cette phrase qu'il avait déjà dite au gouverneur de l'île : « Je ne suis pas accoutumé à être favorisé dans cette expédition. » Il s'interrompit, aux aguets, le visage tourné vers la porte.

Même furtif, le bruissement du pas fut suffisant ; les yeux de Méchain brillèrent. Pour l'avoir si souvent entendue durant sa convalescence, il avait immédiatement reconnu cette façon silencieuse de se déplacer : Maria était là ! En dépit de la fièvre, il l'aperçut, rayonnante et calme, éclairée comme la Vierge noire de Montserrat. La paix. Il sut aussi qu'elle était triste.

« Triste, Maria ?

– Oui, parce que vous n'êtes pas venu nous voir à votre retour en Espagne ; vous nous aviez oubliés. »

Comme pour s'excuser, il leva son bras droit, le bougea faiblement pour montrer qu'il fonctionnait normalement. « Vous voyez, vos leçons n'ont pas été inutiles. » Puis il se tut, regarda la fenêtre ; malgré le givre il distingua, à travers la vitre glacée, le cercle irisé de la lune pleine. « Une belle nuit. Vous vous souvenez, c'était une nuit comme celle-ci, l'éclipse ? Je n'assisterai pas à la prochaine… Elle aura lieu le… » Il s'écroula, épuisé. Salva ne put s'empêcher de préciser : « Elle aura lieu le 5 janvier. » Maria le blâma du regard. Méchain, n'ayant plus la force d'ouvrir les yeux, laissa échapper un mouvement de main reconnaissant : solidarité d'astronomes.

Il somnola. Puis brusquement, quelques minutes avant l'aube, semblant avoir recouvré tous ses esprits, il se redressa : ses manuscrits, il voulait ses manuscrits ! Se souvenant qu'il les avait placés à ses côtés, il palpa le lit à leur recherche. Sa main se posa dessus, il put à peine les soulever. Il les tendit à Augustin. « Remets-les à Delambre ! À personne d'autre qu'à lui. Dis-lui… » Non, c'était trop difficile à expliquer ; il n'avait plus la force. Alors il fit un étrange geste de la main pour signifier que cela n'était plus de son ressort. Doucement, il se laissa glisser sous les couvertures.

Accompagné de Thérèse, Augustin remit à Delambre les manuscrits de son père. Thérèse et Delambre ne s'étaient pas revus depuis la présentation du mètre devant le Corps législatif. Elle portait un deuil discret, mais son émotion était profonde. L'entrevue fut brève, solennelle et retenue.

Dès qu'il les eut raccompagnés, Delambre donna ordre à son secrétaire d'annuler tous ses rendez-vous.

Les manuscrits étaient rangés sur la table ; il y avait là tous les registres, les carnets, l'ensemble des notes de son collègue. Delambre s'y plongea comme dans une eau dont on souhaite et redoute le contact ; bientôt le courant l'emporta. Avec Méchain, il s'en fut dans l'ermitage de San Géronimo à Montserrat ; avec lui il gravit Bugarach, atteignant le sommet au moment où la tempête emportait les signaux ; il fut submergé par le fourrage entassé dans l'église Saint-Vincent ; il observa la comète de 93, et l'éclipse de lune, et cette tache sur le soleil en Pluviôse de l'an 6 ; avec sa plume, il dessina le plan du socle hexagonal de la tente signal, se lança dans une description détaillée de la station de Matagall et de son étrange pic géminé au nom lugubre de l'Homa-Morta. Et là, sur cette feuille chiffonnée, il inscrivit les 104 observations de la Polaire, au dos d'un vieil avis adressé au directoire du département des Pyrénées-Orientales. Il sourit en en déchiffrant le contenu :

« Arrêtez toute personne partant du royaume. Empêchez toute sortie d'effets, d'armes, de munitions, d'espèces, d'or et d'argent, de chevaux, de voitures… » Sur le papier mangé par le temps, l'encre avait passé.

Soudain tout bascula, comme dans un naufrage quand le monde se renverse. Il était tard, Delambre compulsait un des plus vieux carnets de Méchain, un de ceux de l'hiver 93, quand, au détour d'une page, il découvrit quelques lignes stupéfiantes. Impossible ! Ce qu'il lisait était impossible à croire. Et pourtant, c'était bien l'écriture de Méchain. Il y avait, mentionnée là, indubitablement, la preuve qu'une erreur avait été commise.

De quoi s'agissait-il ? Méchain avait effectué deux mesures de la latitude de Barcelone, à un an d'intervalle. Bien loin de concorder, elles se révélaient contradictoires : trois secondes, c'était écrit de sa main, elles différaient de trois secondes ! Ayant déjà rendu publique la première mesure, celle du fort de Montjouy, il avait gardé secrète la deuxième, celle effectuée sur la terrasse de l'auberge la « Fontana de Oro », n'avertissant personne de cette inexplicable différence. Secret vieux de dix ans que Méchain avait conservé jusqu'à sa mort. Jusqu'à cet instant, l'erreur était restée inconnue de tous.

De ces deux mesures l'une, au moins, était fausse ! Laquelle ?

Chaque calcul, chaque résultat, tout avait été établi sur la base des mesures de Montjouy ; l'édifice entier était solidaire ; si une pièce, une seule, faillissait… Brusquement, comme si un coup assené de l'intérieur venait de le frapper, Delambre se sentit vaciller. Un gouffre s'ouvrit devant lui. Cette erreur, par ses éventuelles conséquences, l'entraînait vers l'abîme. L'affreuse pensée qui venait de le traverser, il voulut la rejeter, s'en débarrasser, la neutraliser, la nier. Il ne le put. Un instant, un instant seulement, il bloqua son esprit. Immédiatement après, l'évidence était là clairement formulée, tragiquement formulée : si les observations de Montjouy se révélaient erronées, le mètre-étalon qui dormait dans les Archives de la République était faux !

Tout, tout, tout était faux ! Oh, de rien, d'un cheveu : trois secondes d'angle sur plus de 1 100 kilomètres, entre Paris et Barcelone. Il s'aperçut qu'il avait utilisé le mot « kilomètres », ce terme, justement, qu'il n'était plus en droit d'employer si la mesure était fausse, pas plus que « kilogramme », pas plus que « are ». Comme une cathédrale qui s'effondrerait d'un coup, sapée par l'explosion d'une charge miraculeusement bien placée, l'édifice entier s'écroula.

Sept années perdues !

C'était bien la peine de faire, dans toute l'Europe, le choix de deux dizaines de savants parmi les plus éminents, de les convoquer, de les réunir durant des mois, à éplucher les registres, à les lire, à les relire, à vérifier le moindre calcul, pour en arriver là ! Et les précautions incessantes prises sur le terrain, et les séries de contrôles, et la confrontation systématique des résultats, et le rejet des mesures douteuses, et les doubles signatures apposées sur chaque page des registres ! Tout cela n'aurait servi à rien !

« Jamais pareille opération n'avait été soumise à pareille épreuve », c'était les mots mêmes de la Commission internationale, « … se fait un devoir et un plaisir de faire savoir que les citoyens Méchain et Delambre se sont empressés de faire passer sous ses yeux jusqu'aux moindres détails de leurs registres originaux… avec cette noble franchise qui caractérise des observateurs exacts… faire paraître la vérité dans tout son éclat… » Les phrases du rapport de la Commission déferlaient, en une avalanche sous laquelle Méchain périssait ! Jamais texte n'avait été aussi explicite sur les précautions prises, sur les vérifications effectuées. Pour la première fois, une Commission internationale se portait garante des résultats d'un travail scientifique… et laissait passer une erreur aux effets aussi catastrophiques ! Mieux, elle lui donnait son aval. Et l'on aboutissait à ceci de grotesque : cette expédition qui s'enorgueillissait d'être la plus importante mesure géodésique jamais entreprise accouchait d'un résultat faux !

Inadmissible perspective. C'était si énorme et les conséquences en étaient si terribles que Delambre se persuada que cela ne pouvait être possible ; on n'a jamais rien vu de tel, affirma en lui une petite voix. Vite recouverte par une autre voix, plus catégorique encore : il faut bien que les choses arrivent pour la première fois. Jamais, peut-être, il ne fut à ce point ulcéré et indigné. La chose l'atteignait de plein fouet. Que sa réputation fût en jeu, il n'y pensait guère, pas plus qu'il ne pensait au probable scandale qui allait s'ensuivre ; on pouvait, à cet égard, faire confiance aux nombreux opposants au système métrique. Pour Delambre, le scandale était avant tout intime. Ayant participé, cautionné et couvert les résultats, il se devait d'endosser la responsabilité de ce qu'ils étaient : erronés ! Me voilà, conclut-il, complice d'une falsification. Démissionner dès demain…

Tout cela par la faute de Méchain et de son erreur ; une erreur que tout autre que lui aurait avouée ! Non, il avait décidé de se taire ! Pourquoi ? Peu importe pourquoi, s'emporta Delambre, seul importe qu'il l'ait fait. Les choses devenaient claires. Voilà donc la raison pour laquelle pendant des années il avait refusé de rentrer à Paris, prétextant une Terreur qui ne l'avait nullement touché ; voilà pourquoi il ne s'était pas rendu aux réunions de la Commission, passant outre à tous les rendez-vous ; pourquoi aussi il était resté cloîtré dans la Montagne Noire, buté. Et ses tergiversations, ses refus, ses reculs, son embarras, son émoi, sa honte, son affolement à l'idée de se présenter devant ses collègues, « devant ses juges », avait-il écrit. Et cette histoire avec Tranchot ? Alibi pour ne pas mesurer la base. Voilà pourquoi « mes malheureuses mesures de Barcelone… » ainsi qu'il les appelait lui-même. Un instant Delambre hésita, interpellé par ce souvenir.

Bien sûr, il lui était difficile de nier que Méchain avait à plusieurs reprises mentionné ces mesures, déclarant maintes fois – oh, combien ! C'en était même devenu irritant – qu'elles ne lui convenaient pas. Méchain l'aurait averti ? Non ! se rebella Delambre. Prendre des phrases si brumeuses pour des avertissements ? Pourtant… Delambre vacilla à nouveau. Avait-il seulement voulu entendre ce que son collègue lui criait, de façon voilée certes, mais tellement parlante pour qui eût voulu donner sens à ces appels ? Combien de messages de détresse semblables à celui-ci Méchain leur avait-il envoyés, à Borda, à Lalande et à lui-même ? Avait-il pourtant insisté, supplié, qu'on l'autorise à retourner en Espagne pour reprendre ses « malheureuses mesures » !

Delambre balaya cette objection, ne voulant pas se demander pourquoi tous trois n'avaient cessé d'affirmer à Méchain que tout allait bien, restant sourds à ses appels, refusant obstinément d'entendre les « avertissements » qu'il leur adressait, préférant voir là des obsessions produites par un esprit fatigué, traumatisé par un terrible accident. Paroles de fou ! Il y avait pourtant une telle détresse dans ses lettres. Comment ne pas l'avoir perçue ? Pourquoi ne pas l'avoir perçue ?

Prendre en compte les ennuyeuses sollicitations de Méchain, c'était, en acceptant de le renvoyer en Espagne, consentir à perdre de longs mois alors que l'on avait déjà pris tant de retard, en grande partie par sa faute, d'ailleurs. Tout concourait donc à ce que l'on n'entendît point ses aveux déguisés.

Calculateur précis jusqu'à l'excès, connu pour être un des meilleurs observateurs du temps, on appréciait son souci d'exactitude. Mais en ces circonstances et alors que la chaîne des triangles n'était pas même terminée, qu'elle s'éternisait, convenait-il de prendre tant de précautions ? Son comportement avait été regardé comme un luxe, un caprice hors de propos, marotte radotante de savant vieillissant.

Pour Delambre, les choses étaient simples : il aurait été plus honnête et conforme à l'éthique de la science, en un mot, plus sain, d'avouer clairement l'erreur plutôt que de la déguiser. Indiscutablement, il y avait eu faute commise. Ajoutée à cela, une espèce de sentiment de trahison qui lui mordait le cœur. Ce fut la fureur.

Cette tempête, Delambre la vécut immobile, assis devant sa table de travail. Il ne se leva point, n'arpenta pas son bureau, ne laissa échapper aucun mot. Si profonde était la crise qu'elle n'avait pu remonter jusqu'à la surface. Prenant conscience soudain qu'il avait opté pour l'hypothèse la plus défavorable, que sa pensée avait extrapolé, il s'avoua que le pire n'était pas sûr, que rien n'était prouvé !

Assez de conjectures, de probable et de possible : il fallait impérieusement savoir ! Laquelle des deux mesures était la bonne ? Que le jour ne se lève pas avant qu'il le sache !

Avec frénésie, Delambre se lança dans le calcul ; tout y passa : la latitude de Dunkerque, celle d'Évaux et celle de Carcassonne et les azimuts, et les angles et tous les autres résultats.

À l'aube tardive d'un jour myope, épuisé, les yeux en feu, Delambre posa sa plume. Les derniers témoins numériques ayant été entendus, l'ultime preuve établie, le dernier soupçon levé, la dernière vérification venait de rendre son verdict : c'était Montjouy ! Folle nuit !

Delambre n'en éprouva pas même un peu de joie. Écarté, l'invraisemblable, et rejeté, l'impossible ! Tout redevenait comme avant, comme au début de la nuit quand, confiant, il s'était jeté dans la lecture des manuscrits. Le cercle se refermait. On aurait pu croire que c'était revenir au point de départ. Mais il y avait eu le doute, l'angoisse et le reniement ; il avait imaginé et cru l'inacceptable. Comme les chevaliers du Moyen Âge soumis à la « preuve de Dieu », la barre de platine, mise à l'épreuve du doute et de la vérification, sortait régénérée de cette nuit de passion. À l'aube, le Mètre-Graal était, aux yeux de Delambre, plus vrai encore qu'il ne l'était avant que ne se couche le soleil.

Tout à coup, Delambre pensa que Méchain, n'étant pas en possession de l'ensemble des résultats, ne pouvait savoir ! L'objet étant sauf, Delambre, l'esprit libéré, put penser à l'homme, à Pierre Méchain, à celui dont le nom serait associé au sien, immanquablement, pour les siècles à venir. Le voilà, le procès qu'il avait tant redouté, et moi, son collègue, en ai été le juge solitaire.

Déshonneur posthume. Comme la pointe d'un poignard dansant sur la joue d'un enfant laisse sa marque imperceptible, il resterait de Méchain, pour la postérité, l'image d'un savant contumace sauvé par la mort, un astronome falsificateur auquel le hasard seul épargna l'ultime honte. Hideuse mémoire que celle-ci ! Delambre décida de ne pas le permettre.

Une étrange émotion s'empara de lui ; les larmes lui montèrent aux yeux. Tout devint flou ; sa vue commençait à baisser : Mon Dieu, que ne me revienne pas la cécité de ma jeunesse ! Il se souvint de cette phrase de Condorcet, retrouvée dans ses écrits posthumes : « Hélas, tous les humains ont besoin de clémence ! » Méchain, quel gâchis ! C'est crève-cœur qu'une faute si futile, que tout le monde eût excusée si elle avait été avouée à temps, ait empoisonné ses dernières années et précipité sa fin.

Tout devint subitement flagrant. Delambre vit défiler devant ses yeux la suite de faits qui, il y a quelques instants encore, avaient déchaîné sa fureur, et qu'à présent il voyait d'un tout autre regard. La panique de Méchain quand on lui parlait de rentrer à Paris, sa terreur d'avoir à se présenter devant ses pairs, la perte de confiance en ses capacités, ses demandes incessantes d'être rassuré... Tout ce qui était grief devint pièce à décharge et l'incompréhensible apparut brûlant d'évidence.

Alors, seulement alors, Delambre comprit la tragique passion de son collègue. Un jour de 93, pour d'incompréhensibles raisons, totalement contraires à la morale qui le constituait jusqu'à cet instant, Méchain avait eu une défaillance. Une semaine aurait suffi à l'effacer. Mais il s'était tu et la défaillance, se cristallisant avec les mois, était devenue une faute ; enchaînements inéluctables et, au bout, l'effondrement. Ce que Méchain n'avait pas pu, ou pas voulu dire « à vif », lui devenait à jamais indicible. À mesure que passait le temps, chaque mot pesait la tonne. Le silence appelant le silence et le rendant plus épais, où Méchain aurait-il pu trouver la force de crier ce qu'il avait tu ? Terrible solitude. À qui se confier ? Qui aurait compris ? Entre lui et le reste du monde, il y avait ce secret. Trois secondes d'angle ! Remonte-t-on le cours de l'irréversible ?

Ses appels restés sans réponses résonnèrent dans l'aube naissante comme autant de cris muets adressés à des sourds. À des sourds innocents, puisque Borda, Lalande et Delambre lui-même, étant justement en possession des seules mesures de Montjouy – celles qui étaient correctes –, NE POUVAIENT PAS comprendre ce que Méchain leur criait du lointain de ses montagnes.

Pour sa propre défense, et celle de ses collègues, le cœur meurtri, Delambre tenta de s'en convaincre.

Thérèse seule avait deviné non pas l'erreur, mais le drame qui se jouait dans la coulisse de cette âme : « Il est plus malheureux que coupable », avait-elle confié à son retour de son triste voyage. Peut-être aurait-elle pu dire que l'affreuse erreur de Montjouy ne pouvait à elle seule rendre compte de l'effondrement de son mari. Elle aurait pu dire que Méchain faisait partie d'un monde qui, s'écroulant avec les murailles de la Bastille, le laissait orphelin d'une certaine vision du monde et d'une certaine façon de le vivre ; que Méchain était resté attaché à cette société comme un laboureur l'est à sa terre, sans l'avoir choisie, mais indiscutablement. Fait d'évidence que l'on vit sans tapage, dans le silence et la réserve, d'une manière entêtée, profonde, bestiale.

Ni brillant comme Cassini, ni fondateur d'immenses savoirs comme Lavoisier, ni intelligence universelle comme Condorcet, ni admirable analyste comme Laplace, ni grand organisateur comme Borda, ni jeune prodige comme Lalande, ni homme du tout comme Bailly, ni helléniste, angliciste, mathématicien, affable et aimé de tous comme Delambre. Il n'était vraiment, et profondément, qu'un astronome. Un solitaire, refusant les éclairages brutaux ; heureux seulement dans cette double activité du doigt et de l'œil : calculs et observations, patience et minutie. L'infini du ciel couplé aux minuscules colonnes de chiffres, les unes domestiquant l'autre et le parant des beautés mathématiques. C'était finalement un découvreur de comètes.

D'un geste de la main, Delambre repoussa les manuscrits. Devant lui, cette page ouverte encore, celle qui avait tout déclenché. Posant doucement la main sur elle comme on ferme les paupières d'un qui a vécu, il se leva, s'approcha de la fenêtre, repoussant le rideau. Perçant avec difficulté les brumes de janvier, le soleil apparut.

Delambre se dirigea vers un secrétaire d'où il retira son journal de voyage. Il l'ouvrit à la dernière page marquée par un stylet, le posa sur sa table de travail et, comme l'on prend une grande inspiration avant l'ultime plongée, il s'installa. Autonome dans la main lasse de l'astronome, la plume commença sa course.

« Une fièvre épidémique, les fatigues extrêmes que Méchain avait endurées avec une constance qu'on ne peut s'empêcher de déplorer en l'admirant, l'ont arrêté dans sa course, et nous l'ont enlevé le troisième jour complémentaire an 12, à Castellon de la Plana, dans le royaume de Valence.

« Il est impossible d'élever le moindre soupçon sur le grand résultat de l'opération à laquelle Méchain et moi-même avons pris part. Les preuves de ces assertions seront conservées à l'Observatoire ainsi que tous ses manuscrits. J'atteste que l'erreur de Méchain n'a eu aucun effet sur le résultat définitif de la mesure : LE MÈTRE EST VRAI.

« Méchain, ami par-dessus tout de l'exactitude, mais en même temps très soigneux de sa réputation, s'était malheureusement persuadé que le cercle-répétiteur devait assurer à ses observations un accord et une précision réellement impossibles.

« Des observations qui présentaient quelques discordances inévitables, mais qu'il n'avait encore rencontrées dans aucune autre circonstance, au lieu de le désabuser, ne le portèrent qu'à se défier de son adresse. Il en vint à croire qu'il n'était plus capable de rien faire de passable.

« Cette opinion injuste qu'il prit de lui-même lui fit craindre de survivre à sa réputation. De là ses réticences, avec toutes leurs suites, si déplorables. Mais, je l'atteste, il n'en fut pas moins, et n'en sera pas moins un astronome à jamais recommandable. »

La mesure de la Méridienne, brutalement interrompue par la mort de Méchain, reprit quelque temps plus tard. Ce fut un tout jeune homme nommé François Arago qui la mena jusqu'à son terme.

Le mètre étant sauf, Delambre put s'offrir deux autres consécrations : Mme Leblanc-Pommard et l'Institut ayant fait le même choix, il se retrouva époux de l'une et secrétaire perpétuel de l'autre. Quant à la France, elle accepta que celui qui la dirigeait jusqu'alors sous le nom de « Premier Consul » le fît sous une autre appellation. Ce qui, mettant fin à la République, mit également fin aux « mesures républicaines ». Le mètre tomba dans l'oubli. L'empereur passa, puis un premier roi, puis une petite révolution, puis un second roi. Enfin, le 1er janvier 1840, le mètre redevint mesure officielle… et obligatoire.

Cent quarante ans plus tard…

Sur les hauteurs dominant Paris, en bordure du parc de Sèvres, se dresse le pavillon de Breteuil.

Deux hommes et une femme descendent lentement un long escalier qui les mène à un caveau, 9 mètres sous terre. En bas, une double porte blindée. Chacun des trois personnages sort une clef : c'est l'introduction conjointe de ces dernières qui permet l'ouverture des portes. Il est 17 heures.

Visite du dépôt des prototypes métriques
Procès-Verbal

Le président du Comité international des poids et mesures, le directeur du Bureau international des poids et mesures et le conservateur des Archives de France ont procédé à la visite du dépôt des prototypes métriques internationaux.

On a réuni les trois clefs qui ouvrent le dépôt, celle confiée au directeur du Bureau, celle déposée aux Archives nationales, celle enfin dont le président du Comité international a la garde.

Les deux portes de fer du caveau ayant été ouvertes ainsi que le coffre-fort, on a constaté dans ce dernier la présence des prototypes : le mètre et le kilogramme. On a relevé les indications suivantes sur les instruments de mesure placés dans le coffre-fort :

Température actuelle : 20°56C
Température maximale : 23°C
Température minimale : 19°C
État hygrométrique : 57 %

Serpillières, balais, éponges, deux femmes en blouse procèdent à un nettoyage rapide de la pièce. Air, poussière et humidité : comme les fresques enfouies dans les catacombes de Rome. Les deux étalons prototypes sont minés par les contacts avec ces éléments La double porte blindée est refermée ; il est 17 h 45. L'ouverture du caveau n'aura duré que trois quarts d'heure. Les portes ne seront réouvertes que dans un an : le dernier vendredi de septembre.

Une mesure universelle

« Pour tous les temps, pour tous les hommes »
Condorcet

« À l'appétit de savoir, lorsque s'y ajoute l'admirable et le merveilleux, le plaisir augmente, qui est le filtre de la science. »
Strabon.

L'Histoire des sciences est pleine… d'histoires de sciences, dans lesquelles la vérité ne s'oppose pas à la fiction, mais la nourrit, la rigueur ne s'oppose pas à la narration mais la sous-tend.

Alors que les sciences façonnent si profondément nos sociétés, elles sont étonnamment absentes des écrans de cinéma, des scènes de théâtre et des pages de romans. Outils efficaces ou contenus didactiques, mais rarement sujets d'un récit.

Depuis les temps les plus anciens, toutes les sociétés ont eu leurs conteurs d'histoires. Ils assurent une fonction capitale, sociale et individuelle ; ils en appellent à l'imaginaire et aussi aux savoirs.

Le champ de la connaissance, particulièrement celui de la connaissance scientifique, peut être un formidable champ dramatique

Des fictions vraies

L'Histoire des sciences exige du chercheur une rigueur qui l'oblige à éviter de boucher les « trous » que les documents et les témoignages n'ont pu combler. Il doit s'en tenir à ce que ceux-ci l'autorisent à affirmer. C'est à ce prix que le matériau livré offre une assurance d'authenticité ; il peut donc être utilisable par d'autres, par le « metteur en fiction », par le romancier.

Ces derniers ont alors à leur disposition un matériau fiable. Mais qui les contraint. Le romancier peut combler les trous, fictionner, et entre deux faits avérés tracer une ligne continue, qui est sa création même. Il crée dans les

« plis » et fait ce qu'on lui demande, et ce pourquoi on a envie de le lire : il invente un univers. Mais il l'invente en toute connaissance de cause, en conformité avec ce qui est attesté.

Fictions vraies. Fictions car l'imagination de l'auteur en fait le prix, vraies car elles sont conformes à la vérité scientifique et historique.

L'incontournable vérité

Le récit de fiction scientifique pose à l'auteur certaines questions spécifiques. Dès qu'il s'agit de science on parle de vérité. Parlons-en ! Peut-on traiter une vérité scientifique comme toute autre vérité historique ? Comment traiter un personnage scientifique dans un monde ouvert où la vérité qu'il cherche ne s'est pas encore vraiment fait jour ? Quelle est la liberté du personnage scientifique face à la vérité ? Qu'est-ce que cela implique de mettre en scène ces « acteurs non humains » que sont les objets scientifiques ?

Et l'émotion ? En science, où est-elle ? Comment se manifeste-t-elle ? Qu'est-ce qui en témoigne ? En un mot, quels rapports la vérité entretient-elle avec l'émotion ?

La mesure des Lumières

Qu'exigeait le peuple en 1789 ? L'uniformisation des poids et mesures. C'était tout. Et c'était beaucoup. Si l'on s'en était tenu à cette seule exigence et que l'on eût adopté, par exemple, la toise du Pérou pour étalon, le cours des événements eût été fort différent. Mais les cercles scientifiques et les acteurs politiques des années 1790 ne désiraient pas seulement offrir à la France un « bon » système. Ils avaient d'autres ambitions.

Les uns voulaient asseoir le nouveau système sur des bases scientifiques, les autres tenaient à le légitimer par des principes philosophiques et politiques, ceux des Lumières. Les désirs des uns et ceux des autres concordèrent d'une étonnante façon. Pour des raisons différentes, savants et politiques désiraient l'universalité.

Rarement il a été donné d'assister à une connivence d'intérêt aussi totale entre les vues des cercles politiques et les desseins des milieux scientifiques. Rarement Histoire des sciences et Histoire ont été à ce point enchevêtrées.

La plus longue mesure géodésique jamais effectuée

Pour faire leurs mesures, les astronomes doivent se hisser sur les sommets les plus élevés. Cette expédition en plein cœur du territoire nous fait participer à un double voyage, voyage « par les hauteurs » et voyage à ras de terre. Le silence des montagnes et la paix des clochers alternent avec le bouillonnement et les passions qui embrasent l'époque. Étonnante distance qui sépare le clocher de l'église, d'où le village vu de si haut semble minuscule, et la place de ce même village, vécue à hauteur d'homme, où s'affrontent les acteurs de l'histoire.

Traversée du territoire qui est une traversée de l'Histoire. Commencée aux funérailles de la Monarchie, la mesure s'achève à l'aube du Consulat ; elle aura duré tout le temps qu'a vécu la République. Sept années qui « mesurent » 551 584 toises ! Le mètre et le kilogramme portent légitimement le nom que les Assemblées leur ont attribué : *les mesures de la République.*

Bien après avoir écrit ce livre, je me suis posé une question incongrue : combien de marches Delambre a-t-il gravies durant ces sept années ? De la lanterne du Dôme du Panthéon au pélican de l'église Saint-Étienne à Bourges, de la flèche de l'église Sainte-Croix à Orléans à celle de Notre-Dame à Amiens, du clocher de la tour de l'horloge de Dun à celui de l'abbaye d'Évaux ? Des dizaines de milliers ! Fallait-il que cet astronome ait un satané souffle !

Les maîtres du mètre

Delambre, homme énergique et enthousiaste, Méchain, réservé, distant et tourmenté. Deux hommes, deux visions du monde. Deux voyages aux directions contraires, deux expériences diamétralement opposées. Les déchirements de l'époque se reflètent dans les contrastes et les contradictions des deux itinéraires. L'un s'est « réalisé » dans cette opération et y a retiré la gloire, l'autre s'est effondré et y a laissé la vie. Double alternance proprement romanesque entre les deux hommes, entre les deux « hauteurs ».

La passion de Méchain

C'est alors que le drame d'une époque va se doubler du drame d'un individu. Pourquoi Méchain veut-il sans cesse retourner à Barcelone pour refaire des mesures que tous ses collègues jugent excellentes ? Quelque chose dans ses calculs le hante… Une erreur ? Ou bien l'écrasement devant l'immensité de la tâche : donner au monde une mesure pour tout le monde ! « Pour tous les temps, pour tous les hommes ! » avait proclamé Condorcet à l'Assemblée. Sept ans pour gagner trois minutes d'angle. Impossible perfection !

On pourrait dire…

qu'il s'agit d'un drame à six personnages : une époque, un lieu, deux hommes, un procédé scientifique, un instrument de mesure. La Révolution, le territoire de la République, Méchain et Delambre, la méthode de triangulation, le cercle répétiteur. Et cette rencontre a enfanté le *mètre*, étalon universel de mesure.

Intervention de Prieur de la Côte d'Or à l'Assemblée nationale.

9 février 1790

« ... appelés près d'un roi, qui ne connaît de grandeur que la félicité de ses peuples, les représentants de la Nation ont brisé les fers qu'avait forgés le despotisme. La féodalité est détruite, le grand œuvre de notre génération est commencé et s'avance de jour en jour.

Les provinces vont s'oublier et se confondre dans la division plus régulière des départements et des districts.

La variété des coutumes, sources immenses d'abus, sera désormais remplacée dans toute la France par l'uniformité la plus exacte dans les lois d'administration de la justice.

Avec un ordre si beau, laissera-t-on subsister l'ancien chaos dû à la diversité de nos mesures ? »

RAPPORT

FAIT A L'ACADEMIE DES SCIENCES,

Sur le choix d'une unité de Mesures.

PAR MM. BORDA, LAGRANGE, LAPLACE, MONGE & CONDORCET.

19 mars 1791

L'IDÉE de rapporter toutes les mesures à une unité de longueur prise dans la nature s'est présentée aux mathématiciens dès l'instant où ils ont connu l'existence d'une telle unité & la possibilité de la déterminer. Ils ont vu que c'était le seul moyen d'exclure tout arbitraire du système des mesures, & d'être sûr de conserver toujours le même, sans qu'aucun autre événement, qu'aucune révolution dans l'ordre du monde pût y jeter de l'incertitude ; ils ont senti qu'un tel système n'appartenant exclusivement à aucune nation, on pouvait se flatter de le voir adopter par toutes.

En effet, si on prenait pour unité une mesure déjà usitée dans un pays, il serait difficile d'offrir aux autres des motifs de préférence capables de balancer l'espèce de répugnance, sinon philosophique, du moins très naturelle, qu'ont les peuples pour une imitation qui paraît toujours l'aveu d'une sorte d'infériorité : il y aurait donc au moins autant de mesures que de grandes nations. D'ailleurs, quand même presque toutes auraient adopté une de ces bases arbitraires, mille événements faciles à prévoir pourraient faire naître des incertitudes sur la véritable grandeur de cette base ; & comme il n'existerait point de moyen rigoureux de vérification, il s'établirait à la longue des différences entre les mesures. La diversité qui existe aujourd'hui entre celles qui sont en usage dans les divers pays a moins pour cause une diversité originaire qui remonte à l'époque de leur établissement que des altérations produites par le temps. Enfin, on gagnerait peu, même dans une seule nation, à conserver une des unités de longueur qui y sont usitées ; il n'en faudrait pas moins corriger les autres vices du système des mesures, & l'opération entraînerait une incommodité presque égale pour le plus grand nombre.

On peut réduire à trois les unités qui paraissent les plus propres à servir de base ; la longueur du pendule, un quart du cercle de l'équateur, enfin un quart du méridien terrestre.

Discours de Condorcet à l'Assemblée le 26 mars 1791

« L'Académie des sciences m'a chargé d'avoir l'honneur de vous présenter un rapport sur le choix d'une unité de longueur. Nous n'avons pas cru qu'il fût nécessaire d'attendre le concours des autres nations ni pour se décider sur le choix de l'unité de mesure ni pour commencer les opérations. En effet, nous avons exclu de ce choix toute détermination arbitraire ; nous n'avons admis que des éléments qui appartiennent également à toutes les nations.

Il est possible d'avoir une unité de longueur qui ne dépende d'aucune autre quantité. Cette unité de longueur sera prise sur la Terre même. Le quart du méridien terrestre deviendra l'unité réelle de mesure, et la dix millionième partie de cette longueur en sera l'unité usuelle.

Nous proposons donc de mesurer immédiatement un arc de méridien depuis Dunkerque jusqu'à Barcelone. Cet arc serait d'une étendue très suffisante ; il y aurait environ 6 degrés au nord et 3,5 au midi du parallèle moyen. A ces avantages se joint celui d'avoir les deux points extrêmes au niveau de la mer. Il ne se présente donc rien qui puisse donner prétexte au reproche d'avoir voulu affecter une sorte de prééminence.

En un mot, si la mémoire de ces travaux venait à s'effacer, si les résultats seuls étaient conservés, ils n'offriraient rien qui pût servir à faire connaître quelle nation en a conçu l'idée, en a suivi l'exécution. »

La nouvelle unité de mesure doit être non arbitraire et universelle. Le rapport de l'Académie des sciences établit la liste des trois unités envisageables. Jusqu'alors la préférence allait à la longueur du pendule. Une semaine plus tard, renversement ! L'Assemblée nationale opte pour le quart de méridien terrestre. Elle pointe la distinction entre l'unité réelle, *qui est un morceau de la Terre, et l'unité* usuelle, *la dix millionième partie du quart de méridien.*

Proclamation du roi

10 juin 1792, l'An IV de la liberté

« Le Roi a donné et donne son approbation au choix fait par l'Académie des sciences, de MM. Méchain et Delambre pour s'occuper de la mesure du méridien depuis Dunkerque jusqu'à Barcelone. Le Roi recommande MM. Méchain et Delambre à tous les corps administratifs et aux municipalités [...] et principalement celles du Nord, du Pas-de-Calais, de l'Oise, de la Seine et Oise, de Paris, du Loiret, du Cher, de la Creuse, du Puy de Dôme, de l'Aude et des Pyrénées-Orientales, de faciliter, autant qu'il sera en eux, lesdits sieurs commissaires [...] et de leur procurer les moyens d'établir en tels lieux qu'ils jugeront nécessaires les signaux, les mâts, les réverbères et les échafauds, même sur le faîte et à l'extérieur des clochers, tours et châteaux ; [de leur procurer] les chevaux et les voitures dont ils pourront avoir besoin pour le transport de leurs instruments, ainsi que les bois et matériaux nécessaires pour la construction des échafauds, et de pourvoir à ce que lesdits commissaires ne soient point troublés dans leurs observations, et à ce que les signaux, échafauds et autres ouvrages qu'ils auront fait construire ne soient ni endommagés ni détruits... »

Signé : Louis
Contresigné : Rolland

Circulaire de recommandation

Messieurs les Administrateurs
du département du Puy de Dôme,

Paris, le 16 juin 1792, l'An IV de la Liberté

« [...] Le Comité d'instruction publique ne croit pas entreprendre sur les fonctions administratives en recommandant particulièrement M. Méchain à votre ardeur connue pour la gloire nationale, pour le progrès des Sciences et pour celui de la liberté, dont vous connaissez le prix et la nature. La liberté doit tout aux lumières de la philosophie, comme le despotisme tire sa force des ténèbres de l'ignorance. Des hommes doivent donc prendre un vif intérêt à l'accroissement des connaissances. [...] La protection qu'un gouvernement tyrannique avait donnée aux astronomes chargés de tracer la fameuse méridienne de l'Observatoire n'est pas le trait le moins saillant qu'aient fait valoir les panégyristes d'un Roi qui, en favorisant les sciences et les lettres, s'acquit une gloire ternie par l'asservissement de la Nation, par l'intolérance religieuse et par les conquêtes.

[...] Nous attendons de vous qu'après avoir procuré directement à M. Méchain tous les secours dont il aura besoin, vous voudrez bien encore les réclamer pour lui auprès de la commune de Herment, dans laquelle il doit se rendre. »

Les Présidents et Membres
du Comité de l'instruction publique.
C.-A. Prieur, L. Carnot, G. Romme...

Été 1792. En cette période troublée, Delambre et Méchain doivent traverser de part en part le territoire de la République. Le 10 juin, Louis signe des saufs-conduits qui vont bientôt se transformer en autant de pièces à charge contre les astronomes.

BASE

DU SYSTÈME MÈTRIQUE DÉCIMAL,

OU

MESURE DE L'ARC DU MÉRIDIEN

COMPRIS ENTRE LES PARALLÈLES

DE DUNKERQUE ET BARCELONE,

EXÉCUTÉE EN 1792 ET ANNÉES SUIVANTES,

PAR MM. MÉCHAIN ET DELAMBRE.

Rédigée par M. Delambre, secrétaire perpétuel de l'Institut pour les sciences mathématiques, membre du bureau des longitudes, des sociétés royales de Londres, d'Upsal et de Copenhague, des académies de Berlin et de Suède, de la société Italienne et de celle de Gottingue, et membre de la Légion d'honneur.

SUITE DES MÉMOIRES DE L'INSTITUT.

TOME PREMIER.

PARIS.

BAUDOUIN, IMPRIMEUR DE L'INSTITUT NATIONAL.

JANVIER 1806.

Observatoire de Paris

La triangulation

Principe de la triangulation.

Procédé permettant de mesurer la longueur d'un trajet rectiligne, à l'aide d'une série de mesures angulaires et d'une seule mesure linéaire.

Pour l'appliquer il faut :

– Constituer une chaîne de triangles recouvrant l'arc, en établissant une série de signaux élevés de part et d'autre de l'arc. Chaque sommet devant être visible des deux précédents et des deux suivants. Puis déterminer la valeur des angles par des visées. Mesures géodésiques effectuées à l'aide du cercle répétiteur.

– Mesurer, sur le terrain même, un seul côté de l'un des triangles, la *base* de la triangulation, qui donne *l'échelle* de la triangulation. Mesure effectuée à l'aide de règles plates.

– Déterminer la direction des côtés par rapport au méridien. Pour cela, il faut mesurer l'angle que les côtés font avec le méridien, les *azimuts*.

On s'appuie là sur le fait trigonométrique « si l'on connaît deux angles et un côté d'un triangle, on connaît tous les côtés ».

Il faut ensuite déterminer l'amplitude de l'arc par la détermination des latitudes des deux extrémités. Mesures astronomiques effectuées à l'aide du cercle répétiteur.

Puis, il faut réduire à l'horizontale. Les sommets des triangles, matérialisés par les *signaux,* n'étant pas à la même hauteur, les triangles sont inclinés. Pour les ramener à l'horizontale, il faut mesurer l'angle de chaque côté avec la verticale des extrémités du côté, mesures *zénithales*.

La rotondité de la Terre entraîne que les côtés des triangles ne sont pas des segments de droites mais des arcs. À l'aide de formules mathématiques on ramène l'ensemble du dispositif de calculs au niveau de la mer.

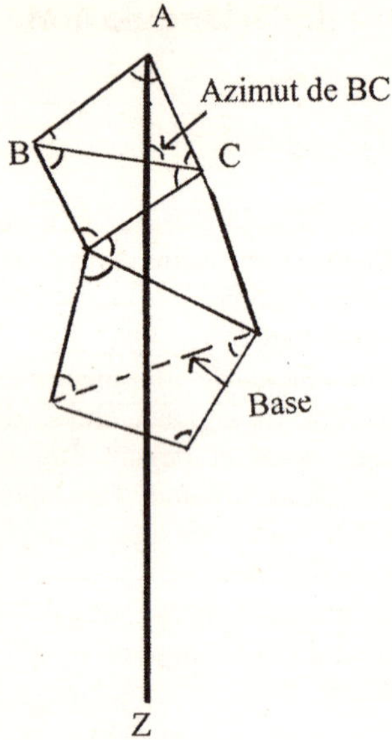

Collection médiathèque d'histoire des sciences / Cité des sciences

Lettre de Delambre à Méchain

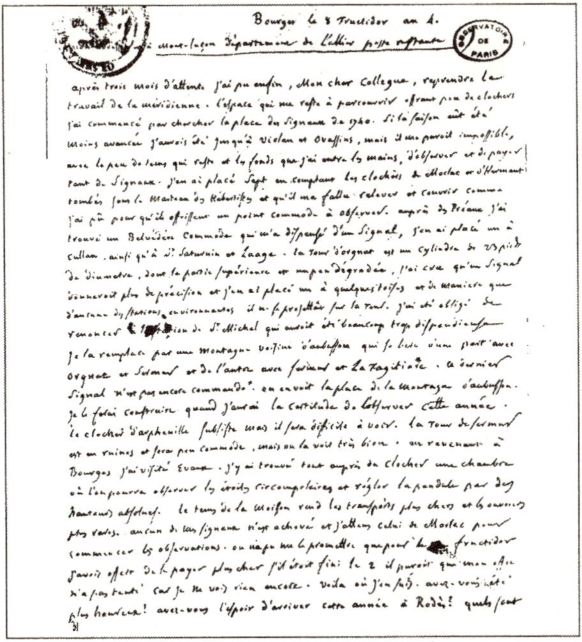
Bourges le 8 Fructidor an 4.
à Mont-luçon département de l'allier poste restante

après trois mois d'attente j'ai pu enfin, Mon cher Collegue, reprendre le
travail de la méridienne. l'espace qui me reste à parcourir offrant peu de clochers
j'ai commencé par chercher la place des signaux de 1790. si la saison eût été
moins avancée j'aurois été jusqu'à Viclan et Ovaffins, mais il me paroit impossible,
avec le peu de tems qui reste et les fonds que j'ai entre les mains, d'observer et de payer
tant de signaux. j'en ai placé sept en comptant les clochers de Morlac et d'Hermant
tombés sous le marteau des hébertistes et qu'il m'a fallu relever et couvrir comme
j'ai pû pour qu'ils offrissent un point commode à observer. auprès de Préaune j'ai
trouvé un Belvédère commode qui m'a dispensé d'un signal, j'en ai placé un à
Cullan, ainsi qu'à St Saturnin et Laage. la tour d'orgnat est un cylindre de 23 pieds
de diametre, dont la partie supérieure est un peu dégradée, j'ai cru qu'un signal
donneroit plus de précision et j'en ai placé un à quelques toises et de maniere que
d'aucune des stations environnantes il ne se projettât sur la tour. j'ai été obligé de
renoncer à [illegible] de St Michel qui auroit été beaucoup trop dispendieuse
je la remplace par une montagne voisine d'aubusson qui se lie d'une part avec
orgnat et Selmur et de l'autre avec Sermur et La Sagitiare. ce dernier
signal n'est pas encore commandé. on en voit la place de la montagne d'aubusson.
je le ferai construire quand j'aurai la certitude de l'observer cette année.
le clocher d'arphenille subsiste mais il sera dificile à voir. la tour de Sermur
est en ruines et sera peu commode, mais on la voit très bien. en revenant à
Bourges j'ai visité Evaux. j'y ai trouvé tout auprès du clocher une chambre
où l'on pourra observer les étoiles circompolaires et régler la pendule par des
hauteurs absolues. le tems de la moisson rend les transports plus chers et les ouvriers
plus rares. aucun de ces signaux n'est achevé et j'attens celui de Morlac pour
commencer les observations. on n'a pu me le promettre que pour le [illegible] fructidor
j'aurois offert de le payer plus cher s'il étoit fini le 2 il paroit que mon offre
n'a pas tenté car je ne vois rien encore. voila où j'en suis. avez-vous été
plus heureux! avez-vous l'espoir d'arriver cette année à Rodès? quels sont
31

Observatoire de Paris

La correspondance entre Méchain et Delambre s'étend sur sept années ; elle compte plus d'une centaine de lettres, principalement de Méchain à Delambre.

Après dix-huit mois d'interruption, les travaux de la Méridienne reprennent. L'avancée de Delambre au sud de Bourges est très malaisée. Nombre de signaux sont détruits, soit à cause des intempéries, soit parce que les clochers « sont tombés sous le marteau des hébertistes ». La situation financière devient de plus en plus difficile ; les deux astronomes, œuvrant officiellement pour la République, étant payés en assignats.

Lettre de Méchain à Delambre

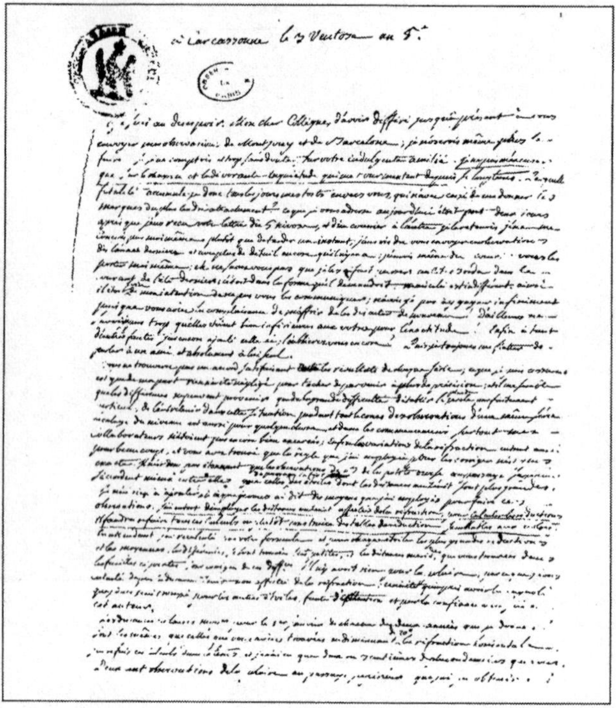

Observatoire de Paris

Plusieurs dizaines de lettres de Méchain à son collègue sont des lettres poignantes où l'on peut lire la lente dégradation de son état psychologique. Depuis qu'il a quitté l'Espagne, en 1794, Méchain n'a cessé de vouloir retourner à Barcelone pour y refaire certaines mesures ; il propose même d'y aller à ses frais. Il n'a pas été entendu. Ici, il parle « du chagrin et de la dévorante inquiétude qui le tourmente » à propos de ce qu'il appelle, dans une autre lettre, « ses malheureuses mesures de Barcelone ».

Le cercle répétiteur

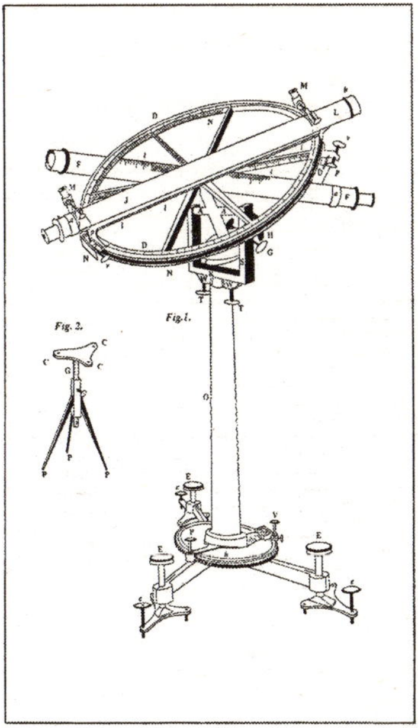

Dessin réalisé d'après le cercle répétiteur in *Base du système métrique*, de M. Delambre, bibliothèque de l'Observatoire de Paris.

Les angles des triangles ainsi que les azimuts ont été mesurés avec le cercle répétiteur de Borda. Les astronomes disposaient de quatre instruments. Principe du cercle répétiteur : on répète autant de fois que l'on veut la même mesure, sans revenir au zéro. Le résultat n'est lu qu'après la dernière observation. Les erreurs dues à l'instrument sont ainsi divisées par le nombre d'observations. Plus on fait d'observations, moins l'erreur est grande : la répétition entraîne la précision.

Les bases ont été mesurées à l'aide de règles plates bimétalliques en platine-cuivre longues d'une double toise.

Les signaux de Montredon et de Montalet

Aux commissaires
près la commune de Lacaune et Montredon

29 Thermidor An VI

« Je demeure informé, citoyen, qu'on a construit depuis quelque temps sur l'endroit le plus élevé du château de Montredon et à Lacaune, au lieu appelé Montalet, une espèce de machine peinte en blanc, qui ressemble beaucoup à un pavillon, et que c'est un étranger soi-disant venant de Paris qui a donné le plan de cette machine et qui en a dirigé la construction.

Je vous invite, citoyen, à vous transporter sur-le-champ au château de Montredon, tant pour vous assurer que cette machine existe que pour vous informer avec les propriétaires du château à quel dessein elle a été construite et pour vous assurer si elle peut être utile aux projets des ennemis de la République. Vous voudrez bien m'en faire la description, et me faire part de tous les renseignements que vous vous serez procurés, en les joignant à ceux que j'ai déjà écrits. Il me sera facile alors de découvrir la vérité.

Dans la crise où nous sommes, rien ne doit paraître indifférent à un fonctionnaire relié à un agent de gouvernement. Les choses qui paraissent les plus simples peuvent couvrir des desseins pervers. Vous mettrez donc en cette circonstance tout le zèle, l'exactitude, la célérité dont vous pouvez être susceptible. »

Salut.

Archives départementales d'Albi, cote : L201, Folio 66.

Durant l'été 1798, Méchain vient de faire construire un signal à la station de Montredon. Signal décrit comme « une espèce de machine peinte en blanc ». L'indication de la couleur a toute son importance : le blanc est encore la couleur de la royauté ! Quant au signal de Montalet, tout proche, il a fallu recourir à la force ; des propos répandus, et le fanatisme, ont tellement exaspéré les esprits qu'on a détruit à plusieurs reprises le signal aussitôt qu'il était relevé, et au mépris d'un avis imprimé que le département a fait afficher. « Il a fallu mettre aussi des gardes à plusieurs autres signaux », écrit Méchain à Delambre.

À la commune de Lacaune

Alby, le 17 Fructidor An VI

« L'adjoint général qui commande la force armée dans le département n'ayant pu fournir les sept hommes d'infanterie que nous lui avions demandés pour protéger le signal de Montalet, nous n'avons pas cru devoir les remplacer comme nous le proposait le général par un pareil nombre de hussards, attendu la difficulté qu'il y aurait eu peut-être à les faire vivre dans ces montagnes ; mais on ne doit jamais perdre de vue l'importance des opérations du citoyen Méchain. Vous voudrez bien mettre en réquisition deux ou trois hommes de la colonne mobile tant pour garder le signal que pour donner au citoyen Méchain les facilités et secours dont il aura besoin, vous ferez donner l'Étape à ces hommes conformément aux indications de notre lettre du 11 de ce mois, cet astronome ayant besoin de ce signal pour des observations qu'il doit faire dans le canton. Vous laisserez les gardes au signal jusqu'à ce que nous vous écrivions de les ôter.

Vous pourrez, si vous le jugez à-propos, faire relever ces hommes. Faites tous vos efforts pour que nous n'ayons pas encore le désagrément d'apprendre que les opérations de ce commissaire du gouvernement sont suspendues par le défaut de signal à Montalet. »

Salut.

Archives départementales d'Albi, cote : L266, Folio 123-N° 720.

Dans la Base du système métrique*, qui est en quelque sorte la bible de l'expédition parue en 1808, Delambre retrace l'ensemble de l'opération dans tous ses aspects. Pour chaque station, il rapporte la description et l'emplacement exacts du signal, le nombre de mesures, les conditions météorologiques et les résultats des mesures, ainsi que les événements qui les ont accompagnés. Le signal de Nore constitue un triangle avec ceux de Montredon et Montalet. Il fut l'un des plus « terribles » de l'opération.*

Nore.

SIGNAL DE NORE.

LXXVIII.

La partie du sommet de la *Montagne-Noire* que l'on nomme *Nore*, en est la plus haute. C'est une espèce de butte ou proéminence assez étendue, et qui de loin se distingue bien du reste du sommet. On a trouvé sur Nore plusieurs enfoncemens qui rendoient incertain sur le véritable emplacement du signal de 1740; mais quelques indications données par un habitant de *Pradelles*, village situé dans la même montagne, à demi-lieue dans le sud-ouest de Nore, et 220 toises plus bas, ont fait présumer cet emplacement. On y a érigé le nouveau signal; il étoit de même forme que les précédens, et sa hauteur au-dessus du piquet enfoncé au centre de sa base étoit de 2^t4445.

En quittant cette station on a rempli l'intérieur du signal d'un amas considérable de pierres, pour conserver le piquet et servir par la suite à le retrouver.

Les mauvais temps dont j'ai été accueilli à Nore, et sur-tout la destruction de presque tous les autres signaux correspondans, m'ont obligé d'y faire vingt-un voyages. Mon séjour dans un climat si âpre, et presque aussi sauvage que celui de Montalet, a été bien long, et il eût été assez pénible, si le citoyen Lavalette-Fabas, qui voulut bien me donner l'hospitalité chez lui à Pradelles, n'en eût adouci la rigueur et l'ennui par son aménité et l'intérêt dont il me donna des marques très-affectueuses.

Nore.

DISTANCES AU ZÉNIT.

$dH = 1^t8056.$

Signal de Montrédon. (Le premier, hauteur 3^t2708.)

10 1012^g72875 $101^g272875 = 91°\ 8'\ 44''12$ (en terre.)

M. 18 vendémiaire an 6, vers midi. Signal éclairé; mais il y a des vapeurs et de l'ondulation.

La même.

10 1012^g67310 $101^g273180 = 91°\ 8'\ 44''84$

2 brumaire, à $3^h\ \frac{1}{2}$. On voit bien l'objet.

Moyenne . . . . $91°\ 8'\ 44''48$

pour la réduction à l'horison.

Demi-épaisseur du fil . . . . . $+\ 3''00$

$dH' = 2^t6319$ $+\ 28''99$

pour la différence de niveau et la réfraction. $91°\ 9'\ 16''47$

Extrémité de la tour du château de Montrédon.

8 809^g9915 $101^g2489375 = 91°\ 7'\ 26''56$

pour la réduction à l'horison. M. 14 frimaire. Therm. 11^d. Soleil; un peu de vapeurs.

Demi-épaisseur du fil . . . . . $+\ 3''00$

$dH' = -\ 0^t6389$ $-\ 7''04$

pour la différence de niveau et la réfraction. $91°\ 7'\ 22''52$

Montalet (bord du roc, le signal étant abattu).

10 1000^g7615 $100^g076150 = 90°\ 4'\ 6''73$ (dans le ciel.)

pour la réduction à l'horison. M. 18 vendémiaire, à midi $\frac{3}{4}$. Soleil; un peu d'ondulation.

Pour le fil . . . . $0''00$

$dH' = -\ 0^t6389$ $-\ 7''03$

pour différence de niveau et la réfraction. $90°\ 3'\ 59''70$

Observatoire de Paris

Les registres de Méchain

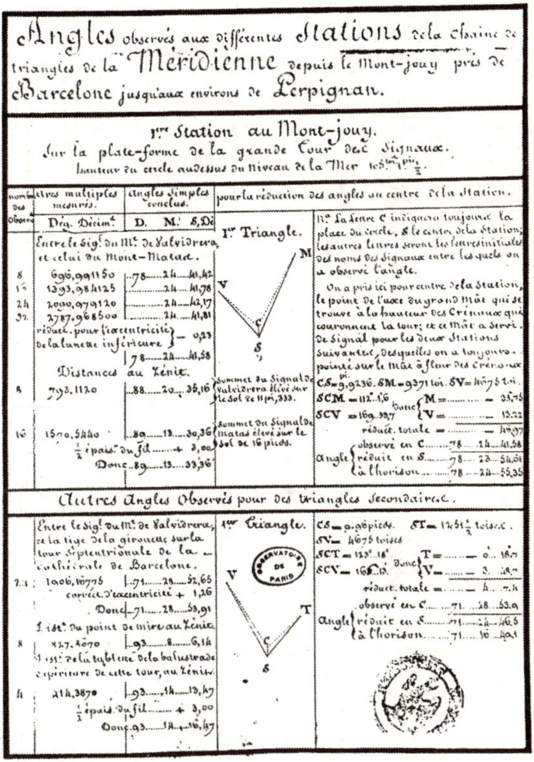
Angles observés aux différentes Stations de la chaine de triangles de la Méridienne depuis le Mont-jouy près de Barcelone jusqu'aux environs de Perpignan.

1re Station au Mont-jouy.
Sur la plate-forme de la grande Tour des Signaux.
hauteur du cercle audessus du niveau de la Mer

nombre des Observ.	Arcs multiples mesurés. Deg. Décim.	Angles simples conclus. D. M. S, Dé	pour la réduction des angles au centre de la Station.	
	Entre le Sig.l du M.t de Valvidrera, et celui du Mont-Matas.		1.r Triangle.	N.a La lettre C indiquera toujours la place du cercle, S le centre de la Station; les autres lettres seront les lettres initiales des noms des Signaux entre lesquels on a observé l'angle.
8	696,991150	78 … 24 … 41,42		On a pris ici pour centre de la Station, le point de l'axe du grand Mât qui se trouve à la hauteur des Créneaux qui couronnent la tour; et ce Mât a servi de Signal pour les deux Stations suivantes, desquelles on a toujours pointé sur le Mât à fleur des Créneaux.
16	1393,984125	… 24 … 41,78		
24	2090,979120	… 24 … 42,17		
32	2787,968500	… 24 … 41,81		
	réduct. pour l'excentricité de la lunette inférieure	− 0,23		
		78 … 24 … 41,58		
	Distances au Zénit.			CS = 9,9236. SM = 9371 toi. SV = 4675 toi.
8	793,1120	88 … 20 … 35,16	Sommet du Signal de Valvidrera élevé sur le Sol de 11 pi. 333.	SCM = 112.° 1,6 ; SCV = 169. 39,7 ; Donc M = … − 35,75 ; V = … − 13,22
16	1570,5440	89 … 13 … 30,36	Sommet du Signal de Matas élevé sur le Sol de 16 pieds.	réduct. totale = … − 48,97
	½ épais. du fil	+ 3,00		Angle observé en C … 78 … 24 … 41,58
	Donc	89 … 13 … 33,36		réduit en S … 78 … 23 … 54,61
				à l'horison … 78 … 24 … 55,35

Autres Angles Observés pour des triangles Secondaires.

	Entre le Sig.l du M.t de Valvidrera, et la tige de la girouette sur la tour Septentrionale de la cathédrale de Barcelone.		1.er Triangle.	CS = 0,96 pieds. ST = 1251 ½ toises. SV = 4675 toises
24	1006,16775	71 … 28 … 52,65		SCT = 123.° 18' ; SCV = 168. 13 ; Donc T = … − 0 … 18,7 ; V = … − 3 … 48,7
	correct. d'excentricité	+ 1,26		réduct. totale = … − 4 … 7,4
	Donc	71 … 28 … 53,91		Angle observé en C … 71 … 28 … 53,9
	Dist. du point de mire au Zénit			réduit en S … 71 … 24 … 46,5
8	827,2070	93 … 8 … 6,14		à l'horison … 71 … 30 … 40,1
	Dist. de la tablette de la balustrade supérieure de cette tour, au Zénit.			
4	414,3870	93 … 14 … 13,47		
	½ épais. du fil	+ 3,00		
	Donc	93 … 14 … 16,47		

Observatoire de Paris

Toutes les mesures d'angles et d'azimut devaient être reportées sur des registres, et elles furent longuement étudiées et vérifiées par les membres de la Commission internationale réunie à Paris durant plusieurs mois. C'est à partir de celles-ci que les différents calculs ont été effectués et la longueur du mètre établie.

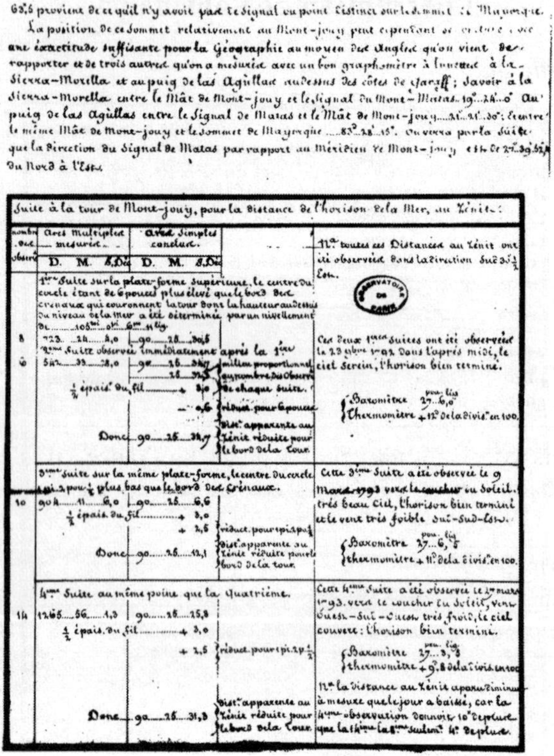

63",5 provient de ce qu'il n'y avoit pas de signal ou point distinct sur le sommet de Mayorque.

La position de ce sommet relativement au Mont-jouy peut cependant se [illegible] avec une exactitude suffisante pour la Géographie au moyen des Angles qu'on vient de rapporter et de trois autres qu'on a mesurés avec un bon graphomètre à lunettes à la Sierra-Morella et au puig de las Agullas au dessus des côtes de Garaff ; savoir à la Sierra-Morella entre le Mât de Mont-jouy et le signal du Mont-Matas 19°..24'..0" au puig de las Agullas entre le signal de Matas et le Mât de Mont-jouy.....21°..21'..30" ; et entre le même Mât de Mont-jouy et le sommet de Mayorque .....83°..28'..15". On verra par la suite que la direction du signal de Matas par rapport au Méridien de Mont-jouy est de 27°..39'..52" du Nord à l'Est.

Suite à la tour de Mont-jouy, pour la distance de l'horison de la Mer, au Zénit :				
nombre des observ.	Arcs multiples mesurés — D. M. S.Déc	Arcs simples conclus. — D. M. S.Déc		Nª toutes ces Distances au Zénit ont été observées dans la direction Sud 35 ½ Est.
	1ère Suite sur la plate-forme supérieure, le centre du cercle étant de 6 pouces plus élevé que le bord des crénaux qui couronnent la tour dont la hauteur au dessus du niveau de la Mer a été déterminée par un nivellement de ......105toi. 0pi. 6po. 11lig.			
8	723..24.....4,0	90.....25.....30,5		Ces deux 1ères suites ont été observées le 23 9bre 1792 dans l'après midi, le ciel serein, l'horison bien terminé.
	2ème Suite observée immédiatement après la 1ère			
6	542.....33.....28,0	90.....25.....34,7	milieu proportionnel au nombre des Observ. de chaque suite.	
		25.....32,5		
	½ épais. du fil	+ 3,0		Baromètre 27po...6lig,0
		– 4,6	réduct. pour 6 pouces	Thermomètre + 12° de la divis. en 100.
	Donc	90.....25.....31,7	Dist. apparente au Zénit réduite pour le bord de la tour.	
	3ème Suite sur la même plate-forme, le centre du cercle [illegible] 2 pou. ½ plus bas que le bord des crénaux.			Cette 3ème Suite a été observée le 9 Mars 1793 vers le coucher du Soleil. très beau Ciel, l'horison bien terminé et le vent très foible Sud-Sud-Est.
10	904.....11.....6,0	90.....25.....6,6		
	½ épais. du fil	+ 3,0		
		+ 2,5	réduct. pour 2pi. 2po. ½	Baromètre 27po...6lig,5
	Donc	90.....25.....12,1	Dist. apparente au Zénit réduite pour le bord de la tour.	thermomètre + 11° de la divis. en 100.
	4ème Suite au même point que la quatrième.			Cette 4ème Suite a été observée le 17 mars 1793. vers le coucher du Soleil, vent Ouest-Sud-Ouest très froid, le ciel couvert : l'horison bien terminé.
14	1265.....56.....1,3	90.....25.....25,8		
	½ épais. du fil	+ 3,0		
		+ 2,5	réduct. pour 2pi. 2po. ½	Baromètre 27po...3lig,3 / thermomètre + 9°,8 de la divis. en 100
	Donc	90.....25.....31,3	Dist. apparente au Zénit réduite pour le bord de la tour.	Nª la distance au Zénit a paru diminuer à mesure que le jour a baissé, car la 4ème observation donnoit 10" de plus que la 14ème, la 8ème seulemt. 4" de plus.

Observatoire de Paris

Ici, les pages 1 et 5 des registres où Méchain a reporté les mesures effectuées au signal de Montjouy, le plus septentrional de l'opération.

Interruption de l'opération

Partie sud :

> « 26 Floréal An I. Le Comité de salut public informe que le citoyen Méchain, astronome chargé de voyager pour prendre la mesure exacte de l'arc de méridien, est détenu à Barcelone, avec les deux citoyens qui l'accompagnent et partagent ses mesures, par ordre du général espagnol ; il manque des secours qui lui sont nécessaires ; charge les commissaires de la Trésorerie nationale de lui faire parvenir la somme de six mille francs en numéraires. »
>
> R. Lindet, Prieur, Carnot.
>
> « Le général en chef de l'armée des Pyrénées-Orientales a profité de la capitulation de Collioure pour forcer les Espagnols à nous renvoyer Méchain. »

Mais Méchain n'a pu regagner la France, il s'est embarqué pour l'Italie. Il en est revenu en septembre 1795.

Partie nord :
Pour avoir signé une lettre de soutien à Lavoisier, rédigée par Borda, Delambre est destitué :

> 23 décembre 1793
>
> « Le Comité de salut public, considérant combien il importe à l'amélioration de l'esprit public que ceux qui sont chargés du gouvernement ne délèguent de fonctions ni ne donnent de missions qu'à des hommes dignes de confiance par leurs vertus républicaines et leur haine pour les rois, après s'en être concerté avec les membres du Comité d'instruction publique occupés spécialement de l'opération des poids et mesures, arrête que Borda, Lavoisier, Laplace, Coulomb, Brisson et Delambre cesseront, à compter de ce jour, d'être membres de la Commission des poids et mesures, et remettront de suite, avec inventaire, aux membres restants, les instruments, calculs, notes, mémoires, et généralement tout ce qui est entre leurs mains de relatif à l'opération des mesures [...]. »
>
> C.A. Prieur, B. Barrère, Carnot,
> R. Lindet, Billaud-Varenne.

Archives nationales : AF 11.67, de la main de C.A. Prieur.

CHAÎNE DES TRIANGLES
de Dunkerque à Barcelone
mesurée par MM. Delambre et Méchain

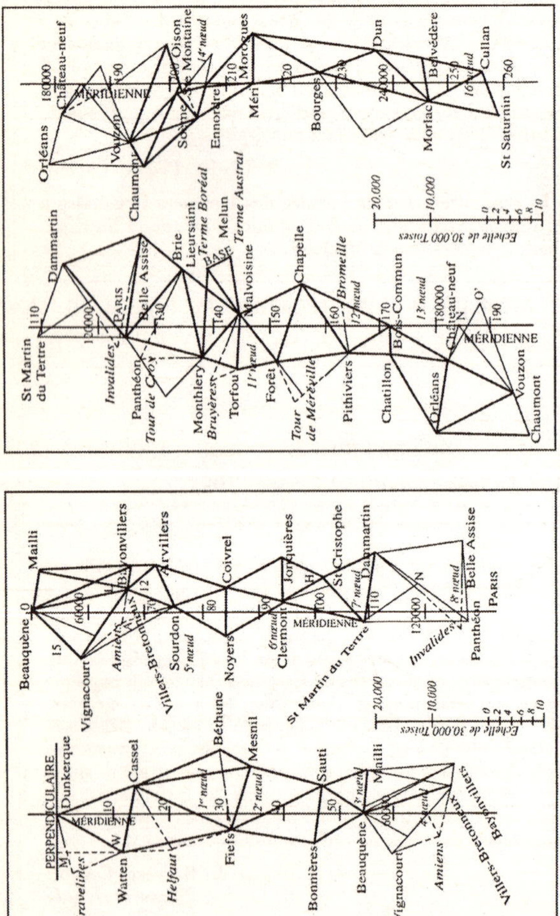

Dessin réalisé d'après la chaîne des triangles, in *Base du système métrique* de M. Delambre, bibliothèque de l'Observatoire de Paris

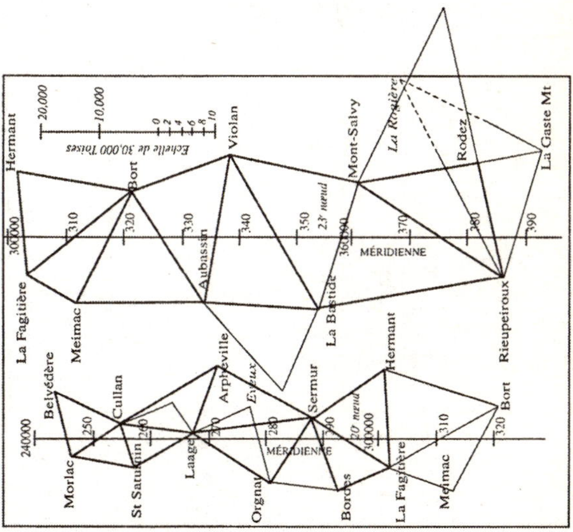
240000
250
260
270
280
290
300000
310
320
MÉRIDIENNE
Morlac
Belvédère
Cullan
St Saturnin
Laage
Arpheville
Evaux
Orgnat
Sermur
20e nœud
Bordes
Hermant
La Fagitière
Meimac
Bort
La Fagitière
Hermant
Meimac
Bort
Aubassin
Violan
La Bastide
23e nœud
Mont-Salvy
La Roquière
Rodez
Rieupeiroux
La Gaste Mt
300000
310
320
330
340
350
360000
370
380
390
MÉRIDIENNE
Echelle de 30,000 Toises
20,000
10,000
0
2
4
6
8
10

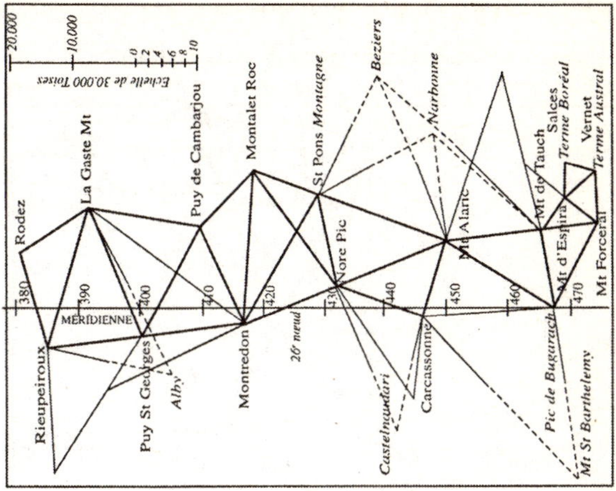
Rodez
Rieupeiroux
La Gaste Mt
Puy St Georges
Alby
Puy de Cambarjou
Montredon
Montalet Roc
26e nœud
St Pons Montagne
Nore Pic
Castelnaudari
Carcassonne
Beziers
Narbonne
Mt Alaric
Pic de Bugarach
Mt St Barthelemy
Mt de Tauch
Mt d'Espira
Mt Forceral
Salces
Terme Boréal
Vernet
Terme Austral
380
390
400
410
420
430
440
450
460
470
MÉRIDIENNE
Echelle de 30,000 Toises
20,000
10,000
0
2
4
6
8
10

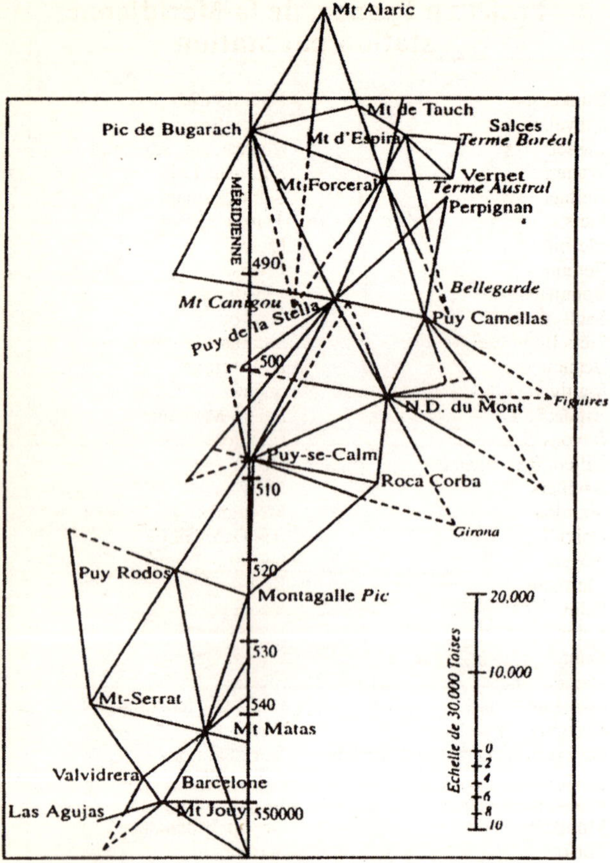

Mesures en territoire espagnol

Trajet en France, de la Méridienne, station par station

Dunkerque
Gravelines
Cassel
Watten
Helfaut
Fiefs
Mesnil
Béthune
Bonnières
Saulty
Fiefs Bonnières
Beauquesne
Mailly
Vignacourt
Bayonvillers
Villers-Bretonneux
Arvillers
Sourdon
Coivrel
Noyers
Clermont
Saint-Christophe
Jonquières
Saint-Martin-du-Tertre
Dammartin
Dôme du Panthéon
Observatoire de Paris
Observatoire de la rue de Paradis
Châtillon
Brie-Comte-Robert
Montlhéry
Torfou
Saint-Yon
Malvoisine
La Chapelle-la-Reine
Étampes-La Forêt-Sainte-Croix
Bruyères-le-Châtel
Pithiviers
Bromeilles
Boiscommun
Orléans
Neuville
Haut de Châtillon
Méreville
Châteauneuf-sur-Loire
Sully-sur-Loire
Saint-Germain
Torfou
Melun
Lieursain
Chaumont
Vouzon
Lamotte-Beuvron
La Courdieu
Soême
Sainte-Montaine
Ennordre
Oizon
Mery
Morogues
Ais-Dam-Gillon
Dun-sur-Auron
Bourges
Vaisselai
Issoudun
Chezal-Benoit
Morlac
Béthune-Charost
Culan
Saint-Saturnin
Arphevilles
Laage
Orgnat-Villemonteix
Sermur
Mendren
Le Puy
Mont-Dore
Felletin-Bordes
Truc-Courtine-La Fagitière
Herment
Bort-les-Orgues
Meimac
Puy Violan
La Bastide

Aubassin
Monsalvy
Rieupeyroux
Saint-Mamet
Rodez
Albi
Montredon
Montalet
Saint-Pons-de-Thomiere
Narbonne
Nore
Carcassonne
Castres
Castelnaudary
Grugies
Alairac
Montréal
Tuchan-Tauch
Narbonne
Béziers
Forceréal
Perpignan

Dépôt du mètre

L'AN sept de la République française, une et indivisible, le quatre messidor, trois heures après midi, le citoyen *Pierre-Simon Laplace*, l'un des ex-présidens de l'Institut national des Sciences et des Arts, remplaçant le citoyen *Bougainville*, absent pour cause de maladie, président actuel; le citoyen *Louis Lefévre Gineau*, le citoyen *Antoine Mongez*, secrétaires de l'Institut; les Membres nationaux et étrangers de la Commission des poids et mesures: savoir,

LES CITOYENS

Darcet, de l'Institut national;
Fabbroni, envoyé de Toscane;
Van-Swinden, envoyé de la République batave;
Mascheroni, envoyé de la République cisalpine;
Vassalli, envoyé du Gouvernement provisoire de Piémont,
Aeneæ, envoyé de la République batave;
Lagrange, de l'Institut national;
Méchain, de l'Institut national;
Multedo, envoyé de la République ligurienne;
Pedrayes, envoyé de l'Espagne;
Ciscar, envoyé de l'Espagne;
Legendre, de l'Institut national;
Trallès, envoyé de la République helvétique;
Delambre, de l'Institut national;
Brisson, de l'Institut national.

(*Est à observer que les citoyens Laplace et Lefévre-Gineau sont membres de la Commission des poids et mesures.*)

Les citoyens *Lenoir* et *Fortin*, artistes, adjoints à la Commission;
Le citoyen *Garran-Coulon*, membre de l'Institut national;

Après avoir présenté à l'un et l'autre Conseil l'étalon du mètre et l'étalon du kilogramme, l'un et l'autre en platine, se sont rendus aux archives de la République, pour y faire, en exécution de la loi du 18 germinal an 3, le dépôt des deux étalons, renfermés chacun dans une boîte fermant à clef.

Le citoyen *Armand-Gaston Camus*, membre de l'Institut national, garde des archives de la République, a reçu les deux étalons, l'un et l'autre en bon état, et sur-le-champ il les a renfermés dans la double armoire en fer fermant à quatre clefs.

De ce que dessus, le présent procès-verbal a été dressé en double minute, dont l'une, après avoir été scellée du sceau des archives, a été remise au citoyen président de l'Institut; et tous les citoyens comparans ont signé avec le garde des archives de la République.

Signé, LAPLACE, ex-président de l'Institut national; L. LEFÈVRE-GINEAU, secrétaire; Antoine MONGEZ, secrétaire; BRISSON, DELAMBRE, FABBRONI, LAGRANGE, MULTEDO, H. AENEÆ, VASSALLI, LEGENDRE, CISCAR, PEDRAYES, MÉCHAIN, J. H. VAN-SWINDEN, FORTIN, DARCET, TRALLÈS, LENOIR, MASCHERONI, J. PH. GARRAN, CAMUS.

Observatoire de Paris

4 Messidor An VII (22 juin 1799). Après avoir été présentés aux Conseils des Anciens et des Cinq-Cents, les étalons du mètre et du kilogramme sont déposés aux Archives de la République. Le « mètre des Archives » est une règle plate en platine à sections rectangulaires de 25,3 mm × 4 mm ; c'est un étalon à bouts (dont la longueur est définie par la distance entre ses deux faces terminales).

Chronologie

1790

9 janvier. Méchain découvre une comète dans la constellation du Poisson. C'est sa huitième comète.

15 mars. Suppression des droits féodaux concernant les poids et mesures.

8 mai. L'Assemblée nationale « supplie le Roi d'écrire à S.M. britannique pour le prier d'engager le Parlement d'Angleterre à concourir avec l'Assemblée nationale à la fixation de l'unité des mesures et des poids ».

12 mai. Auguste Savinien Leblond propose le mot *mètre* pour l'unité de mesure fixe et universelle. Cette proposition ne retient pas l'attention.

27 octobre : Une Commission de l'Académie des sciences rend un rapport favorable à l'échelle décimale.

1791

26 et 30 mars. Véritable acte de naissance du système métrique. L'Assemblée nationale adopte le *quart de méridien* comme base du nouveau système de mesure, ainsi que l'usage exclusif de l'échelle décimale. Elle décide la mesure du méridien entre Dunkerque et Barcelone.

19 juin. Louis XVI reçoit les commissaires chargés des opérations. Parmi eux : Méchain, Borda, Cassini.

1792

Fin mai. Delambre, tout nouveau membre de l'Académie des sciences, remplace Cassini et Legendre dans la mesure du méridien.

Lenoir termine la construction de trois des quatre cercles répétiteurs.

Juin. Départ de Méchain pour l'Espagne.

Juillet. Delambre, aidé de Bellet, commence ses mesures dans la région parisienne.

4 août. Delambre termine son premier triangle.

Fin octobre. En un peu plus de trois mois, Méchain a terminé la triangulation en territoire espagnol.

1793

7 mars. La France déclare la guerre à l'Espagne ralliée à la coalition royaliste.

Début avril. Accident de Méchain dans la propriété de son ami Salva aux environs de Barcelone. Il reste une semaine dans le coma, côtes et épaules cassées.

29 mai. La mesure des temps et des angles sera effectuée sur la base décimale.

1er août. La Convention institue un système métrique provisoire dont la longueur est fixée à 36 pouces 11,46 lignes de la toise du Pérou.

8 août. Suppression des Académies.

14 août. Aidé de Tranchot, Méchain reprend ses mesures dans les Pyrénées. Tranchot est enlevé par les miquelets.

5 octobre. Adoption du calendrier républicain.
Novembre. À cause de la guerre, Méchain est contraint de résider à Barcelone. Le fort de Montjouy lui est interdit.
28 novembre. Lavoisier est exécuté.
23 décembre. Delambre et Borda sont révoqués par le Comité de salut public pour avoir signé un texte de soutien à Lavoisier.

1794

L'opération de la mesure de la Méridienne est interrompue tant dans la partie nord, par la révocation de Delambre, que dans la partie sud, par l'impossibilité dans laquelle se trouve Méchain de passer en France pour poursuivre la triangulation. Méchain s'embarque pour l'Italie. Delambre va passer une année dans sa maison observatoire à Bruyères-le-Châtel.

1795

7 avril. La Convention décrète « qu'il n'y aura qu'un seul étalon des poids et mesures pour toute la France ; ce sera une règle de platine sur laquelle sera tracé le mètre ». Elle invite les citoyens « à donner une preuve de leur attachement à l'unité et à l'indivisibilité de la République, en se servant dès à présent des nouvelles mesures ».
22 juillet. Traité de Bâle mettant fin à la guerre entre la France et l'Espagne.
Septembre. Méchain reprend ses mesures dans la région de Perpignan.
25 septembre. « Au 1er Nivôse prochain, l'usage du mètre est substitué à celui de l'aune dans la commune de Paris ».

1796-1798

Les mesures se poursuivent, de Bourges à Rodez pour Delambre, des Pyrénées à Rodez pour Méchain.
Automne 1798. Arrivée des savants étrangers de la Commission internationale.
Fin novembre 1798. Arrivée de Méchain à Paris. Il est de retour chez lui après plus de six années.
Dernière mesure de l'opération : détermination de la latitude du Panthéon.

1799

4 Messidor An VII : Présentation des étalons du mètre et du kilogramme aux Conseils.

1800

4 novembre. Un arrêté des Consuls autorise l'emploi des anciens noms de mesures.

1803

26 avril. Méchain quitte Paris pour l'Espagne ; il est accompagné de son fils, Augustin. Il prolonge la mesure de la Méridienne au-delà de Barcelone.

1804

20 septembre. Méchain meurt en Espagne.

1840

1er janvier. Le système métrique devient obligatoire sur le territoire français.

Le mètre mesure 3 pieds 11 lignes 296 de la toise du Pérou à la température de 16° 1/4

C'est à toi, cher Delambre, à diriger ma route ;
toi qui sais réunir, par un double pouvoir,
les beaux-arts au calcul et le goût au savoir.
Ce fut au bruit des vents déchaînés sur nos têtes,
quand la foule appelait les publiques tempêtes,
quand le sol ébranlé s'entrouvrait sous nos pas,
que Delambre et Méchain, armés de leurs compas,
des sables de Dunkerque aux rivages de l'Ebre,
sur la terre marquait cette ligne célèbre
qui du globe inégal mesure les degrés.

J. Delille, *Les Trois Règnes de la nature*, Paris, A. Nicolle, 1808.

L'épopée de la méridienne relatée – et révélée pour la première fois dans cet ouvrage – a suscité, et continue de susciter, de très nombreuses initiatives. Pièces de théâtre, fêtes du mètre, rallyes, parcours pédestres, cyclistes, reconstitutions historiques, circuits « géodésiques ».

L'initiative la plus importante reste l'*opération méridienne* lancée par Denis Guedj à l'occasion du bicentenaire de la Révolution française.

Quinze mille personnes, secondées par des ingénieurs de l'Institut géographique national, vont refaire les mesures de Delambre et Méchain dans les lieux mêmes où les deux astronomes les ont effectuées deux cents ans plus tôt.

Mardi 16 mai 1989 – 8 h 00 du matin, les « mesureurs » se sont rendus à la station de Dunkerque – nombreux élèves accompagnés de leurs professeurs – beaucoup de citoyens regroupés dans diverses associations culturelles de la ville – visibilité rapidement améliorée après levée brumes matinales – haut du clocher : vent léger – ultimes préparations – facile installation du dispositif : Théodolite WILD T2 de l'IGN – Tout est prêt pour effectuer les visées en direction de la station n° 2 – mise au point de la lunette accomplie sans trop de difficulté. Ça y est ! On aperçoit le signal de Watten.

Quatre-vingt-dix stations. La caravane s'écoule durant un mois le long de la méridienne, à raison de trois stations par jour. Les groupes de mesureurs grimpent dans les tours, les clochers, les châteaux d'eau, se hissent sur les sommets, pics, crêtes, et se retrouvent dans la situation, dans la position où leurs glorieux prédécesseurs s'étaient trouvés.

Goûters et… vins d'honneur offerts par les mairies ; chaque soir, dans la ville étape, en présence de tous les participants et de la population, la méridienne et la Révolution sont fêtées, une pièce relatant l'épopée de Delambre et Méchain est jouée. L'histoire et le présent réunis pour une soirée.

Deux cents établissements scolaires, foyers ruraux, foyers de jeunes travailleurs, clubs sportifs, associations, participent à l'opération soutenue par plus d'une centaine de municipalités.

L'opération se termine le 10 juin au fort de Montjuich, à Barcelone, avec des élèves espagnols et français…

Une partie des acteurs de l'opération s'est retrouvée dans un lieu ô combien historique, le pavillon de Breteuil, à Sèvres, où quelques privilégiés ont pu admirer le mètre étalon et surtout le kilogramme étalon, qui demeure l'étalon officiel de mesure de masse.

DU MÊME AUTEUR

La Révolution des savants

Gallimard, « Découvertes », n°48, 1988, 2004

L'Empire des nombres

Gallimard, « Découvertes », n°300, 1996

La gratuité ne vaut plus rien
et autres chroniques mathématiciennes

Seuil, 1997
et « Points », n° P783

Le Théorème du Perroquet

Seuil, 1999
et « Points », n° P785

Génis ou le Bambou parapluie

Seuil, 1999
et « Points », n° P867

Le Mètre du monde

Seuil, 2000
et « Points », n° P1059

One zéro show :
spectacle arithmétique en 0 acte et 1 tableau... blanc
suivi de Du point à la ligne :
spectacle géométrique en ligne... et en surface

Seuil, 2001

La Bela : autobiographie d'une caravelle

(illustré par Joëlle Jolivet)
Seuil, 2001

Les Cheveux de Bérénice

Seuil, 2003
et « Points », n° P1217

Zéro ou les Cinq Vies d'Aémer
L'épopée de l'invention du zéro
Robert Laffont, 2005
et « Pocket », n° 13134

Villa des hommes
Robert Laffont, 2007

Les Mathématiques
Seuil, 2008

COMPOSITION : IGS-CP CHARENTE PHOTOGRAVURE, À L'ISLE-D'ESPAGNAC
IMPRESSION : CPI BRODARD ET TAUPIN À LA FLÈCHE
DÉPÔT LÉGAL : OCTOBRE 2008. N° 98053-2 (54137)
IMPRIMÉ EN FRANCE